新歳時記

冬

ポケット版

平井照敏 編

河出書房新社

凡例

一、季を春・夏・秋・冬の四季に新年を加えて五つに区分し、春・夏・秋・冬・新年の五分冊とした。

一、歳時記においては、春は立春の日より立夏の前日まで、夏は立夏の日より立秋の前日まで、秋は立秋の日より立冬の前日まで、冬は立冬の日より立春の前日までとするのが通例であり、本歳時記もそれにしたがう。この四季の区分は、陰暦の月では、大略、春＝一月・二月・三月、夏＝四月・五月・六月、秋＝七月・八月・九月、冬＝十月・十一月・十二月ということになり、陽暦の月では、大略、春＝二月・三月・四月、夏＝五月・六月・七月、秋＝八月・九月・十月、冬＝十一月・十二月・一月ということになる。以上はきわめてまぎらわしいが、明確に解説するよう努めた。

一、新年は、正月に関係のある季題をあつめた部分だが、一月はじめという正月の位置のために、冬または春とまぎらわしい季題が生じた。これらはその都度、配置に最善を尽した。また、旧正月は陽暦の二月にあたり春と考えられるものだが、正月とのつながりを考えて新年に含めた。

一、各項目は、季題名、読み方、傍題名、季題解説、本意（ほい）、例句の順序で書かれている。本歳時記の特色となるのが「本意（ほい）」の項で、その季題の歴史の上でもっとも中心的なものとされてきた意味を示し、古典句の代表例をあげている。

一、例句は近代俳句・現代俳句の中からひろく採集したが、例句中、季題の特徴をもっともよくあらわしていると思われる一句に＊を付した。これも本歳時記の特色である。

一、各巻の巻末には五十音順索引を付した。なお新年の部の巻末には、行事・忌日一覧表、二十四節気七十二候表、総索引を加えた。

目次

凡例 三
時候
冬 八
初冬 九
神無月 一〇
十一月 一一
立冬 一一
冬ざれ 一二
小春 一二
冬暖 一二
冬めく 一四
霜月 一四
十二月 一五
冬至 一五
師走 一六
年の暮 一七
年の内 一八
行く年 一九
大晦日 二〇
年惜しむ 二〇
年越 二一
除夜 二二
寒の入 二二
小寒 二三
大寒 二四
寒 二四
冬の朝 二五
冬の日 二六
短日 二六
冬の暮 二七
冬の夜 二八
霜夜 二八
寒し 二九
冷たし 三一
凍る 三一
冴ゆる 三二
寒波 三二
三寒四温 三三
厳寒 三四
冬深し 三四
日脚伸ぶ 三五
春待つ 三五
春隣 三六
冬尽く 三七

節分　三七

天文

冬日　三九
冬日和　四〇
冬旱　四一
冬の空　四一
冬の雲　四二
冬の月　四三
冬の星　四四
冬銀河　四五
冬凪　四五
凩　四六
北風　四七
空風　四八
隙間風　四九
虎落笛　四九
鎌鼬　五〇
初時雨　五一
時雨　五二
冬の雨　五三
寒の雨　五四
霰　五五
霙　五六
霧氷　五七
雨氷　五七
初霜　五八
霜　五九
雪催　六〇
初雪　六〇
雪　六二
雪女郎　六四
雪晴　六五
風花　六六
吹雪　六六
しまき　六七
冬の雷　六八
雪起し　六八
鰤起し　六九
冬霾　七〇
冬霞　七〇
冬の霧　七一
冬夕焼　七二
冬の虹　七二

地理

冬の山　七四
山眠る　七五
冬野　七六
枯野　七六
枯園　七七

冬田　七八
水涸る　七九
冬の水　七九
寒の水　八〇
冬の川　八一
冬の海　八一
冬の波　八二
寒潮　八三
霜柱　八三
凍土　八四
初氷　八四
氷　八五
氷柱　八六
氷橋　八七
氷湖　八七
氷海　八八
凍滝　八八
狐火　八九

生活

年用意　九一
ボーナス　九二
年の市　九二
羽子板市　九三
飾売　九四
煤掃　九五
煤籠　九六
煤湯　九六
掛乞　九七
社会鍋　九七
歳暮　九八
年木樵　九九
餅　一〇〇
餅米洗ふ　一〇一
餅搗　一〇一
餅筵　一〇二
餅配　一〇三
門松立つ　一〇三
注連飾る　一〇四
年忘　一〇五
御用納　一〇六
掃納　一〇六
年守る　一〇七
晦日蕎麦　一〇七
年取　一〇八
冬休　一〇九
冬服　一一〇
冬シャツ　一一〇
冬羽織　一一一
綿　一一二
綿入　一一二

夜着　一一三
衾　一一四
蒲団　一一四
ちゃんちゃんこ　一一五
胴着　一一六
背蒲団　一一六
肩蒲団　一一七
腰蒲団　一一七
ねんねこ　一一八
着ぶくれ　一一八
重ね着　一一九
厚司　一一九
褞袍　一二〇
紙子　一二一
毛衣　一二二
股引　一二二
角巻　一二三
毛皮　一二四
毛布　一二四
セーター　一二五
ジャケツ　一二六
外套　一二六
コート　一二七
マント　一二八
被布　一二八
二重廻し　一二九
雪合羽　一三〇
頭巾　一三〇
冬帽　一三一
綿帽子　一三二
雪眼鏡　一三三
頰被　一三三
耳袋　一三四
ショール　一三四
襟巻　一三五
マッフ　一三六
手袋　一三六
足袋　一三七
マスク　一三八
毛糸編む　一三九
春着縫ふ　一三九
水餅　一四〇
熱燗　一四一
鰭酒　一四一
寝酒　一四二
生姜酒　一四二
玉子酒　一四三
葛湯　一四三
蕎麦湯　一四四
蕎麦掻　一四四
湯豆腐　一四五

焼鳥 一四五
寒卵 一四六
薬喰 一四七
雑炊 一四八
牡蠣飯 一四八
夜鷹蕎麦 一四九
鍋焼 一五〇
焼芋 一五〇
狸汁 一五一
鯨汁 一五二
河豚汁 一五二
葱鮪 一五三
粕汁 一五四
納豆汁 一五四
根深汁 一五五
のっぺい汁 一五五
干菜汁 一五六
干菜湯 一五七
蕪汁 一五七
闇汁 一五八
猪鍋 一五八
山鯨 一五九
牛鍋 一五九
寄鍋 一六〇
鮟鱇鍋 一六〇
煮凝 一六一
おでん 一六二
風呂吹 一六三
茎漬 一六四
浅漬 一六五
酢茎 一六五
乾鮭 一六六
塩鮭 一六七
海鼠腸 一六七
酢海鼠 一六八
新海苔 一六九
豆腐凍らす 一六九
寒曝 一七〇
氷蒟蒻 一七一
沢庵漬 一七一
切干 一七二
冬構 一七三
冬籠 一七三
冬館 一七五
霜除 一七五
目貼 一七六
北窓塞ぐ 一七七
雪囲 一七七
風除 一七八
墓囲ふ 一七九
雁木 一七九

藪巻　一八〇
雪吊　一八〇
雪搔　一八一
雪踏　一八二
雪下　一八二
冬座敷　一八三
障子　一八三
冬の灯　一八四
襖　一八五
屏風　一八六
畳替　一八六
絨緞　一八七
暖房　一八七
ストーブ　一八八
ペーチカ　一八九
炭　一九〇
炭火　一九一
埋火　一九二
消炭　一九三
炭斗　一九三
炭売　一九四
炭俵　一九五
炭団　一九五
煉炭　一九六
石炭　一九七
炬燵　一九七
置炬燵　一九八
囲炉裏　一九九
炉　二〇〇
榾　二〇一
火桶　二〇二
火鉢　二〇二
助炭　二〇三
手焙　二〇四
行火　二〇四
温石　二〇五
足温め　二〇五
湯婆　二〇六
懐炉　二〇七
飯櫃入　二〇七
炉開　二〇八
口切　二〇九
敷松葉　二〇九
湯気立て　二一〇
吸入器　二一一
日記買ふ　二一一
賀状書く　二一二
暦売　二一二
暦の果　二一三
古暦　二一四
焚火　二一五

牡丹焚火　二一六
火の番　二一六
火事　二一七
雪沓　二一八
樏　二一八
橇　二一九
吹雪倒れ　二二〇
すが漏　二二〇
春支度　二二一
冬耕　二二二
蕎麦刈　二二二
甘蔗刈　二二三
大根引　二二三
蒟蒻掘る　二二四
蓮根掘る　二二五
麦蒔　二二五
藺植う　二二六
大根洗　二二七
大根干す　二二七
干菜吊る　二二八
寒肥　二二九
フレーム　二二九
狩　二三〇
猟人　二三一
狩の宿　二三二
熊突　二三二
兎狩　二三三
狸罠　二三三
狐罠　二三四
鼬罠　二三四
鷹狩　二三五
鷹匠　二三六
網代　二三七
柴漬　二三八
竹瓮　二三八
魞簀編む　二三九
鰤網　二四〇
捕鯨　二四〇
砕氷船　二四一
採氷　二四二
牡蠣剝く　二四二
泥鰌掘る　二四三
冬杣　二四三
炭竈　二四四
炭焼　二四五
棕櫚剝ぐ　二四六
池普請　二四六
注連作　二四七
車蔵ふ　二四七
歯朶刈　二四八
味噌搗　二四八

藁仕事　二四九
寒天製す　二五〇
楮蒸す　二五〇
紙漉　二五一
避寒　二五二
雪見　二五三
探梅　二五四
牡蠣船　二五四
根木打　二五五
青写真　二五六
竹馬　二五六
雪まろげ　二五七
雪礫　二五八
雪合戦　二五八
雪達磨　二五九
スキー　二六〇
スケート　二六一
ラグビー　二六二
風邪　二六二
湯ざめ　二六四
咳　二六四
嚔　二六五
水洟　二六五
息白し　二六六
木の葉髪　二六七
胼　二六七
皸　二六八
霜焼　二六九
悴む　二六九
雪焼　二七〇
雪眼　二七〇
日向ぼこ　二七一
懐手　二七二

行事

神の旅　二七三
神送　二七四
神の留守　二七四
神迎　二七五
神等去出の神事　二七六
亥の子　二七七
十夜　二七七
御取越　二七八
鞴祭　二七九
酉の市　二八〇
熊手　二八一
神楽　二八一
里神楽　二八三
御火焚　二八三
熊祭　二八四

顔見世　二八五
鉢叩　二八六
七五三　二八七
髪置　二八八
袴着　二八八
帯解　二八九
勤労感謝の日　二九〇
大師講　二九〇
報恩講　二九一
臘八会　二九二
大根焚　二九三
神農祭　二九三
柚湯　二九四
針供養　二九四
事始　二九五
冬安居　二九五
クリスマス　二九六
札納　二九七
年籠　二九八
年越詣　二九八
除夜の鐘　二九九
柊挿す　二九九
追儺　三〇〇
豆撒　三〇一
厄落　三〇三
厄払　三〇四
達磨忌　三〇四
芭蕉忌　三〇五
嵐雪忌　三〇六
亜浪忌　三〇六
空也忌　三〇七
貞徳忌　三〇八
一茶忌　三〇八
波郷忌　三〇九
近松忌　三〇九
一葉忌　三一〇
漱石忌　三一一
蕪村忌　三一一
横光忌　三一二
一碧楼忌　三一三
寅彦忌　三一四

動物

熊　三一五
冬眠　三一六
狼　三一六
狐　三一七
狸　三一八
鼬　三一九
むささび　三一九
兎　三二〇

竈猫　三二一
鯨　三二一
鷹　三二三
鷲　三二四
冬の鳥　三二五
冬の雁　三二五
冬の鵙　三二六
冬の鶯　三二七
笹鳴　三二七
寒鴉　三二八
寒雀　三二九
冬雲雀　三二九
梟　三三〇
木菟　三三一
鷦鷯　三三一
水鳥　三三二
鴨　三三三
鴛鴦　三三四
千鳥　三三五
鳰　三三六
都鳥　三三七
冬鷗　三三八
凍鶴　三三九
白鳥　三三九
鮫　三四〇
鰰　三四一
鮪　三四一
魴鮄　三四二
鱈　三四二
鰤　三四三
鮭　三四四
寒鯛　三四五
鮟鱇　三四五
杜父魚　三四六
河豚　三四七
氷下魚　三四八
寒鯉　三四八
寒鮒　三四九
潤目鰯　三四九
魦　三五〇
海鼠　三五〇
牡蠣　三五一
冬の蝶　三五二
凍蝶　三五三
冬の蜂　三五三
冬の蠅　三五四
綿虫　三五四
冬の虫　三五五

植物

寒梅　三五七

臘梅 三五八
早梅 三五八
帰花 三五九
室咲 三六〇
冬桜 三六〇
冬薔薇 三六一
冬椿 三六二
侘助 三六三
山茶花 三六三
八手の花 三六四
茶の花 三六五
寒木瓜 三六六
枯芙蓉 三六六
青木の実 三六六
枯山吹 三六七
蜜柑 三六七
冬林檎 三六八
枇杷の花 三六九
冬紅葉 三六九
紅葉散る 三七〇
木の葉 三七一
落葉 三七一
枯葉 三七三
柿落葉 三七三
朴落葉 三七四
銀杏落葉 三七四
冬木 三七五
寒木 三七五
冬木立 三七六
枯木 三七七
枯木立 三七七
寒林 三七八
名の木枯る 三七八
枯蔓 三七九
枯柳 三七九
枯桑 三八〇
枯茨 三八〇
冬枯 三八一
霜枯 三八二
雪折 三八二
冬苺 三八三
柊の花 三八三
ポインセチア 三八四
寒菊 三八四
水仙 三八五
冬牡丹 三八六
葉牡丹 三八七
千両 三八七
万両 三八八
枯菊 三八八
枯芭蕉 三八九

枯蓮　三九〇
冬菜　三九〇
白菜　三九一
葱　三九一
大根　三九二
人参　三九三
蕪　三九四
寒竹の子　三九五
麦の芽　三九五
冬の草　三九六
名の草枯る　三九六
枯葎　三九七
枯草　三九七
枯萩　三九八
枯芦　三九九
枯れ真菰　三九九
枯芒　四〇〇
枯芝　四〇〇
石蕗の花　四〇一
藪柑子　四〇二
冬菫　四〇二
竜の玉　四〇三
冬萌　四〇三
石蓴　四〇四
解説　四〇五
索引　四〇九

本文カット　立花志津子

新歳時記（冬）

時候

冬（ふゆ）　三冬　九冬　玄冬　玄冥　黒帝　玄帝　上天　羽音（うおん）　冬帝　冬将軍

立冬（十一月八日頃）から立春（二月四日頃）の前日までをいう。陽暦でいえば、だいたい、十一、十二、一月にあたる。気象上からいえば、十二月、一月、二月ということになる。三冬というのは初冬、中冬、晩冬のこと。九冬というのは冬九旬、すなわち冬の九十日間のことである。冬の気圧配置は西高東低型になることが多く、西に大陸高気圧、東に低気圧があって、寒い季節風が吹く。太平洋側は乾燥して晴れ、日本海側は曇りや雪になる。もちろんそれがいろいろに変化するわけである。〈本意〉「山里は冬ぞさびしさまさりける人目も草もかれぬと思えば」（源宗于）と『古今集』にあるが、枯れてさびしい、ものの終りというのが冬の本意であろう。また『枕草子』には、早朝のさむさ、雪、霜、炭火などを似合わしいものとしている。冬の名は「ひゆ」から来、天気寒くてひゆるゆえ、とされている。

冬帝先づ日をなげかけて駒ヶ嶽　高浜　虚子　何といふ淋しきところ宇治の冬　星野　立子

冬といふもの流れつぐ深山川　飯田　蛇笏　＊中年や独語おどろく冬の坂　西東　三鬼

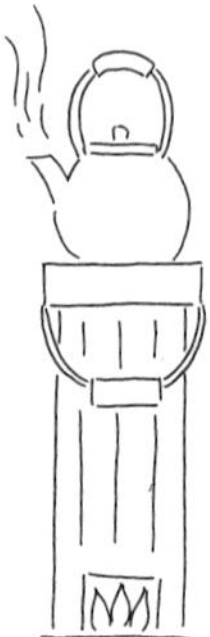

鳥の名のわが名がわびし冬侘し　三橋鷹女
冬すでに路標にまがふ墓一基　中村草田男
虹消えて馬鹿らしきまで冬の鼻　加藤楸邨
冬に負けじ割りてはくらふ獄の飯　秋元不死男
冬青き松をいつしんに見るときあり　石田波郷
雉子鳴いて冬はしづかに軽井沢　野見山朱鳥
曠野来る冬将軍も耳赤し　中島月笠
ロシヤ映画みてきて冬のにんじん太し　古沢太穂
父母や椎樫の冬チカチカす　森　澄雄
木曾の冬道にえいえい臼作り　同
山河はや冬かがやきて位に即けり　飯田龍太
歳月やまた鉄骨の冬錆びて　杉山岳陽
富む家にとりかこまれて住めり冬　林　翔
冬の馬美貌くまなく睡りをり　石川雷児
いつも師のうしろにゐたり冬の旅　田中灯京
海光を海にかへして冬の崖　平井照敏

初冬（はつふゆ）　初冬（しょとう）　孟冬　上冬

冬のはじめで、初冬、仲冬、晩冬にわけたはじめの三十日である。陰暦十月の異名。陽暦十一月にあたり、気象的には十二月初旬頃の感じになる。野山の枯れ色が目立ちはじめ、北国からは雪のたよりが聞かれるようになる。収穫はすみ、冬になだれこんでゆくような時である。〈本意〉「冬されば野原もいとど霜がれてものさびしくもなりまさるかな」（俊成、『夫木和歌抄』）の時である。しぐれの音、薄き氷、草葉に置く白露の霜、紅葉散りて下草枯るる、梢のまばらなど、みな初冬の情感をもつ景である。

初冬や庭木にかわく藁の音　室生犀星
初冬やシャベルの先の擦り切れて　山口誓子
初冬や行李の底の木綿縞　細見綾子
初冬や涙のごとき雲流れ　岸　秋渓子
*鳥たちに木の実の豪華冬はじまる　八幡城太郎
只の顔して冬のはじめのほとの神　森　澄雄
初冬の浄土びかりす熊野灘　福田甲子雄
冬はじめ捨つべきものを捨て始む　三浦美知子

母のイつ高さを冬のはじめとす　長谷川双魚
初冬の海を鏡に子の読書　原　和子

神無月（かんなづき）　時雨月　神有月　神去り月　初霜月　はみな月

陰暦十月の異称で、陽暦だと十一月頃にあたる。名称は、葉がみな散ったという意味で「葉みな月」の転という説、九は極数なので十月は上無月だという説、雷（かみな）無月のこととする説などいろいろあるが、普通は、神がすべて出雲に集まるので、神の留守になる月とする。神々は男女の縁結びの相談をしているとも考えられた。出雲では逆にこの月は神有月になる。またこのときの西風を神渡、神立風と呼んだ。以上は俗説で、実は古代にはカムナヅキ、すなわち神の月の意で、農耕の繁栄を喜び神に感謝し祭ったのではないかとされている。〈本意〉神無月の起源にはいろいろの説があるが、「天の下のもろもろの神、出雲国に行きて、この国に神なきゆゑに、〈かみなし月〉といふを誤れり」という『奥義抄』の考えが普通にいわれる。「十月（かむなづき）しぐれに逢へる黄葉（もみちば）の吹かば散りなむ風のまにまに」（大伴池主、『万葉集』）という季節感のときである。凡兆に「禅寺の松の落葉や神無月」の句がある。

宮柱太しく立ちて神無月　高浜　虚子
病神は残りゐたまふ神無月　山口　無明
空狭き都に住むや神無月　夏目　漱石
一柱おくれし雲や神渡し　北川　土魂
大根の青き頭や神無月　野村　喜舟
山川のにはかに瘠せし神無月　勝又　一透
＊美しき落葉を砂に神無月　武定　巨口
日が射して山かるくなる神無月　中尾寿美子
たらちねとして日々潔し神無月　中村草田男
桑山を風吹き抜ける神無月　有泉　七種
高き木の立並びけり神無月　阿波野青畝

十一月（じふいちぐわつ）

陽暦の十一月である。まだ寒くなく、静かなおだやかな天気がつづく。行楽によい時期である。月はじめに立冬があるが、冬らしくなってくるのは月の後半になってからである。〈本意〉陽暦の月なので、本意意識はうすいが、おちついた天候の、おだやかな日が多い。晩秋から冬への移行がふっと止まったような感じの月である。

日暮見ぬ十一月の道の辺に　原　石鼎
峠見ゆ十一月のむなしさに　細見　綾子
茨の実琥珀十一月終る　山口　青邨
宙に日を十一月の楢櫟　星野麦丘人
*あたゝかき十一月もすみにけり　中村草田男
猫のぼる十一月のさるすべり　青柳志解樹

立冬（りつとう）　冬立つ　冬に入る　冬来（きた）る　今朝の冬

二十四気の一つで、陽暦では十一月七日か八日にあたる。立冬の日の朝のことを今朝の冬という。冬の季節風が吹くのはたいてい立冬頃からで、北国の初霜、初氷、初雪のしらせもこの頃の前後になる。日暮れがはやまり、少しつめたくなりはじめる。〈本意〉冬のはじまりということだが、まだ紅葉はのこるが次第に水が凍り、地が凍りはじめる。冬は万物の終で、万物をみな収蔵するときである。

柴垣を透く日も冬に入りにけり　久保田万太郎
庭芝の今が手入や冬に入る　高浜　年尾
風ひびき立冬の不二痩せて立つ　水原秋桜子
鶏頭を抜けばくるもの冬ばかり　大野　林火

＊頬に冬門辺の萩を刈りしより　安住　敦
冬に入る山国の紺女学生　森　澄雄
石の家にぼろんとごつんと冬がきて　高尾　窓秋
立冬の病みて眩しきものばかり　荒谷　利夫
山の子が独楽をつくるよ冬が来る　橋本多佳子
火口湖は夜空のごとし冬来ると　野沢　節子
堂塔の影を正して冬に入る　中川　宋淵
塩甕に塩ぎつしりと冬に入る　福永　耕二
冬来れば母の手織の紺深し　細見　綾子
跳箱の突き手一瞬冬が来る　友岡　子郷

冬ざれ（ふゆざれ）　冬され　冬ざるる

冬の景色が一面にあれさびた感じである。〈本意〉はじめは「冬されば」と使い「冬になれば」と使ったが、しだいに「冬ざれ」に変じて「冬のも中」の意味になり、冬至って草木凋落し自然が荒（すさ）んだ相を呈しているということをあらわすようになった。蕪村の「冬ざれや小鳥のあさる韮畠」などは、そのような意味で使われている。

大石や二つに割れて冬ざるる　村上　鬼城
冬ざれの牛に真赤な唐辛子　大貫　弘司
しらたきと豆腐と買ひて冬ざるゝ　久保田万太郎
冬ざれの沖の夕焼陸へは来ず　赤城さかえ
心臓がまつかに歩きゐる冬ざれ　内田　暮情
冬ざれの庭たわいなく母転ぶ　林　明子
＊冬ざれや子供が飛んで来るひかり　細川　加賀
冬ざれや卵の中の薄あかり　秋山　卓三

小春（こはる）　小六月　小春日　小春日和　小春空　小春風　小春凪

陰暦十月の異名。小六月ともいう。陽暦の十一月にあたる。冬のさむさに向う前の、暖かさの戻る一時（いっとき）で、おだやかな日和の時である。〈本意〉『増山の井』の「十月」の項に、「歳時記に、その暖なること春のごときゆゑに小春といふといへり」とある。冷暖のくりかえしで一歩一歩冬になってゆくので、暖の戻りのことである。冷にはさまれた谷間のようなときである。

夜に入れば月も朧や小六月　高浜　虚子
小春ともいひ又春の如しとも　同
小春日や石を噛みゐる赤蜻蛉　村上　鬼城
小春日や潮より青き蟹の甲　水原秋桜子
猫の眼に海の色ある小春かな　久保より江
憎まるゝ役をふられし小春かな　伊志井　寛
薪小屋にぶらんこ下がる小春かな　大森　桐明
＊玉の如き小春日和を授かりし　松本たかし
毬弾む己が小春の影曳いて　加藤　楸邨
馬小春人より永き昼餉して　北野　民夫
吾子嫁きてよりの小春のいとほしき　後藤比奈夫
遠汽笛小春の耳のおろかさよ　新田　冬果

冬暖（とうだん）　冬暖か（ふゆあたたか）　冬ぬくし　暖冬

冬にあたたかい天候がつづくことがある。風がなくおだやかに暖かいこともあり、強く南風が吹いて暖かいこともある。太平洋戦争以後今日まで、暖冬傾向がつよく、冬のさなかでも、厚い外套は着なくなった。くらしやすい反面、麦などの生長も変り、冬のスポーツも雪不足などで影響を受けるようになった。〈本意〉寒いのが冬の特徴だが、つよい寒気団が襲わぬ冬はくらし易く、ありがたいものである。俳句では多く、冬暖を喜びとする句が作られる。

国安く冬ぬくかれと願ふのみ　高浜　虚子
伎楽面赤き鼻梁（はな）垂れ冬あたたか　大谷碧雲居
冬ぬくゝ地の意にかなひ水移る　飯田　蛇笏
＊冬ぬくし海をいだいて三百戸　長谷川素逝
冬ぬくしお玉杓子の居らうとは　池内たけし
冬あたたか五十のわれに母在れば　大野　林火
暖冬や砂丘をのぼる身の重さ　秋元不死男
茶祖に遇ふやうなこの道冬ぬくと　中川　宋淵

暖冬の夜の雲歩く方へ迅し　原田　種茅　　冬ぬくし越後ささ飴笹ばかり　樋笠　文

冬めく　ふゆめく

目に見える景色がすっかり冬景色になっていなくても、いかにも冬らしくなってきたという感じをさす。〈本意〉冬は十月中頃から冷暖冷暖をくりかえしながら一歩ずつさむい季節に入ってゆくので、暖かい日のあとに、急に冬らしい感じを受けたりする。

*口に袖あてゝゆく人冬めける　高浜　虚子　　冬めくやこゝろ素直に朝梳毛　石橋　秀野
枝葉鳴るあした夕べに冬めきぬ　室積　徂春　　鵯を呼び田園調布冬めける　渋沢　渋亭
冬めくや引き捨てゝ積む葡萄蔓　伊東　月草　　冬めくや土竜の土の新しく　遠藤　紅雨
欠航といふも冬めくもののうち　高野　素十　　冬めくや髪にかくれし耳飾り　佐藤　信子
川音の冬めきて子持鮠うまし　山口　青邨　　好日のつゞきながらも冬めきぬ　田倉　桃生

霜月　しもつき　霜降月　神楽月　雪見月　雪待月　神帰月　露こもり月　子の月

陰暦十一月の和名で、陽暦の十二月にあたる。霜月は霜降月の誤った形という説があるように、霜が降り、寒さが加わって、冬がたけなわになりはじめる頃である。〈本意〉『奥義抄』『和歌童蒙抄』に、霜月とは霜しきりに降るゆえにとも、霜いたく冴ゆるによりてともいう。ともかく霜が降るほど寒くなった、本格的な冬の月ということである。荷兮の「霜月や鸛の彳々ならびゐて」が知られている。去来にも「霜月や日まぜにしけて冬籠」がある。

霜月や日ごとにうとき菊畑　高浜　虚子　　霜月の川口船を見ぬ日かな　藤野　古白

後山へ霜降月の橋をふむ　飯田　蛇笏
霜月や軒にかさねし鰻笊　安住　敦
*霜月のかたつむりことぎれてゐし　日野　草城
ことなきに似て霜月のひそけさよ　藤内　しづ
雪待月林はもののこゑ透る　加藤　楸邨
霜月や手燭の翳のマリア像　倉田　春名

十二月（じふにぐわつ）

一年の最後の月、極月、師走ともいうが、十二月というときは、時間的、時候的な印象で、極月や師走はもっと人生的なものが加わってくる。〈本意〉極月や師走よりドライに、時間をきめる。ただ一年の最後の月であるから、年の瀬の月という感じがつよい。寒さからいえば一月、二月にピークがあるが、だんだんにつのってゆくという印象である。

炉ほとりの甕に澄む日や十二月　飯田　蛇笏
黄はたんぽぽ潮岬の十二月　橋本　三汀
人込みに白き月見し十二月　臼田　亜浪
十二月小筆の増えし硯箱　伊東　一升
*藪深く咲き居る花や十二月　庄司　瓦全
風の日の雲美しや十二月　有働　亨
主を頌（ほ）むるをさなが歌や十二月　石塚　友二
十二月風の行方へ人還る　遠藤とみじ
巨き歯に追はるゝごとし十二月　同
利き指の繃帯白き十二月　片岡とし子
仲見世の裏行く癖も十二月　石川　桂郎
十二月遁れて坐る落語席　野地　新助

冬至（とうじ）　三至　冬至南瓜　冬至餅

二十四気の一つ。陽暦では十二月二十二日か三日。太陽がもっとも北半球から遠ざかるときで、昼が短かく、東京では九時間四十五分、夜はもっとも長く、東京で十四時間五分である。この日を境にして、昼は長く、夜は短かくなってゆく。「冬至冬なか冬はじめ」といい、冬の寒さがはじまる時である。〈本意〉『年浪草』に「陰極まりて陽始めて至る。日南に至り、漸く長く至るなり」とある。たしかに一陽来復、陰陽日月万物の始めではあるが、実際には冬のきびしさのはじまるところで、ずれがある。冬至粥、冬至南瓜を食べ、柚子湯に入る習慣がある。昔は冬至を年のはじめと考えたようである。凡兆の「門前の小家もあそぶ冬至かな」が知られる。

仏壇の菓子うつくしき冬至かな　正岡子規
海の日のあり〳〵しづむ冬至かな　久保田万太郎
＊山国の虚空日わたる冬至かな　飯田蛇笏
風邪の子に忙しく暮れし冬至かな　高野素十
冬至の日しみじみ親し膝に来る　富安風生
冬至の日きれい植木屋木の上に　山口青邨
冬至の日縞あるごとくゆれにけり　阿波野青畝
母在りき冬至もつとも耀きて　三橋鷹女
いづくにか在りたる冬至南瓜切る　皆吉爽雨
日は午後に冬至の空のさゝ濁り　石塚友二
冬至南瓜戦中戦後鮮烈に　小高和子
冬至南瓜しくりと割れば妻の国　松本旭
汽笛はるか河口に冬至の陽の翳り　大和洋正
海より出て冬至の虹の弾ね強し　菅八万雄
冬至粥すすりて一家すこやかに　島津友之助
犬の眼に冬至の赤い日が二つ　川崎展宏

師走（しはす）　極月　臘月　春待月　梅初月（うめはつ）　三冬月（みふゆ）　弟月（おとごづき）

陰暦十二月の異称。陽暦でいえば一月頃にあたるが、師走の場合は、陽暦十二月をさすことも普通におこなわれている。語源については不明だが、なんとなく人々の忙しく走りまわるさまがつたわってくる。〈本意〉「僧を迎へて仏名を行ひ、あるいは経読ませ、東西に馳せ走るゆゑに、師はせ月といふを誤れり」というのは『奥義抄』の説だが、何となく、雰囲気のわかるところがある。「年極」と書いて「年果つる月」というとのべるのは真淵の説だが、たしかではない。年末のあわただしさをにじませたことばである。芭蕉の「何に此の師走の市に行く烏」、蕪村の「うぐひすの啼くや師走の羅生門」などが知られている。

＊大空のあくなく晴れし師走かな　久保田万太郎
臘月や檻の狐の細り面　原　石鼎
鷹翔り師走の天ぞひかりけり　加藤　楸邨
病む師走わが道或はあやまつか　石田　波郷
極月の松風もなし万福寺　同
極月のくらやみに山羊鳴きにけり　安住　敦
海女あはれ墓も師走の海へ向く　山口　草堂
臘月の夜が白みくる浪がしら　中川　宋淵
極月の滝の寂光懸けにけり　野見山朱鳥
極月のたましひ抱いて病み昏れむ　石原　八束
妻として師走を知りしあはれさよ　杉山　岳陽
町師走いつもどこかが掘り返され　渡辺　大年
師走と云ふ言の葉ゆゑにせはしくて　池上不二子
母訪ふや師走の空の紺一色　星野麦丘人
極月の竹人形に竹の釘　星野　沙一
極月や紅き生姜の水の中　平井　照敏

年の暮（としのくれ）

歳暮　歳末　歳晩　年末　年の尾　年の瀬　年の果　年の終　年堺（としざかひ）　年つまる　年迫る　年尽くる　年暮る　年満つ　年の別れ　年の限り

年の終りちかくで、十二月の終る頃である。新年の支度で、町には大売出しがあり、家では大掃除や餅つき、門松などの飾りなどで忙しい。寒さも忘れ、活気ある新年の支度のおこなわれる頃である。〈本意〉年の暮とは、春近き、春の隣、年の終り、年果つなどと同意である。『滑稽雑談』に、「行く年々の暮れ、かへりては身に添ふ年なれど、なほ惜しまるる心を言ひ、老いぬる身には人よりも嘆き、春の来るは嬉しけれども、年の添はんことを憂へ、高き賤しき身に積もるべき年とも知らず、送り迎ふと急ぐをはかなめ、行く年の道迷ふまで雪も降らなんと願ひ、松伐る賤が行き来に春近づきぬと驚き、また、除夜といふは晦日の日なり、今宵寝なば年の添はんことを思ふ、明くればいつしか変はると、祝ふべけれど今宵は年の名残を忍ぶ心をも詠むべし」と『和歌題林抄』が引かれている。年を惜しむこころ、春を待つこころの重なった気持がこもる。芭蕉の句に「旧里や臍の緒に泣く年の暮」「年暮れぬ笠きて草鞋はきながら」、路通の句に「去ね去ねと人にいはれつ年の暮」、蕪村の句に、「芭蕉去つてそののちいまだ年くれず」、暁台の句に「年迫つて風大虚を鳴らすかな」「としのくれ鐘の中にすわりけり」、一茶の句に「ともかくもあなた任せのとしの暮」がある。

灰の如き記憶たゞあり年暮るゝ　高浜　虚子
火の如き弟子一人欲し年の暮　原田　浜人
＊年の瀬を忙しといひつ遊ぶなり　星野　立子
しんかんたる英国大使館歳暮れぬ　加藤　楸邨
年の瀬や浮いて重たき亀の顔　秋元不死男
あたゝかき雨も降るなり年の暮　中川　宋淵
昼の湯にしづむひとりの年の暮　石原　舟月
父逝きしこの年の瀬の青き空　田中　鬼骨
年暮るゝ目のなき魚の如く生き　稲垣きくの
きれいな空へ無限の階段年つまる　横山　衣子
歳時記にあそぶ独りや年のくれ　松本　思桂
年の瀬といふ小遣を貰ひけり　名見崎　新
いつどこで替りし下駄か年の暮　松本　翠影
貸し借りもなき貧しさや年の暮　稲井　梨花

年の内　年内

今年も残り少なく、あと数日しかない頃をいう。年の暮というのと内容は大差ないが、それほど押しつまった感じはない。〈本意〉やはり年末で年用意などはじめて、やや忙しいが、まだゆとりある感じで、さらに迫ってくると年の暮となる。

母子にて出る事多し年の内　岩木躑躅
＊海苔買ふや年内二十日あますのみ　田中午次郎
浪々の身にも年内余日なし　村山古郷
年の内無用の用のなくなりぬ　星野麦丘人
訪ひそびれしてゐしことも年の内　田崎文三
年内や手にある限り一位の実　萩原麦草

行く年（ゆくとし）　暮れ行く年　年逝く　年流る　流るる年　いぬる年　年送る

年の終りのことであるが、時の流れから見ていることばで、客観的な目であるが、かえって、年をおしみ、思い出す気持が湧いてくる。〈本意〉『年浪草』に行歳として「蕪子瞻が別歳の詩に曰、人行猶可復、年行那可追」と記し、『新千載集』に「難波潟帰らぬ波に年暮れて今はた同じ春ぞ待たるる」とあるのは同じこころである。戻ることのない年の流れの上に、人間の生きる時間が渦巻いているのである。その二つの時を惜しみ、あわれむ気持がある。

行く年を母すこやかに我病めり　正岡子規
行く年や猫うづくまる膝の上　夏目漱石
行く年や膝と膝とをつき合せ　同
＊年を以て巨人としたり歩み去る　高浜虚子
年は唯々黙々として行くのみぞ　同
陋巷や雪ちら〳〵と年歩む　清原枴童
行年や葱青々とうら畠　室生犀星
行年や夕日の中の神田川　増田龍雨
逝く年のわが読む頁限りなし　山口青邨
行く年やわれにもひとり女弟子　富田木歩
年歩む洗ひし門のしたたりに　皆吉爽雨
門川に年逝く芥ながしけり　安住敦
百方の焼けて年逝く小名木川　石田波郷
一つづつ喰めば年逝くピーナッツ　森澄雄
年過ぎてしばらく水尾のごときもの　同
年ゆくや星座曼陀羅のごとくあり　八木絵馬
行く年の波の音ともきこゆなり　柏崎要次
行年の靄にしづみて最上川　細谷鳩舎

ゆく年やある夜したしき姉いもと　長谷川春草　去ぬ年の薄闇は水ゆくごとし　恩賀とみ子

大晦日(おほみそか)　大三十日　おほつごもり　大年(おほとし)

十二月三十一日のこと。陰暦でも陽暦でも用いる。三十日を「つごもり」（月隠(つきごもり)の略）というので、大つごもりともいい、一年の終りなので大年ともいう。〈本意〉『日本歳時記』に、「晩食、俗節より盛饌を用ゆべし。さて晩食の後、士は君所に出でて歳暮を賀し、国老守長親戚の家に往きて賀す。庶人は所司親戚の家に往きて賀すべし。○屋中および宅中をことごとく掃除し、門松を立て、戸上に注連縄をかくべし」などとある。行く年を惜しみ、来る年を喜ぶこころで、一年の節目にあたるときである。新年の用意をする人、金銭の決済に苦しむ人、帰郷する人、遊楽にゆく人、のんびりと漫歩する人、さまざまの人生絵巻がくりひろげられる。

漱石が来て虚子が来て大三十日　正岡　子規　大年の宙つたひ来る海の音　同
＊父祖の地に闇のしづまる大晦日　飯田　蛇笏　大年の法然院に笹子ゐる　森　澄雄
波除に大年の波静かかな　松本たかし　大年へ人の昴ぶり機の音　中山　純子
大年の日落ち流水尚見ゆる　中村草田男　大年の闇があと追ふ貨車の尻　成瀬桜桃子
陽をのせて大年の雲動かざる　中川　宋淵　大年の色ゆたかなる火を使ふ　林　由美子

年惜しむ(としをしむ)　惜しむ年　冬惜しむ

過ぎてゆく年を惜しむことで、年末、とくに大晦日の夜の感慨である。大売出しの街の雑踏のなかで、除夜の鐘の鳴り出す前後に、その思いがおこる。〈本意〉陰暦では、冬を惜しむ気持もこめられていたが、「一年の終り、老いのまさに至らんとするところ、千悔なほ余りあり」と『年浪草』にあるように、過ぎゆく年を惜しむ心は、過ぎゆく歳を惜しむ心でもある。暁台にも「落つる歯の初めて年のをしきかな」がある。

年惜しむ心うれひに変りけり　高浜　虚子
たれかれに便り書かばや年惜む　石橋　秀野
*鉄瓶の蓋切りて年惜みけり　久保田万太郎
塗ためて年惜しむなり船の底　中条　明
湖を見てきし心年惜しむ　高野　素十
まこと一病息災なりし年惜む　久永雁水荘

年越　としこし　年を越す

旧年がおわり、新年になることで、大晦日から元日に移る夜半の時間とその行事のことである。除夜の鐘をきき、また年越しそばを食べる。また、節分の夜、すなわち立春の前夜についてもいう。〈本意〉行く年、来る年の愛惜と期待のこもる時である。北枝の句に「年こしや余り惜しさに出てありく」があるが、惜しさだけでなく、また、古い年から解放され、新しくけがれのなくなったような喜びの気持もこもるだろう。

ポケットの胡桃鳴らして年を越す　加藤　楸邨
くらやみに年を越しゐる牛の息　木附沢麦青
年越や几の上に母の銭　石田　波郷
年越に蕎麦打つ家の習ひかな　福田　把栗
*しばらくは藻のごときとき年を越す　森　澄雄
綿虫と漂ひ年を越えゐしや　塘　柊風
あをあをと年越す北のうしほかな　飯田　龍太
板の間に置きて罎酒年を越す　榎本冬一郎
年越や使はず捨てず火消壺　草間　時彦
黒豆が箸から逃げる年越す夜　三浦　ふみ

除夜　ぢよや　除夕　年の夜

大晦日の夜のことで、寺々では、夜半十二時から除夜の鐘をつき、百八の煩悩を救う。港の船は船笛を鳴らして、新しい年を迎える。年の夜ともいう。〈本意〉『日本歳時記』に、「一年の終る夜なれば、つつしみて心を静かにし、礼服を着、酒食を先祖の霊前に供へ、自らも酒食を食し、家人奴婢にも与へ、一年を事なくて経ぬることを互に歓娯し、坐してもつて旦を待ち、旧を送り新を迎ふべし」とある。これが除夜の心がまえであろう。「一年のよしあし、みな除き、めでたき明くる年を迎ふる心」と『注増山の井』にある。

除夜の畳拭くやいのちのしみばかり　渡辺　水巴
年の夜やもの枯れやまぬ風の音　同
除夜の雪下り立つたびに深さかな　清原　枴童
わが家のいづこか除夜の釘をうつ　山口　誓子
年の夜の吾子に逢はむと鉦を打つ　角川　源義
除夜の妻白鳥のごと湯浴みをり　森　澄雄
＊除夜の湯に肌触れ合へり生くるべし　村越　化石
ひとひとりこころにあつて除夜を過ぐ　桂　信子
除夜の火を落す消壺くらがりに　前田法比古
立てかけてある年の夜の箒かな　岸田　稚魚
除夜の闇わが一年も積りゐむ　沢田しげる
年の夜のもの音しげく更けにけり　桜木　俊晃

寒の入　かんのいり　寒に入る　寒固　かんがため　小寒の入　寒前

小寒の日のことをいう。したがって一月五日か六日にあたる。この日から三十日間が寒の内で、節分（立春の前日）までである。北陸ではこの日あずき餅を食べ、寒固と称する。〈本意〉この日から本格的な寒さに入るわけであり、寒の入りに小豆を食えば寒気にあたらずなどといわれていた。杉風の「晴天も猶つめたしや寒の入」、一茶の「うす壁にづんづと寒が入りにけり」「宵過ぎや柱みりみり寒が入る」などは、寒さの感じをよくとらえている。

夕焼に野川が染みつ寒の入　水原秋桜子
きびきびと万物寒に入りにけり　富安　風生
校正の赤きペンもつ寒の入　山口　青邨
寒の入り心あやふき折には旅　中村草田男
寒に入るわが跫音は聴くべかり　加藤　楸邨
＊山山の性根あらはす寒の入り　中川　宋淵
黒松の幹の粗さや寒に入る　森　澄雄
わが露路でつまづく寒に入りにけり　菖蒲　あや
百はある鶏卵みがく寒の入　及川　孤雨
ころげ落つ亡母の持薬や寒の入り　鈴木　勝夫
坂上りきつて脚澄む寒の入り　世古　諏訪
中年のどれも足早や寒に入る　宮尾　苔水

小寒（せうかん）

二十四気の一つで、一月五日か六日にあたる。寒の入りの日で、この頃から寒さがきびしくなりはじめる。オホーツク海では結氷がはじまり、流氷が北海道にやってくる。暖房をして、室内外は気温差が大きくなり、風邪をひく人も多くなる。太平洋側は空気が乾燥し、日本海側は雪降りがつづく。〈本意〉陰暦の十二月で、『年浪草』に「陽極まり陰生じて、すなはち寒となる。今月初、寒なほ小さきなり」という。まだ寒は小さいとして小寒とする。寒気のはじまりのときということである。

小寒や枯草に舞ふうすほこり　長谷川春草
＊小寒のさゞなみ立てて木場の川　山田　土偶
小寒や老婆が唱歌みな生かす　山本　紫黄
小寒のひかり浸して刷毛目雲　火村　卓造

大寒（だいかん）　寒がはり

二十四気の一つで、一月二十一日頃にあたる。寒さがもっともきびしいときである。太平洋側は乾燥、日本海側は雪の天候だが、梅、沈丁花、水仙、椿などが、咲きはじめる。〈本意〉陰暦十二月の中で、この頃に至ると寒さは、「栗烈として極まれり」と『年浪草』はいう。しかし、寒くはあるが、寒さにつよい花から咲きはじめて、春が用意されてゆく。

*大寒の埃の如く人死ぬる　高浜　虚子
英霊に大寒の雲夕焼けたり　沢木　欣一
大寒や転びて諸手つく悲しさ　西東　三鬼
薄日さし荒野荒海大寒なり　福田　蓼汀
大寒をただおろおろと母すごす　大野　林火
大寒の茜消ゆるに間ありけり　河合　未光
父の忌の大寒とこそなれりけり　安住　敦
大寒の力いっぱい落つる日よ　下村　非文
大寒や老農死して指逞し　相馬　遷子
大寒ののつしのつしと来る如く　中嶋　音路
大寒の一戸もかくれなき故郷　飯田　龍太
大寒の堆肥よく寝てゐることよ　松井　松花
大寒の牛や牽かれて動き出す　谷野　予志
大寒の鶏目を張つて擱まるる　芦内　くに

寒（かん）　寒の内　寒中　寒四郎　寒九

寒は、寒の入り、すなわち小寒の一月五日頃から、大寒の一月二十一日頃をへて、節分（立春の前日）までのだいたい三十日間をいう。この間のことを寒の内といい、一番さむさのきびしい頃である。寒に入って四日目が寒四郎、九日目が寒九である。大陸高気圧の強いか弱いか、また季節風が強いか弱いかによって、寒さや雪の程度がきまる。なお、ここにいう寒は、冬の一定の期間を指し、寒さの寒とは別のものである。〈本意〉もっともさむい頃の三十日間で、小寒、大寒と呼び名を定めて、心の身がまえをしたわけである。芭蕉に「干鮭も空也の痩せも寒の中」の句がある。いかにも冷えからびた感じである。

一切の行蔵寒にある思ひ　高浜　虚子
寒を盈つ月金剛のみどりかな　飯田　蛇笏
鮒売を二タ朝聞くや寒の内　小杉　余子
捨水の即ち氷る寒に在り　池内たけし
黒き牛つなげり寒の真竹原　水原秋桜子
乾坤に寒といふ語のひびき満つ　富安　風生
約束の寒の土筆を煮て下さい　川端　茅舎
寒といふことばのごとくしづかなり　長谷川素逝
原爆国中口あくわれも口あく寒　加藤　楸邨
痩せし身をまた運ばるる寒の内　石田　波郷
寒の日の爛々とわれ老ゆるかな　中川　宋淵
＊禽獣とゐて魂なごむ寒日和　西島　麦南
背にひたと一枚の寒負ふごとし　原子　公平
寒きびし一刀彫のごとくなり　鈴木　青園
妻の瞳のかまど火明り寒きびし　柏　禎
胎動を夫と分つや寒ゆるむ　上田　紀代
寒三日月凄しといひて窓を閉づ　藤田　烏兎
松籟も寒の餅も返し来よ　小林　康治

冬の朝（ふゆのあさ）　冬暁　冬曙　寒暁　寒き朝

冬の朝は日がのぼる頃がもっとも寒く、身にしみる。夜明けもおそく、どことなく暗い感じだが、霜がおり、空気はひきしまっていて、いさぎよい感じがある。水道が凍ったり、煮凝ができたり、インクが凍ったりする地方もある。〈本意〉『枕草子』の「冬はつとめて。雪の降りたるはいふべきにもあらず、霜のいと白きも、またさらでも、いと寒きに、火など急ぎおこして、炭もてわたるもいとつきづきし、昼になりて、ぬるくゆるびもていけば、火桶の火も白き灰がちになりて、わろし」という感じ方が、永く日本人を支配してきたところがある。

＊寒の暁ツイーンツイーンと子の寝息　中村草田男
冬曙六人の病床うかびそむ　石田　波郷
寒暁の明るさわが眼病むごとく　山崎　為人
冬曙ふうてん犬を愛しをり　山田　素雁
寒の朝みな美しき横顔す　中神　洋子
寒暁といふ刻過ぎし海青し　谷野　予志
深みどり汲めば色なし冬の朝　朝木　奏鳳
鵯ら青き冬あかつきの牛乳車　成田　千空

冬の日　ふゆのひ　愛日（あいじつ）　暮れやすき日

冬の一日のことをいう。冬の太陽のことをもいうが、そちらはむしろ冬日ということが多い。しかし区別しがたいことが多い。北国では冬は雪にあけくれて、晴天のない日々である。太平洋側は晴天がつづくが、乾いてさむく、立冬後は夜が早く、日ざしもよわい。立春の頃になると、だんだんに日がのびて、春が近くなることがわかる。〈本意〉暮れやすく、心もとない、さむい日々である。「ほどもなく暮るると思ひし冬の日の心もとなき折りもありけり」（道命法師、『詞花集』）という気持である。

＊冬の日の三時になりぬ早や悲し　高浜　虚子
冬の日の我が影を置く都かな　佐藤惣之助
冬の日や臥して見あぐる琴の丈　野沢　節子
冬の日や塩の中なる浄め塩　鷹羽　狩行
冬の日やすがたただせし軍鶏の丈ヶ　松橋　利雄
冬の日やざしきぼっこがゐはせぬか　山田みづえ

短日　たんじつ　日短　日短し　日つまる　暮早し　暮易し　短景

秋分、春分に昼と夜の時間が同じになり、その間、冬至の頃がもっとも短かい。東京では、昼間の時間は、秋分に十二時間八分、冬至に九時間四十五分、立春に十時間三十二分というように消長する。昼が早くから暗くなって夕暮となり、冬ざれの景の中で、余計暮早しの感がする。〈本意〉杜詩に、寒日簷(のき)ヲ経テ短シというように、寒く暮れやすい日が冬の心ぼそさを一きわかきたてる。

短日や雌を死なせし紅雀　野村喜舟
＊短日の梢微塵にくれにけり　原石鼎
短日を灯して人にまみえけり　金尾梅の門
左右より話一度に日短　五十嵐播水
わがまはりわが家のまはり日短し　山口波津女
短日や母に告ぐべきこと迫る　中村草田男
短日や五時と約して電話切る　星野立子
短日やたのみもかけずのむくすり　中村伸郎
短日やいつも妻の手濡れてをり　西村愚農
帯止を身よりはづして日短し　桂信子
喪の花の裏側に坐し日短し　柏癸
暗がりに壺光るより日短し　佐藤尋雪

冬の暮（ふゆのくれ）　冬の夕　冬の宵　寒暮

冬の夕方、日暮れ方のことである。日が短かいから、早くから暗くなり、電灯をともし、さむざむとした夜の到来となる。〈本意〉暮れやすい、日短か、が冬の本意で、寒さとともに、冬の一日の特徴となる。その寒々とした心細げな、暗い感じが、外面、内面にひろがるものである。

呼ぶ母にこゑは応へず寒の暮　山口誓子
ひかる鉄路冬のゆふべを貫けり　同
鉄筆をしびれて放す冬の暮　能村登四郎
＊冬の暮遠き白さの鶏生きて　宮津昭彦
石灰工場寒暮殺到して来るぞ　加藤かけい
寒暮肉屋に肉の断面渦を巻く　谷野予志
風の彼方直視十里の寒暮あり　飯田龍太
串にさす魚やはらかし寒の暮　桂信子

黒豆の煮ゆるくろさや冬の暮　小林　羅衣　斧一丁寒暮のひかりあてて買ふ　福田甲子雄
寒夕べ何掠め来し風ならむ　門脇無声洞　冬の暮雀降るごとし湧くごとし　小寺　正三

冬の夜　ふゆのよ　冬夜（ふゆよ）　夜半の冬　寒夜　寒き夜

日が短かい反面、冬は夜が長い。寒いので、外には出ず、夜長を、火のそばですごす。暖炉、炉、炬燵、ストーブ、さまざまな火のそばで、あたたまりながら長い夜をすごす。夜のふけるのも早く、また寒さがきびしく加わる。〈本意〉「秋の夜はものさびしさに明かしかぬるものなれど、それには様変はりて、寒さに明かしかぬる冬の夜のさまなり」と『改正月令博物筌』にあるが、寒く冴ゆる夜である。蕪村に「我を厭ふ隣家寒夜に鍋を鳴らす」、梅室に「ふゆの夜や針うしなうておそろしき」などの句がある。寒夜の冴えをとらえている。

冬の夜やおとろへうごく天の川　渡辺　水巴　耳掘ればがらんどうなる冬夜かな　大野　林火
寒き夜や折れ曲りたる北斗星　村上　鬼城　大き影もて寄合ひぬ冬夜僧　中川　宋淵
冬の夜やふつふつ煮ゆる鍋のもの　筏井竹の門　冬夜世に欲るふぐりのごときやさしきもの　森　澄雄
*うすべりに寒夜の猫の貌みがく　金尾梅の門　寒き夜の夫との間の畳の目　山口波津女
わが生くる心音トトと夜半の冬　富安　風生　縮まりて縮まりて寒夜老いゆけり　油布　五線
闇走る犬猫どもの冬の夜　山口　誓子　児が眠る寒夜の鬼面あほむけに　鈴木　稲花
一つある寒夜の林檎むかんとす　田村　木国　寒き夜は胎児のかたちして眠る　大浜　恵一

霜夜　しもよ

霜の降りる夜のことをいい、夜に降りる霜のことではない。霜は、地面の温度が氷点以下にさがるとできるもので、普通は朝の六時七時にできるが、夜によく晴れて放射冷却のきびしい時などに、霜が白く見えはじめる。〈本意〉『新古今集』の「きりぎりす鳴くや霜夜のさむしろに衣かた敷きひとりかも寝む」がよく霜夜のさむさ、さびしさをうたっている。惟然の「ひだるさに馴れてよく寝る霜夜かな」、凡兆の「念仏より欠たふとき霜夜かな」、太祇の「句を煉りて腸うごく霜夜かな」、蕪村の「我骨のふとんにさはる霜夜かな」などが知られている。ねるほかはないさむさ、所在なさがつかまれている。

＊不忍の鴨寝静まる霜夜かな　正岡　子規
薄綿はのばしかねたる霜夜かな　芥川龍之介
磧ゆくわれに霜夜の神楽かな　飯田　蛇笏
朴の月霜夜ごころにくもりけり　原　石鼎
霜夜来し髪のしめりの愛しけれ　大野　林火
もうひとり子欲しと誘ふ霜夜妻　中条角次郎
霜夜子は泣く父母よりはるかなものを呼び　加藤　楸邨
ひとつづつ霜夜の星のみがかれて　相馬　遷子
病めば霜夜の言葉あたたか犬・猫に　沖田佐久子
霜夜経て移り住む家の櫟　杉山　岳陽
霜夜野犬杭を打ち込むごとく啼く　森　澄雄
病む母に霜夜の市電閃光す　丸山　哲郎

寒し（さむし）　寒さ　寒気

さまざまな寒さがある。冬のはじめに感ずるひやっとした寒さ、寒気きびしい厳寒、酷寒、大寒などの寒さ、いかにも寒そうな感じの寒さ、さらに心理的な寒さ、心の寒さ、時代の寒さまでを含めていう。〈本意〉「み吉野の山の白雪つもるらし古里寒くなりまさるなり」（是則、『古今集』）のように、雪とともに言われ、また月寒し、寒き夜、寒き朝、冴ゆる、肌寒、身も冷ゆるなどと、対象や感覚を通して、あらわされている。古来、この季題を詠んだ名句は数多い。芭蕉に「葱白く洗ひたてたる寒さかな」「寒けれど二人寝る夜ぞ頼もしき」「塩鯛の歯ぐきも寒し魚の店」、丈草に「藍壺にきれを失ふ寒さかな」「うづくまる薬の下の寒さかな」、支考に「叱られて次の間へ出る寒さかな」、蕪村に「易水にねぶか流るる寒さかな」、一茶に「椋鳥と人に呼ばるる寒さかな」「次の間の灯で膳につく寒さかな」がある。どの句も、寒さをきわだてるものの選び方が見事である。

躓きし石にものいふ寒さかな　野村　喜舟
松風の奥に寺ある寒さかな　室生　犀星
切支丹坂を下り来る寒さかな　芥川龍之介
病院の長き廊下の寒さかな　岡村　柿紅
眼がみえぬ人の夜を澄む寒さかな　飯田　蛇笏
命尽きて薬香さむくはなれけり　同
＊ある夜月に富士大形の寒さかな　同
子が居ねば一日寒き畳なり　臼田　亜浪
夕汽笛一すぢ寒しいざ妹へ　中村草田男
学問の黄昏さむく物を言はず　加藤　楸邨
寒むや吾がかなしき妻を子にかへす　石田　波郷
犬の蚤寒き砂丘に跳び出せり　西東　三鬼
水枕ガバリと寒い海がある　同
けだものと同じ寒さの中にゐる　山口波津女
しん／＼と寒さがたのし歩みゆく　星野　立子
寒き児の凧の形して戻り来る　小松崎爽青
くれなゐの色を見てゐる寒さかな　細見　綾子
死鼠の歯を美しと見て寒かりき　北山　河
話寒し終りはソクラテスになりて　加藤知世子
街の上を電線その上は寒し　松崎鉄之介
水のんで湖国のさむさひろがりぬ　森　澄雄
青空に寒気多感の雀ども　飯田　龍太
鷹の羽拾うて寒し廓跡　松本　旭
夕焼けて寒し待たざるものも来ず　油布　五線
口紅の濃きも身すぎのため寒き　川上　梨屋
授業寒し木の音をして生徒起つ　中島　吐詩
透視室寒き音たて釦落つ　岩崎　健一

冷たし（つめたし）　底冷え

冬の寒さをいう言葉だが、さむいというよりも肌の感覚でとらえた即物的なつかみ方である。底冷えというのは、底の方からしんしんと冷えてくる感じである。〈本意〉「凍」や「こごゆる」「氷を懐くが如し」と同様のものとされてきた。陰暦十一月頃の感じとされている。

＊手が顔を撫づれば鼻の冷たさよ　高浜　虚子
火の山にたましひ冷ゆるまで遊ぶ　野見山朱鳥
なつかしき京の底冷え覚えつつ　同
生前も死後もつめたき箒の柄　飯田　龍太
手がいつも冷き顔の淋しさよ　池内友次郎
鼻冷たく山の児ひとり置かれがち　加藤　寛子
もの学ぶ冷たき頭つめたき手　阿波野青畝
底冷えの底に母病むかなしさよ　井戸　昌子
底冷の洛中にわが生家残る　村山　古郷
陶棺の冷めたさ眉にのこりけり　平井　照敏

凍る（こほる）　氷る　凍ゆる（こご）　凍む（し）　凍てる（い）

寒さがきびしくて、水や土、室内のものまで凍ることがある。そのように凍ったものをあらわすだけでなく、凍るように思われたものをあらわすこともある。〈本意〉『古今集』に、「大空の月の光し清ければ影見し水ぞまづこほりける」とあるが、寒さの具体的なあらわれ、またはその感じである。芭蕉の「櫓の声波を打つて腸氷る夜や涙」、荷兮の「吹き散りて松葉や氷る石の中」、一茶の「うつくしく油の氷る灯かな」などが知られる。

駒ヶ嶽凍てゝ巌を落しけり　前田　普羅
礁凍て一徴の青をだもゆるさず　富安　風生
＊月光は凍りて宙に停れる　山口　誓子
晒桶古鏡のごとく氷つたり　阿波野青畝

豆腐干す半日村が凍てにけり　同
夕茜焼跡のまた氷りそむ　石田　波郷
頬塗れば能面に似て凍るかな　長谷川かな女
炭を割る音夕凍みのむらさきに　大野　林火
凍道や春ももうぢき擱山　星野　立子
氷る田を音ばりばりと鋤きおこす　相馬　遷子
じつとして吾がをれば田の凍りをり　杉山　岳陽
凍らんとするしづけさを星流れ　野見山朱鳥
折鶴のごとくに葱の凍てたるよ　加倉井秋を
徹夜の稿にいつ置かれたる林檎凍む　森　澄雄
馬の瞳も零下に碧む峠口　飯田　龍太
鴫の波およばぬかたは凍りをり　平松弥栄子

冴ゆる　さゆる

冴ゆる夜　冴ゆる月　冴ゆる風　冴ゆる星　声冴ゆる　霜冴ゆる

さむさはきびしいのだが、さむさがきわまり、醇化され、すきとおるような感じの場合である。夜はとくにそういう感じで、冴ゆる夜、冴ゆる月などという。すみきった状態をいう。〈本意〉『年浪草』に、「冷る、字彙に曰、（中略）清きことはなはだしきなり。よろしく冷字を用ふべし」とある。すきとおるような、すみきった、清浄感のある状態である。

ひとりゐて壁に冴ゆるや昼の影　富田　木歩
暮れ残る豆腐屋の笛冴え〲と　中村草田男
*さえざえと雪後の天の怒濤かな　加藤　楸邨
うつつ寝の胸にせせらぎ冴ゆるかな　山口　草堂
机上冴ゆけふ一日を拋らざりし　大野　林火
風冴えて魚の腹さく女の手　石橋　秀野
冴えて書の天金浮けり病世界　目迫　秩父
この町のどこからも冴ゆ伊吹山　柘植　潮音
さえざえとまたなき夜空現れにけり　斉藤　玄
冴ゆるまで静けき室に墨匂ふ　新井　石毛

寒波　かんぱ

寒波来る　冬一番

冬、日本を低気圧が通りすぎたあと、シベリアからつめたい空気がおりてきて、日本をおおうことがある。この寒さの襲来を寒波といい、一気に五度、十度と気温をさげる。この寒波の襲来は波の寄せるようで、日本海側は吹雪となる。冬のはじめての寒波を冬一番という。十一月八日頃になることが多い。〈本意〉マイナス三十度、強くなるとマイナス四十二度といった寒気団がシベリアから南下することで、日本をおおうと冷凍庫に入ったようになる。何度も周期的におとずれながら、強くなってゆく。

寒波急日本は細くなりしまゝ　阿波野青畝
寒波幾日屋根替へすすむ煤の中に　八幡城太郎
駅伝の走車寒波に護られて　百合山羽公
牛乳壜微塵に破れ寒波来　一力多美子
＊寒波来るや山脈玻璃の如く澄む　内藤　吐天
寒波来目刺一連艶張り合ふ　森井夕照子
硝子負い寒波の天を映しゆく　田川飛旅子
受験子のたてじわ厳し寒波来る　奈良　文夫

三寒四温（さんかんしをん）　三寒　四温　四温日和

中国や朝鮮の方で、冬の季節は三日寒い日のあと、四日あたたかい日が続くというふうに言われる。これは日本でも似たような気候になることがあって、低気圧と高気圧の交互の通過によっておこると考えられる。〈本意〉大正三年の「俳句季寄せ」に「鮮満にて、冬季は常に数日を隔てて寒暖の日相交錯するをいふ」とある。冬の寒さの中にも強弱の変化があることをいう。

三寒四温ゆゑ人の世の面白し　大橋越央子
雪原の三寒四温浅間噴く　相馬　遷子
＊三寒の四温を待てる机かな　石川　桂郎
三寒の日は蒼かりし山おもて　三宅　一鳴

四温の日低き歓語の碁石たち　吉田　銀葉　　三寒のくらがりを負ふ臼一つ　八重津苳二
退坑の貌にかがよふ四温光　西川　赤峰　　父の忌の花買ひに出し四温かな　細田　寿郎

厳寒（げんかん）　厳冬　酷寒　極寒　寒きびし

冬のもっともきびしい寒さの続く頃のことで、ほぼ大寒の頃といえよう。低い気温に加えて季節風がつよく、寒さがきびしくつらい。太平洋側は晴れて乾燥し、日本海側は雪がつづく。〈本意〉シベリアからの寒波が日本をおそい、厳寒をもたらす。表日本（太平洋側）、裏日本（日本海側）でまったく違った冬になるが、どちらもおそろしく寒い。

＊極寒のちりもとゞめず巌ぶすま　飯田　蛇笏　　極寒のゆたかにあをき潮（うしほ）かな　加藤　覚範
極寒や寝るほかなくて寝鎮まる　西東　三鬼　　極寒の鳥ちりぢりの行方かな　上田　操
染工場極寒の藍流すかな　大野　林火　　極寒の駱駝に風の殺到す　原　けんじ
極寒の石垣に雲真平ら　飯田　龍太　　厳寒の目かくしされしごときひと日　岸田　稚魚
酷寒の迅（はや）脚の牛怖しや　成田　千空　　身をすてて聳つ極寒の駒ヶ岳　福田甲子雄
酷寒はけものの如く思考なく　比江島嵐峰　　しなやかに極寒の子の胴ねむる　飴山　実

冬深し（ふゆふかし）　冬深む　暮（くれ）の冬

寒さのきわまるときで、どこを見ても冬のまっさかりというところである。窓に窓霜ができて美しい。窓霜は気温が氷点下三度以下にさがらないとできない。〈本意〉冬の最高潮の時のことで、さむくもあり、冬らしくもあって、やはり室内の暖房のあたたかさの中にいなければ耐えられない。そのきーんとすんだ、さびしいような、ひたむきな感じが、冬深しのこころである。

冬深き井戸のけむりよ朝まだき　室生犀星
冬ふかし朝は煤降る映画街　金子潮
＊一盞のベルモット書斎冬深し　山口青邨
冬ふかむ父情の深みゆくごとく　飯田龍太
四囲の音聴き澄ますとき冬深く　加藤楸邨
なにか喰む猿の顔じゅうが冬深む　芦川源
糊皿に一雷鳴や冬深し　外川飼虎
冬深し海も夜毎のいさり火も　八木絵馬

日脚伸ぶ（ひあしのぶ）　日脚伸びる

冬至のとき、もっとも昼が短かく、夜が長いが、冬至をすぎると、日が長くなって、畳の目一つずつ伸びるという。冬至の頃の東京の日没は午後四時半だが、節分にはそれが午後五時十分になる。同時に、日光も、家の奥までさしていたのが後退してゆく。〈本意〉日が長くなることは日照時間が長くなることで、だんだん暖かくなり、小鳥などの囀りもはじまってくる。

日脚伸びいのちも伸ぶるごとくなり　日野草城
たまさかの妻の盛装日脚伸ぶ　八幡丈太郎
日脚のび風邪気の残る足のうら　篠田悌二郎
菜箸の糸切れてゐたり日脚伸ぶ　大熊一枝
＊日脚伸ぶ夕空紺をとりもどし　皆吉爽雨
日脚伸ぶ玩具どれもが疵もてり　大輪昌
ぼつぼつと遺品の整理日脚伸ぶ　松本つや女
日脚のぶこころにすきまあるごとし　早川麻子

春待つ（はるまつ）　春を待つ　待春（たいしゅん）

春が近づいてきて、寒い日の戻りはあるが、あたたかい日が多くなると、春になるのを待つ心がひときわ強まる。雪国の人々はとりわけ、雪の冬から解放されたい気持が強いだろう。〈本意〉『後撰集』に「いつしかと山の桜もわがごとく年のこなたに春を待つらむ」とある。冬の果て、春の隣の、早く春こよと願う心である。

時ものを解決するや春を待つ　高浜　虚子
春遠し唇の雪舌もて舐め　相馬　遷子
地の底に在るもろもろや春を待つ　松本たかし
鶴折って春待つ風に吊しけり　土居　蹄花
＊少年を枝にとまらせ春待つ木　西東　三鬼
すぐそこに来てゐる春や春を待つ　上村　占魚
鉄線の春待つ気ぶりすら見せず　篠田悌二郎
山羊を飼へと兎飼へとふ春待てば　及川　貞
春を待つ田水に映り道作り　石田　波郷
春待つと檜山は月を育てけり　安立　公彦

春隣（はるとなり）　春近し　春隣る　春を急ぐ　明日の春　春信

冬が終り近くなると、どことなく春の気配が漂いはじめる。降っていた雨が雪にかわったり、雪が雨になってしまったりする。光の春といって日ざしが強くなりはじめ、空中がきらきらしたりして、寒さはあるが、明るい感じになる。〈本意〉『古今集』に、「明日春立たむとしける日、隣の家の方より風の雪を吹きこしけるを見て、その隣へ詠みてつかはしける　冬ながら春の隣の近ければ中垣よりぞ花は散りける　深養父」のうたがある。雪さえ花かと見る気持である。『梅薫抄』には、「鶯も春や待つらん梅の花の躰、春近き山は嵐の静かなる躰、……春近き花に先立つ心の躰」とある。冬の果ての心、春をすぐ隣に感じ待つ心である。

一吹雪春の隣となりにけり　前田　普羅
白菜をざくと二つに春近し　林原　耒井
春隣吾子の微笑の日日あたらし　篠原　梵
産科とふ名札はたのし春隣　中村　汀女

春隣る空かたぶけて牡丹雪　西島　麦南
＊春隣闇がふくらみ来るなり　柴田白葉女
春近し時計の下に眠るかな　細見　綾子
春近し霜除笹のささやけば　鈴木　青園
春隣独活ひそむ地のやはらかし　苅谷　敬一
湯をおとす音にも春の近きこと　飯河　仲子

冬尽く（ふゆつく）　冬終る　三冬尽く（みふゆつく）　冬の名残　冬惜しむ

冬がおわること。「冬尽く」「冬終る」の語感には、長いきびしい冬がやっと終ったという喜びや解放の気持がこもる。〈本意〉『万葉集』の「み冬つぎ春は来たれど梅の花君にしあらねば招（を）く人もなし」、『新勅撰集』春の「みふゆつき春し来ぬれば青柳のかづらき山に霞たなびく　鎌倉右大臣」のように使われてきた。最後の一皮で冬につながっている感じである。『年浪草』に「初冬、仲冬、季冬、これを三冬といふ。季冬まさに尽きんとするの時なり」云々とある。冬がゆく解放感と、冬への心のこりがある。

冬の果蒲団にしづむ夜の疲れ　飯田　蛇笏
バラの刺白く三角冬も終る　山口　青邨
湯屋の前月濃くて冬去りにけり　大野　林火
二夜三夜兄妹会はず冬了る　石田　波郷
＊うらぶれし冬にも心遣すなり　相馬　遷子
町川に玄能を磨ぐ冬名残　宮武　寒々
赤松の根に蟇がをり冬了る　原　けんじ
冬了る底知れぬものと思ひしが　相生垣瓜人

節分（せつぶん）

立春（二月四日）の前の日で、追儺（ついな）の行事がおこなわれる。豆をまいて鬼を退散させ、自分の新しい齢の数だけ、豆を食べるのが一般の風習になっている。戸口に鰯の頭や柊の枝を刺したりもする。もともと節分は、年に四回あり、節のかわり目であったが、立春の前日に集中しておこなわれるようになった。旧正月でおこなわれた行事、鰯の頭や柊の枝を戸口に刺すこと、あるいは十二月晦日ないし正月の追儺の行事も、節分に移行して、節分の行事となっている。〈本意〉わざわいや魔をのぞいて新しい春を迎えようとする行事である。『山の井』に、「節分は、都の町のならはしに、五条の天神に詣でて、をけらもちいを買ひもて来つつ、家内の上中下(かみなかしも)これを祝ふ。夜に入れば、むくりこくりの来るといひて、背戸・門・窓の戸堅くさして、外面には鰯の頭と柊の枝を鬼の目突きとてさし出し、内には夷棚・大黒柱のくまぐまに灯をひまなく立て、沈香(ちんかう)などかほらす。大内の儺やらふは、晦日(つごもりのひ)あなれど、地下には今宵豆を煎りて、福は内鬼は外へと打ちはやし、また、わが齢(よはひ)をもかの豆をもて数へつつ、いくつといふに一つあまして、身を撫づることをしはべる」とある。室町時代から節分がこのようになってきたといわれる。

節分や灰をならしてしづごころ　久保田万太郎
＊節分やつもるにはやき町の雪　同
送らるる節分の夜のよき車　星野　立子
かきくもりけり節分の櫟原　石田　波郷
節分や田へ出て靄のあそびをり　森　澄雄
節分と知つてや雀高飛んで　同
節分の春日の巫女の花かざし　五十嵐播水
節分の雪の精進落しかな　手塚　美佐
節分の夜の靄ふかしかんだ川　西山　誠
米洗ふみづひかりをり節分会　原　けんじ
節分の陽に透き烏賊の滴れる　池田　和子
節分の月傾けし軒端かな　県　多須良

天文

冬日　ふゆひ　冬の日　冬日向　冬日影　冬日没る

冬の太陽をさすが、冬の一日を指すこともある。日の出、日の入りが冬至まで南に寄ってゆく上、日の高さも夏の半分よりも低いので、光がななめで、弱々しくなる。ただ家の中まで日ざしがとどくので、日なたぼっこができる。しかしかげの凍てついた土や氷などは一日とけることがない。〈**本意**〉よわよわしいが、どこかなつかしみのある、冬の太陽である。雪晴れ、強霜の日、スキー場の樹氷林などの太陽は美しい。しかし総じて、日照時間のすくない、弱々しく、うすぐらい太陽である。芭蕉の「冬の日や馬上に氷る影法師」が知られている。

冬の日の刈田のはてに暮れんとす　正岡　子規
大空の片隅にある冬日かな　高浜　虚子
*旗のごとなびく冬日をふと見たり　同
御仏の蒲団は薄き冬日かな　阿部　次郎
山王の冬の入り日の高きかな　長谷川かな女
山門をつき抜けてゐる冬日かな　高浜　年尾
翔けるものなく天城嶺の冬日かな　五所平之助
母の忌のこの日の冬日なつかしむ　高野　素十
もちの木の上の冬日に力あり　同
大仏の冬日は山に移りけり　星野　立子
冬の日を鴉が行つて落して了ふ　橋本多佳子
死や生や冬日のベルト止むときなし　加藤　楸邨

冬日没る金剛力に鵙なけり　同
冬日宙少女鼓隊の母となる日　石田　波郷
冬日しかと匙の光となりて澄む　柴田白葉女
冬日よりあをしイエスを描きたる　野見山朱鳥
冬落暉檻のけものら声挙げて　三谷　昭
金色を冬日はぐくみゐたりけり　松崎鉄之介

遺書父になし母になし冬日向　飯田　龍太
父の死顔そこを冬日の白レグホン　森　澄雄
幹太く冬日は左右にある如し　戸川　稲村
寒入日影のごとくに物はこばれ　桂　信子
冬の日や臥して見あぐる琴の丈　野沢　節子
冬日の象べつの日向にわれらをり　桜井　博道

冬日和（ふゆびより）　冬晴（ふゆばれ）　冬麗（ふゆうらら）

十一月になって小春日和の日があるが、それがすぎた頃、おだやかな冬日和の日がくる。表日本は晴れ、裏日本は雪の天気がつづくが、ときどき、風もなくなり、おだやかに晴れる。冬の日ざしの中で、ものがみなうららかにくつろぐ。〈本意〉冬でも三寒四温ということばがあるように、寒い日々と温かい日々が交互に来る。寒くてくらい日々が続くだけに、おだやかに晴れて日ざしがあたたかいときは心の洗濯をするように救われた思いがある。

冬晴の虚子我ありと思ふのみ　高浜　虚子
冬晴や水上たかく又遠く　前田　普羅
冬晴れの晴着の乳を飲んでをる　中村草田男
*冬日和心にも翳なかりけり　星野　立子
炭を割る乾ける音の冬日和　田村　木国
冬晴や阿蘇の噴煙祖母を越え　野見山朱鳥
冬晴の雲井はるかに田鶴まへり　杉田　久女

冬麗や赤ン坊の舌乳まみれ　大野　林火
冬ぅらゝ雲上雲の仏たち　中川　宋淵
こもり居れば小鳥もしたし冬うらら　室生とみ子
冬麗の母死なせじと母訪はず　小林　康治
大き袋持ちくる母に冬うらら　永作美千穂
寒晴るる鏡に心覗られたり　辻　蕗村
冬麗の微塵となりて去らんとす　相馬　遷子

冬麗口紅のこる微笑仏　古舘　曹人
冬日和鳶より高きもののなし　赤松　柳史
冬晴のプール四角に空うつす　上林白草居
冬はれの空あくがれのけむりみゆ　道山草太郎
湯の池に鰐のねむりも冬うらら　古賀まり子
わさび田を出て冬麗の水となる　本宮　鼎三

冬旱（ふゆひでり）　寒旱

冬、晴天がつづいて雨がなく、からからにかわききってしまうこと。井戸水を利用する人々も井戸水が濁ったり、かれたりするので、遠くまで水をもらいに行ったりする。太平洋側の表日本では、一年で一番雨のないときで、人々は濁水に困りきってしまう。〈本意〉晴れはよいことだが、雨が降らないと、乾燥して、喉をいためてしまう。冬の日本の太平洋側の気候の特色で、雪の日本海側とは好対照になる。

山深き瀬に沿ふ道の寒旱　飯田　蛇笏
冬旱独語の後は首ふりて　能村登四郎
*傷なめて傷あまかりし寒旱　同
寺町の墓に灯の入る寒旱り　石原　八束
電柱の影が田に伸び冬旱　広瀬　直人
菜を茹でて窓くもらする冬旱　岡本　眸
竹林に遊行のこゑや冬旱　伊藤　通明
石に声ありしと思ふ寒旱　青柳志解樹

冬の空（ふゆのそら）　寒天　寒空　冬天　凍空（いてぞら）　幽天（いうてん）

冬の空は晴天の太平洋側と、雪の日本海側とではまったくちがう。冬の空ということばからは、やはり太平洋側の空が連想されることが多く、寒天とか凍空というと、雲一つない青空の冷たさとなる。〈本意〉「寒空やただ暁の峰の松」（暁台）「寒空のどこでとしよる旅乞食」（一茶）のようにさむい空をイメージすることが多い。雪空であることもあろうが、多くは深くすみわたった青空、いかにもつめたそうな青が想像される。

我もだし冬空もだしゐたりけり　松根東洋城
冬空や麻布の坂の上りおり　永井　荷風
凍空の鳴らざる鐘を仰ぎけり　飯田　蛇笏
冬御空老いて召されしもの多し　水原秋桜子
凍て空に声を残して移民発つ　五十嵐播水
冬空をいま青く塗る画家羨し　中村草田男
*冬空の鋼色なす切通し　大野　林火
冬空をふりかぶり鉄を打つ男　秋元不死男
冬空の下一点のわが歩み　星野　立子
あぎと引き冬空はひきしまりけり　上野　泰
冬青空わが魂を吸ふごとし　相馬　遷子
爆心といふも瑠璃なす冬の空　堀内　薫
冬の空つひに上らぬ日の没す　安藤　秋蘿
寒天の打ち落すべき何もなし　梅沢　一栖
旅立たむ冬空はしらのあるごとく　森　かつみ
呼ばれたるごとく冬天打ち仰ぐ　角田　すみ

冬の雲（ふゆのくも）　冬雲（ふゆぐも）　寒雲　凍雲（いてぐも）

時雨や雪催の雲はどんよりと垂れこめてくらくおもいが、晴れた日の雲は美しく見える。凍雲は、凍ったようにじっと動かないでいる雲のこと。いかにもさむそうである。〈本意〉太平洋側では層積雲（濃淡の縞模様がつく）、乱層雲（一様にひろがる）が見え、日本海側では積乱雲が見える。それで、日本海側では雲の間に青空が見え、雨も降ったりやんだりする。太平洋側では、一様の雲で青空は見えず、雪はやみ間なく降る。

冬雲は薄くもならず濃くもならず　高浜　虚子
わたつみを抱く陸めける冬の雲　阿波野青畝
*卵黄のごとくに日あり冬の雲　同
凍雲のしづかに移る吉野かな　日野　草城

雲凍てゝ瑪瑙の如し書斎裡に　山口　青邨
冬雲に向けてえいえいと貨車を押す　加藤　楸邨
冬雲を山羊に背負はせ誰も来ず　百合山羽公
野に赭らむ冬雲誰の晩年ぞ　堀井春一郎
寒雲の影をちぢめてうごきけり　石原　八束
凍雲に父焼く煙とゞかざる　下村　梅子
冬雲の三日月の金つゝみ得ず　野沢　節子
冬雲の穴の青空移りゆく　猿橋統流子
父の忌の冬雲動くこともなし　津田汀々子
一塊の冬雲厳より重し　乃木　楚人

冬の月（ふゆのつき）　月冴ゆる　月氷る　寒月　冬三日月　寒三日月

さむざむとした青白い月で、厳冬を思わせるすさまじさがある。透徹した空気のため、とぎすましたような、刺すような寒さが感じられて、美しい。寒月といえば、とくに冷厳な凍りついたような月をいい、氷輪というようで、ひとをはなれて寂として輝いている。冬三日月はあおむきはじめた形で、ひえびえと利鎌のように鋭くかかる。〈本意〉『枕草子』（『河海抄』所引）に「すさまじきもの、おうなのけさう、しはすの月」といい、『源氏物語』朝顔の巻では、「花紅葉の盛りよりも、冬の夜の澄める月に、雪の光りあひたる空こそ、あやしう、色なきものの、身にしみて、この世のほかのことまで思ひ流され、おもしろさもあはれさも、残らぬ折りなれ。すさまじきためしに言ひ置きけむ人の、心浅さよ」という。すさまじく、さびしく、美しく、透徹しているのである。寒月といえば、さらに凍てついた月の感じであり、冬三日月は、さむく鋭く、つめたげである。其角に「この木戸や鎖のさされて冬の月」があり、柴の戸と読みあやまった芭蕉が、此木戸であると知って『猿蓑』を改めさせた有名な話がある。寒月では、蕪村に、「寒月や僧に行き合ふ橋の上」、闌更に「寒月を鏡にうつす狂女かな」があって、いっそうひえびえとする。

我影の崖に落ちけり冬の月　柳原　極堂
冬の月をみなの髪の匂ひかな　野村　喜舟
吹雪やみ木の葉の如き月あがる　前田　普羅
冬の月寂莫として高きかな　日野　草城
冬三日月羽毛の如く粧ひ出づ　原　コウ子
寝ぬる子が青しといひし冬の月　中村　汀女
＊あたたかき冬月幸を賜はるや　石田　波郷
寒月に大いに怒る轍あり　秋元不死男
人穴を掘れば寒月穴の上　富沢赤黄男
寒月や耳光らせて僧の群　中川　宋淵
降りし汽車また寒月に発ちゆけり　百合山羽公
煙突と冬三日月と相寄りし　岸　風三楼
寒の月酒にもまろみありとせり　相生垣瓜人
雲間洩る寒月ベッド撫でゆけり　榎本鶴さと
寒三日月不敵な翳を抱きすすむ　野沢　節子
冬三日月屋台車に石噛ます　黒沢　一太
寒月光いつか一人となるこの家　古賀まり子
竹林の奥へ奥へと寒月光　目迫　秩父
寒月の作れる陰につまづける　高木　貞子
寒月にまぶたを青く鶏ねむる　田中祐三郎

冬の星（ふゆのほし）　寒星（かんせい）　荒星（あらぼし）　凍星（いてぼし）　星冴ゆる

初冬より、すばる、牡牛、馭者、双子、オリオンなどの目立つ星座が上るようになり、オリオンを中心にして、寒い光をきらめかせる。凩が吹き、霜が降るようになると、どぎつい光をはなつ。寒星とよばれ、荒星とよばれるゆえんである。すべて東から西へと移る。寒い感じだが、空気が透んでいて、鋭く近く見える。〈本意〉凍てついた空の鋭く光る星だが、身が引き締まるような眺めであり、夏空とならぶ星空の代表である。

寒星はただ天に倚る海の上　山口　誓子
おほわたへ座移りしたり枯野星　同

＊寒星や神の算盤ただひそか　中村草田男
生きてあれ冬の北斗の柄の下に　加藤楸邨
寒星や地上に逃ぐるところなし　岸　風三楼
切通し出て天辺に枯野星　石塚　友二
寒星のむらがれる辺の枯野に似　橋本　鶏二
遠く呼びあふ汽笛その尾に凍る星　佐藤　鬼房
星凍てし高野の宵は真夜に似し　物種　鴻両
冬星あふる期待の合唱聞くように　角田　重明
冬の星わが眼しびれるほど瞶む　糸山由紀子
窓ぬれて寒星下りて来つつあり　柏　禎
寒星ら出て荒涇をかなしめり　森　澄雄
寒星の身に降るごとし吾子誕生　橋本春燈花
山国の縦につらなる寒の星　中　拓夫
枯木星ひとつぶ紙漉村眠る　迫田白庭子

冬銀河（ふゆぎんが）

天の川のもっとも美しいのは秋であるが、冬の凍てついた空に高くかかる天の川の眺めも、身にしみるような味わいがある。〈本意〉銀河は秋の季題で、秋、空がすんでよく見えるようになるために秋とされるが、冬の冴える空の銀河のきびしい印象もよしとして、冬銀河という。

＊冬銀河らんらんたるを惧れけり　富安　風生
寝ても思ふ冬の銀河のかかれるを　岸　風三楼
信濃路へ冬天の川ながれをり　加藤　楸邨
冬銀河姥子は独り来べき宿　及川　貞
冬銀河巌より暗く海ありぬ　田中ひろし
東京の悪に触れたる冬銀河　新城　杏所
冬銀河母あることを恃みとす　館岡　幸子
燈台の遠き燈加へ冬銀河　坂本　文子

冬凪（ふゆなぎ）　寒凪　凍凪

冬は風が多く、海はよく荒れるが、ときどき、風がなくなり、よく凪いで、海面がしずまりかえる、おだやかな時がある。ただしこのような冬凪の日は、シケのくる前であることが多いので、気をゆるすことはできない。寒凪、凍凪ともいうが、寒凪は寒中のさむいときの凪、凍凪は、北海道のきびしい寒さの中での凪で、風雪がやむ。〈本意〉風向きがかわり、風が交替するとき、一時、風がやむのが凪で、海近くや山谷近くで多い。ただまた風がつよまる前の一時的な現象である。

*冬凪の檸檬色づくほのかなり　水原秋桜子
冬凪ぎの山国目覚め黒き猫　五十嵐春草
寒凪の夜の濤一つとどろきぬ　川端　茅舎
冬凪に老の美貌をしげしげと　大塚　去村
寒凪の落木もろく踏まれけり　西島　麦南
冬凪や煙のごとき雑木山　高須　茂
寒凪の渦をゆたかに押しながす　佐野まもる
伊吹峨々と眉に迫りて冬凪げり　高木　蒼梧
冬凪に冥き沖あり河豚干さる　高本　松栄
冬凪や水に映れる船の文字　加藤　霞村

凩（こがらし）　木枯

晩秋から初冬に吹く風で、北西寄りの季節風。この季節風は冬の季節風で、自然界を冬らしい姿にかえる。風の名も木を枯らすというところから付いており、また木嵐が転訛したものともいう。かなり強い風で、木の葉をおとす。〈本意〉「山里はさびしかりけり木枯の吹く夕暮のひぐらしの声」（仲実、『千載集』）のようにうたわれ、秋のおわり、冬の始めのさびしさをあらわすものとされる。『改正月令博物筌』に「秋・冬吹く風にて、木を枯らす心なり。歌には、秋・冬に詠めり。俳には、冬の季とす」とある。冬の代表的季題として、重んじられてきた。「凩の果はありけり海の音」（言水）「狂句木枯の身は竹斎に似たるかな」（芭蕉）「木枯や竹に隠れてしづまりぬ」（同）「木枯に岩吹きとがる杉間かな」（同）「木がらしの地にも落さぬ時雨かな」（去来）

「こがらしに二日の月の吹きちるか」（荷兮）「木枯や鐘に小石を吹きあてる」（蕪村）「凩や広野にどうと吹きおこる」（同）「凩や何に世わたる家五軒」（同）「木がらしにいよいよ杉の尖りけり」（素丸）「寝た下を凩づうんづうんかな」（一茶）など秀句がすこぶる多い。

木がらしや東京の日のありどころ　芥川龍之介
*木がらしや目刺にのこる海のいろ　同
凩や浪の上なる佐渡ヶ島　伊藤　松宇
凩に追はるゝ如く任地去る　永田　青嵐
海に出て木枯帰るところなし　山口　誓子
凩の中に灯りぬ閻魔堂　川端　茅舎
十方にこがらし女身錐揉に　三橋　鷹女
凩や焦土の金庫吹き鳴らす　加藤　楸邨
こがらしや女は抱く胸をもつ　同
木枯も使徒の寝息もうらやまし　西東　三鬼
木枯にすつくと起きて水を欲る　金尾梅の門
中天に木枯の陽のありにけり　中川　宋淵
死は深き睡りと思ふ夜木枯　相馬　遷子
凩や牛馬は歩く度に光る　加藤知世子
凩の夜の鏡中に沈みゆく　柴田白葉女
凩の死角一灯生きてをり　植田　暁生
木枯が先かかみそり研ぎが来たのが先か　細田　源二
木枯が瞳の奥とほる娶らねば　小橋　弘道
木枯へ頸突込みて樽洗ふ　中村　野茨
木枯と星とが知つてゐるばかり　矢田部芙美
木枯にもつとも近く泣きてをり　岸田　稚魚
木枯に死とは翼のあるものか　鳥越すみこ
木枯や晩年鶴のごと吹かれ　桑原　視草
木枯や眠れば暗き夢ばかり　松尾　金鈴

北風（きたかぜ）　朔風（さくふう）　北風（きた）　北吹く

冬の季節風は北の風で、強くもあり、さむくもある。シベリア高気圧が発達して、アリューシャン大低気圧にむかって吹く風である。冬の日本の気圧配置は西高東低で、高気圧と低気圧の気圧差によって、季節風の強弱がきまる。日本海側は吹雪となり、太平洋側はからっ風となることが普通で、北風はさむく、耳や鼻は痛みをおぼえるほどである。〈本意〉北風を単に「きた」ともよび、冬のさむい季節風をあらわす。強い風であることが多く、冷たさと一緒になって、冬のきびしさの代表の一つとなる。

北風や石を敷きたるロシア町　高浜　虚子
北風の丘坂なりにわが庭となる　加藤　楸邨
*北風寒しだまつて歩くばかりなり　同
北風荒るる夜のそら耳に子泣くこゑ　森川　暁水
北風や杉の三角野の果てに　松根東洋城
寒風を来し目に少し涙ため　星野　立子
北風や多摩の渡し場真暗がり　水原秋桜子
北風の星嶺も祈りの姿もつ　中島　斌雄
北風あと心呆けし夕餉かな　富田　木歩
北風鳴れり虚しき闇につきあたり　油布　五線
北風とおなじ速さに歩きゐしなり　篠原　梵
北風の砂丘を指す馬ならば嘶かむ　金子無患子
北風やイエスの言葉つきまとふ　野見山朱鳥
北風落ちて夕陽のしみる桐畠　塚原　麦生

空風（からかぜ）　からつ風　北颪（きたおろし）　北下し（きたおろし）

冬、よい天気のときに吹く、北西の季節風で、昼間つよく吹き、夕方にやむ。それで、「空風と日雇いは日暮れまで」といわれる。勢いよく砂塵を吹きあげる。上州でからっ風と称する風である。北颪は、冬、山から吹きおろす北寄りの空っ風で、赤城颪、筑波颪、比叡颪などが知られる。〈本意〉冬の季節風で、山から吹きおろすことが多く、その俗称が空風である。砂塵を巻く強い風。

街道や大樫垣の北おろし　村上　鬼城
人間の嘘生きはしる空つ風　能村登四郎
*牛は生涯大空を見ず空つ風　宮武　寒々
空ッ風鼻から耳の底へ孔　神谷　瓦人

から風や木の葉と登る左内坂　村山　葵郷
空風も詰めだるま麓真ッ赤なり　宮津　昭彦
空風を繰り出して山何もなし　百合山羽公
物売りの声のとぎるる空つ風　貴田　将子

隙間風（すきまかぜ）

冬、戸や障子、壁の隙間から吹きこんでくる風のことで、厳冬の時など、たえがたいまでに寒い。これを防ぐために、目貼りをする。〈本意〉ひま漏る風といわれ、ひとしお寒さのたえがたいものとされてきた。もっとも、新しい建築では隙間がなく、完全な気密を作り出している。

寸分の隙をうかがふ隙間風　富安　風生
隙間風その数条を熟知せり　相生垣瓜人
*隙間風祖母と寝し子の寝落ちしか　大野　林火
隙間風薔薇色をこそ帯ぶべけれ　同
隙間風兄妹に母の文異ふ　石田　波郷
隙間風母をらぬ家のどこよりか　春日こうじ
隙間風終生借家びととして　石塚　友二
夢にまで入る隙間風夫婦たり　大沢　初代
かく隙ける隙間風とはわらふべし　皆吉　爽雨
隙間風屏風の山河からも来る　鷹羽　狩行

虎落笛（もがりぶえ）

冬、風が吹いて、物干し竿や垣根などにあたるとき、発するヒューヒューという音のことで、笛のように鳴るのでもがり笛という。〈本意〉もがるというのは、反抗する、さからう、我（が）を張る、だだをこねるなどの意をあらわすことばで、竿や棒にあたる風が笛のように立てる音である。

虎落笛子供遊べる声消えて　高浜　虚子
虎落笛子をとられたる獣のこゑ　山口波津女
虎落笛叫びて海に出で去れり　山口　誓子
虎落笛痛飲のこと我になし　相生垣瓜人
燈火の揺れとどまらず虎落笛　松本たかし
来ずなりしは去りゆく友か虎落笛　大野　林火

牛が仔を生みしゆふべの虎落笛　百合山羽公
今日と明日の折り目にふかきもがり笛　永作　火童
*樹には樹の哀しみのありもがり笛　木下　夕爾
夜は村に霊還り来る虎落笛　笹川　正明
歩一歩闇ひきしまる虎落笛　相馬　遷子
やはらかき児の蹠拭く虎落笛　中田　幸子

鎌鼬（かまいたち）　鎌風（かまかぜ）

十分に説明されていない現象だが、空気中になにかのはずみに真空に近いところができ、人体がそこにふれると、皮膚が裂け、出血するという。これは真空の部分と接することで体内の圧力が平衡を失うことで、皮膚が裂けるのだという。新潟、長野両県にとくに多い。昔は、かまいたちという怪獣がいて、するしわざだと信じられていた。〈本意〉『和漢三才図会』には二つの鎌風、鎌鼬が記されている。「按ずるに、勢州・尾州・濃州・驒州に、不時に暴風の至ることあり。俗にこれを〈一目連〉と称して、もつて神風となす。その吹くや、樹を抜き厳を仆し屋を壊ち、破裂せずといふものなし。ただ一路にて他処を傷つけず。勢州桑名郡多度山に一目連の祠あり。相州にこれを〝鎌風〟といひ、駿州にこれを〈悪禅師の風〉といふ。相伝へて云、その神の形、人のごとくにして、褐色の袴を着す、云々。蝦夷松前に臘月厳寒、しかも晴天に凶風あり。行人、これに逢ふ者、卒然として倒仆し、その頭面あるひは手足に五六寸ばかり創を被る。俗にこれを〝鎌へたち〟といふ。しかれども死に至る者なし。急に萊菔（だいこん）の汁を用ひてこれに傅（つ）くるときは、すなはち癒ゆ。痕、金痕のごとし。津軽の地にも、ままこれあり。けだし、極寒の陰毒なり。これと〈一目連〉とは、似て同じからず。みな悪気の風なり」。後者の方が普通いう鎌鼬のようであるが、さだかにわからぬ冬の異常現象である。

鎌鼬萱(かや)負ふ人の倒れけり　水原秋桜子
＊三人の一人こけたり鎌鼬　池内たけし
血塗りたる女人あはれや鎌鼬　檜垣　括瓠
柚もぐやきりりと足に鎌鼬　由利　荔枝
馬売りて墓地抜けし夜の鎌鼬　千保　霞舟
声あげて見てもひとりや鎌鼬　田中よし雄

初時雨(はつしぐれ)

その冬にはじめて降る時雨のことである。時雨は初冬のころ、晴れていると思うとさっと降り、またさっとやんでしまう通り雨で、このような雨は、春や秋にも降ることがあるが、それは春時雨、秋時雨と区別する。京都辺や濃尾平野に多い。〈本意〉『改正月令博物筌』に、「初時雨とは、十月になつて初めて降るをいふ。秋の末に降るは、〝秋の時雨〟というて、〝初時雨〟とはいはず」とある。『後撰集』に、「ひとり寝る人の聞かくに神無月にはかにも降る初時雨かな」などとうたわれるように、さびしさと、あわただしさがこもる。また芭蕉によって、旅のわびしさ、嬉しさ、心ぼそさもうたいこめられてゆく。「旅人と我が名呼ばれん初しぐれ」「初しぐれ猿も小蓑をほしげなり」「けふばかり人も年よれ初時雨」など。去来の「鳶の羽も刷(かひつくろ)ひぬはつしぐれ」、蓼太の「新藁の蓑の青みや初時雨」、一茶の「座敷から湯に飛び入るや初時雨」などが知られている。

＊初時雨これより心定まりぬ　高浜　虚子
初時雨とは聞くからに濡れて見ん　池内たけし
ときじゆくのかぐのこのみや初時雨　細木芒角星
初時雨旅のこころを濡れ通す　八幡城太郎
大原女の紺が匂ふよ初時雨　富岡　犀川
初しぐれ病む身がおもう人の上　石川　桂郎

時雨(しぐれ)

朝時雨　夕時雨(ゆふしぐれ)　小夜時雨　村時雨　北時雨　北山時雨　横時雨　片時雨
月時雨　山めぐり　川音の時雨　松風の時雨

秋冬の頃にさっと降ってはさっとあがる雨で、陰暦十月が一番多く、時雨月ともいわれる。北西の季節風が山地にあたって吹き上ると、空気が冷えて雲をつくり、雨を降らせる。したがって、山地や山沿いの地方に多い。北国、また京都の時雨は名高い。山から山へ移動して降り、また日が差していても降ることがある。川音や松風の音を時雨と聴いて、川音の時雨、松風の時雨という。これらは擬(まが)い物の時雨である。**〈本意〉**『滑稽雑談』に、「連歌本意抄に云、時雨は秋の中より降るものなれども、秋の詞入れざれば、冬になるなり。ただ〝時雨〟ばかりは、十月、十一月までによし。時雨降る時は、いかにもものさびしく曇りがちにして、軒にも雫の絶えぬ体、秋のしぐれは夜にも木の葉艶(もみぢ)して冷(すさま)じき体、よし。晴るること早し、〈降りみ降らずみ定めなき〉など詠めり」とある。冬の代表季題で、とくに芭蕉が『猿蓑』の美目として立てたことで知られる。古典時代には次のような句があった。「しし〱し若子の寝覚の時雨かな　西鶴」「降る度に月を研ぎ出すしぐれかな　来山」「新藁の出初めて早き時雨かな　芭蕉」「草枕犬も時雨るるか夜の声　同」「一尾根はしぐるる雲か富士の雪　同」「しぐるるや田の新株の黒むほど　同」「時雨るるや黒木つむ屋の窓あかり　凡兆」「幾人かしぐれかけぬく瀬田の橋　丈草」「なつかしや奈良の隣の一時雨　曾良」「遠山に夕日一すぢ時雨かな　蕪村」「楠の根を静にぬらす時雨かな　同」「木兎の頬(つら)に日のさす時雨かな　同」「しぐるるや鼠のわたる琴の上　同」などが知られる。枯れさびた、墨染めの衣を艶と思う心といえよう。

小夜時雨上野を虚子の来つつあらん　正岡　子規
＊天地の間にほろと時雨かな　高浜　虚子
鶏の親子さびしきしぐれかな　岡村　柿紅
時雨るるや空の青さをとぶ鴉　原　石鼎
栂の尾のしぐれ槙の尾しぐれざる　池内たけし
石段のぬるるにはやきしぐれかな　久保田万太郎
しぐれふるみちのくに大き仏あり　水原秋桜子
もてあそぶ火のうつくしき時雨かな　日野　草城
翠黛の時雨いよいよはなやかに　高野　素十
みちのくの時雨は荒し棒の虹　山口　青邨
母葬る土美しや時雨降る　橋本多佳子
しぐるゝや目鼻もわかず火吹竹　川端　茅舎
まぼろしの鹿はしぐるるばかりかな　加藤　楸邨
しぐるゝや駅に西口東口　安住　敦
時雨るゝや水をゆたかに井戸ポンプ　中村　汀女
自嘲うしろすがたのしぐれてゆくか　種田山頭火
チエホフを読むやしぐるる河明り　森　澄雄
象潟やしぐれの雲の海鳴りす　角川　源義
しぐるゝとてのひらに切る豆腐かな　河原　白朝
大鍋に蟹ゆで上る時雨かな　鈴木真砂女
雪しぐれ身にくひこみし紐ひとすぢ　鷲谷七菜子
うつくしきあぎとあへり能登時雨　飴山　実
しぐれ来てひとりひとりが匂ふかな　山田みづえ
墨青く磨ればしぐるる桂郎忌　古賀まり子

冬の雨（ふゆのあめ）　凍雨　雨氷

冬に降る雨のことで、雪でなく雨になるのは、寒さがやわらいだためである。日本の冬は、日本海側は降れば雪であり、太平洋側は雪があまり降らないのが普通である。雨が雪になるのは、地上の気温が三度前後の時といわれ、そのあたりの気温だと、雨が凍って霰のようになって降ったり、雨滴がおちて凍りつき、ガラス細工のようになったりする。前者を凍雨、後者を雨氷という。〈本意〉『改正月令博物筌』に「冬の雨はこまかにして、多くは雪にまじはるなり」とあって、つめたく凍りつきそうなことが主眼になる。芭蕉にも「面白し雪にやならん冬の雨」とある。太祇に「宵やみのすぐれて暗し冬の雨」とあり、冬の雨はくらい感じだが、さむい中にさむさのゆるびがまざる。

煙突の煙棒のごと冬の雨　高浜　虚子
＊水漬きつつ木賊は青し冬の雨　中村　汀女
伐り株の桑に菌や冬の雨　西山　泊雲
湯の町や冬雨あがる宵の靄　西島　麦南
あさましく柚子落ちてあり冬の雨　原　石鼎
冬の雨岳寂光に雪降れり　沢木　欣一
冬の雨お神楽あがりゐたりけり　田村　木国
冬小雨馬場けむらせてレース果つ　片岡　亮一

寒の雨（かんのあめ）　寒九の雨

冬の雨ではあるが、とくに寒の内に降る雨をいう。北国ではこのようなことはなく、関東地方から西の地域だけである。寒に雨が降るのはあたたかいためで、春の接近を知らせる雨ともいえる。雨のあと、あたたかい日和になることが多いが、また季節風がつよまりさむくなることもある。〈本意〉寒中の雨ではあるが、雨なのであたたかい寒をあらわす。春遠からずという実感が湧いてくる。

寒の雨あがりて淵の澄みにけり　水原秋桜子
貨車一つ忘られてある寒の雨　神山　杏雨
＊うつほどに藁の匂ふや寒の雨　金尾梅の門
寒の雨大降りとなりてあたたかき　佐野青陽人
鹿はみな置きたるごとく寒の雨　田村　木国
寒の雨音を高めて降りにけり　新保　旦子
兄妹の焚火のあとの寒の雨　安住　敦
寒の雨山中に艶もどりたる　原田しずえ
常の屋台出ぬ夜はさみし寒の雨　古賀まり子
寒の雨小鳥またたき去りにけり　平井　照敏

霰 あられ　初霰　夕霰　玉霰

あられには雪あられと氷あられがある。雪あられは地上の気温が0℃前後のとき、氷あられは0℃以上のときに降る。一般には雪あられのことをあられというが、これは二ミリから五ミリの直径の球状（又は円錐状）の氷の粒で、雪片や雨滴とともに降り、地におちて割れる。氷あられは雪あられを芯にしてぶつかった水滴が氷結したもので、雪あられよりかたく、積乱雲から降る。

〈本意〉『金槐集』の「武士（もののふ）の矢なみつくろふ籠手（こて）の上に霰たばしる那須の篠原」（実朝）が知られており、勇壮さを演出する小道具になっている。『山の井』には、「霰は板庇・根篠の上などに音して降れる心ばへ、かき乱れて降りしけるままに、庭のつちべも玉敷くと見え、藁屋の屋根も玉殿となれるけしき、また、霰の酒をも言ひなし、霰釜をもつらねはべる」とある。玉霰という美称のこころが語られている。砕く、よこぎる、玉、深山、玉ざさ、松原、驚くばかりなどと思いあわせた美しい景物であった。芭蕉に「霰聞くやこの身はもとの古柏」「石山の石にたばしる霰かな」「いざ子ども走り歩かん玉霰」、太祇に「傘さして女のはしる霰かな」、蕪村に「玉霰漂母が鍋をみだれうつ」、暁台に「玉あられ鍛冶が飛火にまじりけり」、白雄に「匂ひなき冬木が原の夕あられ」がある。美しい冬の季物である。

島原の霰をうける袂かな　岩谷山梔子
人等来るうつくしき霰もちて来る　山口青邨
この度は音のしてふる霰かな　高野素十
霰やみし静けさに月さしてをり　内藤吐天
＊畦立ちの仏に霰たまりける　水原秋桜子
霰打つ暗き海より獲れし蟹　松本たかし
磐石をめがけて霰降り集ふ　山口誓子
道訊きにゆきし子を待つ父へ霰　中村草田男

こぼれたる霰の空のあをかりき　五十崎古郷
蘆原の日の中に降るあられかな　阿部みどり女
鉄鉢の中へも霰　種田山頭火
竹を割る俄霰に力得て　高木和蕾
北国の夕べの霰小鯛煮ゆ　高島筍雄
足もとに霰はね降る別れかな　小林寂人
玉霰人の恋聞く聞き流す　清水基吉
てのひらの霰天より帰り来し　丘本風彦

霙（みぞれ）　みぞるる

雨と雪とが同時にまざり降るのがみぞれで、冬のはじめや春のはじめに降る。ちょっとした気温の変化で、雨になったり、雪になったりするし、同じ町の山の手が雪なのに、下町ではみぞれのこともある。〈本意〉『風雅集』に「夕暮のみぞれの庭や氷るらむほどなく積もる夜半の白雪」とあるが、雨と雪の中間のゆれうごく気温をよくあらわす歌である。『俊頼髄脳』にも「みぞれといへるは、雪まじりて降れる雨をいはば、冬もしくは春の初めなど詠むべきにや」とある。さむざむとして暗い感じである。丈草に「淋しさの底ぬけてふるみぞれかな」、一茶に「ゆで汁のけぶる垣根やみぞれふる」がある。心理的な暗さ、さむさである。

みぞれとはやさしき名なり積るかも　渡辺水巴
おもひ見るや我屍にふるみぞれ　原石鼎
霙れつつ鯛焼の火を落しをり　水原秋桜子
＊鶏の軒端追はるるみぞれかな　富田木歩
霙るゝと告ぐる下足を貰ひ出づ　中村汀女
夕霙帳簿のかげの顔あぐる　平栗猪山
筆とらず読まず机に霙きく　上村占魚
見るたびに干足袋うごく霙なか　谷野予志
みぞるゝとたちまち暗し恐山　五所平之助
霙着て冬の案山子となりつくす　新谷ひろし
みちのくの上田下田のみぞれけり　角川源義
霙るると妻は足湯をしてをりぬ　外川飼虎

霧氷（むひょう） 樹霜 粗氷

冬山や寒い土地で、極度に冷えた霧が、樹木その他に、氷層をなして付着することで、白、あるいは半透明である。樹霜・樹氷・粗氷の三種類があり、樹霜は、水蒸気が枝などに直接凍りついたもの。樹氷は0℃以下の霧の粒が吹きつけられてできる氷で、風がつよいと風上に多くつく。粗氷は、樹氷と同様にできるが粒が大きく、0℃に近いときにできる。〈本意〉大正のはじめ頃から使われはじめた科学時代の季題である。寒地や冬山で見られる氷で、樹々の枝などを美しく飾る。日が出たときにはまぶしい。

燦爛たる霧氷の原に麺麭を食ふ　山口　誓子
樹氷林むらさき湧きて日闌けたり　石橋辰之助
霧氷林日を得て沼の瑠璃きはむ　角川　源義
＊霧氷咲き町の空なる太初の日　相馬　遷子
清冽に日の言葉あり霧氷咲く　岸　秋渓子
霧氷林ぬけて焼岳より来しと　福島　吹斗
霧氷の森鉈研ぎ覚す水硬し　進藤　忠治
七つ星樹氷の空をありくなり　中川　宋淵
霧氷林透きとほる吾かと思ふ　前田野生子
霧氷林三日月紐の如く飛び　岡部六弥太
樹氷林男追ふには呼吸足らぬ　寺田　京子
烈風に影をみじかく樹氷立つ　望月たかし

雨氷（うひょう）

非常につめたい霧雨や雨が、0℃以下、あるいは0℃よりやや上の温度の地物について氷結したもので、透明な氷の層をつくる。山国に多いが、高いところで雨が降っているときできやすい。〈本意〉雨がものにあたって氷り、ガラスのように覆ったものだから、きらきら輝いて美しい。

気温が上るとすぐにとける。霧氷と比べると例句はあまりない。

日俘われ雨氷の帽庇深く垂る　佐々木有風　＊みちのくの出湯溢るる雨氷かな　深尾　正夫
焼杭の数本すでに雨氷の季　皤谷　東吾　雨氷つづる窓の旅愁はおのづから　宇藤　旗児

初霜　はつしも

その冬はじめておりた霜のこと。内陸では早く、海岸沿いはおそいのが普通である。また都市ではおそく、郊外でははやい。初霜の平年日は、北海道で十月初旬、東北で十月下旬、東京で十一月中旬、四国で十二月下旬から一月上旬である。〈本意〉『古今集』の「心あてに折らばや折らむ初霜の置きまどはせる白菊の花　躬恒」がよく知られている。霜は秋の半ばから降るが、秋の詞を入れれば秋、霜とだけ言えば初霜も冬の季になると『連歌本意抄』にある。日本では地域差が大きいが、初霜ということばは冬のはじめのことばである。芭蕉に「初霜や菊冷え初むる腰の綿」、惟然に「初霜や小笹が下のえびかづら」、一茶に「初霜や茎の歯ぎれも去年まで」がある。冬の視覚的なはじめである。

＊一つ葉に初霜の消え残りたる　高浜　虚子　人影す堆の初霜あたゝかに　西島　麦南
初霜や物干竿の節の上　永井　荷風　初霜や掌にしたゝらす髪油　青木　喜久
初霜やひとりの咳はおのれ聴く　日野　草城　初霜や底より湧いて鯉の色　広瀬　直人
初霜や斧を打ちこむ樹の根っこ　秋元不死男　初霜の坂口の竹明りかな　梶　千秋
初霜の柿や天地を貫けり　滝井　孝作　子をふちどる朝日の赤さ初霜す　大熊　輝一

霜（しも）　霜解　霜晴　大霜　深霜　強霜（つよしも）　朝霜　夜霜　霜の声　霜凪　霜雫

霜は晴れた風のない夜や朝に多く生ずるもので、地物につく氷晶である。水蒸気が氷になったもの。冬の季節風がおとろえ、移動性高気圧がやってきて、気温が3℃以下にさがったときにできる。〈本意〉『八雲御抄』に「露結びて霜とはなるなり。別物にあらず。天気によりかはるなり」とある。寒い夜、また朝の視覚的イメージである。宗因に「里人のわたり候か橋の霜」、芭蕉に「薬飲むさらでも霜の枕かな」「葛の葉のおもて見せけり今朝の霜」「夜すがらや竹凍らするけさの霜」、蕪村に「衛士の火もしらじら霜の夜明けかな」、大魯に「かさなりて犬の子やなく霜や置く」、一茶に「空色の山は上総か霜日和」などがある。

＊南天をこぼさぬ霜の静かさよ　正岡　子規
霜降れば霜を楯とす法の城　高浜　虚子
河岸をゆく羽織たらりと霜日和　飯田　蛇笏
霜つよし蓮華と開く八ヶ嶽　前田　普羅
霜の菊傷つきし如膝重し　水原秋桜子
歓ずれば一些事なれど霜の声　富安　風生
霜の鐘にこもれる一語又一語　菅　裸馬
霜夜来し髪のしめりの愛しけれ　大野　林火
死や霜の六尺の土あれば足る　加藤　楸邨
パン種の生きてふくらむ夜の霜　同
霜の墓抱き起されしとき見たり　石田　波郷
力竭して山越えし夢露か霜か　同
グノー聴け霜の馬糞を拾ひつゝ　同
霜の屋根見え山ふかく大廈あり　西島　麦南
霜あかりしておしならぶ夜の伽藍　中川　宋淵
猫がまぶしむ霜の強気の雀たち　北原志満子
霜に病む街のねむりは野のごとし　森　澄雄
霜旦の鶏鳴悲鳴にも似たり　宮津　昭彦
夢に来し妻こまごま甘ゆ霜咲けり　矢島　薫
強霜や一音欠けてオルゴール　長岐　靖朗

雪催(ゆきもよひ)　雪げ　雪曇　雪雲

曇天が垂れこめ、底冷えがして、雪が降りそうな空模様のこと。〈本意〉『北越雪譜』に「雪意(ゆきもよひ)」と題して、次のようにある。「およそ九月半ばより霜を置きて寒気次第に烈しく、九月末に至れば、殺風肌を侵して冬枯の諸木葉を落し、天色霎々(せふせふ)として日の光を看ざること連日これ雪の意(もよほし)なり。天気朦朧たること数日にして遠近の高山に白を点じて雪を観せしむ。これを里言に岳廻といふ。また、海ある所は海鳴り、山ふかき処は山なる、遠雷のごとし。これを里言に胴鳴りといふ。これを見これを聞きて、雪の遠からざるを知る。年の寒暖につれて時日はさだかならねど、〈だけまはり・どうなり〉は秋の彼岸前後にあり、毎年かくのごとし」。これは北越という雪国の雪催だが、雪の降る前は太平洋側でも、底冷えがして、雲が垂れこめている。芭蕉に「京まではまだ半空や雪の雲」がある。

雪催ひ菓子食ふならば灯に染めて　中村草田男
墨すつて昼暗くせり雪催　同
東塔の美しきゆゑ雪催ひ　後藤夜半
蜂蜜にげんげの匂ふ雪催　鈴木雪湖
*雪雲に青空穴の如くあく　高浜年尾
紙干して雪雲より陽を誘ひだす　飯田旭村
雪催小家に住める友ばかり　石田波郷
妻の煮るものあふれたがるよ雪催　吉田明
幼女早や内股あるき雪催　秋元不死男
雪催ふをんなの熱き土不踏　神尾久美子

初雪(はつゆき)

秋から冬にかけてはじめて降る雪で、雨に混じって降り出したり、雪あられとなってぱらぱらと降ったりすることが多い。初雪で、地に積もることもあり、初積雪が初雪に一致することもある。富士山の初冠雪は九月中旬、初雪は札幌で十月下旬、秋田で十一月中旬、東京で十二月下旬、鹿児島になると一月初旬である。〈本意〉『拾遺集』に「都にてめづらしと見る初雪は吉野の山に降りやしぬらむ」とあるが、晩秋・初冬の頃に、山には初雪が見られる。木枯が吹き出しさわがしい夜に、少し岸に降り、里野の木草の葉に薄くたまっておもしろく思われるのがあわあわしい初雪の様子で、『栞草』にも「初雪は、積もらぬさまに詠めり」とある。芭蕉に「初雪や幸ひ庵に罷り有る」「初雪や水仙の葉の撓むまで」、一茶に「初雪や古郷見ゆる壁の穴」「初雪やちらちらけぶるたばこ殻」がある。芭蕉の作に心のおどりが見られ、一茶の作に北国の人らしい雪の暗さへの不安がうかがえる。

うしろより初雪降れり夜の町　前田　普羅
建前の木やりが呼びし初雪か　永井東門居
＊初雪の見事に降れり万年青の実　村上　鬼城
初雪のどか雪となりあたたかし　朔多　恭
初雪や奥羽山脈深々と　吉田　狂草
はじめての雪闇に降り闇にやむ　野沢　節子
貨車の屋根の煤雪の上に初雪す　原田　種茅
初雪や家族の数の藁帽子　大図　四星

雪（ゆき）

六花（むつのはな）　不香花　銀花　雪空　雪明り　雪の声　雪煙　大雪　深雪（みゆき）　小雪　粉雪（こなゆき）　細雪（ささめゆき）　小米雪　綿雪　牡丹雪　水雪（みづゆき）　今朝の雪　しまり雪　ざらめ雪　新雪　凍雪　根雪　積雪　風雪

雪は空気中に含まれる水蒸気が空高くで冷えて水滴となり、気温が低いと氷滴になり、これが大きくなって雪の結晶になる。これが地上に落ちてくるとき成長して雪片となる。雪の結晶には六方形、針状、板状などの形がある。日本で雪の多いのは北陸から北海道にかけての日本海側で、積雪が五、六メートルにおよぶこともある。雪が少しでも降る日を雪日数として数えると、日本海側の札幌一二三日、秋田九九日、新潟・高田七九日にたいし、太平洋側は、帯広七一日、仙台六四日、東京一三日、大阪一八日となる。気温の高いときの雪は大きく牡丹雪となり、低いときには小さくさらさらの粉雪になる。雪がとけず残ったものを根雪、新しく降った雪を新雪、きめのこまかな雪をしまり雪、大粒の雪をざらめ雪という。積もった雪を強風がふきとばすのが吹雪で、強風の中の降雪は風雪である。雪の被害も大きいが、豊年の瑞兆ともいわれ、伐木の運搬を助けたり、交通の役に立ったりする。スキーがさかんになっているし、また、雪月花という日本の代表的な美目でもある。〈本意〉「夕されば衣手寒し高松の山の木ごとに雪ぞ降りたる」(『万葉集』)、「朝ぼらけありあけの月と見るまでに吉野の里に降れる白雪　是則」(『古今集』)などと、古くから冬の代表的美とされてきた。『至宝抄』には、「雪は、遠山の端、奥山里には降り積もり、爪木・薪の道も絶え、往き来の人の袖も払ひかねたる折節も、都の空にはめづらしく初雪・薄雪など興を催し、然るべく候」とある。『山の井』にも、「……友を尋ねし王子猷のその昔、簾を撥げたる白居易の故事、庭の白妙に甲斐の白根を思ひ、お前に積もれるを富士に作りし住吉の情、源氏の宮のみやびなどをも思ひ寄せ」とあり、雪を賞ずる伝統の古さを伝えている。芭蕉に「馬をさへながむる雪の朝かな」「市人よ此の笠売らう雪の傘」「撓みては雪待つ竹のけしきかな」「箱根越す人も有るらし今朝の雪」「酒飲めばいとど寝られね夜の雪」、其角に「我が雪とおもへばかろし笠の上」、去来に「応々といへど敲くや雪の門」、凡兆に「下京や雪つむ上の夜の雨」、闌更に「白壁に雪ちりかかる都かな」、一茶に「心からしなのの雪に降られけり」「むまさうな雪がふうはりふはりかな」「是がまあつひの栖か雪五尺」「雪ちるやおどけも言へぬ信濃空」「雪ちらりちらり見事な月夜かな」がある。日本の三大季題の一つ。

雪空の羊にひくし出羽の国　幸田　露伴
＊いくたびも雪の深さを尋ねけり　正岡　子規
舞ふ雪や一痕の星残しつつ　藤森　成吉
今日も暮るる吹雪の底の大日輪　臼田　亜浪
降る雪や玉のごとくにランプ拭く　飯田　蛇笏
雪深く南部曲り家とぞ云へる　山口　青邨
外套の裏は緋なりき明治の雪　同
豆腐の荷置くも担ぐも雪の中　中田みづほ
ゆきふるといひしばかりの人しづか　室生　犀星
雪に来て美事な鳥のだまりゐる　原　石鼎
行きゆきて深雪の利根の船に逢ふ　加藤　楸邨
馬が眼をひらいてゐたり雪夜にて　同
落葉松はいつめざめても雪降りをり　同
さえざえの雪後の天の怒濤かな　同
電柱に裏側ありて雪とびつく　加倉井秋を
みづからを問ひつめゐしが牡丹雪　上田五千石
夜の書庫にユトリロ返す雪明り　安住　敦
雪はげし縛されざるはむしろわびし　吉野　義子
馬の眼に遠き馬ゐて雪降れり　中条　明
雪空や檻の海鵜は遠く見る　阿部みどり女
雪片のつれ立ちてくる深空かな　高野　素十
雪明り一切経を蔵したる　同
しんしんと雪降る空に鳶の笛　川端　茅舎
月光に深雪の創のかくれなし　同
しんしんと柱が細る深雪かな　栗生　純夫
降る雪や明治は遠くなりにけり　中村草田男
深雪道来し方行方相似たり　同
壮行や深雪に犬のみ腰をおとし　同
雪の水車ごつとんことりもう止むか　大野　林火
限りなく降る雪何をもたらすや　西東　三鬼
穴掘りの脳天が見え雪ちらつく　同
雪はしづかにゆたかにはやし屍室　石田　波郷
牡丹雪その夜の妻のにほふかな　同
細雪妻に言葉を待たれをり　同
雪はげし抱かれて息のつまりしこと　橋本多佳子
雪の日の浴身一指一趾愛し　同
病む夫にはげしき雪を見せんとす　山口波津女
がう〳〵と深雪の底の機屋かな　皆吉　爽雨

夢にも欲りし家のまはりに雪が降る　杉山　岳陽
地の涯に倖せありと来しが雪　細谷　源二
窓の雪女体にて湯をあふれしむ　桂　信子
深雪に入る犬の垂れ乳紅きかな　原子　公平
狂へるは世かはたわれか雪無限　目迫　秩父
雪無音たれも使はぬ言葉欲し　沖田佐久子
水流す音して雪の底に住む　柏　禎
新雪を掘れば雪穴青く澄む　関谷　昌子
海坂に牡丹雪ふる吾がねむり　佐藤　鬼房
刻かけて蟹食ふ夜の雪密に　川島万千代
雪あかり胸にわきくるロシヤ文字　古沢　太穂
雪の上を死がかがやきて通りけり　石原　八束
山鳩よみればまはりに雪がふる　高屋　窓秋
雪国に子を生んでこの深まなざし　森　澄雄
大ぎ葉に雪は甘えてつもりをり　辺見　京子
雪に置く菊は屍に置く如し　古舘　曹人
新雪や太陽のほか許さざる　橋本　輝枝
雪明りゆらりとむかし近づきぬ　堤　白雨
雪降らす天の雪蔵開け放ち　玉井　俊一
天地の息合ひて激し雪降らす　野沢　節子
奥白根かの世の雪をかゞやかす　前田　普羅
雪片と耶蘇名ルカとを身に着けし　平畑　静塔

雪女郎（ゆきぢよらう）　雪女　雪鬼　雪坊主　雪の精

雪の夜に出るといわれる妖怪で、雪国にいろいろ伝えられている。雪の夜に白い姿でさまよい歩くので、雪女郎・雪女といわれ、また雪入道・雪坊・雪婆・雪女御などともいわれる。遠野地方では、小正月の夜、冬の満月の夜、雪女が童子を連れて遊び、また十五日の夜には子どもは雪女が出るから早く帰れという。秋田地方では雪女の顔を見るとたたられるといい、磐城地方では、雪女郎に背をむけると谷につきおとされるという。津軽地方では、正月元日に雪女が降り、最初の卯の日に帰る、雪女のいる間稲の花がしぼむ、卯の日がおそい年は作がわるいという。地方によって白い美女だったり、老婆だったりする。〈本意〉『年浪草』には「深山雪中、稀れに女の皃（かほ）

を現ず。これを雪女といふ。雪の精といふべし」とあるが、いろいろに伝えられている。雪のうちの化相のもの、陰気凝りてあらわれた怪しい形などとされる。ラフカディオ・ハーンの雪女が、ひろくイメージを伝えるのに役立っている。

＊みちのくの雪深ければ雪女郎　山口　青邨
雪女郎美しといふ見たきかな　大場白水郎
雪女郎おそろし父の恋恐ろし　中村草田男
雪をんなこちふりむいてゐたともいふ　長谷川素逝
錦鯉は夜がくるまでの雪女　尾崎　喜八
笹飴やいとけなかりし雪女郎　森　澄雄
雪山のどのみちをくる雪女郎　同
夜雪積む雪女郎こそ恐ろしや　小林　康治
聖堂の固き扉に泣く雪をんな　佐野まもる
雪女郎星瞬きをやめしとき　菊池　滴水

雪晴（ゆきばれ）　深雪晴（みゆきばれ）

雪の降った翌朝は、晴れて風のないあたたかな天気であることが多い。それで日の光を浴びて、雪がまばゆいほどに輝き、明るく美しい。〈本意〉「雪の揚句の裸坊の洗濯」ということばがあるような天気で、雲一つない青天がひろがる。

＊きつつきの来て雪晴の直ぐなる樹　大野　林火
雪晴や雨垂れの音皆ちがふ　田村　木国
雪晴れて漆の如き鴉かな　同
晴雪へ瑠璃なすわれの影法師　篠田悌二郎
雪晴や山押し分けて川流る　相馬　遷子
雪後の天いきいきと掌の紅林檎　角川　源義
歳月の戸袋匂う雪の晴　赤城さかえ
北上の瑠璃に流れて雪晴るる　及川あまき
雪晴へ藁のにほひの雀翔つ　丸山　佳子
雪晴や町筋ただす荒格子　野沢　節子

風花　かざはな

雲もなく晴れていながら雪片がちらつくことがある。これは山の方で雪が降っているとき、雪が上層の風に吹きおくられて、風下の山麓地方にとんでくる現象である。裏日本の雪が表日本にとんでくることもあり、群馬県などではよくおこる。〈本意〉『季寄新題集』に「青空ながら雪のちらつくことなり」とあるが、抜けるような青空にとけいるようで、まことに美しい。

日ねもすの風花淋しからざるや　高浜　虚子
炭とりに出て風花の夜も舞へり　富安　風生
風花や胸にはとはの摩擦音　石田　波郷
風花や袂にたまる書き損じ　秋元不死男
いまありし日を風花の中に探す　橋本多佳子
＊風花や美しき夜に入らむとす　星野　立子
風花のかかりてあをき目刺買ふ　石原　舟月
風花や荷風の作をふところに　大町　糺
風花や干されて暗き割烹着　竹内　公子
華かに風花降らすどの雲ぞ　相馬　遷子
風花は火山のあいさつ仔牛跳ね　村上一葉子
風花の眉にとどまる齢かな　戸川　稲村
秩父より風花つれて箒売　野崎ゆり香
風花といふ華やぎを髪に受く　新明セツ子
泣く声に似て風花の煙出　飴山　実
風花やライスに添へてカキフライ　遠藤　梧逸

吹雪　ふぶき　地吹雪　雪煙　雪浪

降った雪が、強い風のために吹きあげられ、同時に空からも雪が降ってくる、雪の激しい流れの渦が吹雪である。地吹雪は地上につもった雪が風で吹きあげられることで、地を這うような地ふぶきと、天をおおうまでに高く吹きあげられる地ふぶきとある。〈本意〉「ふぶきとは、〈ふりふく〉といふ詞の略なり。雪降り風吹くなり」と『御傘』にある。雪吹とも書くが、雪風相まじるもので、遭難の危険のあるもの。「宿かせと刀投げ出す雪吹かな　蕪村」が知られている。

能登人にびやう／＼として吹雪過ぐ　前田普羅
今日も暮るる吹雪の庭の大日輪　臼田亜浪
鎌倉と話す電話や吹雪をり　池内たけし
貨車の豚ひしめき過ぐる吹雪かな　高須茂
吹雪の中車掌の声がきて美し　秋元不死男
＊乳しぼり捨てゝ吹雪となりゐたり　石橋秀野
妻いつもわれに幼し吹雪く夜も　京極杞陽
雪けむり立てど北斗はかゝはらず　石橋辰之助
咳く我を包みし吹雪海へ行く　野見山朱鳥
日輪の細り太まり猛吹雪　大辻山査子
頸剃られゐて鏡面の大吹雪　情野小鈴
蟹糶る声沖より吹雪段なして　三好潤子
吹雪く夜の大黒柱鏡なす　岩崎聖冷子
南部富士地吹雪寄する中に聳つ　高橋青湖
さらさらと地吹雪あそぶ殉難碑　伊藤霜楓
革命いつのこと地吹雪に昏れる村　木附沢麦青
雪煙岳に孤高のこゝろあり　岡田貞峰
燃ゆる日や青天翔ける雪煙　相馬遷子

しまき　雪しまき　雪じまき

吹雪がはげしく吹き巻くこと。「しまく」というのは、巻く意味で、強風や旋風の場合には、ひとしきり、かたまって、巻くように吹くことをいう。一方「雪しまく」は雪がはげしく吹きまくことで、この二つが混淆し、冬の吹雪の吹き巻くイメージとなった。〈本意〉『御傘』に「冬なり。しまきとは、時雨に風の添ひたるをいふなり。雪の添ふをば、〃雪しまき〃といふ。これ、吹雪と似たるものなり。吹雪は雪と風ばかり、雪しまきは時雨と雪と風と三色なり」とある。この「しまき」が「雪しまき」とまざり、吹雪の風の吹きざまをあらわすようになった。

梅寒し野に一塊のしまき雲　内藤　吐天
しまく雪遠きは緩く降りにけり　猿山　木魂
荒海やしまきの晴れ間日落つる　大谷　句仏
*海に日の落ちて華やぐしまき雲　角川　源義
雪しまき瓶洗ふ間も子に呼ばれ　細見　綾子
しまく夜のともしび瞑るごときとき　辻本　武彦
雪しまき女の頰の匂ひ出す　森　総彦
戻り船待つ女らや雪しまく　池月一陽子

冬の雷（ふゆのらい）　寒雷

冬に鳴る雷で、裏日本に多い。寒冷前線によっておこり、激しいことがある。雪の前におこる雷を雪おこし、寒鰤のとれる頃の雷を鰤起しという。〈本意〉太平洋側は夏に、日本海側は冬に雷が多い。日本海側の冬の雷は寒冷前線によっておこるもの。一般的には冬の雷は数もすくなく、はげしくはないというイメージがある。

寒雷や助骨のごと障子ある　臼田　亜浪
*冬の雷家の暗きに鳴り籠る　山口　誓子
冬の雷に醒めし眠を継がんとす　中村草田男
羽目板に木目渦まく冬の雷　菅　裸馬
寒雷やびりりびりりと真夜の玻璃　加藤　楸邨
寒雷の夜半の火柱畏れ病む　森川　暁水
寒雷をひとつころがし海暁くる　阿部みどり女
寒雷の乾びきつたる音すなり　相生垣瓜人
豚舎より仔豚跳び出す冬の雷　吉田　霞峰
寒の雷ひとつ手毬のごとくなり　森下檝之秋

雪起し（ゆきおこし）　雪の雷

雪国で冬の悪天候に鳴る雷のことをいい、雪の降る前に鳴るといわれる。気象的には、大陸高気圧が張り出し、寒冷前線が通過するとき季節風が吹き出すが、その寒冷前線の通過のとき雷が発生するのである。〈本意〉『年浪草』に、「北地、雪のまさに作（おこ）らんとする時、必ず雷これに応ずることあり、これなり」とある。雷のあと雪が降り出すので雪起しというが、雪の雷ともいい、日本海側の冬の独特の気象になる。

とつぷりと暮れし海より雪起し　田村　木国
*灯しても鏡奥晦し雪起し　山口　草堂
黒耀の眼が驚きし雪の雷　細見　綾子
雪の雷浅間の火天ゆるがし来　大坂　藤屋
雪雷や死の刻を医師知る由なし　町原　木佳
死の想ひありて他郷の雪起し　清水　昇子
戸の隙に手紙が刺さり雪起し　細川　加賀
山国の耳振る牛よ雪起し　高橋　正人

鰤起し（ぶりおこし）

十二月、一月に鳴る雷で、ちょうど鰤のとれるときにあたる。それで、この雷の鳴るとき、鰤の初漁、豊漁があると、北陸や相模で語り伝えてきた。その意味で、鰤をおこし、あつめる雷として、鰤起しと名づけられている。〈本意〉冬、低気圧や不連続線の通過のときには、寒冷前線の通過にともなって積乱雲があらわれ、界雷がおこる。そのとき、かならず鰤漁があるのである。漁民らしい名のつけ方である。

*鰤起し杉山檜山色褪せぬ　阿波野青畝
佐渡の上に日矢旺んなり鰤起し　岸田　稚魚
一湾の気色立ちをり鰤起し　宮下　翠舟
隠岐の雲ただならぬあり鰤起し　昆野　草丘
父祖の地の住み難きかな鰤起し　今牧　茘枝
加賀太鼓乱れ打つなり鰤起し　溝口　青於
鰤起しずしりと重き露伴集　中西　舗土
千枚田暮れてとどろく鰤起し　和田　祥子

冬靄（ふゆもや）　寒靄

風がなく、大気がぼんやりとけむったようで、澄明でない状態のときをいう。水蒸気がたちこめて浮動するものだが、霞、霧、靄があり、霞は棚引き、霧は湧き、靄は立ちこめるという。霞はかるく、霧はより濃くて、靄より明るい。靄は重くわびしい感じで、暗い陰鬱さがある。冬に靄は立ちこめやすく、濃くなるとスモッグになる。〈本意〉霧より暗く、陰鬱なもので、冬のくらさ、陰鬱さを作り出すもの。

*冬の靄クレーンの鉤の巨大のみ　山口　青邨
朝日さす冬靄中の火の蕊に　飯田　龍太
日上れば芦原は冬の靄となる　開原　冬草
冬靄に灯が見ゆ家に母在れば　鈴木　栄子
寒靄の中まぼろしの蔵王顕つ　堀井春一郎
寒の靄よごれたる歯で馬笑ふ　日比野　尉

冬霞（ふゆがすみ）　寒霞（かんがすみ）

霞については気象学の観測はおこなわれていないが、千メートル以上見えるが大気澄明ならず霧とも煙霧とも区別できない場合にはこれを霞とするという。たなびく霞を見て、心をなごませる人が多い。〈本意〉霞は本来春の季語だが、風のないおだやかな暖かい冬の日にもたなびく。のどかな、なごやかなイメージ。

冬霞濃くて煤降る丸の内　菅　裸馬
*冬霞茶の木畑に出て見れば　富安　風生
大仏は猫背におはす冬霞　大橋越央子
冬霞む塩田のたゞ仕切られて　殿村菟絲子

いまありし夕日の跡の冬霞　野沢　節子
寒霞からまつ林に来てたまる　三宅　七采
夜がとざす人の晩年寒霞　戸村　羅生

すこし濡して斧に巻く縄冬霞　能村登四郎
九十九里弧をやはらかに冬霞　川越　民子
幼子を預る一ト日冬霞　関口　栄子

冬の霧（ふゆのきり）　冬霧　スモッグ　煙霧

霧は秋の季語だが、しかし冬には都市に発生する霧が多い。さむざむとして重い霧だが、工業都市の東京、横浜、大阪などではスモッグが公害問題となっている。煙（スモーク）と霧（フォッグ）が混じり合ってできるスモッグは、煙突の煙、車の排気ガスが空中で濃い靄や霧となったもので、視界がわるい。スモッグは、紫外線を吸収し、有毒なガスを含むことがあり、人体に有害である。〈**本意**〉「朝ぼらけ佐保の川霧冬かけて鳴くや千鳥のなほ迷ふらん　家隆」（『夫木和歌抄』）の歌のように、冬霧は水ぎわに立つもので、秋の霧ほど深くはない。しかしさむざむとして重い。

月光のしみる家郷の冬の霧　飯田　蛇笏
橋に聞くながき汽笛や冬の霧　中村　汀女
路次ふかく英霊還り冬の霧　大野　林火
冬霧のはれゆく墓の減りもせず　石田　波郷
寄席を出し目鼻に寄るや冬の霧　同
友来る一灯を包む冬の霧　沢木　欣一
＊冬霧やしづかに移る朝の刻　谷野　予志

失ふや冬霧の濃さやはらかさ　油布　五線
細き灯やスモッグ街の鯛焼屋　本宮夏嶺男
スモッグの底キャデラックは深海魚　山下　大杉
赫き日を得て冬霧のうごき出す　岸田　稚魚
灯が消えてしまへばただの冬の霧　岡　鋭一
白を失ふ鶏のだんまり冬の霧　星野　沙一
山よりも冬霧街にしたしめり　神崎　聖徳

冬夕焼（ふゆゆふやけ）　寒夕焼　冬茜

冬の夕焼は短かい時間だが、その間、とくに印象的な紅にもえて、空と地を染める。まもなく、たちまちに色あせる。寒中の夕焼は寒夕焼で、紅がひときわ血のようである。〈本意〉夕焼は夏のものだが、冬の夕焼は短時間で胸にしみ入るようにせつなくはかない。さむざむとして、血のにじむ印象である。

むつかしき辭表の辭の字冬夕焼　富安　風生
卵黄を掻き解き掻き解く冬夕焼　中村草田男
寒夕焼ひかゞみに手を挟み臥て　石田　波郷
冬夕焼沁み入る地下の茂吉かな　堀井春一郎
冬夕焼ネオンがさきに夜創る　長岐　靖朗
*ワッと声あげて泣きたし冬夕焼　土屋　ゆき
寒夕焼運河をそめて昏らかりき　塚原　麦生
冬夕焼わが失ひし血のごとく　木下　夕爾
むらさきの冬夕焼を掌にすくふ　古舘　曹人
寒夕焼終れりすべて終りしごと　細見　綾子
濤よりもおのれはためく寒夕焼　米沢吾亦紅
寒夕焼いつまでまとふまづしさよ　梗間　ふみ

冬の虹（ふゆのにじ）

虹は夏にもっとも多く、春・秋がこれに次ぎ、冬はもっともすくないが、そのめずらしい冬の虹は、鮮明にあらわれて美しい。〈本意〉まれに見える虹で、しかも鮮明なので、冬のきりっとしまった自然と呼応して、とりわけ美しく見えるのである。ある種の神秘さも感じられよう。

*神は地上におはし給はず冬の虹　飯田　蛇笏
冬の虹消えむとしたるとき気づく　安住　敦
薪割るや裏山に立つ冬の虹　秋元不死男
背信の罪軽からず冬の虹　稲垣きくの

反りかへる冬虹われにも恋ありし　益子　たみ
檜山にしぐれの虹は欠けて立つ　小林　俠子
走る子がゐて草そよぐ冬の虹　長谷川双魚
冬虹の忽と棒立ち桜島　石田　勝彦
冬の虹大浪打てば消ゆるかも　中条　明
冬虹やまろき幼きバレリーナ　檜原　敏子

地理

冬の山（ふゆのやま）　冬山　枯山　山枯るる　雪山　雪嶺（せつれい）　冬山家　冬山路

冬の山は、草木が枯れて、しーんとしずまりかえっている。枯山であり、雪をつもらせていれば雪山となる。登山やスキーがさかんになって、冬の山の中には、かえって冬ににぎやかになる山もある。〈本意〉『栞草』に「草木枯れてさびしきさまをいふ」とある。才麿の「心隈なくぞ覚ゆる冬の山」、蕪村の「めぐり来る雨に音なし冬の山」、召波の「あたたかき雨にや成らん冬の山」など、しずかな、澄んだ、なごやかな山がうたわれてきた。

冬山路俄にぬくきところあり　高浜　虚子
＊雪山を匐ひまはりゐる谺かな　飯田　蛇笏
汽車とまり遠き雪嶺とまりたり　山口　誓子
雪嶺に三日月の匕首（ひしゅ）飛べりけり　松本たかし
雪嶺や畦の焚火に誰もゐず　秋元不死男
冬山の一点ひかり人住めり　石橋辰之助
冬山の円々とあり低くあり　星野　立子
木樵ゐて冬山谺さけびとほし　橋本多佳子
この雪嶺わが命終に顕ちて来よ　同
冬嶺に縋りあきらめざる径曲り曲る　加藤　楸邨
枯山はとほしかゞやく馬の膚　横山　白虹
冬の山動くものなく径通ず　村越　化石
雪嶺のひとたび暮れて顕はるる　森　澄雄
山枯れて言葉のごとく水動く　飯田　龍太

雪嶺や地蔵のごとく吾を残す　渡辺七三郎
冬山のどこも太陽が歩いたあと　竹本　健司
枯山の音のすべてを吾がつくる　島野　国夫
雪嶺蒼し研師おのれを研ぎすます　長田　豊秋
雪嶺のさめては鳶を放ちけり　井上　三余
銀の匙もて雪嶺を窓に指す　神谷　九品
雪嶺のかみそり走り尾根を成す　若木　一朗
雪嶺は天柱をなし吾を迎ふ　伊藤　彰近

山眠る（やまねむる）　眠る山

春の山は山笑う、秋の山は山粧うと擬人法でいうが、冬の山は山眠るという。しずかに枯れて、動きのない様子をあらわしている。〈**本意**〉『改正月令博物筌』に、「臥遊録」の表現を紹介し、春山淡冶而如笑、夏山蒼翠而如滴、秋山明浄而如粧、冬山惨淡而如眠といい、冬山について「冬の山はものさびしうて、しづまつたこころなり」と釈している。また、「山笑ふ」「山粧ふ」「山眠る」の三つを季語に用いて、夏の「山滴る」を季に用いないのは、「俳の掟」だとしている。冬山の印象の形容である。

眠る山或日は富士を重ねけり　水原秋桜子
水べりに嵐山きて眠りたる　後藤　夜半
炭竈に塗込めし火や山眠る　松本たかし
山眠る大和の国に来て泊る　山口　青邨
雪嶺を点じ山々眠りけり　大野　林火
浅間山空の左手に眠りけり　石田　波郷
＊浮く雲にもつこり山の眠りけり　中川　宋淵
とぢし眼のうらにも山のねむりけり　木下　夕爾
山眠る夕日の溜り場をふやし　村越　化石
虚子います比叡は眠りに入りぬべし　由山　滋子
眠る山夕日ころりと落ちにけり　鷲谷七菜子
眠りつつ山相怒る妙義かな　轡田　進

冬野（ふゆの） 冬の野 冬の原 雪の原 雪原（せつげん） 雪の野

冬の野原で、枯れはてた荒涼たる感じの野原だが、枯野というのとは少しニュアンスのちがいがある。枯野は眼を地の枯れにむけているが、冬野は、もっとひろく見た感じである。〈本意〉「霜枯れの野辺とわが身を思ひせばもえても春を待たましものを 小町が姉」（『古今六帖』）の歌があり、霜枯れのわびしさと、春を待つ心がうたわれている。来山の「手も出さず物荷ひ行く冬野かな」、几董の「大仏を見かけて遠き冬野かな」のように、冬のさむさ、わびしさを主体にえがく野のさまである。凡兆の「ながながと川一筋や雪の原」も類句。

玉川の一筋光る冬野かな　内藤　鳴雪
白馬ばかり朝焼けゐるよ雪野果て　角川　源義
久々に照る雪原のあの木この木　佐野　良太
雪原の赤きサイロのロシヤ文字　松崎鉄之介
汽車全く雪原に入り人黙る　西東　三鬼
雪原の月光かたまる一巨木　岡田　日郎
*たそがれの大雲動く冬野かな　中川　宋淵
菜を洗ひ冬野の水を皺にする　古舘　曹人
紅の唇冬野の神に見られけり　殿村菟絲子
冬野来て風の継ぎ目の言葉欲し　奥原　雉城

枯野（かれの） 枯原 裸野 枯野道 枯野宿 枯野人

草木の枯れた、蕭条とした野のことだが、位置や配合などによって、さまざまな趣きのものとなる。〈本意〉西行が実方朝臣の塚を詠んだ「打ちもせぬその名ばかりを留め置きて枯野の薄形見にぞ見る」（『新古今集』）がよく知られる。また「霜消ゆる日かげに秋や帰るらん枯野の草に露ぞかかれる 行能」（『夫木和歌抄』）もある。なんとなくわびしくかなしい語感がある。『改正月令博物筌』には「草木とも冬枯れたる野をいふ。さびしき景色を詠むなり」とある。芭蕉の「旅に病んで夢は枯野をかけ廻る」が何といっても枯野のイメージをきめてゆくが、蕪村の「蕭条として石に日の入る枯野かな」「大とこの糞ひりおはすかれのかな」、大魯の「梵論（ぼろんじ）が笠吹き上げし枯野かな」、一茶の「戸口までづいと枯れ込む野原かな」なども知られる。

＊遠山に日の当りたる枯野かな　高浜　虚子
吾が影の吹かれて長き枯野かな　夏目　漱石
飛ぶ鳥のしきりに落つる枯野かな　野上豊一郎
枯野はも縁の下までつゞきをり　久保田万太郎
筑後川大きく曲り枯野かな　田村　木国
掌に枯野の低き日を愛づる　山口　誓子
おほわたへ座うつりしたり枯野星　同
土堤を外れ枯野の犬となりゆけり　同
赤きもの甘きもの恋ひ枯野行く　中村草田男
また雨の枯野の音となりしかな　安住　敦
枯野起伏明日と云ふ語のかなしさよ　加藤　楸邨
わが垂るるふぐりに枯野重畳す　同
チンドン屋枯野といへど足をどる　同
大いなる枯野に堪へて画家ゐたり　大野　林火
枯野道癩園へゆくと知りて居り　石田　波郷
つひに吾も枯野の遠き樹となるか　野見山朱鳥
犬の舌枯野に垂れて真紅なり　同
わが汽車の汽罐車見えて枯野行く　山口波津女
丘枯れて天の深さの底知れず　相馬　遷子
火を焚くや枯野の沖を誰か過ぐ　能村登四郎
枯野に出てなほ喧しき女学生　桂　信子
足裏に除夜の枯野の真平ら　飯田　龍太
子のリボン枯野に紅を点じゆく　伊丹三樹彦
ふるさとや枯野の道に海女と逢ふ　鈴木真砂女
枯野ゆく人みなうしろ姿なり　石井几輿子
折鶴に瞳なし枯野を見せずすむ　田中　周利

枯園（かれその）　冬の園　冬の庭

草も木も枯れた庭園や公園のことで、他の季節よりはさびしいが、また冬独特のおちつきと、さびさびした明るさがある。〈本意〉枯れた園は、はなやかさはないが、ある澄んだ境地のような明澄単純な姿があり、鎌倉時代以後、仏教の影響下に枯淡なものが重んぜられるようになって、冬のおもしろさが見いだされるようになった。

菖蒲の葉一枚生きて冬の園　山口　青邨
枯園や神慮にかなふ薔薇一つ　中田みづほ
*枯園に向ひて硬きカラア嵌む　山口　誓子
枯れし苑磔刑の釘錆流す　同
枯園や通る犬の尾にぎやかな　田村　木国
枯園に何か心を置きに来し　中村　汀女
睡しや妻枯園の雨川瀬めく　石田　波郷
枯園に改宗迫る人の来て　安富すゝむ

冬田　ふゆた　冬田道

稲を刈ったあとの田はそのまま春まで放っておく。はじめ刈り株から穭がはえ出して、穭田になるが、やがて枯れて、荒れはてた田になる。水をぬいてあるので、乾いて黒く見えたり、霜に白くおおわれたり、わびしくがらんとしている。〈本意〉『古今六帖』に「秋果てて人も手触れぬひつぢ穂のわが心もて生ひ出づるなり」とある。秋果つる、落穂拾ふ、ひつぢ穂、庵荒れて、守りするなどが連想語である。太祇の「雨水も赤くさびゆく冬田かな」、大江丸の「何となう雨ふる冬の田づらかな」など、さびしく放置されたところをうたう。

昼火事に人走りゆく冬田かな　佐藤　紅緑
太陽と鴉とあそぶ冬田かな　室積　徂春
行く我に星も従ふ冬田かな　西山　泊雲
*家康公逃げ廻りたる冬田打つ　富安　風生
冬田見るうちにも星のふえて来る　相生垣瓜人
家にゐても見ゆる冬田を見に出づる　同
冬田より夕日の鴉上田城　大野　林火
胸張れるもの冬田ゆく鴉のみ　軽部烏頭子

冬の田へ聞かせるように口笛吹く　田中 灯京
冬の田のすつかり雨となりにけり　五所平之助
冬田へ透かし診る百姓の骨の写真　木村 三男
犬がゆき子が行く冬田畦失せて　山岸 治子

水涸る　みづかる　川涸る　沼涸る　池涸る　滝涸る

川や沼や池などの水量は、夏よりも冬の方が乏しいので、水涸るは冬の季題になる。水底まで見えるようになっていることが多い。水がなくなることのほかに、水量が減ったときにも、水涸るという。〈本意〉夏に旱天のために水が涸れることがあるが、普通には、冬が平均して一番水の涸れる時期になる。降雨量もすくなく、水源地の雪が凍てつくためである。

水涸れに尚うつる大榎かな　松浦 為王
昼の月でてゐて水の涸れにけり　久保田万太郎
滝涸れて一枚巌となりにけり　大橋桜坡子
あさましく涸れたる川を眺めけり　日野 草城
ライターの火がポポポポと滝涸る　秋元不死男
涸れなんと川はいよいよ曲りくねる　川島彷徨子
*川なりに涸れても水の曲るなり　石塚 友二
天龍の涸れる流れを猫なめて　鈴木 松山
翡翠の翔つ一閃の川涸るる　渡辺七三郎
枯谿を笑ひ撼がし下りくる　八木 絵馬
池涸れて尚ほ青空を映しをり　波止 影夫
水流の刃先ひらりと涸れゆけり　山上樹実雄
水涸れて男滝女滝の相触れず　矢野 滴水
涸川に影も小石の数もてり　平井 照敏

冬の水　ふゆのみづ　水烟る（けむる）　冬の泉　寒泉

冬の水の与える感じは、澄んでつめたいが、また、暗くおもくもある。川や沼の水は涸れていて、木の葉などを沈めている。泉は湧き出て新鮮である。地下水である井戸水はあたたかく感ずる。〈本意〉つめたい水だが、ふかぶかとしたかげをもっているようでもある。それでうつる影などは精密な感じであり、きびしい美しい硬質の水という印象である。

冬の水すこし掬む手にさからへり　飯田　蛇笏
冬水のたぎつにすこしはげまさる　谷野　予志
克明に提灯うつる冬の水　山口　誓子
剃刀の刃が落ちて浮く冬の水　田川飛旅子
*冬の水一枝の影も欺かず　中村草田男
顔暗く佇てば冬水急ぎをり　野口　清
冬水に溺死の金魚華麗なり　篠田悌二郎
冬の水熱ある口にやはらかき　林　翔

寒の水（かんのみづ）　寒水（かんみづ）　寒九の水

寒中の水で、つめたい水だが、清らかな印象をあたえ、飲むと薬だという。とりわけ寒九の水がよいとする。風邪、胃腸病によく、からだを丈夫にするという。寒中の水は水質がよいとして、酒を作り、布をさらし、寒餅を作り、化粧水を作る。他に、寒紅、刀磨ぎ、鏡磨ぎ、凍り豆腐、寒天の製造、乾鮭、白玉粉作りなどにも用いる。〈本意〉つめたい寒の水に霊妙な効力を期待するわけである。季吟の句に「寒の水をあぶる湯殿の行者かな」、一茶の句に「見てさへや惣身にひびく寒の水」がある。寒の水らしさが感じられる。

すいと来て浮ぶ藁すべ寒の水　田村　木国
*寒の水念ずるやうに飲みにけり　細見　綾子
わきあふれ流れゆくなり寒の水　山口　青邨
生理日の渇き寒水ごくごくのむ　草村　素子
焦土より寒水はしり出づるかな　加藤　楸邨
寒の水牛まばたかず飲むことよ　星野麦丘人
焼跡に透きとほりけり寒の水　石田　波郷
寒の水棒の如くに呑みにけり　藤松　遊子

冬の川 ふゆのかは 冬川 冬川原

冬は渇水期で、川に水がすくなくなり、それがほそぼそと流れている。川原は逆にひろくなり、枯れた芦荻があらわれたり、舟が動かなくなっていたりする。〈本意〉冬の川はほそぼそとでも水が流れている。その流れに中心をおいている。「冬川や筏のすわる草の原　其角」「冬川や芥の上の朝の霜　几董」のような情景である。

＊沿ひ行けば夜の雲うつる冬の川　山口　誓子
冬河に新聞全紙浸り浮く　同
小公園片側冬の川流れ　大野　林火
木を挽いて音あを〳〵と冬の川　秋元不死男
冬川の街や縫ひ来しさゝ濁り　石塚　友二
冬河に誰呼びおるや谺なし　石橋辰之助
冬川の末はひかりとなりにけり　谷野　予志
寒流として天龍も伏し流る　百合山羽公
鶏捲るべく冬川に出でにけり　飯田　龍太
夜はふかく地に沁み冬の川曲る　近藤　実
日いでて煙草火わかつ冬磧　堀　風祭子
仰向けに冬川流れ無一物　成田　千空
冬の川しづかに天を隔てつつ　徳本　映水
岩の上に冬川の音通ひをり　飯田　夷桃

冬の海 ふゆのうみ 冬の浜

冬の海といえば、暗く、荒涼として、しけていることが多いが、これは主として北国の冬の海で、南国の海は明るく、凪いでいることが多い。沖に出ればうねりは大きいが、北国の海とは大きく異る。冬の海の語感からいえば、やはり北国の海を思うことが多いだろう。〈本意〉冬の海は荒れることが多く、船は浜の上にならべ、寒風、荒波、流氷、吹雪に耐える。浜辺に高い波除垣を結うこともある。

鷺とんで白を彩とす冬の海　山口　誓子
冬浜に人現れて消えにけり　池内たけし
*一望の冬海金粉打ちたしや　中村草田男
喪の家に冬海月をあげにけり　大野　林火
ひとり帰すうしろに夜の冬の海　篠田悌二郎
冬の海越す硫酸の壺並ぶ　谷野　予志
冬の海てらりとあそぶ死も逃げて　飯田　龍太
父子掛けて冬海見おろす日の切株　古沢　太穂
一瞬の紅刷き冬の海昏るゝ　逸見　嘉子
冬海へ落ちもせざりし千枚田　津久井進子
牛の目に涙あふるる冬の海　柳葉　光堂
立ちあがる浪の後の冬の海　平野　吉美

冬の波　ふゆのなみ　冬浪　冬濤　寒濤（かんとう）　寒波（かんなみ）

冬は西北の季節風がつよいので、とくに、北西方向にひらかれた海岸は波が高まり、あらあらしく打ちつける。海岸以外でも、川や池、湖などの波も荒くなる。〈本意〉荒い、はげしい波であり、荒れる海を連想させる。

冬波の百千万の皆起伏　高野　素十
*一枚の冬波湾を蔽ふとや　同
舷をどたりと打つや冬の浪　日野　草城
玄海の冬浪を大と見て寝ねき　山口　誓子
冬濤はその影の上にくつがへる　富安　風生
冬の濤あらがふものを怒り搏つ　同
鶏けけと道に交むや冬怒濤　大野　林火
冬波をおそれに来しか見に来しか　谷野　予志
天垂れて冬浪これをもてあそぶ　木下　夕爾
冬濤の摑みのぼれる巌かな　橋本　鶏二
胸先に冬濤ひかり暮れゆけり　角川　源義
立ち上りくる冬濤を闇に見し　清崎　敏郎
冬の浪くづるゝ音を立つるかな　鈴木真砂女
俊寛の見し冬浪もこれならむ　高平　春虹
藁塚のうしろにあがる冬の浪　小山　南史
冬浪のひかり鷗となりてたつ　桑原　志朗

寒潮（かんてう）　冬の潮

冬の海の潮流をいう。潮の流れや潮の干満を指す。寒潮は多くすみきっていて清らかである。北国の潮流は黒々としていてすごみ、迫力がある。〈本意〉さむざむとした海の流れそのもので、きよらかであるが、迫力のある力である。

寒潮の濤の水玉まろびけり　飯田　蛇笏
＊寒潮の一つの色に湛へたる　高野　素十
鵜の下りる寒潮紺を張るところ　皆吉　爽雨
寒潮に少女の赤き櫛が沈む　秋元不死男
流人墓地寒潮の日のたかかりき　石原　八束
冬潮といへどもぬくし岬の果て　鈴木真砂女
ただ寒潮燈台チョークほどに立つ　保坂　春苺
巌あをく寒潮ながれ寄る日かな　稲垣法城子

霜柱（しもばしら）　霜くづれ

冬の夜に、地中に含まれる水分が、毛細管作用で上にしみて出て、地表のところで柱状の氷の結晶となったものである。とくに多いのが関東地方の赤土で、十センチ以上の長さにまでなる。霜柱は土の凍結を防ぐが、また麦の根をうかせたり、農作物を枯らしたり、ぬかるみをつくったりし、寒い地方では、建物や線路をおしあげることまである。〈本意〉「谷深き岩屋に立てる霜柱たが冬ごもるすみかなるらん　光俊」（『古今六帖』）などと古くから使われてきた。「寒強き時、谷かげ、また陰地の野辺などにも、ただ土高く盛り上げて、柱を立つるごとくなり」（『改正月令博物筌』）と受けとめられている柱に、関心があつまり、題材となってきた。「歌や詩のよき材木ぞ霜ばしら　貞室」「季には成りて木にはあらぬや霜柱　信徳」などは価置はともかく、関心のありどころを知らせる。

落残る赤き木の実や霜柱　永井　荷風
霜柱しらさぎ空に群るゝなり　久保田万太郎
飛石の高さになりぬ霜柱　上川井梨葉
霜柱枕辺ちかく立ちて覚む　山口　誓子
＊霜柱俳句は切字響きけり　石田　波郷
霜柱兄の欠けたる地に光る　西東　三鬼
亡き友は男ばかりや霜柱　秋元不死男
霜柱歓喜のごとく倒れゆく　野見山朱鳥
霜柱踏めばくづるる犯したり　油布　五線
霜柱踏み火口湖の深さ問ふ　横山　房子

凍土　いてつち　凍上（とうじやう）　大地凍つ

寒さで土が凍ること。厳寒地ではこれがきびしく、凍上（とうじょう）という現象になる。これは、地中の温度がさがり、厚い霜柱層になり、さらには氷の層となるもので、その結果、地面が高まり、道路や家や線路を破壊する。雪が多いと、保温の働きをして、凍上はおこらない。〈本意〉きびしい寒さの地方に特有の現象である。土が堅く、日があたっても、ゆるまず、凍てついている。

＊鴉の糞白くくだくる土凍てて　山口　青邨
凍て土をすこし歩きてもどりけり　五十崎古郷
凍土を踏みて淋しき人訪はむ　小坂　順子
凍て土にはね返さるゝさぐり杖　片山すみれ

初氷　はつごほり

その冬のはじめての氷のことで、札幌が十月中旬、東京が十一月末、鹿児島が十二月上旬頃である。初氷のあと初雪が降る。寒気のはじまりが身にしみてわかるようになる。〈本意〉「糊米や

水すみかねて初氷 許六」「手へしたむ髪の油や初氷 太祇」「朽蓮や葉よりもうすき初氷 麦水」などと作られ、寒気のはじめではあっても、どこか艶な、まだゆとりのある気持がのこっている。

鴨撃ちの通りしあとの初氷 長谷川かな女
初氷尾を大切に尾長跳ぶ 堀口 星眠
けたたまし百舌鳥に目覚しが初氷 荻原井泉水
遅刻教師に八方まぶし初氷 福永 耕二
*有明の消ゆる早さよ初氷 上甲 平谷
雀らの会話はじまる初氷 平坂 万桑
妻として来し初氷割りにけり 杉山 岳陽
桶底の豆腐真白し初氷 草皆 五沼

氷（こほり） 厚氷 氷の衣 氷面鏡（ひもかがみ） 氷の轄（くさび） 氷の蚕（こ） 氷の声 氷の花

気温が零度以下になると水は凍りだす。冬に凍るいろいろのものがある。水道、井戸のポンプ、川や湖、北の海などで、湖ではスケートがおこなわれたり、氷をわってわかさぎ釣りをする楽しみもある。氷上を人や車が通ることもあり、凍った海で船がとじこめられることもある。〈本意〉氷はむかし「ひ」といい、のち「こほり」と三字になったという。「ひ」は「ひゆる」の略で、「こほり」は「こる」のことだという。『滑稽雑談』に「礼記月令に曰、孟冬の月、水始めて氷る。仲冬の月、冰益々壮なり。季冬の月、氷まさに盛に、水沢腹堅（あつくかた）し、命じて冰を取る」とある。秋の露の氷ったものという考え方があった。「秋果てて枯野の草に結び置く氷ぞ露のかたみなりける 俊成卿女」がその例である。芭蕉に「氷苦く偃鼠（えんそ）が咽（のど）をうるほせり」「一露もこぼさぬ菊の氷かな」、蕪村に「歯豁（あらわ）に筆の氷を噛む夜かな」があった。

氷上にかくも照る星あひふれず 渡辺 水巴
月食の夜を氷上に遊びけり 山口 誓子

凍港や旧露の街はありとのみ　同
朝の氷が夕べの氷老太陽　西東三鬼
＊叩きたる氷の固さ子等楽し　中村汀女
月一輪凍湖一輪光りあふ　橋本多佳子
氷を割れば水はたはたと湖鳴りす　角川源義
氷上の一児ふくいくたる暮色　飯田龍太
氷上に夫婦の旅嚢一個置く　沢木欣一
厚氷幾日金魚をとぢ込めて　山口波津女
鴨らしづかに氷のふちに乗りならぶ　西垣　脩
田の氷光りあやうく人ゆかしむ　桑原月穂
氷上に船より落ちし火の燃ゆる　大倉今城
氷上を滑りきて髪匂はする　丸山哲郎
氷壁が返すこだまはわれのもの　本田青棗
雀らは煤けきつたる氷かな　苅谷敬一

氷柱（つらら）　垂氷（たるひ）　銀竹（ぎんちく）

家の軒廂、山の木の枝、岩、崖、渓谷などにできる。したたるしずくが凍りつき、つぎつぎにのびて長くたれさがる。垂氷は古語、銀竹は異名である。滝の氷柱は玉簾のようで美しい。〈本意〉『改正月令博物筌』に「簷（のき）の下の滴る水の氷れるなり。山中の樹梢より垂るるつららは、およそ一抱へにも及べり」とある。つららはつらつらのつづまりで、つららは氷のすべる形容、氷った形容（かたち）をいうともいわれる。さむさの形象ともいえるが、どこか明るいものでもある。

遠き家の氷柱落ちたる光かな　高浜年尾
＊みちのくの町はいぶせき氷柱かな　山口青邨
崖氷柱刀林地獄逆（さか）しまに　松本たかし
絶壁につららは淵の色をなす　同
夕焼けてなほそだつなる氷柱かな　中村汀女
月光のつらら折り持ち生き延びる　西東三鬼
崖氷柱薙ぎ金石の響きあり　福田蓼汀
胃が痛むきり／＼垂れて崖の氷柱　秋元不死男
茶を飲めば眼鏡くもりて大氷柱　細見綾子
嫋々と鴉が遊ぶ氷柱かな　小林康治
嫁ぐ日来て涙もろきは母氷柱　中尾寿美子
ロシア見ゆ洋酒につらら折り入れて　平井さち子

みちのくの星入り氷柱吾に呉れよ　鷹羽　狩行
嘆かへば夜学の氷柱樫のごとし　杉山　広三

氷橋（こほりばし）　氷の橋

川や湖、池、沼などが氷り、十分な厚さになると、人馬が通れるようになるので、柴などを敷き、橋のように渡る。〈本意〉『季寄新題集』に「諏訪の湖、氷はりて渡ることなり」とある。北国で一般におこなわれており、渡りやすく道をつくる。

氷橋ゆるみ嶺雲は夜をしろき　碓岩　遊子
罠かける日はきらきらと氷橋　池津　海彦
けものまづ渡りて暁の氷橋　千葉　仁
＊氷橋荷を傾けて橇を曳く　松原地蔵尊
諏訪の湖一夜鳴りゐて氷橋　新村　千博
氷橋闇に目のきく馬聡し　庭田　竹堂

氷湖（ひようこ）　湖凍る　冬の湖

凍結した湖で、氷が十分な厚さになると、スケート場としたり、対岸への道路としたり、氷を切りとり、わかさぎ釣りをしたりする。〈本意〉寒い地方にかぎるが、湖が凍るので、春夏秋とは一変したにぎやかな場所となるのである。

火口湖が白き氷盤となれるのみ　山口　誓子
結氷湖懐中燈の輪がすすむ　大野　林火
氷湖行けばさすらひの日の悴めり　角川　源義
鳥発つて氷湖傷つく鉄（まがね）の刃　田川飛旅子
＊氷湖ゆく白犬に日の殺到す　岡部六弥太
氷湖に雪死装束の白さもて　轡田　進
夕空の星研（と）ぎいづる氷湖かな　徳永山冬子
玻璃磨き乙女が冬の湖澄ます　設楽　紫雲
一氷湖空の紺さへ許さざり　古内　一吐
犬も亦凍湖を渡る家路あり　青葉三角草

氷海(ひょうかい)　海凍る　凍港　氷原

北海が一面に結氷したり、流氷でおおわれていたりするのを氷海と呼ぶ。流氷は動いているが、あしかやあざらしがのぼってねていたり、おっとせいが氷の間から首を出したりする。この氷塊群をパックアイスといい、青みを帯びていて、船にあたると危険である。一面凍結するオホーツク海、凍港になる釧路・厚岸方面は航行不能だが、捕鯨やたらばがに漁がおこなわれる方面もある。はじめ蓮葉氷がうかぶが、氷殻、板氷になり、一メートルから三メートルの厚さの氷原となる。〈本意〉凍結したり流氷でおおわれたりする冬の北の海である。壮大なながめである。

氷海や船客すでに橇の客　山口　誓子
凍港や天主の鐘の夕告ぐる　堀端　蔦花
氷海やはやれる橇にたわむところ　同
凍港の氷を解くと砲をうつ　太田ミノル
凍江や渡らんとして人遅々と　高浜　年尾
＊氷原の氷の塊のみな影引く　古舘　曹人
氷江や往くも還るも轟々と　石田　波郷
氷海やこだまさびしきわれの咳　伊藤　彩雪

凍滝(いてたき)　冬滝　滝凍る

冬のさむさのきびしいさかりには滝も凍ってしまう。滝全体が氷のかたまりになる。滝が凍っても、水は流れていて、落ちつづけるが、凍れるだけ凍って、まわりの岩には氷柱がつく。水源が涸れてきて、滝の水量も減ってくることもある。〈本意〉凍りついた滝で、神聖な滝の厳粛な姿といえる。さむさの視覚的なあらわれである。

＊冬滝のきけば相つぐこだまかな　飯田 蛇笏
滝沍てて制多迦童子ころびをり　阿波野青畝
氷りたる滝ひつ提げて山そそる　松本たかし
岩々のまとふ青さに滝凍る　木村 蕪城
睡るまで冬滝ひびく水の上　飯田 龍太
夜の凍滝無数の忍者攀じのぼる　田辺香代子
冬の滝おのが響の中に落つ　中村 世紀
滝凍る刻の止まりし形して　原田走日朗
凍りたる女滝男滝と相照らす　弓削 鴻
滝凍る中空に裾ふつ切れて　早崎 明

狐火（きつねび）　鬼火　狐の提灯

冬の夜、山野で、燐火が青白く燃えるもので、それが狐のともす火と信じられた。狐が骨をくわえて歩き、その骨の燐が燃えることもあったかもしれない。雨のあとの墓地などに見られた。狐の提灯ともいう。〈本意〉王子の狐火が有名で、江戸の王子稲荷に、毎年大晦日の晩、関東八州の狐があつまり、境内の大えのきの下で装束を整え、稲荷に参詣したという。そのとき狐たちの燃やすのが王子の狐火であるとする。なおこの王子稲荷の狐は、近隣の狐の総元締めであったという。この狐火の燃え方で、来年の稲作の出来を占ったともいう。浄瑠璃「本朝二十四孝」の「狐火の段」、落語の「王子の狐」などになった。口碑伝説ではあるが、幻想的な季題である。蕪村に「狐火や髑髏に雨のたまる夜に」がある。怪奇趣味の蕪村らしい句である。

狐火のでることうそでなかりけり　久保田万太郎
＊狐火を信じ男を信ぜざる　富安 風生
狐火に河内の国のくらさかな　後藤 夜半
狐火のひとつがとびて運河あり　森川 暁水
狐火の減る火ばかりとなりにけり　松本たかし
狐火にたゞ街道のあるばかり　阿波野青畝
狐火や風雨の芒はしりゐる　杉田 久女
夫なしに似てうつくしや狐火は　三橋 鷹女
狐火やさむさを一つづつともし　龍岡 晋
おともなく狐火将棋倒しかな　三宅清三郎

狐火を見るべく湯ざめこゝちかな　高森　清子
狐火やころんで何を信ずべき　諸角　節子

狐火の小千谷にありて遊びけり　古舘　曹人
狐火や武蔵の水のむらさきに　東　　早苗

生　活

年用意　年設（としうい）　年設（としまうけ）　年の設　年取物（としとりもの）

新年を迎えるためのいろいろな用意をすることである。たとえば、煤掃き、餅搗き、床飾り、松迎え、春着のしたくなどさまざまである。畳替、塀や垣根のつくろい、買物、年木取りなどを数えてもよいだろう。〈本意〉『改正月令博物筌』には、「正月に用ふる飾り米・年木・そのほか来春用ゆる物を、年内にとり貯ふるをいふ」とある。狂言記『米市』に「仕舞能うして歳暮の礼などに歩く人もあるに、私は仕舞ふ事は措いて、何を一いろ年取物を調へも致さぬ」とあるように、年用意もできぬのは甲斐性なしということであった。芭蕉に「須磨の浦の年取（としとり）ものや柴一把」、一茶に「一袋猫もごまめの年用意」がある。

沙弥が刷る歳徳神も年用意　河野　静雲
*年用意靄あたゝかき日なりけり　久保田万太郎
縄の玉ころがつてゐる年用意　高野　素十
とことはの二人暮しの年用意　松本たかし
病僧やかさりこそりと年用意　川端　茅舎
戸の鈴もよく鳴るやうに年用意　中田みづほ
年用意なほこまごまと主婦の用　島村　茂雄
子の丈の妻におよべり年用意　平野　彩雨
春着縫ふ紅絹（もみ）を流るるごとのべて　三浦恒礼子
髪染めることも一つの年用意　宮島　秋女

ボーナス　年末賞与　年末手当　越年資金

給料生活者が六月と十二月に受ける賞与金のことで、十二月の方が主たるものとして、季語になっている。営業成績に対する褒美の意味もあり、年を越す資金となるので、毎年ボーナス交渉がおこなわれ、使用者側と組合側との駆け引きがある。〈本意〉「賞与金を懐に過ぎぬ年の市　左衛門」（大正五年）が『ホトトギス雑詠全集』にある。近代的な経営がおこなわれてからの季語であろう。賞与の語に含まれる褒美に与えるというニュアンスは次第にうすれて、サラリーマンの当然の権利になってゆく。

ボーナスの少し脹れしかのごとく　高浜　虚子
懐にボーナスはあり銀座あり　榊原　秋耳
手のとゞく多摩の横山ボーナス日　菅　裸馬
かぞふより賞与一束忽と消ゆ　清水　基吉
*懐にボーナスありて談笑す　日野　草城
油手を拭くやボーナス配られつ　黒坂紫陽子
年末賞与へ月日を数へあはれおろかや　甲田鐘一路
ボーナスの出し日のわれに町にぎはふ　石黒　雅風

年の市（としのいち）　何やかや売　毬打売（ぎちやううり）　榧搗栗売（かやかちぐりうり）　破魔矢売

正月用の品物を売る市である。若水桶・三宝・縁起物・破魔矢・雑貨などを売り、十二月半ばから大晦日まで出る。社寺に出るのが大市、辻に出るのが小市である。江戸以来、十二月十四・十五日の深川八幡宮、十七・十八日の浅草観音、二十・二十一日の神田明神、二十四日の芝愛宕、二十五・二十六日の麴町平河天神に出る市が有名である。大晦日の市は捨市といい、捨て値で売るので、この日を待ち買う人が多かった。浅草観音の市は江戸最古の市である。東京近辺では、大宮氷川神社の大湯祭（十日）の市、鎌倉鶴岡八幡宮（十四日）の市、川崎平間寺の市（十二日）などが有名である。本来毎月立つ市が、年末、正月用品の市として特別に繁盛したものである。〈本意〉『日次紀事』に、十二月として、「この月、市中、神仏に供ふるの器皿、同じく神折敷台、ならびに片木・袴・肩衣・頭巾・綿帽子・裙帯・扇子・踏皮、同じく襪線・雪踏・草履・寒臙脂皿・櫛・髪結紙、および常器椀・木皿・塗折敷・飯櫃・太箸・茶碗・鉢・皿・真那板・膳組・若水桶・柄杓・加伊計・浴桶・盥盤、ならびに毬および毬杖・部里部里（ぶりぶり）・羽古義板、そのほか鰤魚・鯛魚・鱈魚・章魚・海鰕・煎海鼠・串石決明（あはび）・数子・田作の類、蜜柑・柑子・橙・柚・榧・搗栗・串柿・海藻・野老・梅干・山椒粉・胡椒・糊・牛蒡・大根・昆布・熨斗・諸般の物ことごとくこれを売る。これみな、来年春初に用ふるところなり」とある。芭蕉に「年の市線香買ひに出でばやな」、千代女に「水仙の香も押し合ふや年の市」、蕪村に「不二を見て通る人あり年の市」、一茶に「年の市何しに出たと人のいふ」がある。歳の暮の気分が満ちるものである。

さわ／＼と霰いたりぬ年の市　吉岡禅寺洞
注連の山その中ぬくし年の市　山口　青邨
＊父の死を泣くまなく過ぎぬ年の市　渡辺　水巴
蛤の舌出してをり年の市　中川　宋淵
知りつくす抜け裏さびし年の市　長谷川春草
観音堂の巨き闇あり年の市　滝　春一
宵過ぎの雪となりけり年の市　日野　草城
年の市目移りばかりして買はず　田口　渓月
甘酒の老舗はくらし歳の市　水原秋桜子
藁のものさらりとならべ年の市　森下　紅柄

羽子板市（はごいたいち）　羽子板売

羽子板は室町時代の書物にはじめて出てくるが、すでにひろく用いられていた。江戸時代には年の市でさかんに売られるようになった。貞享頃には浅草観音の市のほか、中橋、十間棚、芝神明前、糀町四丁目、浅草茅町などでも売られた。男の子のための破魔弓と女の子のための羽子板が売られる店であった。当たり狂言の当たり役の俳優の似顔を押し絵にした羽子板が売られてから、婦女子にもてはやされるようになった。浅草観音の市が大市で、押し絵師たちの腕の見せどころになる。今日では、浅草観音の十七・十八日の市、中央区両国の不動（旧薬研堀不動）の二十七・二十八日の市が中心となっている。多くはデパートや玩具店で買い求めるようになった。〈本意〉『諸国年中行事』（享保二）に「破魔弓・羽子板の市、今日より晦日まで、中橋・尾張町一丁目・十間店・神明の前・糀町四丁目・浅草かや町、右の所々にて売る」とある。年の市の一種の縁起物であろうが、人気俳優や時代の話題の人物をあらわすブロマイド的なものにもなっている。

＊うつくしき羽子板市や買はで過ぐ　高浜　虚子
似顔みな紅さし灯る羽子板市　長谷川かな女
あをあをと羽子板市の矢来かな　後藤　夜半
羽子板市三日の栄華つくしけり　水原秋桜子
羽子板市月日渦巻きはじめたり　百合山羽公
羽子板市夕べはなやぎ雪降れる　石田　小坡
羽子板を買ひ来て絹のごとき夜気　中村　明子
羽子板市羽左に優れる役者なし　梅村　好文
羽子板の髪の乱れを梳きて売る　吉野たちを
写楽のやうな顔で羽子板市へゆく　寺田　青香

飾売（かざりうり）　楪葉売（ゆづりはうり）　飾藁売　小松売　飾松売　歯朶売

正月に家をかざる注連飾りや門松、その他のものを売る年の市の一種で、鳶職が多く売っている。橋のたもと、神社の境内、道ばたや町角などに葭簀張りの小屋がけをして売る。〈本意〉年の市のことで、町の人通りの多いところで、正月のお飾りを売る。いせいよく鳶の人やその家族が売っている。

行く人の後ろ見送り飾売 高浜 虚子　神々をとまどひ数へ飾買ふ 米沢吾亦紅
*海老赤し海の藻草を敷きて売る 福田 蓼汀　眼差にともる月日や飾売 望月たかし
神明に近くめ組の飾売 中 火臣　飾売焚火に時を濃くしつつ 遠藤 正年

煤掃（すすはき）　煤払　加年払（かにばらひ）　年の煤　煤竹　煤竹売　煤納　煤の日　煤見舞

十二月十三日が煤掃きの日で、禁中や江戸城ではこの日に実施したという。十三日が事始めの日だからだが、実際的に、これでは早すぎるので、それ以後の日を選んで実施されるようになった。神棚や仏壇の煤払いだけを十三日におこない、家全体の掃除をそれ以後おこなうところが多い。正月は、十三日からはじまる祭祀期間であった。煤払いをしたあとで、伊勢のお札を迎えた。煤掃きには煤だんご、煤雑煮、煤掃き粥などの膳につくところが多い。煤払いの前には煤竹売りが来た。煤納めは一年で最後の煤払いのこと、年の煤も歳末の煤払いのこと。煤湯は煤払いでよごれた身体を洗うための入浴のこと、煤からのがれるため、病人や老幼が別の部屋や他家に行くことが煤籠、煤逃である。〈本意〉『本朝食鑑』に煤について、「これすなはち梁上の灰塵倒（さかしま）に掛かるものなり。屋上の古塵および燈燭の積煙、年を経て成る。（中略）家々臘月、日を択びて一家中の旧積塵を掃ひ去る。これを煤掃ひと称す。他時もまた、事に臨んで掃除す。しかも本邦、臘月の煤掃をもつて流例とするなり」とある。正月を迎えるために、積塵を掃き去ることである。芭蕉の「旅寝して見しやうき世の煤払ひ」、一茶の「我が家は団（うちは）で煤をはらひけり」が知られている。

＊煤掃いて其夜の神の灯はすゞし　高浜　虚子
煤掃に用なき身なる外出かな　松本たかし
煤竹の女竹の青く美しく　高野　素十
煤掃のすめば淋しきやまひかな　石田　波郷
煤掃くや奥くらがりに一仏　野平　椎霞
御肩に煤掃のゐる多聞天　同
煤掃くや硝子戸多きことかこち　星野　立子
煤の夜の昔の母は鉄漿つけき　柏崎　夢香
おのおのの仏の煤を掃き申す　八幡城太郎
ゆつくりと入りてぬるき煤湯かな　下田　実花
銭湯や煤湯といふを忘れをり　石川　桂郎
年の煤ふわふわと闇出でゆきぬ　石田　勝彦

煤籠（すすごもり）　煤逃（すすにげ）

煤掃きの日に、老人や子供・病人などが別室にこもっていたり、他家に行っていたりすることである。大きな家の主人もこうすることがある。〈本意〉煤逃という傍題の方が感じがよく出ている。煤籠は、一部屋をしめ切って閉じこもっているからで、足手まといと、煤をまぬがれるためである。

老夫婦鼻つき合せ煤ごもり　鈴木　花蓑
＊煤ごもる二階の父母へ運び膳　岡田　耿陽
煤籠り昼餉の時のすぎにけり　山口波津女
書をはこびきて四壁なり煤ごもり　皆吉　爽雨

煤湯（すすゆ）

煤掃きをしてよごれた身体を洗い、また疲れをやわらげるために湯に入る。銭湯などでは、たちまち湯が真黒になる。〈本意〉煤おとしの湯だが、また真黒に煤でよごれてしまう湯でもある。

＊煤湯出て父の目鼻の戻りたる　出牛　青朗
ゆっくりと入りてぬるき煤湯かな　下田　実花
銭湯や煤湯といふを忘れをり　石川　桂郎
煤の湯の爪のくれなゐよみがへる　大竹きみ江

掛乞（かけごひ）　掛取　附（つけ）　書出し　借銭乞

品物を掛けで買って、年二回、盆と暮れに支払う。盆に払えないときは、暮れにまわして、暮れにはかならず支払うという方法が、江戸時代から大正頃まで続いておこなわれてきた。盆、暮れを節季というが、このとき、掛売りの代金を集める掛乞い、掛取りの者がかけまわり、とくに大晦日には、夜ふけまで必死で奔走した。除夜の鐘が鳴り終っても、提灯を持って歩けばよいとされていた。〈本意〉掛けという支払い方法の決算期の必死の努力奔走である。北枝の「乞ひに来ぬかけ乞こはし年のくれ」、一茶の「掛乞ひに水など汲んで貰ひけり」など、それぞれに、取る方、払う方の気持がにじみ出ている。

書出しやこま〴〵と書き並べたり　村上　鬼城
掛乞の帰りを待てる大金庫　小原　野花
街かげにわれも掛乞の一人なる　原　石鼎
短刀直入に掛乞はれけり　佐々　登良
＊掛乞に幼きものをよこしたる　中村　汀女
大雪を来て掛乞のねぎらはる　三宅　句生

社会鍋（しやくわいなべ）　慈善鍋

救世軍が歳末におこなう募金活動で、駅前や繁華街などに三脚を立てて鍋を吊りさげ、ラッパを吹いたり、讃美歌をうたったりして、行く人の寄付を求める。この金で、餅をついて貧しい人々にほどこし、また施療事業に献金したりする。〈本意〉貧しい人々に食や医療をと、街頭でおこなうキリスト教的募金活動である。日本でも定着して、歳末風景になっている。

来る人に我は行く人慈善鍋　高浜　虚子
慈善鍋昼が夜となる人通り　中村　汀女
慈善鍋士官襟章ほのもいろ　山口　青邨
吸はれゆく雪を見てをり慈善鍋　中条角次郎
*生くる銭いとしみ投げつ社会鍋　林　翔
社会鍋ふと軍帽を怖るる日　田中　鬼骨
社会鍋横顔ばかり通るなり　岡本　眸
社会鍋底に一掬ほどの闇　八木冷潮子
似顔画く人に隣りし慈善鍋　泉谷　清流
社会鍋小銭なかなか見つからぬ　五十嵐みち

歳暮（せいぼ）　お歳暮　歳暮の礼　歳暮の祝

年末に恩義ある人や親戚に贈る贈り物である。江戸時代から餅や酒、食品を贈るのがならわしであった。花柳界では鏡餅を三味線の師匠にもってゆき、一般には親や親方に贈り、奉公人に与え、得意先に贈るのが普通であった。デパートや商店街での歳暮贈答品の展示がさかんで、さまざまな種類のものがある。〈本意〉『日次紀事』には、十二月につき、「この月尾、良賤家ごとに餅を舂（つ）き、円鏡形に作り、あるいは菱葩形に作り、神仏に供へ、また宗親に贈る。これを俗に〝鏡を居（す）ゑる〟といふ」「およそ士農工商、互に歳暮を賀す。および神官・僧徒・宇治の茶人・有馬の湯坊・京師諸檀越の家を遍歴して、各々贄を執りてこれを賀す」と記し、晦日については、「今日一年の終り、俗に大晦（おほつごもり）と称し、良賤互に相賀す。これを歳暮の礼といひ、金銀・衣服・酒肴、互に贈答の儀あり。また、親戚の間、鏡餅を互に相贈る。これを〝鏡居（す）ゑる〟といふ」と記す。一年を無事に過ごしたことの感謝と喜びのためである。

竈の火歳暮の使ひあたり行く　喜谷　六花
盲ひゆく患者の歳暮受くべきや　向野　楠葉
鴨の脚冷たかりける歳暮かな　岡本　松浜
遠母へ妻が歳暮と縫ふは何　岩瀬　善夫
師へ父へ歳暮まゐらす山の薯　松本たかし
届きたる歳暮の鮭を子に持たす　安住　敦
*歳暮鮭とけばこぼるゝ結び文　阿部　慧月
ときめきて紐解く歳暮子より来し　村井　昌子
北海のことし貌よき歳暮鮭　遠藤　正年
お歳暮の米の名前の佐賀錦　千川　稚泉

年木樵（としぎこり）　節（せち）木樵　年木積む　年木売　年木山

年木というのは新年に使う薪のことであるとともに、神にそなえる小さな飾り薪である。それを年内に山に行って用意しておくのである。もとは、新年の炉に用いる薪を年木とよんだが、しだいに門松の根もとの飾り薪だけを年木とよぶようになった。また正月にまつる神々の前、軒の柱、小屋の入口、道具などに、しめ縄、ゆずり葉で飾った小さな年木を供える。年木のことを節木と呼ぶ地方がある。年木を用意できない家のため、山村で薪を売り出すのが年木売である。

〈本意〉『滑稽雑談』に、「和邦において、冬の内薪柴を採りて春の用とす。これを〝年木樵る〟といふ。俗また、節料米あるいは椎木、餅柴などいへるたぐひなり。北国には、雪の積もらぬ内、秋月に冬春の用意といへり」とある。正月用の薪をとることが、しだいに神への供え物と変ってきているわけである。

年木積み即ちこれを風除に　高浜　虚子
年木割かけごゑすればあやまたず　飯田　蛇笏
*年木積むや凍らんとして湖青き　内藤　吐天
年木樵木の香に染みて飯食へり　前田　普羅

下総の丘の低きに年木樵　水原秋桜子
年木割つて少年の手の痛かりけり　山口　誓子
年木売櫺子に馬をつなぎけり　中村草田男
木隠れにもひとりゐるも年木樵　池内たけし
梟の目じろぎ出でぬ年木樵　芝　不器男
年木樵老いぬ高嶺をいたゞきて　小川枸杞子
年木樵ゐるらし煙あがりけり　遠藤　正年
男体を崇む年木を軒に詰め　平畑　静塔
城廓のごとく年木を木曾長者　高橋　東光
年木積み野の家々の豊なる　竹内　素風

餅　もち　餅焼く　黴餅

餅は新年の祝いの食物として年の暮れに搗く。よくねばるものを一般にもちというが、飯にしてからついた餅ということで餅飯、それを省略して餅という。餅が円形であったため望といったともいわれる。神仏の祭りの料、また正月元日の歯固めの祝いに用いられた。歯固めの祝いには鏡餅が用いられたが、のち身祝いとして雑煮に入れて食べるようになった。餅をのして平たくしたものが熨斗餅で、これを適当の大きさに四角に切ったものが切餅である。形により、鏡餅・伸餅・海鼠餅・菱餅があり、切った形によって、切餅・欠餅・霰餅などがある。黍・粟・玉蜀黍・葛・蕨・橡などをまぜて搗くこともある。〈本意〉神仏への供え物、あるいは、歯固めの祝いや身祝いに用いられるめでたい食べ物で、それが雑煮の習慣となってのこっている。太祇の「餅の粉の家内に白きゆふべかな」、一茶の「妹が子は餅負ふ程に成りにけり」などの句は、めでたさをうたっている。

黴餅の毛がふさふさとけものめく　内藤　吐天
餅板の上に包丁の柄をとんとん　高野　素十
*餅焼く火さま〴〵の恩にそだちたり　中村草田男
餅の膨らみ俄かにはげし友来るか　加藤　楸邨

選句せり餅黴けづる妻の辺に　石田　波郷
膨れんとして膨れざる餅あはれ　能村登四郎
餅筵一隅に白しいのち祝ぐ　村越　化石
餅焼くやちちははの闇そこにあり　森　澄雄
男の手剛く哀しく餅焦がす　鷲谷七菜子
餅焦がしつゝ繰言の始めかな　清水　基吉
農夫切なし餅にべたべた醤油つけ　中山　純子
餅箱の父の書にある年齢となる　中川　正登
息ひとつひとつ餅切る父の夜　桜井　博道
火の色の透いてかき餅匂ひ初む　桜井　嘯風

餅米洗ふ（もちごめあらふ）　米洗

年の暮に正月用に搗（つ）く糯（もちごめ）を、前日に洗って、桶などの水にひたしておく。〈本意〉『年浪草』に「餅を造るの前日、洗ひ浄む。これを〝米洗ひ〟といふ」とある。餅搗きのにぎやかな気分のはじまりが静かに用意される。大量に搗く場合には米洗いも大仕事になる。

けぶらへる深井を汲みて糯洗ふ　田中田士英
筧水餅米洗ふ白さに落つ　八木沢つとむ
＊餅米洗ふ竹山そよぎをりにけり　田中午次郎
父となる農夫糯洗ひをり　谷田　峡子

餅搗（もちつき）　鏡餅搗く　賃餅　引摺り餅　餅搗唄

今日では東京などでは、米屋・菓子屋に搗かせる賃餅になり、みな機械で搗（つ）く。機械化は農村にもひろがっている。江戸では十二月にはいるとすぐはじまり、月末まで続いたが、今日では二十五日から二十八日頃までおこなわれる。農村は下旬が多く、大晦日のこともある。ただし、十二月二十九日は苦餅（にがもち）といって忌むのが普通である。昔は江戸も農村も自分の家で搗（つ）いたが、今は相撲部屋の餅搗きがおこなわれている程度である。昔、江戸では引摺り、引摺り餅ということがおこなわれ、四、五人で、竈・蒸籠（せいろう）・臼・杵・薪などを持って町をめぐり、餅搗きをおこなった。また千本杵といい、細い棒状の杵で数人が餅搗き歌にあわせて曲芸的に搗くこともおこなわれた。これらは景気を誇示するための餅搗きであったといえる。〈本意〉正月の用意に、暮に餅を搗くわけで、朝早くから景気よくにぎやかにおこなうものであった。芭蕉に「有明も三十日に近し餅の音」、召波に「餅つきや焚火のうつる嫁の貌」がある。

遮莫（さもあらばあれ）餅搗けて来りけり　久保田万太郎
＊餅搗くや框にとびし餅のきれ　高野素十
餅搗のみえてゐるなり一軒家　阿波野青畝
大機和尚へと〳〵餅を搗きなさる　川端茅舎
餅搗の水呑みこぼす腭（あぎと）かな　松本たかし
餅をつく湯気がつつむよ日がくるめく　中村草田男
暁闇に飛び出す火の粉餅を搗く　百合山羽公
午後かけて餅搗く音のやさしさよ　荒井清之助
一臼を搗きて全身餅しぶき　坂口百葉
兄弟の餅搗き唄やいまもあり　菅家今朝男

餅筵（もちむしろ）　青筵

ついた餅は厚板の台（のし板）で、のし餅や鏡餅にするが、それを移しておいておく筵である。新しくきれいな荒筵である。のし餅は裏側に筵の目がのこったりしているが、それが適当な堅さになったとき、切る。〈本意〉『改正月令博物筌』に、「正月祝ふ餅を年内搗きて、新しき筵に載せ置くなり」とある。蓼太の「青かりし時より清し餅筵」はその感じをとらえた句である。

餅筵踏んで仏に灯しけり　岡本松浜
＊紅に朝日さしけり餅筵　貞木句之都
餅つきや敷き並べたる青筵　島田五空
天窓に月がありけり餅筵　皆川白陀
一灯を鼠に備へ餅筵　西山泊雲
林中に日がさし入りて餅筵　柴田白葉女

餅配（もちくばり） 配り餅

餅をついてまだ柔かいうちに、からみ餅・牡丹餅・きなこ餅・あんころ餅などにして、近所や親戚にくばるのが普通であった。共同飲食することに意味があった。〈本意〉『東都歳時記』に「すべて下旬、新戚に餅（もちひ）を贈り、歳暮を賀す。これを〃餅配り〃といふ。塩魚・乾魚を添ふるなり」とある。配り餅をして一緒に食べて、共同体につながっていることを確認したのである。一茶に「我が門に来さうにしたり配り餅」がある。

＊雪に折る南天の葉や配り餅　吉沢無洲
田を斜（はす）にわたつてかへる餅配　飴山実
配り餅して近隣に誼あり　安住敦
貧しき者らに餅はやばやと配らるる　富永寒四郎

門松立つ（かどまつたつ） 宵飾

正月の準備に、家々の門に門松を立てる。松を切りに山へ行き、年神を山から迎えてくる。この仕事は主人、総領、年男のすることとされていた。門松は、年神の依代とされ、切ってきて半月ほどで立てられた。門松はすぐ立てるものではないといい、一夜か二日、休ませておくものとされた。東京では、鳶職のものが、門松を立ててまわり、また空地や辻に小屋を立てて門松やお飾りを売る。商店は月はじめに立てるが、多くは二十日過ぎに立てる。小さな松を門に打ちつけるのが一般の家庭だが、正月用意の気分がある。〈本意〉『日次紀事』に、十二月として、「この月、市中（中略）山人（やまびと）、稚松・翠竹を売る。松を子の日の松と称し、竹を飾立といふ。松竹各一双を門外の左右に建て、別に竹一双をもって左右の松竹の間に横たへ、人その間を往来す」とある。「今朝は皆賤（しづ）か門松立てなべて祝ふことぐさいやめづらなる」と平安時代の歌にいい、「大路のさま、松立てわたしてはなやかにうれしげなるこそ」と『徒然草』にいう。新年を迎える新鮮な喜びが感じられるものである。

*門松を立てていよいよ淋しき町　高浜　虚子
年々に松うつ柱古りにけり　同
門松の立ちそめし町や雁渡る　渡辺　水巴
門松を立てに来てゐる男かな　池内たけし
女てふさびしさに松立てにけり　渡辺　桂子
門松立てて天の蒼さをひきよせぬ　高橋たかえ
ビルの間の老舗さきがけ松立つる　和田　暖泡
世直しの大門松を立てにけり　藤平伊知郎
門松立て玻璃戸中なる鋸目立　北野　民夫
老年や巨木に注連を張ることも　村岡　草舟

注連飾る（しめかざる）

門松とともに注連飾りを門につける。この飾りは年神の訪れる神聖な地域であることを示すもので、年縄とも呼んで年男がつける。御幣・シダ類・海藻・橙・伊勢海老などをあしらった注連であるが、簡略に輪飾り一つというものもある。神社では鳥居の下に張り、厳粛な気持で、清新さを味わわせる。〈本意〉年神のいる神聖なところであることを示す飾りである。『守貞漫稿』に、「注連縄の飾りには、裡白（うらじろ）・楪葉（ゆづりは）・海老・橙・蜜柑・柑子・串柿・昆布・榧・搗栗・池田炭・野老・ほんだはら。大略三都同じ。榧・搗栗は紙に包むなり」とある。

*宵ひそと一夜飾りの幣裁ちぬ　富田　木歩
注連飾る墓の頭に日が平ら　猿山　木魂
注連飾る一本の釘しかと打つ　松村　明石
注連飾終へてくつろぐなにとなく　山本　詩翠

注連張つて氏神の杜暗くなる　福田甲子雄
注連替のひと日に済まぬ三輪の神　長田　恵子
命綱神杉に掛け注連替ふる　早淵　道子
炭窯へ飾りたづさへゆくにあふ　吉井　瑞魚

年忘（としわすれ）　別歳（べっさい）　分歳（ぶんさい）　忘年会　除夜の宴　除夜祭　ジルベスター

年末に、親戚や友人があつまり、一年の無事を祝し、一年の労をいやす会食のこと。別歳・分歳ともいうが、旧年、新年のわかれることからこの文字を使い、やはり年忘れの宴のことである。除夜に先祖をまつる風習が、中国にも日本にもあったが、それとつながりがあるのかもしれない。また室町時代以後、年末に連歌を興行することもおこなわれた。ドイツや北欧ではジルベスターといって、大晦日の夜に徹夜で酒をのんでおどる。欧米ではこれと似た過ごし方をすることが多い。〈本意〉『日本歳時記』に、十二月として、「下旬の内、年忘とて、父母兄弟親戚を饗することあり。これ一とせの間、事なく過ぎしことを祝ふ意なるべし」とある。無事を祝い、労を忘れる会食である。芭蕉に「半日は神を友にや年忘れ」「人に家を買はせて我は年忘れ」「魚鳥の心は知らず年忘れ」、几董に「わかき人に交りてうれし年忘れ」がある。

ひそやかに女とありぬ年忘　松根東洋城
年忘母の機嫌のうれしさよ　野村　喜舟
遅参なき忘年会の始まれり　前田　普羅
拭きこみし柱の艶や年忘　久保田万太郎
どろ〳〵に酔うてしまひぬ年忘　日野　草城
*隅田川見て刻待てり年わすれ　水原秋桜子
伊豆の湯はうつくしかりし年忘　山口　青邨
師の脇に酒つつしむよ年忘れ　石田　波郷
年忘手に手重ねて居たりけり　佐野青陽人
生きて泣く簇こと給ふ年忘　石川　桂郎
ほぐし食ぶ蟹美しき年忘れ　西本　一都
紙ひとり燃ゆ忘年の山平ら　飯田　龍太
年忘れ人生双六しばし止む　百合山羽公
耳しひのひとり笑はず年忘れ　大竹きみ江

御用納（ごようをさめ）　仕事納

官公庁、会社などでは、十二月二十八日まで仕事をして、一月三日まで休暇となる。御用納の日には、残務整理をして、机をかたづけ、年末の挨拶をかわして、半日で帰るのが普通である。もっとも商社などでは、大晦日まで仕事が忙しいこともあり、一概にはいえない。〈本意〉近代的な職業として、慣習化された制度のようなもので、一年の仕事の最後の日が定められているわけである。

＊煙吐く御用納めの煙出し　山口　青邨
古筆も洗ひて御用納かな　山県　瓜青
野点めく仕事納めの日雇ら　北野石竜子
ひねもすを御用納めの大焚火　今井つる女
真顔して御用納の昼の酒　沢木　欣一
何もかも御用納めの風邪ぐすり　有働　亨
復職のかなひし御用納めけり　中村　澄子
御用仕舞芝生の日ざし澄みにけり　富田　野守

掃納（はきをさめ）

元日には福を掃き出すといい、ほうきを使わない習慣なので、大晦日もふけてから、最後の掃除をする。煤掃きは古くは十二月十三日だったが、早すぎるので、しだいに下旬におこなわれるようになった。〈本意〉『東都歳時記』に、「人家各々門戸を光飾し、室堂を掃除す」とある。元日の掃除を兼ねた、旧年最後の掃除である。

掃納して美しき夜の宿　高浜　虚子
灯多き中に影して掃納む　篠原　温亭

＊茶袋のこぼれくすべぬ掃納め　富田　木歩
足の裏冷たく拭いて掃き納む　五所平之助
起き臥しの一と間どころを掃納め　富安　風生
掃納めしたり静かに床のべよ　林　　翔
佳き言(こと)に似て降る雪や掃き納め　川辺きぬ子
味噌倉の一つ一つを掃納む　水田　清子

年守る(としまもる)　としもる　守歳(しゅさい)

除夜の夜ねむらずに、元旦をむかえることで、守歳ともいう。欧米では「蛍の光」を奏し、歓呼の声をあげて旧年を送るが、日本では除夜の鐘をききながら、慎しみつつ夜をすごす。大晦日の晩、寝ると白髪になる、皺がふえる、などの言い伝えもある。神社に参り、元日を迎えることも守歳である。〈本意〉『連歌新式増抄』に、「年を惜しみて寝ぬことなり。大つごもりの夜のことなり」とある。『日本歳時記』にも、「一年を事なくて経ぬることを互に歓娯し、坐してもって旦を待ち、旧を送り新を迎ふべし」とある。一年の無事を喜び、年を送るのを惜しむこころである。

＊炬燵の火埋けても熱し年守る　久保田万太郎
年守りて火を育てをり子と二人　志摩芳次郎
一穂の燈火を守り年を守る　富安　風生
手のうちに湯呑つつみて年守る　西山　誠
倖せか死果てたるも年守るも　石田　波郷
北斗の尾さかしまに年送るなり　福島　小蕾
早寝せり守歳の難に堪へずして　相生垣瓜人
禰宜立ちて年守る燭替へにけり　唐津加代子

晦日蕎麦(みそかそば)　年越蕎麦　つごもり　蕎麦

大晦日の夜、年越しの食べ物としてそばを食べる。細くながく、と言って縁起のものとする。

大晦日の夜には、商家では明け方まで多忙なので、腹ごしらえにそばを食べるとも考えられるが、年越しの夜なので、祝いの食物として、そばが用いられるようになったのであろう。東北地方などでは、運そば・運気そば・福そば・寿命そばなどと呼ぶところがある。〈本意〉年越しをほそくながくと祝って江戸時代からそばを食べるようになった。関西ではつごもり蕎麦という。嵐雪に「そばうちて眉髭白しとしのくれ」がある。

＊命ありとてもかくても晦日蕎麦　富安　風生
子に生きる平凡妻と晦日そば　鴨下　秀峰
債権者会議の晦日蕎麦となる　南迫　亭秋
流れ来てこの古町に晦日蕎麦　谷尻　誠
掛取のひとり戻らぬ晦日蕎麦　河前　隆三
妻とゐて悔すゝるごと晦日蕎麦　猪狩　哲郎
箸にかけて年越蕎麦の長短か　水内　鬼灯
みそか蕎麦財薄ければ家安し　菅　裸馬

年取（としとり）　年取る

正月を迎えて一つ歳を加えること。満年齢で数える習慣になって、古来の数え齢の観念がうすれてきたが、年越し、旧年から新年へ境をこえるという感じ方はかわらずにある。この境界のことを除夜という。年取りの夜といえば大晦日の夜のことで、年取りの飯を食べる。尾頭（おかしら）つきの魚、あるいは年越し鰯をつけた正式の食事である。この食事のことをお節という。立春を正月と考えて、節分の夜を年取りともするが、その場合は、一年に二度の年取りをするわけである。〈本意〉『滑稽雑談』に、「和俗その宵（節分）、〃年を取る〃と称して、炒豆をもつておのれが年の数をかぞへて、一粒を加増してこれを食ふ。あるいは、厄年の者または居所いまだ定まらざる者は、恵方の方へ出で、両社の仏神前に詣で、年を取るなり。京都の者は禁裏内侍所の庭前に参詣し、あるいは祇園・小野の神社・清水寺・六角堂などの仏閣に参りて年を取る者多し。また近在の公民も、多くこれらの神社仏閣に来たる者はべる。諸国にも民間また同じ」とある。今日の節分の行事を大晦日におこなっているわけである。暦の上での境目を、おのれの人生の境目として、祝うのである。几董の「年ひとつ老いゆく宵の化粧かな」、一茶の「耻かしやまかり出てとる江戸のとし」が知られる。

年取が済みて炬燵に炉に集ひ　高野　素十
＊白をもて一つ年とる浮鷗　森　澄雄
年を取る人こころざし違ひけり　萩原　麦草
年取の大鰤梁につるしたり　滝沢伊代次
年取に月のかけらもしたしくて　三宅　一鳴
桂川年とるものを洗ひ居り　岡田　耿陽

冬休（ふゆやすみ）

学校の正月前後の休暇で、小・中・高校は十二月二十五日頃から一月七日頃まで、大学などは、もうすこし長い。期間はみじかいが、クリスマス・年末・正月と続く休暇なので、楽しくあわただしい休暇である。〈本意〉冬休とはいうが、一種の年用意と考えてもよい。会社や官公庁の年末年始の休みが、前後にのびた休暇で、夏休みとはちがった、楽しさがある。

冬休とどろに波のひびくなり　久保田万太郎
街に出て生徒に会ひぬ冬休　藤岡　筑邨
大原の小学校も冬休　池内たけし
菓子焼きて一日を減らす冬休　福永みち子
冬休み並木きらきらと空に倦む　西垣　脩
冬休み少年鳩と夢育て　土田祈久男
＊栴檀の実を碧空に冬休　森田　峡生
学校は町に忘られ冬休　村岡　籠月

冬服　ふゆふく

十一月頃から翌年四月半ば頃まで着る服のことで、冬ものという。車内や室内の暖房が発達したので、以前のような、厚い生地のものは使わなくなり、軽くうすく暖かい生地が用いられるようになっている。一般に色は黒や濃紺、こげ茶などが用いられるが、若い人たちは明るいグレーや薄茶などを平気で身につけ、裏地もつけないもので身体の線を出している。洋服や和服、外套などを含めていう。〈本意〉冬に着るもので、厚い生地の、外見のあたたかいものを着たものである。和服には冬服や夏服・合服の用語はないが、冬には生地を厚くし、重ね着をした。

冬服の衣嚢が深く手を隠す　山口　誓子
＊弱き身の冬服の肩とがりたる　星野　立子
冬服や荒海の碧さいさぎよし　内藤　吐天
秘事や冬服ふかく裹（つつ）み着て　石塚　友二
冬服と帽子と黒し喪にはあらぬ　谷野　予志
みな黒きわが服のなかの冬の服　同
朝餉まつ冬服の膝折りそろへ　同
母死ねば今着給へる冬着欲し　永田　耕衣
冬服着てわが手の皺のいとしさよ　林　翔
冬服の釦がとれて講義終ゆ　橋本　鶏二
冬服の紺まぎれなし彼も教師　星野麦丘人
冬服も汚れぬ家の匂ひもつ　殿村菟絲子
冬着着て凡に過ぐるを幸とせり　宍戸富美子
かくし多き冬服となる男達　和田　祥子

冬シャツ　ふゆシャツ　毛シャツ

冬に下着として着るシャツで、肌に直接ふれるものをいう。木綿、化繊、ラクダ、カシミヤなどの種類がある。木綿のシャツは洗うとちぢむ欠点がある。化繊が発達して、かるくてあたたかい冬シャツが多く出まわっている。〈本意〉冬の下着があたたかいと保温によいので、あたたかくて軽いものが求められる。毛のシャツはあたたかいが高級な品である。

冬シャツか死出の衣か知らねども　京極　杞陽
＊脱ぐ冬シャツ子には父臭からん　伊丹三樹彦
顔入れて冬シャツは家の匂ひする　秋元不死男
手首より覗く冬襯衣わが神父　草間　時彦
支障なし子と冬シャツを違へ着ても　安住　敦
妻留守なりや冬しやつ片より干す　荒川　一圃

冬羽織（ふゆばおり）　袷羽織　綿入羽織　皮羽織　革ジャンパー

冬に着物の上に着るもの。もともとは、十徳や胴服から発達した防寒用の上っ張りで、くつろいだ着物だったが、これを着る習慣が定着してしまうと、羽織・袴が公式の服装となって、紋付きの羽織もできた。長短さまざまの流行があり、蝙蝠羽織は短かいもの、引摺羽織は地をひきずるほどのもの、茶羽織は短かいものであったが、だいたいは膝の長さであった。広袖が普通だが、袖なし（甚兵衛羽織）もある。なめし皮で作った羽織もあった。火事装束として流行し、鳶頭、職人の頭梁が着た。天保に禁止されるが、今日の革ジャンパーにあたる。〈本意〉冬に着る防寒用の羽織だったが、改まった服装に変ってきている。

老骨をばさと包むや革羽織　芥川龍之介
あさくさの灯に誘はるゝ羽織かな　小島登久女
うれしさや着たり脱いだり冬羽織　村上　鬼城
いくさ遠し男も羽織短く着る　草村　素子
＊着てたちて羽織のしつけ抜かるなり　山口　誓子
分別の言葉しづかに冬羽織　小谷　春子
母病めり蒲団の上に黒き羽織　大野　林火
わが好きな羽織の冬のはじまりぬ　山田　千城

綿（わた）　唐綿（とうわた）　真綿　化繊綿　ビニロン綿　夜具綿

綿は真綿（まわた）（絹綿）と木綿綿（もめん）（木綿）の二種類に大別される。この木綿綿が綿を作るためのもの。熱帯性植物だが、すでに九世紀から十二世紀の頃まで日本でも作られて廃絶、また十六世紀以後に栽培されはじめる。種についている白綿をとり、綿に仕上げることを綿打という。また糸に紡いで、本綿布にもする。〈本意〉『滑稽雑談』に、「按ずるに、貞徳は〈綿打〉を秋とす。重頼は冬に入れらる。好むところに従ふべし。（中略）〈綿打〉は草綿、俗にいふ木綿のことなり」とある。はじめは繭からとった綿が用いられ、のち草木の絮、苧屑（おくず）、草木の繊維を細かく裂いたものが利用されて、木綿（もめん）綿の利用にいたる。

綿を干す寂光院を垣間見ぬ　高浜　虚子
＊母死に給ふどれが真綿か白髪か　小寺　正三
旅路来て綿紡ぐてふわざに佇つ　富安　風生
綿の山日ざせば雪の来るごとし　池上　近志
雲引くかに乙女と真綿引きし日はや　中村草田男
綿積んで女王の如く微笑める　蓮沼　一路

綿入（わたいれ）　布子（ぬのこ）　小袖　おひえ

綿の入った着物のこと。平安時代には下着に綿を入れたものを襖（あお）、または襖子（あおし）といい、これを別名布子といった。布は麻布であったが、室町時代には木綿の綿入を布子と呼び、上着に用いるようになった。麻布に綿を入れて、着た上着を関東でおひえと呼んだが、これはどてらのように外出にも用いた。関西では、これを室内用や寝るときに用いた。のちにはおひえは、関東・関西とも木綿の布子のこととなる。また絹地を用いたなかに綿を入れた小袖を丸物と呼び、一般人の上着となった。のちには、絹小袖に綿を入れたものを小袖というようになった。〈本意〉「見しは昔、関東にてのていたらく、愚老若きころまでは、諸人の衣裳、木綿布子なり。麻は絹に似たればとて、麻布を色々に染め、綿を入れ、〈おひえ〉というて上着にせしなり」と『三省録』にある。防寒用に綿を入れた着物だが、いろいろと歴史的変遷があるものである。

＊裄丈も身にそひしこの古布子　高浜　虚子
綿入の絣大きく遊びけり　金尾梅の門
古布子ふき出る綿もなかりけり　高浜　年尾
野に干せる四五歳の子の布子かな　高野　素十
綿入や妬心もなくて妻哀れ　村上　鬼城
布子着てむかし顔なり達磨市　篠原　巴石
日あたつて来ぬ綿入の膝の上　臼田　亜浪
洟たれ児立てり綿入盲縞　西村　公鳳

夜着　よぎ　掻巻　かいまき　小夜着　こよぎ

掻巻のこと。夜寝る時に着る衾類を呼んだが、袖や襟をつけ、大きくして、綿を入れた。身体がすっぽり入ってあたたかい。寝巻と言ったり掻巻と言ったりするが、寝る時かきまとうという意味で、やがて小夜着と言われるようになる。〈本意〉『三省録』に「ある文に、むかし綿を多く入れて、夜の物とて夜着にする。これを〈おひえ〉とも、〈北の物〉とも名づけたり。故はいかんとなれば、裏に越後をするによりてなり。冬は北より来る。越後の国、北なり。その縁を取って、〈おひえ〉とも、〈北の物〉とも付けたり。また、異名を布子とも、綿入ともいふなり。この詞、みな公家より出でたり」とある。冬の夜の寒さをふせぐ寝具の一つである。どてら、丹前と近いもの。江戸では外出にも着た。芭蕉に「夜着ひとつ祈り出だして旅寝かな」がある。

＊郷の夜着派手にあらねば身に添へり　三宅　一鳴
父と呼び亡母をつぶやき夜着かぶる　松原　文子

衾 ふすま　掛衾　敷衾　古衾

夜寝るとき、身体にかける四角のふとん。今は掛けぶとんと同じものとして用いられるが、もとは麻布の袋に真綿、あるいは苧屑などを入れて閉じたものであった。袖も襟もなかった。〈本意〉東北地方では近年まで用いていた。藁の中にうずまって寝たので、上から掛けるものは厚くなくていいが、からだをおおう長さが必要だった。長方形の保温のよい袋状のものである。

旅の夜の大足投げし衾かな　萩原　麦草
年々の同じ衾に宿下り　松村　蒼石
一日を心に描く衾かな　池内友次郎
薄衾頤のせて待つものもなし　森　澄雄
*亡父亡母深夜衾に入れば見ゆ　高室　呉龍
衾の肩抱けば柔か母死なせじ　中村　金鈴
鼠よけに燈ともして寝る衾かな　吉田　冬葉
消燈後も市井の明さ冬衾　渡辺　幻魚

蒲団 ふとん　布団　掛蒲団　敷蒲団　羽蒲団　絹蒲団　蒲団干す　干蒲団

布の中に綿や鳥の羽を入れた寝具である。敷き蒲団と掛け蒲団に分けられる。ほかに掻巻がある。夏の蒲団は夏蒲団といい、藁蒲団や羽蒲団もある。はじめはがまの葉を編んで作った円座を蒲団といい、それが布製方形の座蒲団になり、長方形の蒲団になったものとみられる。平安時代には、衣服を脱いで、敷いたり掛けたりした。江戸時代でも、敷くものはもうせんのような薄いものに大夜着をかけていた。のちには寝ござが使われ、文化文政になって、布団が用いられるようになった。〈本意〉『滑稽雑談』に、「蒲団、常用のものなれども、寒を禦ぐ具なれば、冬に許用するなり。なほ考ふべし。昔は秋、蒲の葉を編みて、蒲の穂を包んで席とす。よつて名あり」とある。寒さをふせぐものとして冬のものとされる。嵐雪に「蒲団着て寝たる姿や東山」、一茶に「早立ちのかぶせてくれし蒲団かな」がある。

寒さうに母の寝たまふ蒲団かな　正岡　子規
この蒲団幾度君を泊めにけり　荻原井泉水
寝かさなき母になられし蒲団かな　岡本　松浜
つめたかりし蒲団に死にもせざりけり　村上　鬼城
*いとし子のうもれてまろき蒲団かな　長谷川春草
寝られねばまた肩つつむ蒲団かな　同
干布団美しからず蝶飛べど　川端　茅舎
冬蒲団妻のかほりは子のかほり　中村草田男
見廻せど蒲団ばかりや我も病む　石田　波郷
やはらかく犬が嚙みあひ干蒲団　福島　小蕾
青き空うごかず干布団かへす　川島彷徨子
母に勝るは若さのみ布団づしと干す　根津恵美子
厄病神付いて離れぬ布団干す　篠田　吉広
泣くために布団に入るやうなもの　中田　品女

ちゃんちゃんこ　袖無羽織　袖無　猿子（さるこ）　でんち

子どもや老人が着る袖無羽織で、綿がはいっている。ちゃんちゃんともいい、中国人の服に似ているところからそう呼ぶといわれる。江戸で猿子（さるっこ）というのも、綿入れの袖無羽織のこと。京大阪ではでんちと呼ぶ。重ね着によく、胴をあたため、動作が楽である。〈本意〉袖無羽織はいろいろあり、てなし、甚兵衛、でんち、猿子などと言った。賤夫（せんぷ）の布服とされるが、手の動きを自由にして、胴をあたためる、子供むきの着物であった。老人にもあたたかいので用いられる。

*ちゃんちゃんこ着ても家長の位かな　富安　風生
柔かき黄のちゃんちゃんこ身に合ひて　高野　素十
袖無のわれに去年去り今年来ぬ　阿波野青畝
その子の家の藁屋根厚しちゃんちゃんこ　中村草田男

あて継ぎも昔模様のちゃん〳〵こ　麻田　椎花
大学を出て山男ちゃんちゃんこ　福田　蓼汀
ちゃんちゃんこ着せ父大事母大事　宮下　翠舟
袖無の師に狎れまじと膝正す　森田　峠

胴着（どうぎ）　袖無胴着　筒袖胴着　吾妻胴着

下着と肌着のあいだ、着物と羽織のあいだに着るもので、寒さを防ぐためのもの。胴だけで袖のないものが袖無胴着、袖のあるものが胴着である。綿入れで、普通腰までの長さである。真綿が入っていたり、裏が毛皮のものもある。〈本意〉『守貞漫稿』に、「冬・春の間、繻袢の上・下着の下に着す綿入の下服なり。上体暖かに、下体軽く、費半ばなるゆゑに、今世の士民専用するの雑服なり。粗（そ）なるは木綿、美なるは縮緬等を用ひ、大略用品下着に准ず。男女ともにこれを用ふ」などとある。あたたかいものである。

有難や胴着が生める暖かさ　高浜　虚子
＊胴着きて興ほのかなる心かな　飯田　蛇笏
胴着抜いて我殻を見る畳かな　篠原　温亭
病む妻にわれはすこやか胴着ぬぐ　麻田　椎花

背蒲団（せなぶとん）　綿子　負真綿

絹の布に真綿を入れ、紐をつけて、背中にあて、寒さをふせぐ。綿子は真綿で作った防寒衣である。負真綿は、下着の背中のところや羽織の下などに真綿を入れて、即製の防寒用とするもの。〈本意〉『守貞漫稿』に、「天保初めには、座蒲団を背に当て寒風を防ぎ、これまた紐をつけて往来に用ゆ。これも京坂婦女の所為なり」「また男子も旅中には、座蒲団を背に当て寒風を禦ぐ。駕籠に乗る時は、これを敷くなり。これは江戸人も往往これを用ゆ」とある。綿子については

『改正月令博物筌』に「真綿にて襦袢のごとく製したるものなり。襟を付けて、冬の下着とす」とある。防寒のための工夫のいろいろで、真綿を利用しているわけである。

負ひ真綿して大厨司る　高野　素十
父の座に母がすわりて負真綿　吉川　宙雨
＊斯くするがいまのわが身ぞ負真綿　星野　立子
愚痴多くなりたる母の背布団　安田　孔甫
真綿の背時の歩みもなくなりぬ　加藤　楸邨
追越して行きし女の背ナぶとん　矢高　矢暮

肩蒲団（かたぶとん）　肩当蒲団

肩が寝たとき冷えるのを防ぐために、細長い小蒲団を作って、肩にあてる。中には真綿などを入れる。〈本意〉大正三年頃から季題としてあるが、例句は「肩蒲団したる魬師がいくたりも　木下洛水」がはじめで、昭和八年である。肩の冷えを防ぐための工夫である。

肩蒲団肩に馴れたる夫婦哉　向野　幽水
憔悴の目立つ派手なる肩ぶとん　大場美夜子
＊たびごころほのかに寝まる肩布団　石原　舟月
肩布団更けてたゞよふ如くなり　八木林之助

腰蒲団（こしぶとん）　膝蒲団

腰がひえる女性や妊婦が腰につける小さな蒲団で、長方形のものに紐がついている。〈本意〉腰をあたためる蒲団で、膝かけも似たものであるが、女性に多く用いられるもの。

＊腰布団身にあて念ふ母の恩　宮下　翠舟
年頃を過ぎし織子の腰布団　有本　銘仙
むらさきの大紐つけぬ腰布団　鈴木　蓟子

ねんねこ　ねんねこ半纏　亀の子半纏

乳幼児を背負うとき上から着るどてら半纏で、防寒のためのものである。赤ん坊を江戸時代、ねんねこと言ったからとか、幼児語のねんねから来ているとか、ねんねんよう、おころりようという子守唄から来ているからとかいろいろに言われる。はでな柄で仕立てる。広袖、広衿で、綿が入っている。〈本意〉大正三年頃から季題になる。子をあたたかく背負うための、子守半纏である。

座席なきねんねこおんぶの客をいかに　富安　風生
ねんねこ姿は孔雀模様や子を誇る　中村草田男
*ねんねこの赤に黍き児日は午なり　大野　林火
ねんねこやあかるい方を見てゐる子　京極　杞陽
ねんねこにまだ眠くない大きな眸　貞弘　衛
ねんねこの中でうたふを母のみ知る　千原　叡子
ねんねこに遠山脈の澄む日かな　石田いづみ
ねんねこよりはみでる父子の瓜二つ　尾形不二子

着ぶくれ　きぶくれ

寒いと、一枚一枚、着るものを重ねて、保温をはかる。寒さのためになりふりかまわずにそうするが、かさばって、ふくれた姿に見える。〈本意〉暖房が発達した今日では見られなくなってきたが、昔は衣服をたくさん重ね着して、あたたかくしようとした。明治三十九年に、「きぶくれて綿入いとし幼い子　青々」がある。

なりふりもかまはずなりて著膨れて　高浜　虚子
着膨れし体内深く胃痛む　松本たかし

＊着ぶくれて浮世の義理に出かけけり　富安　風生
着ぶくれのおろかなる影曳くを恥づ　久保田万太郎
着ぶくれて子が可愛いといふ病　中村草田男
着ぶくれて寄れば机の拒みもす　皆吉　爽雨
着ぶくれて見かへる時の富士かしぐ　同
着ぶくれて我が一生も見えにけり　五十嵐播水
着ぶくれて老いしと思ふ若しとも　西島　麦南
着ぶくれて悪の愉しさ謀りをり　村上　古郷
心まで着ぶくれをるが厭はるる　相生垣瓜人
光負ふ雲の如くに着ぶくれて　奈良　碧
砂浴ぶ鶏と同じ日向に着ぶくれて　野沢　節子
着ぶくれて釘打つやすぐ曲りけり　石井　寿男

重ね着　かさねぎ　厚着

寒いので、着物を何枚も重ねて着ることである。当然着ぶくれしていることであろう。〈本意〉『季寄新題集』（嘉永元年）に出るが、十月のものとされている。暖房の不完全な時代の寒さしのぎの唯一の方法である。

＊ぬぎすてし重着またもひろひ着ぬ　原　石鼎
重ね着の中に女のはだかあり　日野　草城
母となる日の近き重ね着へたすき　加倉井秋を
かさね着の不機嫌妻にうつしけり　高橋　潤
重ね着や妻に視らるゝぼんのくぼ　早川　緑野
重ね着の師のうつくしき過去未来　勝又　一透
重ね着て恋の句すこし修飾す　鈴木　栄子
重ね着て北国へ発つ香袋　川島　千枝

厚司　あつし

山野に自生するおひょうという木の樹皮からとった繊維の糸を手機（てばた）で織ったもので、アイヌ人が平常着にしていた。手ざわりはあらいが丈夫な布である。この布をヒントにして、明治の頃、大阪府の南部で、労働用の厚地の手織の織物を作った。これをも厚司という。太い木綿糸を用いるので丈夫で、労働着やはんてん、前掛けにする。〈本意〉アイヌ人の労働着、平常着で、丈夫なものである。大正三年頃から季題になり、大正十二年頃から例句が出る。

厚司著て銑鉄のあがらぬ日の仲仕　川島彷徨子
さいはての厚司が似合ふやうな町　関根　牧草
紺の厚司で魚売る水産高校生　能村登四郎
＊磯の香のにじみ入りたる厚司かな　七戸　木賊
魚臭き籠や厚司の群わめく　堀部　青爺
新しき厚司が撓み鉄担ぐ　小島　昌勝

褞袍（どてら）　丹前

広袖の綿入りの防寒用の着物。江戸でどてらと呼び、関西で丹前と呼んだが、いまは丹前と呼ぶのが普通である。もともとは、大形の着物をかけて寝たことから変化して、それをくつろぎ着として寒いときに着たところから変ってきたわけで、柄ははでで、浴衣の上に着ることが多い。浴衣と重ねて、たもとを作るようになった。〈本意〉『守貞漫稿』に、「どてら、江戸の服名、その製丹前に似て綴ぢず、夜着より小に、衣服よりわづかに大に、綿を多く用ふ。寒風燕居の服なり」とある。寒いときのくつろぎ着である。

＊昨今の心のなごむ褞袍かな　飯田　蛇笏
父よ貧し褞袍をわれにゆづりたまへる　川島彷徨子
褞袍の胚打つて老教授「んだんだ」と　加藤　楸邨
丹前（どてら）着て花屋を出るは面映ゆし　板垣鏡太郎
百日の病軀包みし褞袍脱ぐ　景山　筍吉
山茶花を愛す褞袍にくつろいで　遠藤　梧逸
丹前を着れば馬なり二児乗せて　目迫　秩父
綻（ほころび）の坐りかくれし褞袍かな　安達　緑童

紙子（かみこ）　紙衣（かみこ）　紙ぎぬ　素紙子（すかみこ）　白紙子　紙子売

紙で作った衣服である。厚い白紙に柿渋をぬり、何度も日にかわかしてはぬったあと、一晩露にさらし、もんで柔かにして衣服に仕立てる。渋をぬらないものが白紙子で、奈良で用いたものだった。四十八枚の紙をあわせて一着にする。すなわち、胴の前後で二十枚、左右の袖で四枚、それに裏がつくので四十八枚である。素肌に紙子を着ることが素紙子、しおれた姿を紙子姿、紙子浪人などと言った。水によわい弱点がある。〈本意〉『雍州府志』に製法を述べたあと、「寒気を禦ぐに便あり」とある。『滑稽雑談』には、「紙衣は元来持戒持律の僧尼、高徳の隠士沙門の、絹布を厭ひてこれを着す。または女子の手を触れざるゆゑにこれを用ふ。二月堂の会に着用など、思ひ合はすべし」ともある。強さを言うもの、老人の着て軽く風を防ぐことを言うものなどもある。要は寒さを防ぐ、軽くて手軽な、衣服ということであろう。芭蕉の「ためつけて雪見にまかる紙衣かな」、蕪村の「めし粒で紙子の破れふたぎけり」、一茶の「焼穴の日に／＼ふえる紙衣かな」などが知られる。

我死なば紙衣を誰に譲るべき　夏目　漱石
繕ひて古き紙衣を愛すかな　高浜　虚子
*放埒の顔美しき紙子かな　野村　喜舟
縫ふべくもあらぬ紙衣の破れかな　佐藤　紅緑
我貧は骨に徹して紙衣かな　福田　把栗
名所絵をつぎ合せたる紙衣かな　高山　二九
紙衣著て古人に隣る心かな　高柴　象外
藁庇しぐれてたたむ紙子帯　田中富士子

毛衣（けごろも）　裘（かはごろも）　皮衣（かはぎぬ）　狐裘（こきう）

毛皮で作った防寒用の服である。毛皮は、犬、うさぎから、高級なきつね、らっこ、りす、てんなどのものまである。狐裘というのは狐のわきの下の白毛の皮で作ったもので、貴重品とされる。犬や兎の毛衣は、猟師、炭焼、橇の御者など、戸外で寒気に触れる職業の人が着ていることが多い。〈本意〉『万葉集』に、「けころもを春冬設（ま）けて幸（いでま）しし宇陀の大野は思ほえむかも」とあり、また蕪村の句に「冬やことしよき裘得たりけり」とあるが、古くからよい毛皮は防寒のために尊重されたようである。

毛衣を脱げば真肌のあらはなり　高浜　虚子
映画館裘匂ひ穢土なるや　山口　誓子
*海は夕焼裘のぼる坂の町　角川　源義
カンヴアスを抱く裘は緋に映えて　石原　八束
裘着て犬くさき蟹工女　三戸　杜秋
裘着る助手席の女かな　井桁　蒼水

股引（ももひき）　パッチ

ズボン下のことで、下半身をおおう。足首までの長さである。江戸時代には職人の穿（は）きもので、脛（すね）がほそく、腰はうしろで打ち合わせて、ひもで結ぶようになっていた。動きやすいものだったが、型染めのもの、絹のものなども出て、上品なものとされた。これをパッチと呼んだ。半纏・腹当て・パッチが職人のスタイル、パッチ・尻はしょりが男性の普通のスタイルであった。軍隊時代には袴下（こした）と呼ばれ、前合わせになり、また現在でも労働用に東北地方などでは用いられている。ズボンの下に防寒用にはくものはズボン下と呼ばれている。メリヤス、綿ネル、本綿などの製品である。〈本意〉もとは活動的な労働着だったが、しだいにズボンのようなものとして、日常着となり、また防寒用になった。

＊膝形に緩む股引足入るる　山畑　禄郎
股引や夕闇まとふ風を踏む　尾城　光
膝ふくるゝ腿引四十路終りなり　溝口　青男
海女達の股引赤し町を行く　洞外　石杖
わが脱ぎし股引われに似て憎し　山本　馬句
古写真股引の父若きかな　滝沢伊代次

角巻　かくまき

東北地方、長野、新潟、北海道などで、冬に見かける女性風俗で、四角の毛布のような肩掛を三角に折り、肩にかけ、前であわせる。頭には帽子をかぶる。ほとんど身体全体をおおうものである。〈本意〉大正三年頃から季題となり、昭和に入って例句が作られた。雪国の女の防寒、防雪の外出着である。

角巻のもたれあひつゝ二人行く　阿波野青畝
角巻の三人ながら瞽女らしや　下村　梅子
主婦達や心見せ合わず角巻ひし　細谷　源二
バスを追ひ雪の角巻翼ひろぐ　岸田　稚魚
角巻の瞳のかゞやくは恋ならむ　小林　康治
角巻や怒濤の窪に薄日射し　有働　亨
雁木市角巻の眼の切長に　星野麦丘人
角巻の老婆らバス待つ海を背に　岡田　日郎
＊角巻や沖ただ暗き日本海　米谷　静二
叱りゐし子を角巻につつみ去る　大網　信行
哀歓を角巻深く隠しをり　小野田乾子
角巻の飾り房より雪しづく　早坂　萩居

毛皮（けがは）　毛皮売

防寒用のもので、なめした毛皮である。襟巻、外套の襟、敷物などにする。豹、貂、銀狐、アストラカンなどは高級品である。毛皮店にかざられる毛皮もあり、行商の町角で売る毛皮もある。〈本意〉『古事記』や『万葉集』にも黒貂、鹿などの毛皮のことが出ているくらい古く、防寒用に作られたが、今日でも、外出用の防寒具に利用されている。大正三年頃より季題とされた。

胸つぶるるふためきあれや毛皮のまま　中村草田男
安物につくはわが性毛皮買ふ　佐藤　念腹
＊首に捲く銀狐は愛し手を垂るる　杉田　久女
毛皮の男が鳴らす鍵の束　有働　亨
毛皮着て猟夫なんめり汽車待つは　石塚　友二
野に逢ひて聖者のごとし毛皮人　井沢　正江
毛皮夫人にその子の教師として会へり　能村登四郎
ウインドの毛皮嘯くものとして　竹中　弘明

毛布（まうふ）　ケット

羊毛や駱駝の毛で織られたもので、あたたかく、肌ざわりがソフトでよい。防寒用の寝具、敷物、膝掛に用いられる。寝具用には一枚物、二枚続きの二種がある。ブランケットと英語で言うが、それを略してケットとも言い、明治にはフランケンなどとも言った。〈本意〉百済から氍毹（おりかも）が献上されたのは欽明天皇のとき、また下野国では毛筵（けむしろ）を織ったというが、これは毛織の敷物である。飛鳥時代、慶雲元年（七〇四）に越後国から兎毛布を貢したともいう。室町時代には外国から種々の毛織物が入り、羅紗も作られるようになった。兜羅綿（とろめん）は木綿糸と兎毛を混ぜた織物で、輸入されたが、これなどは毛布にもっとも近い織物である。明治には赤い毛布が普及し、東京へ来る地方の人がみなそれをまとっていたのでお上りさんを赤ゲットと呼んだ。東北地方の角巻もこの赤ゲット流行の余波の一つともみられる。防寒用のよい織物に毛織物が定着してゆく歴史を物語るものである。

いと古りし毛布なれども手離さず　松本たかし
寝よと父母毛布に子等をつゝむ時　中村草田男
*ひとり夜を更かすに馴れし膝に毛布　安住　敦
黄天よ祖国よ毛布かぶり病む　片山　桃史
退院の毛布鍋釜の音包む　殿村菟絲子
湯ぼてりの吾子を毛布につつみわたし　目迫　秩父
色あせしロシヤ毛布の旅寝かな　三溝　沙美
毛布なる吾子にふたりの顔を索む　篠原　梵
まだ使ふ陸軍毛布肩身さむ　平畑　静塔
毛布被てイエスのごとく夫眠る　山下知津子

セーター

毛糸で編んだジャケットの一種で、頭からかぶって着る。ワイシャツの上やブラウスの上に着て、防寒用にするが、着心地がやわらかく自由である。とっくり型やV字襟のものはオーソドックスなものだが、前あきかどうか、襟の型、色や柄などはさまざまである。〈本意〉大正三年から季題になっている。例句は大正十五年頃から見られるが、西洋的な風俗の流行の変化にかかってとり入れられた毛のジャケット。楽であたたかい、ややくだけた服装である。

*セーターに枯葉一片旅さむし　加藤　楸邨
老いぬれば夫婦別なきスエタかな　松尾いはほ
ふりかぶり着てセーターの胸となる　不破　博
山鳩よセーター顔にかけて寝る　諸岡　直子
今日も晴天セーターにつよく首突込む　中野　茂
石庭とセータの胸と対峙せり　加藤三七子

自転車のセーター赤し林透き　谷　迪子
セーターを着せられし子の兎跳び　福永　耕二

ジャケツ　ジャケット　カーディガン

ズボンの上に着る毛糸を編んだ上着である。ジャケットというのが正しい。くつろいだ感じの服装で、この姿では正式の場所には出られない。毛織、または化繊のものである。襟つき、V字襟、とっくり型、その他、さまざまな色彩、模様、手編みなどのいろいろのものがある。前びらきのものをカーディガンという。〈本意〉大正三年に季題となり、大正九年頃から例句がある。くつろいだ防寒用の家庭着である。

ジャケツ真赤く縄飛はまだ出来ず　富安　風生
古ジャケツあたまより着て老はまくす　森川　暁水
ジャケツの端のどをつつみて花とひらく　中村草田男
跫音高し青きジャケツの看護婦は　石田　波郷
ジャケツ編む日向の鶏に竹さがり　飯田　龍太
＊ジャケツ厚し落葉焚きゐし香をこめて　草間　時彦
愛をもて編みしジャケツのかく痒し　鷹羽　狩行
古ジャケツ愛し雑木の影を愛す　大嶽　青児
ジャケツの胸突如仔牛になめられて　飯利　勝郎
ゆるぎなくジャケツ二十の軀をつつみ　丸山　一実

外套（ぐわいたう）　オーバー　オーバーコート

洋服の上に着る防寒用のコートで、オーバーともいう。厚地のウール、毛皮、シールを用い、ゆったりとして長いものが用いられていたが、近年は暖冬つづきで、暖房が進歩したために、うすく短かいものが用いられている。〈本意〉明治十七、八年頃、羅紗製のトンビ、引回し、二重回しなどが流行したとき、その総称として、この名ができたという。いまは防寒用に洋服の上に着るが、時代とともに変化がある。

＊外套の裏は緋なりき明治の雪　山口 青邨
外套の釦手ぐさにただならぬ世　中村草田男
外套の襟立てて世に容れられず　加藤 楸邨
外套を脱がずどこまでも考へみる　同
横町をふさいで来るよオーバー着て　藤後 左右
明日ありやあり外套のボロちぎる　秋元不死男
ある時の書肆に外套のわれひとり　軽部烏頭子
外套の老いたる父にふと遅れ　三谷 昭
外套に闇密着す非常線　榎本冬一郎
吾子の四肢しかと外套のわれにからむ　沢木 欣一
つくろへり我は外套鴉は羽　木下 夕爾
オーバもて鎧ふこゝろとおもひけり　同
外套の綻びて世に狎れゆくか　伊丹三樹彦
外套の奥の喪服に凍徹る　飯田 龍太
外套や終日雲にまつはられ　徳永山冬子
外套の襟を立て東京の隅へ帰る　加倉井秋を
外套のなかの生ま身が水をのむ　桂 信子
外套を羽織りヌードの出番待つ　橋詰 沙尋
妻のものへ外套冬鳶のごと掛ける　吉田 鴻司
外套の肩の断崖孤独かな　不破 博
外套や語らざること妻知らず　同
外套におしつつみたる歓喜かな　加畑 吉男
オーバー重し太陽燃ゆるゴッホの絵　野村 慧二
オーバーの軽さ吾が身のうつろなり　上松 康子
うしろより外套被せるわかれなり　川口美江子
外套の厚地よ父も亡き人に　小口 雅広

コート

冬に女性が外出するとき、防寒用にまとうもので、明治十七年頃からの風俗。縮緬やお召で作った東コートや浪華コート、あるいは毛織物のコートで、近来は、後者の毛織物の方が工夫して多く用いられる。前者は優美なものだが、厚いものより軽いものが用いられる。裏は帯のあたりまでを滑りのよい半裏としている。〈**本意**〉オーバーコート、スプリングコート、レインコートと、コートには幾種もあるが、単にコートと言った場合には、女性の防寒用の東コート、浪華コートを指す。防寒の上に優美さを考えたもの。

コート脱ぎ現れいづる晴着かな　高浜　虚子
コート着し人のそがひや雪の道　原　石鼎
コート脱ぐ間も言葉を交しをり　風間　啓二
＊別れても子の眸はりつくコートの背　青木　喜久
火の言葉つつみおほせしコート着る　島田　夏子
話題選るコートの中の胸の中　榑沼　清子

マント

冬外出するとき防寒のため和服の上に着たもので、つり鐘型で、毛織物製である。学生が学生服の上によく着たもので、とくに旧制高校生の冬の姿であった。子どもや女性のものもあるが、今ははやらない。〈本意〉防寒着の一つで、毛織の吊鐘の中に入るように羽織る。袖がないので、手が中にかくれる。

＊粉雪ふるマントの子等のまはりかな　加藤　楸邨
山焼く火夕ぐれ急ぐマントの子　角川　源義
マント着の荷をつっぱらし玩具選る　高島　筍雄
子も葱も容れて膨るる雪マント　高島　茂
肩幅に釣鐘マントおちつきぬ　栗生　純夫
マントひるがへす大正の恋に雪　村上　冬燕
マントより手が出て銀貨にぎらさる　加藤知世子
黒マントで来て白鳥を脅す　鈴木　栄子

被布　ひふ

女性が冬に外出用に上に着るもので、はじめは合羽から発達したという。茶人、俳諧師、総髪、剃髪の男に用いられていたが、文化頃から女性も着るようになり、文政頃の芸者間での流行によって紫縮緬の生地、黒天鵞絨の襟、金糸の組紐という豪華なものになった。明治、大正まで、女性に流行して、すたった。丸襟で、前が重なり、胸のところを紐でとめる。衽(おくみ)は深い。〈本意〉女性の冬の外出着の一つ。防寒用だが、流行に左右されて、女性のおしゃれ着となった。

＊美しき老刀自なりし被布艶に　高浜　虚子
被布を着し姉を思ふや姉の忌に　吉本　虚林
言(こと)いはず触れず女の被布の前　石塚　友二
悲喜何れにも著る被布の一帳羅　山口　笙堂
被布を着てかなしきことを言ひて去る　日野　虚人
被布を著て全く老いし母なりし　木村　子瓢

二重廻し(にぢゆうまはし)　まはし　トンビ　インバネス

冬、外出するとき男が和服の上に着たもので、毛織物製である。袖口のところには、鳥の翼のような外被がついている。これをひろげると鳶が羽をひろげたようなので、トンビという名もある。インバネスは、小型の二重廻しで、紳士が洋服の上に着るもの。どちらも今はすたれた風俗である。〈本意〉和服の上に羽織る防寒具だが、着物の袖をおおうように外被の工夫もある。男が和服で外出しなくなって、すたれてしまった。

＊背に老いのはやくも二重廻しかな　久保田万太郎
深夜の駅とんびの袖を振り訣れ　石塚　友二
子に靴を穿かすインバネス地に触り　山口　誓子
とんび着て影があるので歩き出す　加倉井秋を
二重廻し夕映電車来て消えぬ　石田　波郷
二重廻し重し亡父の年辿る　百合山羽公
人黒く二重廻しの蹲り会ふ　同
二重廻し子に慕はれてゐたらずや　清水　基吉

雪合羽（ゆきがつば）　雪蓑

雪の時に着る合羽で、木綿・毛織・油紙・ビニールなどのものがあり、裾ひろく、長い。行商が荷物の上にかけたり、農夫・漁夫・線路工夫が着たりする。雪蓑はわらであんだもの。北国での必需品である。〈本意〉明治四十一年頃から例句がある。北国の雪を防ぐ着物である。「合羽つづく雪の夕べの石部駅」（正岡子規）がもっとも古い作例。

着せらるゝまゝに雪蓑借りにける　斎藤白南子
雪蓑を脱げば盛装現はるる　田中　白夜
＊脱ぎ捨てて重たかりしよ雪合羽　堀米　秋良
雪蓑を被て雪蓑を並べ売る　中村　節代
雪合羽ひきずる女魚臭し　近藤　一鴻
雪の蓑改札口を立ち塞ぎ　丸島　弓人

頭巾（づきん）　角（すみ）頭巾　丸頭巾　投頭巾　袖頭巾　苧屑（をくそ）頭巾　御高祖（おこそ）頭巾

布などで袋状に作ったもので、頭にかぶる。風を防ぎ、防寒の役をはたすものである。冬以外にかぶるものもある。角頭巾、丸頭巾、投頭巾、袖頭巾の別がある。昔はよく用いられたが、近年は頭巾をかぶる人は見かけなくなった。角頭巾は老人・医師・法師・俳諧師などのかぶったもの。うしろにしころが垂れていて、しころ頭巾ともいう。形は円筒形。丸頭巾は、平たくてだぶだぶした、大黒天のかぶっているような頭巾。しころのついたものを尼僧がかぶった。この種のものに、金持のかぶる焙烙頭巾・大黒頭巾などがあった。投頭巾は、飴売りなどのかぶるもので、四角い袋状の頭巾を、うしろへ投げるように折ってかぶる。同種のものに黒船頭巾がある。袖頭巾は、着物の袖のようなものをかぶる。苧屑頭巾というのは、山賊や猟師のかぶる苧屑製の頭巾から出て、布製にしたもの。苧屑頭巾は別名御高祖頭巾といい、目だけ出し、首を十分つつみ、紐で耳にかける。女形中村富十郎が宝暦元年にはじめたもので、女性のものとなった。今日ではあまり使われないが、北国では婦女子がつける。〈本意〉『滑稽雑談』に、「時珍本草に云、頭巾、いにしへ尺布をもつて頭を裹むを巾となす。後世紗羅布葛をもつて縫合す。方なるものを巾といひ、円なるものを帽といひ、加ふるに漆をもつて製するものを冠といふ」「増輝記に云、僧に冠経なし、あるひは頭巾を用ふ」「最も老若に限らず、寒を防ぐの具なり。ゆゑに、冬に許す」とある。防寒用に頭にかぶるものである。野坡に「頭巾から耳取出すや夜の音」、蕪村に「みどり子の頭巾眉深きいとほしみ」がある。

猿にきせて我に似たりや古頭巾　内藤　鳴雪
＊深う着て耳をいとしむ頭巾かな　村上　鬼城
頭巾きても一度家をふり返る　高野　素十
頭から風邪ひくといふ頭巾かな　永田　青嵐
古頭巾着て冬心も定まれり　相生垣瓜人
運不運ある世の頭巾かぶりけり　新城　世壽
雪頭巾生簀の鯉を揚げに出づ　富岡掬池路
一枚の帛とも畳む頭巾かな　小西　須麻

冬帽　ふゆばう　冬帽子

冬にかぶる帽子で、中折（ソフト）、鳥打、学帽など。無帽が多い今日だが、寒くなると中年以上の人に帽子をかぶる人が出てくるようになる。〈本意〉防寒用だけでなく、昔は外出用によく帽子をかぶった。それがむしろ正式の装いであった。明治三十一年の『新俳句』に子規の「四角なる冬帽に今や帰省かな」「冬帽の十年にして猶属吏なり」がある。

火酒の頬の赤くやけたり冬帽子　高浜　虚子
痩咳の頬美しや冬帽子　芥川龍之介
冬帽を火口に奪られ髪怒る　山口　誓子
冬帽を買ひてもさみし牡蠣食ひても　安住　敦
冬帽を脱ぐや蒼茫たる夜空　加藤　楸邨
忘られし冬帽きのふもけふも黒し　橋本多佳子
冬帽を頭より離さず農夫老ゆ　西村　公鳳
人を責めて来し冬帽を卓におく　赤城さかえ
何求めて冬帽行くや切通し　角川　源義
＊くらがりに歳月を負ふ冬帽子　石原　八束
冬帽や他人のごとき夫の眉　佐藤まさ子
冬帽の内にひとりひとりの帰路　中尾寿美子
冬帽や伊吹にさわぐ雲見つつ　村山　古郷
冬帽子置くより一途なる話　加賀美子麓
冬帽の中に言ふこと充満す　岩田　昌寿
冬帽はかなしからずや壁にすがり　細谷　源二
冬帽をぬがるる緋裏ちらと見し　亀井　糸游
病む人を旅へいざなふ冬帽子　岸　梨花女

綿帽子（わたぼうし）　被綿（かづきわた）

真綿をのばしひろげ、ふのりで形を作ったかぶり物で、その異名が被綿である。中世以来女性は帽子をかぶったが、上流は被姿、中流以下は綿帽子をかぶった。綿帽子には丸綿と舟綿があって、丸綿は額にあて、舟綿は頬とあごをつつむものだった。白・浅黄・うこん・紅・紫などの色に綿を染めて用いた。その後いろいろの形に変化したが、かぶる形、覆面の形、角隠しの形などになった。本来礼装用のもの。〈本意〉『年浪草』に「京師の婦人、もつぱら被（かつき）を用ひてその面を蔽ふ。これに及ばざる輩、夏は羅の帽子を用ひ、冬は綿の帽子を用ふ。ただ青楼妓婦の輩、その面を蔽ふことを用ひず。ゆゑに京師の人、面を蔽はざる者を賤となす」とある。防寒用というよりむしろ礼装用の外出着の一つだった。太祇に「声もせで暗き夜舟や綿帽子」とある。

＊北山の雪や相似て綿帽子　松瀬青々
小町寺尼がかむれる綿帽子　大森積翠
綿帽子ありて此の家死に絶えし　池内たけし
綿帽子ふかぶかとして眉目あり　行方東湖
日ざし来てうるほふ如し綿帽子　山崎駿
綿帽子ぬぎたる祖師にまみえけり　足立蓬丈

雪眼鏡（ゆきめがね）

雪の反射光を防ぎ、雪眼になるのを予防するための眼鏡で、ガラスか合成樹脂製、紫外線を通さぬように色がついている。簡単なサングラスでは効果がない。〈本意〉雪の反射光が強烈で、紫外線を含むので、雪眼炎にならぬよう、工夫したものである。

＊雪眼鏡みづいろに嶺々沈ませる　大野林火
雪眼鏡紫紺の岳と相まみゆ　谷野予志
雪めがね柩車音なく過ぎゆけり　西島麦南
雪眼鏡それで鳩ども焦茶色　細谷源二
憎からぬ氷上の妻雪めがね　三宅一鳴
雪眼鏡親しきものも距て見る　葛西たもつ
雪眼鏡山のさびしさ見て佇てり　村山古郷
雪眼鏡はづすや穹に触れんばかり　樋渡瓦風

頬被（ほほかむり）　ほほかぶり

冬、寒い風をふせぐために、手ぬぐいを頭からかぶり、頭や頬をあたためる。野良仕事の人々、夜道を歩く人々、年寄りの人々などがする。〈本意〉『守貞漫稿』に、「頬冠り、多くは手巾の両端を左に捻ぢて挟むなり」「あるいは鼻上に掛けて左頬に捻り挟む。卑賤中の卑賤風なり」「手拭をもつて頬冠りすること、今世もつぱらなり。……暑寒ともにこれを禦ぐなり」「江戸にて、吉原かむりといふ。三都士民ともに、野歩き等にこれをなす。あるいは薄暑を避け、あるいは塵埃を禦ぐ」とある。とくに冬の寒さを防ぐために使われる。

そこにあるありあふものを頰被　高浜　虚子
頰被解いてうき世の塵払ふ　宮下　翁人
頰被りしつかと覗く噴火口　高野　素十
＊亡父かなし夢の中まで頰被　成田智世子
南部富士けふ厳かに頰被り　山口　青邨
日雇に来てをり母の頰被り　名雪多加志
織子帰る武甲颪に頰かむり　有本　銘仙
頰被り英彦颪に解けにけり　筑紫千代美
人真似の吾が頰かむり木曾山中　橋本　三汀
頰被りさせて出しやる風の中　大島　三平

耳袋　みみぶくろ　耳掛

寒風のなかで凍傷になりやすい耳を保護して耳をおおうもの。兎の毛皮、あるいは毛糸で編んだものを使い、耳にかぶせる。頰や顎までおおうものもある。〈本意〉寒中耳をまもるもの。明治四十一年頃より季題に用いられる。

＊耳袋とりて物音近きかも　高浜　虚子
耳飾少し見えゐて耳袋　恵利　嘯月
聞くまじきことを聞かじと耳袋　富安　風生
風音のふところそばゆし耳袋　松本　徒人
聴診器持つ手にはづす耳袋　金子伊昔紅
耳袋ゴッホ生涯安堵なき　冨山　青沂
耳袋かけおこたらず旅遠き　皆吉　爽雨
楮晒す老のつけたる耳袋　高橋　時枝

ショール　肩掛

寒さをふせぐため、外出の際、女性が肩にかけるもので、絹、毛糸編み、毛織、絹糸織りなどがある。さまざまなデザインのものがあり、無地、模様ものなどいろいろである。和服にかけるものだが、洋装が多くなり、しだいに用いられなくなっている。〈本意〉和服の上にはおる肩掛けであり、防寒のためのものだが、装飾の比重も大きい。

*身にまとふ黒きショールも古りにけり　杉田久女
ショールしかとこの思慕そだててはならず　稲垣きくの
肩かけやどこまでも野にまぎれずに　橋本多佳子
ショール手に病臥の夫に一礼す　堀　風祭子
買ふ人もある柔かきショールあり　中村汀女
肩掛に射す日や誰を欺かん　白川京子
かくれ逢ふことかさなりしショールなれ　安住　敦
ショール長し二人で巻けば死もたのし　成田ゆう
黒きこと大きこと母の肩掛は　山口波津女
母親に怖いほど似るショールかな　田中康二

襟巻（えりまき）　首巻　マフラー

冬、防寒のために首に巻くもので、首巻ともいう。毛糸で編んだもの、毛織物・絹・化織などいろいろの材質がある。毛皮も使われ、きつね、てん、かわうそ、らっこなどで、これは女性用である。絹製のものがネッカチーフと呼ばれ、他のものはマフラーともいう。〈本意〉首のさむさを防ぐためのもの。延享元年頃には季題となっている。

*襟巻の狐の顔は別に在り　高浜虚子
霧ひらく赤襟巻のわが行けば　西東三鬼
襟巻の眼ばかりなるが走りよる　五百木飄亭
桂郎の赤き襟巻畦の数　秋元不死男
襟巻や思ひうみたる眼をつむる　飯田蛇笏
屍行き紅襟巻の夫人蹤く　石田波郷
襟巻につつみ余れる杣の顔　前田普羅
襟巻や畜類に似て人の耳　西島麦南
伯林の時の襟巻いまは派手　山口青邨
襟巻や罷めても村の生字引　河原白朝
襟巻ふかく夜の水鳥に立たれけり　大野林火
狐の襟巻まかり通るよ寄りがたし　玉川行野

襟巻やうしろ妻恋坂の闇　小川　千賀
マフラーの白にとびつく野のひかり　赤尾冨美子

マッフ

女性が洋装のとき用いる防寒用の手入れで、円筒に毛皮を縫い、裏には絹を用いて、心（しん）に綿を入れたもの。両側から手を入れて、手を保温する。〈本意〉手の保温をするためのもので、見て優雅な感じのものである。明治三十九年頃から詠まれている。

手とればマッフに雪の花ぞ散る　岡野　知十
マッフして頬氷らせつ戻りけり　大石越冬丘
*玻璃くもり壁炉の上に古マッフ　栗原とみ子
洋行せし伯母の形見の古マッフ　戸塚千代乃
犬怖ぢて雪に倒れぬマッフの子　矢田　挿雲
町に出てゐてあてのなきマッフかな　三宅　絹子

手袋（てぶくろ）　手套　革手袋　手覆（ておほひ）

冬、手を寒気から防ぐためにはめるもの。皮・毛糸・メリヤス・絹などで作る。色も黒や赤や茶などいろいろある。労働のときの木綿の軍手もよく使われる。〈本意〉高位高官の宮女、騎馬のときの女性、婚姻の新婦、巫女、女高人などがみな手覆をしたという。古書に、「新婦来る時、婚姻の席へ手覆して席につくなり。紡績・農事を忘れず暇（いとま）なく勤むるの姿をなす」ためだと言う。ほかに、あらわな手をかくしたりしたが、今日では、おもに防寒のためのものとなっている。

*手袋の手をたゞひろげゐる子かな　松根東洋城
漂へる手袋のある運河かな　高野　素十
手袋を脱いで握りし別れかな　川口松太郎
手袋の手を振る軽き別れあり　池内友次郎
手袋とるや指輪の玉のうすぐもり　竹下しづの女
手袋の十本の指を深く組めり　山口　誓子

雪白の手袋の手よ善き事為せ　中村草田男
手袋に年をかくして夫人かな　星野　立子
手袋や端麗にして邪に　軽部烏頭子
手袋をはめても行手さだまらず　下村ひろし
誰へ編む手袋か躬を離さずに　中島　斌雄
花を買ふ手袋のままそれを指し　山口波津女
石棺に直(じか)に触れむと手套脱ぐ　佐野まもる
迎へ出る子の手つなぐと手套とり　吹田　青蛾
祈りにはあらず手套の五輪を組む　磐城菩提子
手袋に五指を分ちて意を決す　桂　信子
人憎し手袋を手に持って打つ　潮原みつる
海黒し子の手袋に摑まれて　田原　千暉

足袋(たび)　皮足袋　色足袋

寒気から足を守るために、足をつつむもの。古くは皮製のものが用いられ、親指の股がなかったが、のち股をつくり単皮(たび)と称した。室町時代から江戸初期にかけて、紐つきの皮足袋をはき伊達なものとした。紫色に染めたもの、中国から輸入された鹿などのなめし皮のものなどが喜ばれた。皮が高価になると木綿の足袋が用いられるようになった。はじめ白足袋が用いられたが、のち紺足袋が普及し、紐もコハゼに改良された。しだいに女は白足袋に一定し、男は黒、儀式のとき白ときまってゆく。防寒用には今、キャラコ・木綿・コール天・繻子・絹などが用いられる。

〈**本意**〉『我衣』に、「足袋は古来よりあるものなり。寛文のころ、女は紫革などにてこしらへ、筒長し。白革、浅黄革あり。紐、白繻子にいたす」「天和のころより木綿の〈うねざしの足袋〉はやる。男は革足袋にて公儀を勤む」「貞享に至りて、白さらし木綿にて女は足袋をこしらへたり」云々とある。防寒のものだが、皮製から布製へと、流行の変化が多かった。

だぶ〳〵の足袋を好みてはきにけり　高浜　虚子
次の間に足袋ぬぎに立つ女かな　柴　浅茅

病む人の足袋白々とはきにけり　前田　普羅
干足袋を飛ばせし湖の深さかな　同
遠き記憶甘く憂しく足袋に紐　富安　風生
白足袋のよごれもつかずぬがれけり　同
＊足袋つぐやノラともならず教師妻　杉田　久女
白足袋のチラ〳〵として線路越ゆ　中村草田男
足袋はくやうしろ姿を見られつつ　大野　林火
大足の使徒となるかな足袋を脱ぐ　平畑　静塔
足袋脱ぐやわが痩せし身を念ひいづ　石田　波郷
湯上りの指やはらかし足袋のなか　桂　信子
足袋ぬいでそろへて明日をたのみとす　細見　綾子
干足袋の天駆けらんとしてゐたり　上野　泰
平凡な妻の倖はせ色足袋はき　柴田白葉女
乳児寝たり歩く形に足袋ぬいで　加藤知世子
石の上花のごとくに足袋を干す　柏　禎
受験勉強父より大き足袋穿きて　田中　灯京
老い老いて足袋潔白に冴えにけり　小寺　正三
脱ぎすてし足袋の白さに雪降り出す　内藤　吐天

マスク

白いガーゼのマスクで鼻と口を覆い、風邪の予防をしたり、防寒に用いたりする。病菌を防ぐ効果はあまりなさそうだが、自分の風邪をうつさないようにしたり、あたたかさと湿気をもった呼吸をしたりする方が効果あるものである。〈本意〉大正はじめ頃から季題になっている。冬の戸外で寒い空気を防ぎ、あたたかさを守るのによいし、風邪をうつさないのによい。

マスクして我を見る目の遠くより　高浜　虚子
マスクしてしろぎぬの喪の夫人かな　飯田　蛇笏
＊眼はうごき眉はしづかにマスクの上　山口　誓子
遠くよりマスクを外す笑みはれやか　富安　風生
鉄のごとき顎の傷痕マスクはづす　加藤　楸邨
美しき人美しくマスクとる　京極　杞陽
嘘云はぬためマスクとり物を言ふ　村上　冬燕
マスクして隠さふべしや身の疲れ　林　翔
マスクして検事己の貌となる　坂本　木耳
さゝやけば目がられしがるマスクかな　倉田　春名

毛糸編む（けいとあむ）　毛糸　毛糸玉

毛糸を二本の編棒で編んで、セーター、マフラー、手袋などにする。夫や子どものために編む女性の姿は愛情の象徴のように見える。いろいろの編物機械ができて、はやく手ぎわよく編物ができるようになったが、趣きふかいのは、編棒でこつこつ編む手仕事の編物である。〈本意〉冬支度の一つだが、女性の専門の仕事なので、愛情ぶかい情景となる。明治三十年に「襟巻を編むべき黒の毛糸かな　虚子」の句がある。もっとも早い用例。

久方の空いろの毛糸編んでをり　久保田万太郎
毛糸編む手さへ肩さへ細りけり　秦　豊吉
ルノアルの女に毛糸編ませたし　阿波野青畝
こころ吾とあらず毛糸の編目を読む　山口　誓子
毛糸編む気力なし「原爆展見た」とのみ　中村草田男
毛糸編はじまり妻の黙はじまる　加藤　楸邨
離れて遠き吾子の形に毛糸編む　石田　波郷
編みかけの毛糸見せられ親しさ増す　山口波津女
毛糸編み来世も夫にかく編まん　同
毛糸玉幸さながらに巻きふとり　能村登四郎
＊時編むに似たるが愛し毛糸編み　余寧金之助
毛糸編む冬夜の汽笛吾れに鳴り　細見　綾子
祈りにも似し静けさや毛糸編む　戸川　稲村
母の五指もの言ふごとく毛糸編む　今井美枝子
毛糸編む幸福を編み魅力を編む　上田春水子
毛糸編みつゝの考へゆきもどり　竹腰　朋子
毛糸玉頰に押しあて吾子欲しや　岡本　眸
白指も編棒のうち毛糸編み　鷹羽　狩行

春着縫ふ（はるぎぬふ）

春着は新年用の晴着で、それを縫う年用意である。洋服をミシンで縫うのも含まれてよいが、やはり「春着縫ふ」にもっともふさわしいのは、和服に針を動かしている情景である。夜なべしたりして、自分の春着、娘の春着、あるいは妹の春着を縫う。〈本意〉明暦二年の『世話尽』に「正月小袖用意・正月小袖染むる・正月小袖仕立つる」がある。年用意の一つだが、美しい晴着を縫うので、はれやかで、たのしい。

*待針は花の如しや春着縫ふ　多田　菜花
深夜放送ジャズばかりなり春着縫ふ　越水　照子
春着縫ふ紅絹を流るるごとのべて　三浦恒礼子
春衣ぬふ花鳥合せもねもごろに　中畑美那子
華やかに灯し他人の春着縫ふ　三田美智子
立つことの何かと多し春着縫ふ　佐伯あき子

水餅　みづもち

餅を寒の水につけておくと、やわらかいままで保存でき、かびもはえない。正月の餅の残りを保存したり、また寒餅をついて水餅として保存したりする。〈本意〉餅をやわらかく保存するための工夫でかびもつかない。『日本歳時記』に「ねばりなくして、性和に、気を塞がず」として、ながく入れておくときは正月中は二、三日に一度、二月からは毎日水を替えるよう記す。上についた米粉をとらないと餅の味がわるくなりくさくなるともいう。

水餅や壺中の天地晦冥に　高浜　虚子
水餅を老父へ焼きをり病む身なり　清家　春起
*水餅の水深くなるばかりかな　阿波野青畝
産む日待つ水餅しんと眠らせて　中尾　杏子
水の餅つながり焼けて夜をなごます　大野　林火
水餅のいびつに見ゆる深さかな　外城　恒
水餅に主婦のなさけをかけ通す　山口波津女
水餅をもてあましては独り住む　前田野生子
水餅に手を浸さむとためらへり　杉山　岳陽
雲の如くに水餅や甕の底　富吉　堂山

熱燗（あつかん）　焼燗（やきかん）　燗酒

酒の適温は摂氏五十度前後だが、それを七十度、八十度にして飲む。冬の寒さをしのぐのに一番よい。ふつう銅壺・鉄瓶・やかんの湯の中に銚子をつけておくが、ちろりという素焼の、尻のとがった燗徳利を火鉢の灰につきさしたり、ガラス製のフラスコを火にあててあつくしたりする。〈本意〉酒をあつくして寒さを忘れる、冬のささやかなしのぎ方である。嘉永元年頃より用いられている。

*酒うすしせめては燗を熱うせよ　高浜　虚子
熱燗に焼きたる舌を出しけり　同
燗熱し獄を罵しる口ひらく　秋元不死男
熱燗や男同士の労はりあふ　滝　春一
熱燗にいまは淋しきことのなし　橋本　鶏二
熱燗や人がよすぎてたよりなく　河原　白朝
熱燗ひつかけたら墓地が近道よ　松本火出男
熱燗や女なか〳〵負けてゐず　下村　梅子
夫に熱燗ありわれに何ありや　同
母に注がれて命があつし酒熱し　西尾　一

鰭酒（ひれざけ）　身酒（みざけ）

ふぐがまだ生きているうちに切りとった鰭を炭火であぶり、こげたものの上に熱燗の酒をそそいだもの。酒のおわりにこれをのんであがるのが通とされている。酔いがつよくまわる。鰭の代りにさし身の一切れを入れたものが身酒である。〈本意〉大正三年頃から季題とされている。酒のあがりにのむふぐの効果的な利用法で、琥珀色にすき通った酒の色である。

鰭酒や逢へば昔の物語　高浜　年尾
ひれ酒にすこしみだれし女かな　小絲源太郎
鰭酒の夜靄にあまえゐたりけり　松村　蒼石
鰭酒を呑みたるあとに女来し　萩原　麦草
鰭酒に酔ひし姿も女形　仁村美津夫
ひれ酒に酔うて怒濤が見たくなる　鈴木　松山
＊鰭酒の怪しき光（かげ）を舐めにけり　徳永水朗子
ひれ酒の音なき酔の来つつあり　中条　明
鰭酒は我を饒舌たらしめぬ　河野　探風
あと口の鰭酒に酔深めけり　新田　郊春

寝酒（ねざけ）

冬の夜、寒くて眠れないとき、酒をのんで身体をあたためる。熱燗、玉子酒、ウイスキー、ブランデーなど何でもよいが、その酔いと暖かくなった勢いで、安眠するのである。〈本意〉冬、からだをあたため、ねむるために飲む酒である。

＊寝酒おき襖をかたくしめて去る　篠田悌二郎
奉公にある子を思ふ寝酒かな　増田　龍雨
いやなことばかりの日なる寝酒かな　草間　時彦
隣室の人も来て酌む寝酒かな　古川　芋蔓
老眼鏡箸置にして寝酒飲む　猿山　木魂
医の友の寝酒嗜む便りあり　星野麦丘人

生姜酒（しやうがざけ）

風邪薬として飲む酒で、熱燗の酒に、しょうがをすった汁を入れる。身体をあたためるが、うまくはない。熱湯にしょうが汁を入れたものが生姜湯で、砂糖を入れる。これも風邪によい。〈本意〉『本朝食鑑』に「肚腹の凍痛および冷積を治す」といい、『滑稽雑談』に「ただ寒気を除くために用ふるものなり」とある。からだをあたためるための酒。

圭角を以て聞えぬ生姜酒　高田　蝶衣
月旦を草する燈下生姜酒　同
町の用終へての安堵生姜酒　大谷　繞石
＊老残の咽喉にひりりと生姜酒　宮下　翠舟
生姜酒貧土の農と交はりて　堀井春一郎
生姜酒うつる世相になじまざる　阿部　鴻二

玉子酒（たまござけ）　卵酒

冬のあいだ、風邪をなおす薬のように用いられる。卵と砂糖を加えて酒を煮る。アルコール分が減り、下戸の人にも飲みやすくなる。近世から飲まれ、精を益し、気を壮んにし、脾胃を調うるものとされた。〈本意〉『滑稽雑談』に「日華曰、鶏子、豆淋酒に和すれば、水臓を暖む。△和俗の寒月においてもつぱら飲となすは、これらの拠（よりどころ）にや。古来は沙汰なし。近世、冬に用ゆ」とある。寒気を防ぎ、からだをあたためるために飲み、風邪にもよい。

かりに着る女の羽織玉子酒　高浜　虚子
母の瞳にわれがあるなり玉子酒　原子　公平
＊玉子酒するほどの酒ならばあり　菅　裸馬
玉子酒僧の炬燵の派手布団　五十嵐播水
めをとしてめをともてなす玉子酒　岩木　躑躅
玉子酒妻にもすすめ明日は旅　高樹　旭子
過去未来なき今熱し玉子酒　籏　こと
稿終へしあとは舌焼く卵子酒　岡野　等
おほまかに筆洗ひたる玉子酒　本宮銑太郎
玉子酒皆相伴の早寝かな　西川かなえ

葛湯（くずゆ）

葛の根からとった葛でんぷん（葛粉）に砂糖を入れて水で溶き、熱湯を入れてよくかきまわすと、透明になって、のりのようになる。これを飲んで、身体をあたためるのである。奈良の吉野葛が古来有名である。〈本意〉葛の粉を熱湯でといたもので、身体があたたまる。

＊うすめても花の匂ひの葛湯かな　渡辺　水巴
匙重くなりて葛湯の煮えにけり　草間　時彦
風落ちて月現るる葛湯かな　前田　普羅
葛湯吹く母はありけりわが前に　八木林之助
わが息のかゝりて冷めし葛湯かな　萩原　麦草
目まひして夫かなします葛湯かな　石田あき子
あはあはと吹けば片寄る葛湯かな　大野　林火
葛とくや故なき頬の片ほてり　鷲谷七菜子
生きたれば待つ日またくる葛湯かな　秋元不死男
吉野より娶りし妻が葛湯かな　藤井　滸汀

蕎麦湯　そばゆ

蕎麦粉を熱湯でとかし、砂糖を入れたもの。身体があたたまるというので、冬に飲む。〈本意〉今日、普通に、切り蕎麦をゆでた湯を蕎麦湯といい、蕎麦をたべたあとのつゆの残りに入れて飲むが、季語の蕎麦湯は、蕎麦粉を湯でとかしたもの。あたたまる。

＊姉と居れば母のするよな蕎麦湯かな　大須賀乙字
御仏の呼び声がする蕎麦湯かな　松瀬　青々
悉く松は夜雨や蕎麦湯吸ふ　渡辺　水巴
旅先の軽き恙のそば湯かな　松本たかし
寝ねがての蕎麦湯を溶くもひとりかな　安井　農人
みな北の貌もち蕎麦湯すすりをり　小原　啄葉
用もなき興もなき夜の蕎麦湯哉　岩谷山梔子
愚痴言ひに伯母の来る夜や蕎麦湯など　斎藤　八郎

蕎麦搔　そばがき　蕎麦搔餅（そばかいもち）

そば粉を熱湯でよくこねてかため、醬油や煮汁につけて食べる。蕎麦切りは戦国時代以後にあらわれる。〈本意〉『改正月令博物筌』に「そばがゆもちは、蕎麦の粉をとろとろ火にて焚き煉るときは、飴のごとくなるを、だし汁など掛けて食用とす」とある。独特の風味の食べもので、あついうち食べるので冬となる。

蕎麦掻や父をひとりにしておきて　八木林之助
蕎麦掻きに酒好きの父亡かりけり　星野麦丘人
蕎麦掻を少しさまして熱の子に　山浦み矢子
蕎麦掻の武田流とは面白や　結城美津女
蕎麦掻や父母に遅れしのみの孝　斎藤　四郎
*亡き母が蕎麦掻き給ふ自在鉤　蛭田　大艸

湯豆腐　ゆどうふ　湯奴（ゆやっこ）

土鍋にこんぶをしき、三センチ角に切った豆腐を入れ、同じ大きさの塩だらも入れて煮たて、鰹節や生姜、葱を入れた醤油で食べる。のり、みょうが、七味唐がらしも使い、ポン酢でもよい。

〈本意〉あたためた豆腐を食べる冬の食べもので、身体があたたまる。

*湯豆腐やいのちのはてのうすあかり　久保田万太郎
湯豆腐や澄める夜は灯も淡きもの　渡辺　水巴
湯豆腐の一と間根岸は雨か雪　長谷川かな女
湯豆腐や障子の外の隅田川　吉田　冬葉
湯豆腐にうつくしき火の廻りけり　萩原　麦草
湯豆腐に箸さだまらず酔ひにけり　片山鶏頭子
湯豆腐やみちのくの妓（こ）の泣き黒子　高橋飄々子
混沌として湯豆腐も終りなり　佐々木有風

焼鳥　やきとり　焼鳥屋

冬の鳥はなかなかに美味で、すずめ・かも・つぐみ・やましぎ・かりなどがあるが、つぐみは禁鳥、かりは渡来がすくない。これらを食べるのは野趣のあることだが、一般に焼鳥といわれるものは、うしやぶたの臓物で、鳥といっても鶏肉ということになる。肉を串にさして焼き、醤油・味醂・砂糖をまぜたたれで食べる。肝や皮も食べる。〈本意〉本来は山鳥などをとらえて焚火で焼いて食べたのだろう。美味であったにちがいない。今は手近かの牛・豚・鶏肉を焼く。たれが味を決定する。

焼鳥焼酎露西亜文学に育くまる　滝　春一
焼鳥に生きる楽しさなどを言ふ　細川　加賀
煽ぐ焼鳥パチンコの電鈴壁越しに　秋元不死男
看板に山鳥つるや焼鳥屋　中山　稲青
*焼鳥や恋や記憶と古りにけり　石塚　友二
焼鳥の串が洗つて干してありぬ　山本　馬句

寒卵（かんたまご）

寒中の鶏卵をいう。鶏卵は牛乳とともに理想的な栄養食品だが、寒中にはほかのときよりとくに栄養に富み、産卵期にもなって値段も安い。そして、寒卵の場合には、とくに、生のままに飲んで、栄養をみんな吸収しようとする。〈本意〉寒の卵ということで、とくに栄養価の高い卵と考えられている。

ぬく飯に落して円か寒玉子　高浜　虚子
寒卵産む鶏孤つ飼はれけり　西島　麦南
寒玉子割れば双子の目出度さよ　同
れいろうと生み落されて寒卵　川本　臥風
*大つぶの寒卵おく襤褸の上　飯田　蛇笏
わが生ひ立ちのくらきところに寒卵　小川双々子
寒玉子一つ両手にうけしかな　久米　三汀
寒卵掌にし没り日の神讃ふ　石原　八束
寒卵薔薇色させる朝ありぬ　石田　波郷
朝はたれもしづかなこゑに寒卵　野沢　節子
寒卵割る一瞬の音なりき　山口波津女
寒卵わが晩年も母が欲し　同
寒卵コツと割る聖女学院　秋元不死男
篭青し翳かさねたる寒卵　草間　時彦

音楽の中の日陰や寒卵　宮津　昭彦
寒卵箱にならべて美しや　浅見　波泉
寒卵吸はるるごとく吸ひゐたり　原　裕
寒卵二つ置く二つ相寄りぬ　富田　与士
寒卵累々と灯を求め合ふ　中村秋農夫
買はれつゝ夕日のやどる寒卵　池　禎章

薬喰（くすりぐひ）　鹿売（ろくうり）　寒喰（かんぐひ）

寒中、栄養のある、鹿や猪の肉をたべて、からだをあたため、血行をよくすること。動物の肉を食うことを仏教の教えなどから悪としていた。殺生戒があり、また動物は神の使わしめという信仰があった。だが寒に限って、それを食べることを薬喰と言ったのである。やがて獣肉によらず、栄養のあるものを食べることをも言うようになった。脂肪の多い魚、とくにさけ・ますは精分が強いと言って滋養として食べた。鹿売りは鹿肉を売る商人だが、ロク売りと読むのは、春日明神・加茂明神の神の鹿とイメージが重なるのをさけたもの。〈本意〉『滑稽雑談』に「肉類おほよそ冬月に至りて服食し、方薬に用ゆる、雑なり。ゆゑに和俗、寒に入りて三日、七日、あるいは三十日が間、その功用に応じて、鹿・猪・兎・牛等の肉を食ふ。これを、薬喰と称するなり」とある。『改正月令博物筌』にも、「鳥獣の肉、そのほか陽物を食して寒を防ぐをいふ」とあり、「鹿売」として、「このころ、もつぱら鹿の肉を煮て売るなり。冬、この肉を食へば、肉を調ひ気を益し血脈を通じて、大いに益あり」とある。寒をのりきる体力をつける特別食である。「生きんとて殺さばいかに薬喰　支考」「あはれしれ俊乗坊の薬喰　路通」などはゆれる思いをあらわしている。近代に入るともう罪の意識はない。

＊たべ足りし箸をおきけり薬喰　富安　風生
膳のあしふらふらとする薬喰　阿波野青畝

煮えふるふものに箸のべ薬喰　皆吉　爽雨
薬喰全うせむと餅も煮る　同
きつさきを立てて葱煮ゆ薬喰　亀井　糸游
女らの息寄せ合ひて薬喰　金田　初子
ラヂオより浅間火噴くと薬喰　村山　古郷
雑茸に箸をもつぱら薬喰　中村　将晴

雑炊　ざふすゐ　おじや　餅雑炊　かき雑炊　芋雑炊　にら雑炊

はじめは糝(こながき)といって穀類の粉を熱湯で掻いたもので、薬喰などにしたが、のち水を多くして増水、雑炊となり、穀汁となった。いまは、残り汁に御飯を入れてさっと煮たものを言う。おじやとも言う。餅を入れた餅雑炊、腹をととのえるにら雑炊のほか、料理としては、ふぐの鉄ちり、すっぽんの丸なべ、かき雑炊、鴨雑炊がある。〈本意〉さむいときの保温食、栄養食である。本来穀物を主体にした手軽なものだが、のちいろいろぜいたくな鍋料理となる。

雑炊をこのみしゆゑに遁世し　高浜　虚子
雑炊もみちのくぶりにあはれなり　山口　青邨
*雑炊に舌をこがして勿体なし　富安　風生
共に雑炊喰(お)するキリスト生れよかし　中村草田男
雑炊や頬かゞやきて病家族　石田　波郷
雑炊や猫に孤独といふものなし　西東　三鬼
雑炊や世をうとめども子を愛す　小林　康治
雑炊に蟹のくれなゐひそめたる　山田　明子

牡蠣飯　かきめし

かきを炊きこんだ御飯のこと。飯は水を少な目にして、醬油と塩でうす味に炊き、ふき上ったとき、塩をふっておいたかきを入れさっとかきまぜ、火をほそくして、酒と刻みみつばを入れ、しばらくむらす。米五合に、中粒のかきのむき身カップ二杯ほどの割合である。青白く光るかきが新鮮なもの。牡蠣飯はもみ海苔をかけて食べる。〈本意〉『四季名寄』に十一月、『季寄新題集』に十月で出る。冬がかきのしゅんで、その料理の一つ。

*牡蠣飯を炊く古釜を磨きけり　岩崎富美子
牡蠣飯食ふ原爆の河流れたり　河上蘆筍
牡蠣飯やいつより夫を待たずなりし　大槻千佐
ゆくりなく客とくつろぐ牡蠣飯に　片桐美江

夜鷹蕎麦（よたかそば）　夜鳴饂飩（よなきうどん）　夜鳴蕎麦

江戸の夜、屋台をかついでまわってそばを売ったそば屋のこと。そば切りを湯にあたためて客に出した。なぜ夜鷹蕎麦と呼ばれるかといえば、江戸の下等の街娼、夜鷹が夜ふけに腹ごしらえをしたからだともいい、鷹匠が鷹を左手にすえ右手で食べたからだとも、夜鷹のように夜かせぎ歩くからだともいう。関西では夜鳴きうどんであり、今日では支那そばである。〈本意〉さむい夜道で流しのそばを食い、体をあたためるわけである。川柳に「夜蕎麦切（よそばきり）ふるへた声の人だかり」とあるが、その様子がうたわれている。

*みちのくの雪降る町の夜鷹蕎麦　山口青邨
半鐘の鳴り出すや夜鳴きうどん食ふ　村山古郷
灯のもとに霧のたまるや夜泣蕎麦　太田鴻村
青森の港は暗し夜鷹蕎麦　府金静波
女患らの夜泣うどんにさざめくも　石田波郷
夜鷹蕎麦来て足早に刻が過ぐ　古賀まり子
更くる夜の愛しきものに夜泣そば　中村春逸
夜泣そば眠らねば水枕鳴る　大井雅人
夜泣そば水遣ふ音さびしいぞ　島将五
電柱の月にて夜泣きうどんかな　作道放洋

鍋焼　なべやき　鍋焼饂飩

本来は、土鍋に鳥肉や魚を入れ、せりやくわいを加え、たまりで味つけして煮て食べるもの。せり焼き、土手焼きともいう。土手焼きというのは、土鍋にみそをぬり、魚と田ぜりをたくさん入れて煮ると、みそがこげて香りとなり、また汁ととけて、味もよくなるからである。田ぜりの出る正月頃の料理である。かきの土手焼きもある。だが、この頃は、鍋焼うどんの方をもっぱら指すようになった。うどんに、かまぼこ・ねぎ・たけのこ・ほうれん草などを加え、汁をたくさんにして土鍋で煮る。〈本意〉古くからの冬の料理で、たまりやみそで味をつけて温かく食べる。『料理物語』にも「味噌汁にて鍋にてそのまま煮申すなり。鯛・ぼら・こち・何にても取り合はせ候」とある。本来田舎風の料理。

＊鍋焼の火をとろくして語るかな　尾崎　紅葉
鍋焼ときめて暖簾をくぐり入る　西山　泊雲
酒よりも鍋焼を欲り老い兆す　滝　春一
鍋焼や泊ると決めて父の家　篠田悌二郎
なべ焼食べて子は子の家に戻るべし　安住　敦
鍋焼を吹いて食べさす子守婆　滝沢伊代次
ねもごろに鍋焼饂飩あましけり　村上　麓人
鍋焼の屋台に細き煙出し　富永ひさし
鍋焼や芝居で泣いて来たばかり　三宅　絹子
日の素顔見ぬ下北の鍋焼食ふ　上田多津子

焼芋　やきいも　焼芋屋　壺焼芋　石焼芋

たき火の灰の中に入れて焼く焼芋、囲炉裡であぶる焼芋、壺の中に入れて蒸し焼きにする焼芋、釜の中に小石を入れ、芋を丸のまま入れて焼く石焼芋、芋の皮をむき一定の厚さに切り、塩とゴマをふりかけ鉄板で焼く関西の焼芋などいろいろある。〈本意〉甘藷が日本に伝来したのは天和元年で、享保二十年から江戸でも作られるようになり、焼芋がうまれた。栗にちかい味で八里半、栗よりうまいとのことで、九里四里うまい十三里といい、明治から、流しの焼芋屋がうまれた。菓子が貧弱な時代の大切な間食である。

*甘藷焼けてゐる藁の火の美しく　高浜虚子
石焼藷銀の匙もてすくへるよ　山口青邨
焼芋や月の叡山如意ヶ嶽　日野草城
ネロの業火石焼芋の竃に燃ゆ　西東三鬼
鉤吊りに焼藷菩薩壺を出づ　皆吉爽雨
焼薯をぽつかりと割る何か生れむ　能村登四郎
英字紙の袋で熱い石焼藷　椎木嶋舎
女工区の可愛いい煙突焼芋屋　安良岡昭一
焼藷を買ひ宝くじ買つてみる　逸見未草
焼藷を買ふ三日月の出てをりし　加畑吉男
月も路傍芋焼くための石を焼く　古舘曹人
やき芋の兄弟欲りしひとり子よ　本間有紀子

狸汁（たぬきじる）

冬、狸は脂がのってうまくなるという。野菜を入れ、みそを用いて、濃い目のさつま汁ふうにする。〈本意〉『料理物語』に、「野走りは、皮をはぐ。み狸は、やきつぎよし。味噌汁にて仕立て候。つまは、大根・牛房、そのほかいろいろ。吸口、にんにく。だし、酒塩」とある。狸の身のうまいときである。

狸汁座中の一人ふと消えぬ　佐藤紅緑
鍋尻がチカチカ燃えて狸汁　富安風生
*狸汁喰べて睡むたうなりにけり　大橋越央子
狸汁花札の月空赤く　福田蓼汀
烏賊徳利灰に突っ立て狸汁　北川蝶児
眼帯をはづして狸汁すする　山上荷亭

鯨汁（くぢらじる）　鯨鍋

鯨の肉を中心の材料とした鍋ものである。ただし地方によって、鯨の肉がちがうわけである。九州から紀州までは、鯨の生肉がとれたので、それを鍋もの、みそ汁、清汁にしたが、関東から東北にかけては、黒皮のついた脂肪層の塩蔵品を用いた。塩蔵の鯨はうすく切り、野菜を多く入れて水から煮る。醬油で濃く味つけし、ねぎを入れて、ねぎの生煮えのうちに食べる。夏も栄養料理として食べるが、冬の寒さしのぎに用いられる。〈本意〉『料理綱目調味抄』に『本（汁）。味噌。具、身・皮ともに用ふ。身はすましにも何遍も湯がき、また水によく洒（さら）して。吸口、柚・葱・胡椒」とある。冬のあたたまる汁物である。

＊鯨汁熱き啜るや外吹雪く　大谷　繞石

ひとしやもじ加へし味噌やくぢら鍋　同

情事に似たりこもりて鯨煮ることよ　草間　時彦

古墳見て戻りし夜の鯨汁　田村　一翠

河豚汁（ふぐじる）　ふぐと汁　ふぐ鍋　ちり鍋

ふぐの身を入れたみそ汁のこと。ふぐの肉をよく水洗いして切り、塩を少し加えて酒につけ、うす味のみそ汁の中に入れて煮、ひと泡ふいたところで食べる。ふぐでよく食べる種類は、まふぐ・ほんふぐ・とらふぐで、国家試験に合格した調理人が調理する。毒の強い魚なので、調理は専門家だけがする。ふぐの肉をうすく切り、こんぶの出し汁に野菜を入れて煮たて、酢みそやぽん酢などで食べるのが河豚鍋である。〈本意〉『料理物語』に、「ふくとう汁は、皮をはぎ、腸（わた）を捨て、頭(かしら)にある隠し肝をよく取りて、血気(ちけ)のなきほどよく洗ひ切りて、まづどぶに浸けて置く。すみ酒も入れ候。さて下地は中味噌より少し薄くして、煮えたち候て魚を入れ、一泡にてどぶをさし、塩加減吸ひ合はせ出だし候なり。吸口、にんにく・なすび」とある。毒と美味との背中あわせの料理である。「あら何ともなや昨日は過ぎて河豚汁　芭蕉」「逢はぬ恋おもひ切る夜やふぐと汁　蕪村」も、そうしたところを基盤につくられている。

手を打って死神笑ふ河豚汁　矢田　挿雲
＊河豚汁や逢ふ瀬を稼ぐごとくなり　小林　康治
河豚汁毀誉褒貶に生きながら　滝井　孝作
河豚汁や今宵は乳も濃くあらむ　赤松　蕙子
てつちりと読ませて灯りゐるところ　阿波野青畝
ふぐちりや長く真青の竹の箸　草間　時彦
河豚鍋や愛憎の憎煮えたぎり　西東　三鬼
ふぐと汁寡黙の夫と知りをれど　塩谷はつ枝
河豚鍋や返しもならぬ人生事　安住　敦
男には男のはなしふぐと汁　岡本　金亭

葱鮪(ねぎま)　鮪鍋(まぐろなべ)

ねぎとまぐろの脂肪の多いところを、豆腐などと煮たもので、醤油で味をつけてある。冷めると匂いがなまぐさく、食べにくいので、鍋料理にして熱いうちに食べるようになった。まぐろ鍋という。生臭さを消すために粉さんしょうを薬味に用いる。〈本意〉ねぎとまぐろを煮て熱いうちに食べる、あたたかい冬の食べ物である。

＊ねぎま汁風邪のまなこのうちかすみ　下村　槐太
切る程に冷えてねぎまの葱の筒　片桐てい女
まどろみし喉まだ覚めずねぎま汁　宮岡　計次
葱鮪鍋もも引渡世難きかな　秋山　夏樹
居酒屋に靄たちこむる葱鮪かな　井上　啞々

粕汁（かすじる）　酒の粕

酒粕をほぐし味噌汁のなかに入れたもの。これは略式だが、もとは塩蔵のさけ・ます・ぶりなどに野菜を入れて煮、酒粕を入れて煮たてたもの。味噌汁にだいこん・さといも・ずいきなどを入れ、酒粕を入れてもよい。北海道、東北地方の防寒食である。酒粕を焼いて食べてもよい。

〈本意〉酒粕とあたたまる味噌汁を組みあわせた防寒の汁で、酒の嫌いな人でも食べられる。北国の食べもの。

粕汁や蓋を浮かせて沸きたちし　富安　風生
＊粕汁にぶつ斬る鮭の肋かな　石塚　友二
粕汁や巨いなる月木にかけて　小原　俊一
粕汁や山の鳴る夜は闇深し　橋本　花風
粕汁や父にかしづく母亡くて　木附沢麦青
粕汁やねむたき児の手あたたかし　船山　順吉
粕汁を吹き凹めてはたうべけり　金子杜鵑花
吹きすする粕汁訛飾らざり　高萩　篠生

納豆汁（なっとうじる）

納豆と味噌をすりこんだ味噌汁で、うすめの味噌汁を作っておき、納豆をすりながら、すこしずつ味噌汁を加え、よくすり合ったら煮たてる。具には豆腐・大根・人参・葱・こんにゃく・油揚げなどを適宜用いる。山形の村山・最上地方の料理で、僧家でおこなわれはじめたものという。

〈本意〉『料理物語』に、「味噌を濃くして、だし加へよし。茎・豆腐、いかにもこまかに切りてよし。小鳥を叩き入れよし。茎はよく洗ひ、出しさまに入れ、納豆はだしにてよく擂りのべよし。

吸口、辛子、柚、にんにく」とある。古くから作られ、「砧尽きて又の寝覚や納豆汁　其角」「入道のよよとまゐりぬ納豆汁　蕪村」などがある。あたたまる北国の汁である。

＊納豆汁杓子に障る物もなし　石井　露月
箸割れば響く障子や納豆汁　石塚　友二
禅寺や丹田からき納豆汁　夏目　漱石
旅疲れ納豆汁に酔ひて居り　赤塚喜美枝
山寺に杣雇ふ日や納豆汁　岡本癖三酔
陋巷に尚生きる身や納豆汁　峰　青嵐

根深汁（ねぶかじる）　葱汁

味噌汁にぶつ切りにした葱を入れ、半煮え程度で食べる。その中に豆腐や油揚げを入れてもよい。だしはかつお節より煮干しの方がよい。葱は冬が一番うまく、風邪にもよい。葱のことを根深という。〈本意〉『料理物語』に「味噌を濃く、だし加へ、一塩の鯛入れよし。すましにも仕立て候」とある。寒いときからだがあたたまり、風邪にもよい汁ものである。

＊うとましく冷えてしまひぬ根深汁　日野　草城
生涯の居を得て熱き根深汁　大須賀浅芳
眦に残る忿りや根深汁　石田　波郷
母がりの大きな椀の根深汁　川端　豊子
貧の香のきこえて煮ゆる根深かな　西島　麦南
さびしさや酒を加へしねぶか汁　岡田　日郎
母病みて一人にあまる根深汁　下田　実花
子を産んで白き指の根深汁　富沢統一郎
葱汁の香に立つ宿の古びかな　宮林　釜村
裏山に風鳴る夜の根深汁　佐藤伊久雄

のつぺい汁（のつぺいじる）　のつぺ　のつぺ煮　こくしやう

石州津和野の料理だという。島根県以外にも越後ののっぺも知られている。能平・濃餅などと書く。人参・大根・里芋・こんにゃく・しいたけ・焼き豆腐・油揚げなどをゆでて濃い味にし、片栗粉を入れて煮あげたもの。〈本意〉素朴な味わいの料理で、とろりとさせたところがポイント。長岡では、さけの卵巣を入れたり貝柱を入れたりする。なまぐさのものと、精進のものとがある。

のつぺ汁伽藍にひびく夜の音　渡辺七三郎

のつぺい汁朝くらきよりニュース聞く　香取佳津見

のつぺい汁妻の都会になじめざる　柴崎左田男

＊飯冷えて氷のごとしのつぺ汁　山田　土偶

散りし子ら集ひて夜ののつぺ汁　川端　麟子

うろたへて嘘言ふ老母のつぺい汁　草間　時彦

干菜汁（ほしなじる）

味噌汁の実に干菜を入れたもの。干菜はたくあんをつくるとき切りおとした大根の葉で、やわらかいところをゆでて軒下に干したもの。雪国の大切な保存野菜だが、干菜汁は貧乏の代名詞のように言われてきた。しかしよくできた干菜につぶし豆、油揚げ・酒粕などを入れた味噌汁はなかなかにおいしい。〈本意〉『料理物語』に、「中味噌にだしを加へ、黒大豆・蛤・小鳥など叩き入る。里芋も入れよし」とある。雪国の保存野菜を利用した汁で、あたたかく、よく出来ればなかなかに美味なものである。

＊冷腹を暖め了す干菜汁　高浜　虚子

干菜汁妻との会話そつけなし　清水　基吉

貧農の身をあたたむる干菜汁　金谷　土筆

干菜汁みちのくに住み五十年　鈴木　綾園

笑ふとき父の老見ゆ干菜汁　木附沢麦青

海鳴りの日々続きゐて干菜汁　井波　美雪

干菜湯　ほしなゆ　干菜風呂

干菜を入れた風呂で、からだがあたたまるという。ただ、すこしひなびたにおいがする。〈本意〉からだがあたたまるというのでたてる風呂で、冷え性の老人などに重用される。

＊息しづかに山の音きく干菜風呂　日美　井雪
まつくらな干菜風呂より出て寝たり　吉岡　句城
干菜袋抱へてじつと風呂の中　藤波　銀影
手拭ひに匂ひが残り干菜風呂　斎藤　花辰
干菜風呂夜更けて雪のなほ止まず　鳥越憲三郎
泣くために早くねる妹干菜風呂　増田　達治
雪匂ふ御嶽の闇や干菜風呂　市村究一郎
干菜湯の匂ひまとひしまゝ逢ひぬ　関戸　靖子

蕪汁　かぶらじる

味噌汁に蕪を入れたもの。冬、霜にあたった蕪は甘みが出て、やわらかで、美味である。大きな聖護院蕪はぶっかき切りにし、つぶし豆や凍り豆腐、北国では酒粕を入れてたべる。あたたまり、うまい。〈本意〉『料理綱目調味抄』に「かぶら菜。蕪、二つか三つに割り、菜ともに薄白水にてよく煮て、のち和味噌（ふくさ）にても、赤味噌にて、さし味噌にすれば、かろくてよし」とある。味のよいときの蕪の汁であたたまる。

＊炉話に煮こぼれてゐる蕪汁　高浜　虚子
蕪汁に世辞なき人を愛しけり　高田　蝶衣
婢を御してかしこき妻や蕪汁　飯田　蛇笏
雨毎につのる寒さや蕪汁　皿川　旭川
母すこやか蕪汁大き鍋に満つ　目迫　秩父
こぼす子はいつも同じ子蕪汁　平位登代子

闇汁　やみじる

電灯を消し、闇の中で鍋に持ち寄った食品を入れ、汁にして煮て、手さぐりでとって食べる。親しい者同士の座興の一つ。〈本意〉昔、九州の諸藩の若侍たちがおこなったもので、それが明治以後に伝わったもの。座興と親睦のためのものだが、人の困るようなものはさけるのが当然である。

＊闇汁の杓子を逃げしものや何　高浜　虚子
闇汁を瞠りとほして達磨の眼　加藤知世子
闇汁の闇へ葬る鳩の骨　松野　自得
闇汁や挟みて鼻の如きもの　秋元不死男
闇汁のほのうす暗に眼がありき　山崎　虎行
闇汁の闇に眼鏡を外しけり　山崎　秋穂
唐がらしぶち込み闇汁終りしと　岡田　日郎
闇汁や闇に目の利く木菟男　三溝　沙美
闇汁の窓に比叡の灯宇治の灯と　藪内　柴火
闇汁の大きなものをそと戻す　小田沙智子

猪鍋　ししなべ　牡丹鍋

猪の肉を鍋で煮た料理。それを牡丹鍋というのは、猪は牡丹に唐獅子の獅子と音が通うからであろう。肉は薄くそぎ、土鍋でせりやだいこんと煮て、白みそで味をつける。関西でさかんな料理。篠山・丹波などで多い。〈本意〉よくあたたまる、山のにおいの料理である。

ゐのしゝの鍋のせ炎おさへつけ　阿波野青畝
猪鍋の隣室山の闇充つる　山口　草堂
猪鍋や耳立てて聞く夜の雨　団藤みよこ
＊枯枝の網の目に星牡丹鍋　平畑　静塔
猪鍋やおのおの齢堰くごとく　皆吉　爽雨
猪鍋に頬そめ一夜富むごとし　金山　春子

猪肉の鍋おろしても煮えつづく　羽部　洞然
雪中に出あそぶ牡丹鍋のあと　久下　史石

山鯨（やまくぢら）　猪の肉

猪の肉のことをいう。からだがあたたまるので冷え性の人が薬喰いとして食べた。猪肉は牛肉とちがい、くせがあるが、味噌でそれも消える。大根・こんにゃく・ねぎ・焼き豆腐とともに鍋にする。冬に食物さがしに、民家のあるところまで出てくるので、その頃、猪狩りをする。伊豆の天城などが有名。〈本意〉忌むべき肉を食べることになるので、山鯨と言って、四つ足の印象をよわめた。江戸時代からももんじ屋がこの肉の鍋ものを商った。脂肪が多く、なかなかうまい。味噌が独特のくせを消す。

店頭や乾からびてある猪の鼻　相島　虚吼
猪食べて北の畳に日が廻る　清水　経子
能勢颪農夫等わかつ猪の肉　羽田　岳水
猪食うて悪食話尽きるなし　島村　茂雄
*店頭や吊りて日をへし山鯨　二木倭文夫
猪鍋や二日ともたぬ山の晴　風間　啓二

牛鍋（ぎうなべ）　すきやき

厚手の浅い鍋に、牛肉・ねぎ・焼き豆腐・しらたき・まつたけ・はくさいなどを入れ、醬油と砂糖などで味をつけた割下を加えて、煮ながら食べる。東京では牛鍋・関西ではすき焼と言っていたが、大正十二年の震災以後関西の名が一般化した。国際的に有名な、日本の肉料理である。肉は、神戸・近江・松阪の牛が良質とされる。〈本意〉薬喰いの一種に、すきで肉を焼いて食ったからすき焼というとされ、またすけるようにうすく切って（すき身）焼くからすき焼ともいうが、うまい料理であり、身体をあたため、栄養になることはたしかである。

＊鋤焼の香が頭髪(かみのけ)の根に残る　山口　誓子
すき焼の豆腐へばかり老の箸　加来ふさえ
牛鍋や妻子の後のわれ独り　石田　波郷
牛鍋は湯気立て父子いさかへる　湯浅　藤袴
牛鍋や子の無きことをうらやまれ　磯部　良夫
牛鍋に一悶着を持ち込めり　村上　古郷
すき焼やいつもふらりと帰省の子　永井みえ子
会へばみな句の友牛鍋湯気立てて　山本　光坡

寄鍋　よせなべ

魚・貝・鶏肉・野菜などを、塩・醬油・味醂などで味つけた煮汁で煮て食べる。材料は多ければ多いほど、味が複雑微妙になってよい。ポン酢などで食べる。〈本意〉たのしみ鍋とも呼んだ。季節のいろいろな材料をとりまぜて煮て食べる鍋料理。

＊又例の寄せ鍋にてもいたすべし　高浜　虚子
よせ鍋や松葉模様のちりれんげ　塩川　星嵐
寄鍋やたそがれ頃の雪もよひ　杉田　久女
京言葉もて寄鍋の世話をする　奥田　可児
寄鍋や剝き蛤のふくむつゆ　関谷　嘶風
沸々と寄せ鍋のもの動き合ふ　浅井　意外
寄鍋の湯気やはらかし家長たり　戸川　稲村
寄鍋や話もつきて火も弱む　大山とみ子
寄鍋や酒は二級をよしとする　吉井　莫生
寄せ鍋の酔へば口つく国訛　森野　敏子

鮟鱇鍋　あんこうなべ　きも和へ

鮟鱇のしゅんは冬から早春。とも・ぬの・肝・水袋・柳肉・皮・えらを鮟鱇の七つ道具といい、肉よりも皮や臓物のほうがうまい。鮟鱇はやわらかでねばりがあるので、切るときはつるし切りという方法を用いる。熱湯につけて調理すると扱いやすく、水に入れてさまし、酒をかけるとうまくなる。ねぎ・焼き豆腐などを入れ、うす味の鍋にする。〈本意〉『料理物語』に、「皮をはぎおろし切りて、皮をも身をも煮え湯に入れ、しじみたる時あげ、水にて冷やし、そののち酒をかけ置く。味噌汁煮え立ち候時、魚を入れ、どぶをさし、塩加減吸ひ合はせ、出だし候なり。また、すましの時は、だしばかりにかけも少し落し候。この時は、上置き作り次第に入る」とある。冬においしい魚で、姿はわるいが、よい鍋料理になる。江戸の通人好みの料理である。

鮟鱇鍋箸もぐら〳〵煮ゆるなり　高浜　虚子
炭はねて眉根を打ちぬ鮟鱇鍋　中田　余瓶
＊鮟鱇もわが身の業も煮ゆるかな　久保田万太郎
鮟鱇鍋ひとの大金懐に　橋本　花風
帰る如来し江東や鮟鱇鍋　石田　波郷
鮟鱇鍋世に容れられずして久し　久米はじめ
鮟鱇の腸をたべたる深眠り　池田　弥生
鮟鱇鍋共に突つきて世に出でず　渡辺　志水
鮟鱇煮る妻のたかぶり声なさず　杉山　葱子
夜は夜の神田ありけり鮟鱇鍋　清水　双水
鮟鱇鍋老舗しづかに客満ちて　佐久間木耳郎
ほかの部屋大いに笑ふ鮟鱇鍋　深川正一郎
世話物に出さうな夫婦鮟鱇鍋　中　火臣
酒しみし卓のひかりや鮟鱇鍋　片山鶏頭子

煮凝（にこごり）　煮凍（にこごり）　凝鮒（こごりぶな）

煮魚を汁とともに寒夜おいておくと、魚も汁もこごりかたまる。これが煮凝りである。魚はふなどの小魚や切り身が多い。とくに骨にはゼラチンが多く含まれているのでよく凝るし、また寒中のふなはうまいので、とくに凝らせて食べたりする。これを凝り鮒という。わざわざ方型の容器に魚と煮汁を流しこみ、さめの皮を加えて、寒夜に、または冷蔵庫でかためることがある。

身がしまってうまい。〈本意〉『料理物語』に「たれ味噌にかげを落し、骨のやはらかになり候まで煮中候て、風吹きに置き候へば、一時の間にこごり候。夏はところてんの草加へよし」とある。なかなかにうまいものである。

煮凝を探し当てたる燭暗し　高浜　虚子
煮凝や親の代よりふしあはせ　森川　暁水
寂寞と煮凝箸にかかりけり　荻原　麦草
煮凝りの魚の眼玉も喰はれけり　西島　麦南
＊煮凝りを箸にはさみて日本人　山口波津女
煮こごりや夫の象牙の箸づかひ　及川　貞
煮凝や他郷のおもひしきりなり　相馬　遷子
煮凝りのひえ〴〵と夜のかなしけれ　長谷川湖代
煮凝りや母の白髪の翅のごと　土橋璞人子
煮凝や死後にも母の誕生日　神蔵　器
魚の眼のさむき煮凝くづしけり　津田汀々子
煮凝やにぎやかに星移りゐる　原　裕
煮凝や凝るてふことあはれなる　轡田　進
煮凝りて眼鼻なほあり鮒の貌　松本　翠影
煮凝に箸しろ〴〵と立てにけり　松村　蒼石
煮凝に母なき月日始まりぬ　加賀美子麓
煮凝やますます荒るゝ海の音　佐藤　漾人
煮凝や父在りし日の宵に似て　草間　時彦

おでん　関東だき　おでん屋

煮込み田楽の略称である。東京が本場で、味つけも濃いが、関西では関東煮(だき)といい、味つけをうすくして食べる。もともとは焼き豆腐にみそをつけたものだったが、蒟蒻が使われ、菜飯田楽になり、やがて煮込みの蒟蒻となって、今日の煮込みおでんに変ったという。焼き豆腐・蒟蒻・がんもどき・はんぺん・竹輪・すじ・だいこん・鶏卵などを煮込んだもので、辛子をつけて食べる。屋台やおでん屋では、おでんに燗酒、おでんに茶めしを組み合わせて食べさせている。〈本意〉田楽の略称で、次第に今日の煮こみ田楽にかわった。たねが多く、めずらしくたのしく、あたたまる、庶民的な食べものである。

戸の隙におでんの湯気の曲り消え　高浜　虚子
＊人情のほろびしおでん煮えにけり　久保田万太郎
亭主健在おでんの酒のよいお燗　富安　風生
カフカ去れ一茶は来れおでん酒　加藤　楸邨
おでん食ふよ轟くガード頭の上　篠原　鳳作
すべて黙殺芥子効かせておでん食ふ　佐野まもる
おでん屋の月夜鴉の客ひとり　龍岡　晋
急流のごとき世なれどおでん酒　百合山羽公
おでん酒うしろ大雪となりゐたり　村山　古郷
煮えたぎるおでん誤診にあらざるや　森　総彦
大根細く侘しきことやおでん鍋　中江　百合
おでんやは夜霧のなかにあるならひ　久永雁水荘
おでん屋に同じ淋しさおなじ唄　岡本　眸
おでん鍋の湯気を小さく皿に頒つ　手塚　七木

風呂吹（ふろふき）　風呂吹大根

大根か蕪をゆで、味噌をかけたもの。大根は太いもので、きめこまかく水分の多いものを用いる。厚さ三センチほどに切り、鍋にこんぶをしき、米を苦みをとるために入れて煮る。みそには白ごま・みりん・砂糖などを入れてすり、だし汁でのばして大根にかける。〈本意〉『改正月令博物筌』に「蕪・大根など、湯煮、または蒸して、味噌をかけて食す」とある。寒いときの淡泊な食べものである。

＊風呂吹の味ひ古詩に似たるかな　永田　青嵐
風呂吹や妻の髪にもしろきもの　軽部烏頭子
風呂吹に杉箸細く割りにけり　高橋淡路女
伊賀の夜の風呂吹憶ひ寝てしまふ　下村　槐太
ふろふきの煮上る親星子星出て　村越　化石
風呂吹や年頃つかふ薬味入　原　俊子

風呂吹やいよいよ父の翁眉　佐藤まさ子
風呂吹や使ひふるしに夫婦箸　三ケ尻湘風
風呂吹や母にぬけざる国訛　佐久間木耳郎
風呂吹はとろ火にあづけ夜なべ妻　中村　金鈴

茎漬（くきづけ）　菜漬　お葉漬　近江漬　茎の桶　茎の石　青漬　古漬　顔見世茎

蕪菜・高菜・野沢菜・広島菜・大根の茎などを樽に入れ、塩を加えて、重石をのせておく。数日でよく熟し、適当なすっぱさがあってうまくなる。早く食べるものと、古づけにして保存するものとでは、塩加減やおもしの重さがちがう。また米ぬかを加えたり、しその実やみそ、果物の皮をはさんだりして味をかえる。茎の桶は漬ける桶、茎の石は重石、茎の水は漬物にたまる水のこと。近江漬は近江蕪の茎をつけるために言う。〈本意〉十月または十一月、兼三冬のものとされる。『滑稽雑談』に「和俗またこの月（十一月）ごろ、大根ならびに蕪菁（かぶらな）などを塩菹（しおしき）となし、冬・春の食に備ふ。俗に〈浅漬〉といひ、また略して〈菜漬〉といふ。その製する時をもつて季とす」とある。嵐雪に「君見よや我手いるゝぞ茎の桶」の句がある。

茎の水あすはこぼれんけしきかな　高浜　虚子
茎漬くるきたなき浄き水なりけり　星野　石木
ふるさとは緋蕪漬けて霰どき　松村　蒼石
＊茎漬の母でなかりし姉なりし　高野　素十
白菜を漬けて曠野に生きんとす　加藤　楸邨
広島漬菜まつさおなるに戦慄す　西東　三鬼
無風青天宝のごとし菜を漬くる　徳永夏川女
茎漬に霰のやうに塩をふる　細見　綾子
妻留守の厨守るかに茎の石　鈴木しげを
茎の石納屋の静かを守りけり　村上壺天子
茎の石効きをるならむ妻寝落す　乾　鉄片子
夜は凍の力加はり茎の石　大竹きみ江
茎の石母あつかへば素直なり　谷　迪子
茎漬の石の大中小を備ふ　大熊　一枝

浅漬　あさづけ　べったらづけ

干さない生大根を厚くむき、塩でつける。重石はつよくして、水があがったらそれを捨て、前より塩をすくなめにつけ、水があがったらつけなおすことをくりかえし、五日ほどで大根に干したようなしわができる。それをこうじと砂糖でつけると半月で浅漬ができる。これをべったら漬ともいう。〈本意〉十月のべったら市で売られるもので、冬の浅漬の漬けものである。大根の、沢庵とは別の味である。

＊浅漬や糠手にはさむ額髪　村上　鬼城
浅漬や飯を控ふる病にて　川畑　火川
寸厚き浅漬を食ふ奢りかな　久米　三汀
嫁の座や浅漬の味ほろにがし　渡辺七三郎
べったらの甘かりし世も父もなし　林　翔
あさづけや江戸つ子かたぎ母に似て　土居　伸哉

酢茎　すぐき

京都特産のつけもので、酢茎菜をつけたもの。この菜は加茂村特産の蕪菜（かぶな）で、根は蕪に似ているが少し長い。この根を茎つきのままつけ、水があがったら、塩でつけかえる。室に入れてあたため、醱酵をうながすこともおこなわれている。〈本意〉底冷えのする寒さの頃に出てくるつけもので、京都の特産である。酸味が出てきた頃がうまい。

＊大土間に日がな炉火焚く酢茎宿　中田　余瓶
とつ〳〵と酸茎馬ゆきわれもゆく　本田　一杉
雪晴れの朝餉の酢茎噛みにけり　日野　草城
酢茎売来て賑やかや台所　谷野　予志

揺れもせずいちづに懸る酢茎重石　津田　清子
比叡よりの暮雪あそべり酢茎樽　山田ひろむ
北山の風に酢茎の樽洗ふ　中田　幸子

栖み馴れし鼬追はるる酢茎倉　羽田　岳水
軒端や酸茎の樽の上の比叡　寺内　笛童
酢茎売うこんの財布ほどきけり　青木　紅酔

乾鮭（からざけ）　干鮭

北海道・青森・秋田などでは、塩引きにして鮭を保存しただけでなく、干して保存した。家の軒下に縄をはってひらきにしてほし、また屋根にひろげてほした。食べるときには、槌で打ってやわらかくして火にあぶり、また煮て食べた。魚を常食にしていた名残りであろう。今はみな塩を用いて保存する。〈本意〉『本朝食鑑』に、「松前・秋田および両越の最も多くして、諸州に伝送す。その法、生鮭を採りて腸を去り、屋上に投じ、樹杪に懸けて、もつて乾し曝し日を経。その中、鮭の披（ひらき）といふものあり、鮮鮭を用ひて鱗腮胆腸を去り洗浄して、腹より背に至るまで、皮を連ねて割き開き、曝し乾す。尋常乾鮭の比にあらず。これ、松前・秋田の佳品なり」云々とある。塩によらず、干して保存することがおこなわれていた。芭蕉の「雪の朝独り干鮭を噛み得たり」、暁台の「から鮭をしはぶりて我が皮肉かな」、一茶の「から鮭も敲けば鳴るぞなむあみだ」などが知られている。松前・秋田などから諸州に伝送されていたわけである。

＊乾鮭の切口赤き厨かな　正岡　子規
手燭して乾鮭切るや二三片　前田　普羅
みちのくの乾鮭獣の如く吊り　山口　青邨
乾鮭を切りては粕につゝみけり　水原秋桜子

乾鮭の下なることにこだはれり　山口　誓子
乾鮭の鱗も枯れて月日かな　日野　草城
鼻曲る乾鮭を見き鼻撫でて　加藤　楸邨
乾鮭の処刑の縄を口に尾に　井沢　正江

乾鮭に吹雪の夕日あたりけり　名和三幹竹
乾鮭の片身削がれて煤けけり　水内　鬼灯

塩鮭　しほざけ　しほじやけ　塩引鮭　新巻

鮭の塩蔵品である。鮭の腹を割ってわたを出し、口腔・腹腔に食塩を入れ、まわりにも食塩をまく。菰に巻き、縄でまきつけたものが荒巻で、塩を濃くしたものが塩鮭である。塩鮭はつみ重ねておいて、ときどきつみかえると、塩が肉質の中に入り、水がぬけて、二十日ほどで塩鮭ができる。〈本意〉『本朝食鑑』に、「近世、あるところの諸州これを造る。しかれども越後・陸奥を上品となす。越は軟かに、奥は堅し。ともに深紅色、味きはめて美なり。同じくこれを蔵めて、明年の春夏に至りても堅固にし臭腐せず。州の守令、年々これを貢献す」云々とある。鮭の保存法の一つだが、味がよいので、とくに知られているわけである。一茶に「塩引や蝦夷の泥まで祝はるる」とあり、その美味がこのように賞されている。

塩鮭を吊れば家長の眼にも触る　山口波津女
塩鮭の塩まみれなる目をひらき　磯　和子
＊吊塩鮭片身となりし後減らず　目迫　秩父
吊るされる新巻ア音の口あけて　宮川　晴子
啄木の詩はかなしや塩鮭も　堀江　金剛
鮭の眼をこぼるる塩や荒筵　正岡陽炎女
塩鮭を吊るに油絵の構図なり　山畑　禄郎
塩鮭を女抱きゆく田の日暮　皆川　盤水

海鼠腸　このわた

なまこのはらわたの塩からである。なまこのはらわたは生でもおいしく、どろりとしたものを洗い去り、三杯酢をかけたり、醬油をかけたりする。塩づけにしたものが塩からのこのわたである。酒のさかなによいものとされ、寒中につくったものがよいという。あたたかい御飯と食べても美味である。〈本意〉『滑稽雑談』に、「海鼠は暮秋より始めて冬月もっぱら賞す。春暖に至れば、味も劣れり。ゆゑに冬季に押し用ゆるならし。腸は東北の海浜、熬海鼠を製する漁人、取りて醢とし、方産とす。これを取るは冬ともいふべきにや」とある。腸の中でも、「純黄、光ありて琥珀のごときものをもつて上品となす。黄中、黒白相交るものをもつて下品となす」という(『本朝食鑑』)。酒のさかなの最高のものである。

このわたや縷々綿々と箸を垂れ　中野　三允
このわたの桶の乗りゐる父の膳　松本たかし
このわたの壺を抱いて啜りけり　島田　五空
海鼠腸やよき教へ子がよき漁夫に　大星たかし
＊海鼠腸をすするや絹をすするごと　儀部尺山子
このわたは小樽海鼠は中樽に　鈴木真砂女

酢海鼠　すなまこ

なまこの酢のもの、または酢づけにしたものをいう。なまこをぶつ切りにして、わかめなどを加えて酢のものにしたり、なまこの三杯酢の中にゆずを入れておくこともある。酒のさかなによい。〈本意〉新鮮ななまこのおいしい食べ方の一つで、冬のなますものの代表である。肉はとくに冬においしい。

＊酢海鼠を掌皿に漁夫の咽鳴らす　榊原　碧洋
酢海鼠や昔日の丈夫いまの惰夫　花岡　昭
酢海鼠や窓に雪雲圧し来たり　鈴木　柏葉

新海苔（しんのり）　初海苔　寒海苔

のりがとれるのは冬から早春にかけてで、のりひびを立てて、のりを付着生長させる。十二月から一月頃がもっともよく生長し、色も濃く、かおりも高い。のりひびのほかに、水中に縄網をはって付着させる方法や、岩につくのりをとる方法もある。のりをとると、水洗いし、刻み、すいて簀に干す。新のりは普通一月の末に市場に出る。〈本意〉新のりはやわらかで、色もよく、かおりもよいので、喜ばれる。寒いあいだの産物で、珍重される。

新海苔や午前の便にも午後の便にも　相島　虚吼
*抱き入れし新海苔に雨走りけり　萩原　麦草
新海苔や降り出す雪の佃島　皆川　盤水
新海苔をたたむ背後の濤ふくれ　長崎　掬虹
新海苔や薄口醬油皿の紺　阿片　瓢郎
新海苔の封切る妻の若やげる　芥川　栈吉
新海苔買ふ仲見世の灯のはなやぎに　加藤　松薫
新海苔の色つやを賞づ朝餉かな　飯山　白咲
新海苔の艶はなやげる封を切る　久保田万太郎
新海苔を買へば用なし町にゐて　森田　三泉

豆腐凍らす（とうふこほらす）　高野豆腐　凍（しみ）豆腐　氷豆腐　寒豆腐

豆腐を適当の大きさに切って、寒い戸外で凍らせ、それを乾燥させたものが、高野豆腐であり、凍み豆腐ともいう。この作り方が、信州・北関東・東北にひろがり、さかんに作られる。信州ではみすず豆腐といい、東北では凍み豆腐という。豆腐が凍るには、零下十二、三度の寒さが必要で、薄切りにした豆腐を寒夜に凍らせ、わらで編んで軒下につるしてほし、乾燥室でさらによく乾燥させると、きめも細かく、舌ざわりもよい。今は冷凍装置などで手軽に作るが、もどして、うま煮にしたり、汁に入れ、なべものに入れる。〈本意〉『本朝食鑑』に、「凍豆腐といふものあり。豆腐を切りて片をなし、竹籃に盛りて、寒夜露宿するときは、すなはち堅く凝りて糸瓜の乾枯状のごとし。晒し乾して、煮て食す。……僧家の用となす」とある。寒い地方の発見であるが、保存もきき、冬のさなか、よい料理種になる。

今宵はもよろしき凍や豆腐吊る　高浜　虚子
凍みるとはみちのくことば吊豆腐　井桁　蒼水
＊凍豆腐煮て佳き酒を尽しけり　水原秋桜子
凍豆腐に空頼もしき北斗かな　河野　静雲
凍豆腐故郷の山河まならうらに　阿部みどり女
五枚づつ藁もて編みし凍み豆腐　林　蓼雨
凍豆腐今宵は月に雲多し　松藤　夏山
天竜のひびける闇の凍豆腐　木村　蕪城
豆腐氷らす屋根に鬼来て争へり　清原　枴童
軒毎に凍豆腐干し隠れ耶蘇　早水ふみを
雪すこしかかりて暁けの凍豆腐　細見　綾子
凍豆腐編みたる藁の青さかな　館岡　幸子

寒曝（かんざらし）　寒晒　寒晒粉

もち米を粉にし、寒の水で洗う。毎日水をかえて、三日から十日ぐらいおき、布袋に入れて水分をしぼり、木箱かむしろにほし、あらく砕いて、寒晒粉、すなわち白玉粉を作る。菓子や団子を作るのに用い、保存にたえる。もち米以外の穀類でも寒の水につけてさらせば保存がよくなる。〈本意〉『日次紀事』に十二月「この月寒中、新たに井水を汲み、桶あるいは壺に盛りてこれを収め蓄ふ。これを〈寒水〉という。五穀および諸菜・生姜等のものを漬けて、後に陰乾にす。これを〃寒曝〃といふ」とある。寒の水で洗い、寒にさらすことで脂肪分もへり、保存にたえる。きめこまかな粉ができる。

＊なだるる日簀にせきとめて寒晒　木村　蕪城　大富士にひれ伏す軒端寒晒　勝又　一透
風の来てくぼめし水や寒晒　肝付　素方　荒神の灯りたまへる寒晒　同
寒曝富嶽大きく裏に聳つ　西村　公鳳　寒晒遠くにごれる印旛沼　松崎鉄之介

氷蒟蒻（こほりこんにやく）

こんにゃくいもを煮てすりつぶし、灰汁を加えてかため、こんにゃくを作る。これを三十日ほど寒い戸外におき、毎夜水をかけておくと凍る。これを日にほしてとかし、よく乾燥させると、こんにゃくとは別の感じの、すかすかしたものになる。これが保存によいので、作られる。〈本意〉高野山の僧が食いあましの豆腐を、さむいところにおいたところから凍豆腐（しみどうふ）が発見され、同じアイデアで作られたのが氷蒟蒻で、偶然の作り出した保存法である。

＊枯木かげ夜の蒟蒻氷りけり　松瀬　青々　蒟蒻も豆腐もこほる小鉢かな　窪田　桂堂
木曾颪氷蒟蒻灯りけり　池月一陽子　星の下蒟蒻凍る音なりや　川野さゆり

沢庵漬（たくあんづけ）

沢庵漬く　新沢庵　大根漬

米糠と塩でつけた大根で、東海寺の沢庵がはじめたといらが、否定する説もある。四斗樽につけるが、糠と塩を一斗七升と三升の割に入れて二斗とする。塩が四升のものは翌年までの保存用で、三升のものは甘いが、すぐすっぱくなるので早くたべる。樽には大根をならべ、塩と糠をふりかけ、また大根をならべ、一杯になると大根の上に干菜をならべ、ふたをして重石をのせる。

長く保存するほど、重い石にする。宮重大根（愛知）と練馬大根（東京）が沢庵漬によい。前者は厚塩漬に、後者は薄塩漬にむいている。〈本意〉『改正月令博物筌』に「漬法・大根百本・塩三升・糀三升・糠一斗。右、常のごとくに漬くる。しかし、糠内五升、熬りて用ゆ」とある。旧の十一月の作業になる。日本人の典型的なつけものである。

沢庵や家の掟の塩加減　高浜　虚子
妻と我沢庵五十ばかりかな　島田　五空
*雪嶺のこぞりて迫る大根漬け　駒形白露女
運ばれてすぐに沢庵石と呼ぶ　加倉井秋を
沢庵を漬けたるあとも風荒るる　市村究一郎
大根漬けるや黄金白金塩小糠　磯部尺山子
沢庵を漬ける宿屋をホテルといふ　渋谷　鉄郎
沢庵漬洗はんとする手が真白　京極　高忠

切干（きりぼし）　蚕切干（こ）　割干（さきぼし）　白髪切干　花丸切干

大根を切ってほしたもの。輪切り、千切り、蚕切り、花丸切りなどに切って寒風にさらす。大根の尻尾をつけて縦に四つに割ってほすのは割干しという。三杯酢・木の芽味噌に加え、油揚げなどと煮る。切り干しにはほかにさつまいもなどがある。〈本意〉『年浪草』に「切干は、冬月萊菔（だい・こん）を切ること糸のごとくす。これを繊蘿蔔（せんろほ）といふ。筵に拡げて晒し乾す。ゆゑに切干と名づく。尾州多くこれを製して諸州に販（ひさ）ぐ。味、甘美なり」とある。保存のための工夫の一つである。

切干の屋根に凍てたる山家かな　九保田九品太
*切干やいのちの限り妻の恩　日野　草城
切干を干したる貧しからざるよ　高野　素十
切干刻んで根が生えたやう老婆の座　加藤　楸邨
切干大根ちりちりちぢむ九十九里　大野　林火
切干の夜目にも白く浦貧し　鈴木　泊舟

冬構（ふゆがまへ）

冬を迎える準備として、北窓をふさぎ、風よけを作り、庭木や作物に霜よけの笹竹を立てたり、藁づとでかこったりする。雪の多い地方では、雁木造りといって家々の軒から庇を長くはり出し、その下をアーケードのようにして通路とする。〈本意〉『滑稽雑談』には「寒気を防がん料に、風の通ふ所をふさぎ、戸障子の破れを修補しなどするなり」とあり、『改正月令博物筌』には、「冬構は、冬になりて、幕を張り炉を開くやうなることをして、寒を防ぐ支度をする心なり」とある。どちらも、雪国とは別の冬構である。雪国になると、もっときびしい雪への準備が加わる。地方地方で強弱のことなる冬の支度、冬を迎える気持である。

高き木に梯子かけたり冬構　高浜　虚子
冬構父の代より来る庭師　阿部みどり女
*あるだけの藁かゝへ出ぬ冬構　村上　鬼城
冬構大上段に蘇鉄立つ　金田　紫良
桐の実の鳴りいでにけり冬構　芝　不器男
この雨がくればみちのく冬構　村上　三良
青きひかり椎樫に満ち冬構　滝　春一
夜は富士の闇のかぶさる冬構　亀井　糸游
冬構して大いなる宿屋かな　楠目橙黄子
子が切って渡す棕櫚紐冬構　高梨　忠一
飛騨に向ふ軒みな深し冬がまへ　室生　犀星
葛城を背に村々の冬構　田中木小路

冬籠（ふゆごもり）　冬ごもる　雪籠

冬の寒さをさけて、あたたかくした一間にこもって暮らしていること。十二月頃から三月頃まては、とくに東北・北海道・北陸などでは雪が多く、外に出ずに家にこもる。こたつ・いろり・

ストーブなどのまわりで寒さをさけている。木は支えをつけ、花の木も雪囲いをし、座敷や土蔵の前には雪を防ぐ特別の戸がついている。〈本意〉「冬ごもり」は『万葉集』では枕詞になっていて、「冬木茂(も)る」の意であった。『滑稽雑談』に、「定家僻按抄に云、〃冬籠〃とは、冬とてこもるなり。ことなき草木も花も葉もなく、霜雪に埋もれたるを、冬籠といふなり。……△あるいは云、まことは〈冬木籠〉なり。〈木(こ)〉を略していふなり。万葉集に〈冬木成〉など詠めるに同じ心なりともいへり。……△按ずるに、これらの説はべれど、俳においては、〈冬籠〉の詞、植物(うゑもの)に構ひなしとは、人の寒を凌ぎて籠居するを、冬籠ともいふにや」などとある。古代では、冬の内は、人は静止的な物忌の禁欲生活に入り、仮死のような状態にあり、復活によって甦生し、物忌状態を脱却することが「はる」であると考えられていた。自然物も冬には同様の状態になる。それが冬ごもりであった。俳諧ではもっぱら人について言うようになった。芭蕉の「冬籠りまたよりそはん此の柱」「折々に伊吹を見ては冬籠り」「金屛の松の古さよ冬籠り」、蕪村の「桃源の路次の細さよ冬籠り」、召波の「住みつかぬ歌舞妓役者や冬籠り」などが知られる。

書きなれて書きよき筆や冬籠　正岡　子規
冬籠人を送るも一事たり　高浜　虚子
冬籠座右に千枚どほしかな　同
人間の海鼠となりて冬籠る　寺田　寅彦
いまは亡き人とふたりや冬籠　久保田万太郎
一子の死をめぐりて
死んでゆくものうらやまし冬ごもり　同
冬ごもる子女の一間を通りけり　前田　普羅
鏡とりて我に逢はゞや冬籠　原　月舟
読みちらし書きちらしつつ冬籠　山口　青邨
香の名をみゆきとぞいふ冬籠　竹下しづの女
＊夢に舞ふ能美しや冬籠　松本たかし
相寄りしいのちかなしも冬ごもり　安住　敦
背に触れて妻が通りぬ冬籠　石田　波郷

滝の音真近に聞いて冬ごもり　中川　宋淵
木の洞にをる如くをり冬籠　上野　泰
冬籠伴侶の如く文机　同
戦へる闇と光や冬籠　野見山朱鳥
もう急がぬ齢の中の冬籠　村越　化石
冬ごもり鶏は卵を生みつゞけ　鈴木真砂女
誰彼の生死気になる冬ごもり　古賀まり子
冬籠文来ぬは文書かぬゆゑ　高本　時子
爼の荒れに水かけ冬籠　西山　常好

冬館（ふゆやかた）

日本の普通の家屋の感じからは、冬館という重い語感ではなくて、冬座敷という感じになる。冬館というと、洋風家屋の感じになる。枯木越しにどっしりと立つ冬館は、明治・大正の感じで、マントルピースの煙を煙突から出し、窓には上げ下げの窓がはまり、厚いカーテンでおおわれている感じである。〈本意〉語感から、日本式家屋より、洋館的な建物で明治・大正にかけて建てられた、欧風の建物になる。どっしりした感じの冬の洋式建築で、冬のうらがれた中にさびしげに立っている。

冬館訪ふ近道や廃墟の中　中村草田男
＊ベル押せば深きにいらへ冬館　長谷川浪々子
空の色大地にうつり冬館　園山　香澄
博文の揭額を古り冬館　山切海比古

霜除（しもよけ）　霜覆

寒さによわい果樹や庭木、草花などを、こもや藁でおおって、霜の害のかからぬようにする。松や棕櫚は幹に筵を巻きつけたり、円錐形のおおいをしたりする。フェニックスのような霜によわいものは、菰につつんで縄をまきつける。牡丹・芍薬は、円錐形のおおいをする。みかんも霜や風の強いところでは、菰や筵でおおう。えんどうの栽培では、畑の上に寒冷紗でテントのようにおおう。また菜畑にも枯竹を斜めに立てて霜をふせぐ。〈本意〉霜をよけるための工夫で、霜によわい植物に中心をおくが、上をおおったり、幹を支えたりする。よい木や花卉をまもるための必要な作業である。

霜除や月より冴ゆるオリオン座　渡辺　水巴
＊伊達結びして霜除の何やらむ　富安　風生
霜除の下離々として野は葛飾　山口　青邨
霜除をとればぱらぱらと落つ葉かな　高野　素十
霜覆してあるものをたしかめし　中村　汀女
霜除の藁かこふ暗みぬくからむ　野沢　節子
霜除の影引く影のさま〴〵に　萩原　寿水
霜除や大和三山暮れつつあり　はりまだいすけ
霜除はみな牡丹や中尊寺　宮下　麗葉
石売に声かけられつ霜がこひ　小野　宏文

目貼（めばり）　隙間張る

窓や戸などのすきまを紙などで貼ること。北国では、風雪の入らないようにし、他の地方でも寒い風から老人や赤ん坊を守るためにする。〈本意〉冬構の一つで、北窓を閉じるのと同じ心である。

目張して空ゆく風を聞いてゐる　伊東　月草
目貼すや内地知らざる子供たち　池内たけし
目貼り鳴る夢の中まで汽車の音　田沢　凡夢
＊目貼して遠き隣をしてしまふ　越智　彩女
住めばまた住みよきところ隙間張る　原岡　昌女
出稼村いよいよ無口目貼して　仲村美智子
二重窓更に目貼をしたりけり　広中　白骨
杜氏部屋らしく目貼りの多きかな　大森扶起子

北窓塞ぐ（きたまどふさぐ）　北塞ぐ　北窓閉づる　北窓塗る

冬、シベリア方面からの風は日本海側で雪を降らせ、太平洋側では水分を失ってからっ風になる。その雪や風を防ぐために、家の北むきの窓をとじ、枝をうち、筵でおおう。さらにすき間を目ばりして風を完全にたち切ろうとする。〈本意〉『滑稽雑談』に「〃北窓とづる〃も、北は陰の方にて、冬の風はげしく吹き入らんと厭ひて、閉づるならし」とある。冬構のこころ。

仕事場の北窓塞ぐ笊屋かな　野村　喜舟
北窓をふさぎし鐘のきこえけり　久保田万太郎
北窓をふさげば昔還り来る　菅　裸馬
＊絣地の一枚北窓塞ぎ足す　中村草田男
猿が来て覗く北窓塞ぎけり　柴　浅茅
北の墓地見ゆる北窓ふさぎけり　富岡　子笏
北窓を根深畠にふさぎけり　村上　鬼城
棕梠高く剝ぎて北窓塞ぎけり　村山　葵郷
豆柿の熟れる北窓閉しけり　室生　犀星
北窓を塞ぎて能登の旧家かな　塗師　康弘

雪囲（ゆきがこひ）　雪垣　雪除

北国では北西方向からの風雪を防ぐために家のまわりに丸太を組んで、わらやかや、よしずなどをとりつける。庭木にも囲いをつくってやるが、鉄道にもいろいろの防雪設備がある。〈本意〉『初学抄』に「北国には十月のころより、家のめぐりを菰にて包むなり」とあり、『年浪草』には「北国などの雪深き所にては、庇の下を往来するゆゑ、庇の限りに垣を結ひ、雪を隔てるなり」とある。前者が雪囲、後者が雪垣であるが、北国での防雪対策である。

雪除の裾沁み出づる厨水　西山　泊雲
雪囲して三百の僧住めり　伊藤　柏翠
雪がこひ真白な蕪をかかへて出づ　加藤　楸邨
雪囲して売る魚何々ぞ　中村　汀女
雪囲ひ温泉女に眄しつつ結ふ　岸田　稚魚
ながながと駅にはじまる雪囲　二唐　空々
*雪囲ひして居り明日は出稼に　米田　一穂
敵のごとく北窓に海雪囲　竹鼻瑠璃男
雪囲ひにもいろいろとあるものよ　清崎　敏郎
納屋とてもきびしく雪を囲ひけり　森田　峠
一切を断つ禅寺の雪囲ひ　津崎　和子
どの家も出口一つや雪囲　濛　ひとし
貧農家雪囲ひして明るさよ　吉見　春子
みちのくの温き日つづく雪囲　奥田　七橋

風除（かざよけ）　風囲　風垣

丸太を組んだものに、竹や葦、藁などをくくりつけて塀のようにしたもので、家の北西方向にたいして作られる。冬の寒い季節風と雪を防ぐためのもので、日本海岸の漁村などに多い。このほか、蔬菜の早期栽培をする南日本の風除がき、みかんの風がき、東北地方のもみの早期播種のための苗しろの風がきなどもある。〈本意〉寒風を防ぐためのもので北国でもとくに日本海側で多く作られている。冬構の一つである。雪除にもなる。

風除やくぐりにさがるおもり石　村上　鬼城
*人の世をへだつ風除したりけり　富安　風生
立ちてかぞふ風除越しの時計の音　加藤　楸邨
郵便夫を待つ風除に顔出して　加藤知世子
風除けの果なし麦生ある限り　中島富寿子
女泣く風垣の内われ知らず　岸田　稚魚
漁師出て海を見てをり風囲　鎌田車前人
風除を出し鶏吹かれもどりけり　森田　峠
風垣に月明の濤あがりけり　河北　斜陽
風除をまはりて馬の貌に遭ふ　小原　俊一
風除の裡に雨降る砂地かな　木村　蕪城
風垣を甲斐駒の日が照らすなり　村山　古郷

墓囲ふ　はかかこふ

北国では、雪と寒さで墓がわれることがあるので、むしろや藁を墓に巻きつける。〈本意〉雪の多い国でなければわからないことで、墓の破損を防ぐための囲いである。お参りもできなくなるので、葬式のとき墓の周りに四本柱を立て、小屋のように藁をつめて、場所をたしかにし、墓を保護するところもある。

＊墓山へ藁担ぎゆくは墓囲ふ　細川　加賀　　父の匂ひする父の墓囲ひけり　宇野　玉葉
ぼろ〳〵とこぼるる墓を囲ひけり　小野寺夢城　　わが村の見えゐる墓を囲ふなり　漆山烏狂子

雁木　がんぎ　がぎした

越後方面では家の前の庇を長く出し、その下（がぎした）を積雪時の通路として利用する。とくに有名なのは新潟県高田市で、長くつき出した先を支えて柱が立ちならんでいる。雪にもよいが、雨のとき、夏の日射にも便利なものである。その通路に市がひらかれたり、子どもがあつまったりする。〈本意〉『北越雪譜』に、「江戸の町にいふ店下（たなした）を、越後に雁木または庇といふ。雁木の下広くして、小荷駄をも率くべきほどなり。これは、雪中にこの庇下を往来のためなり」とあるが、さらに高田の雁木は「両側一里余、庇下続きたるその中を往くこと、はなはだ意快なりき」とも述べている。雪国の生活通路としての工夫である。

＊来る人に灯影ふとある雁木かな　高野　素十　　灯一つともる雁木を行きぬけし　同

鱩（はたはた）や雪となり来し雁木市　森　総彦　市（いち）すぎし雁木となりてさびしけれ　上村　占魚
足音の追ひかけてくる雁木かな　及川　仙石　ゆきかひのさざめきさびし雁木道　上林　天童
雁木みち潜るポストに逢はんため　古賀　光利　雁木下青竹貯めて桶屋なり　新村　寒花

藪巻　やぶまき　菰巻

雪の多い地方で、雪折れを防ぐために、竹やぶや低木などを筵などでつつみ、縄でぐるぐる巻いてあるものをいう。霜よけとか雪つりとかというようなしっかりしたものではなく、いたって大ざっぱなものである。〈本意〉『北越雪譜』に、「庭樹は大小に随ひ、枝の曲ぐるべきは曲げて縛りつけ、椙丸太または竹を添へ枝となして、枝を強からしむ。雪折れを厭へばなり。冬草の類は菰筵をもつて覆ひ包む」とある。一本立ちのよい木ほどでなく、その他の木や竹の雪折れ対策である。

藪巻や柿の木畑も一と構　小杉　余子　菰巻にされ大蘇鉄王者の風　富田　木荘
藪巻や定年近く家整う　富岡　せい　藪巻のふところがくれ栗鼠あそぶ　掛札　常山
南国の志摩菰巻かぬ蘇鉄立つ　山口波津女　藪巻の影立ちすくむ風の中　山崎　秋穂
＊藪巻のひとつひとつに風の鳴る　法師浜桜白　藪巻の道ひろびろとなりにけり　古川　芋蔓

雪吊　ゆきつり

雪が積もってその重さで庭木や果樹の枝が折れないように、幹に一本の柱をたて、そこから縄や針金を八方に張って、枝をつるもの。〈本意〉雪の多い地方での雪折れ対策だが、雪国らしい景色となって目をうばう。

雪吊の松を真中に庭広し　高浜　虚子
大寒の星に雪吊り光りけり　久保田万太郎
雪吊の百万石の城曇る　阿波野青畝
＊雪吊の縄あまた切れ弥彦晴れ　中田みづほ
雪吊の縄棒のごと凍て空に　二唐　空々
雪吊のその他の木々は鋏刈りに　皆吉　爽雨
風に鳴るほど雪吊の弦張つて　中村　青路
雪吊や出羽の本間の大邸　斎藤　鵜川
雪吊や椿百花をこぼさずに　森　澄雄
雪吊の縄しゆる〳〵と投げ下し　岸田　稚魚
雪吊の縄みな張りてゆるぎなし　鈴木六風子
地震はげし雪吊の縄切れ縮み　西本　一都

雪搔（ゆきかき）　雪を搔く　雪を掃く　除雪　除雪夫　雪捨つ　雪搔篦　雪返し　雪鍬

降りつもった雪をのぞいて、通行の便をはかることだが、いろいろの雪搔がある。家の戸口や門口、庭の雪をのぞき、道路の雪をのぞき、鉄道線路などの雪をのぞく。程度によって、いろいろのものが用いられ、小は箒から、雪搔きべら・シャベル・雪返し・ブルドーザー・除雪車などがある。鉄道や道路などの除雪の中心は除雪人夫だった。〈本意〉『北越雪譜』に「初雪の積りたるをそのままに置けば、再び降る雪を添へて一丈に余ることもあれば、一度降れば一度掃ふ。これを里言に雪掘りといふ」などとある。雪の多い地方、少ない地方いずれでも雪搔はするが、雪国では大変な冬の作業になる。ほかに屋根の雪おろしもある。

雪搔いてゐる音ありしねざめかな　久保田万太郎
雪搔くや乾きし土を掘りいだし　加藤　楸邨
除雪夫を北国烏見下ろしに　松崎鉄之介
＊ついに見ず深夜の除雪人夫の顔　細見　綾子
雪搔きし手足の火照り抱きねむる　古賀まり子
雪搔きて汗に柔らぐ女身たり　白井　米子

雪の箒目旅住み長子帰る日ぞ　米田　一穂
掻き上げし雪の上なお雪が降る　対馬千代子
歩くだけ生きるだけの幅雪を掻く　寺田　京子
雪掻いて妻が勤めの吾をとほす　小川　千賀
除雪婦が並ぶ丸太のごとき腰　竹田　青雨
除雪婦の細帯に雪濁るなり　林　薫子
橋の上の除雪夫朝の身は撓ふ　平井さち子
雪掻きて高野出でざる身なるべし　森田　峠

雪踏（ゆきふみ）　踏俵

雪の深い地方では、毎日雪が降り積んで、除雪しきれないので、雪をふみかためて、往来する。雪ふみには、踏み俵・つまご・かんじきなどを使うが、踏み俵は、藁で編んだ大きな藁靴で、紐をつけて、手で足を交互にもちあげて、雪を踏んでゆく。〈本意〉除雪のまにあわない大雪地帯での便宜的な道の確保法である。

雪踏や道曲ること子の別れ　新谷ひろし
＊雪踏に出づや海鳴身をつつむ　村上しゆら
祈りたき程の朝焼け雪踏めば　亀谷　麗水
雪踏を先にたてたる野辺送り　田村　杉雨

雪下（ゆきおろし）　雪卸　雪すき　雪捨

雪の多い地方では、雪を屋根からおろさないと、雪の重みで、家が傾いたり、戸のたてつけがわるくなったりする。それでつもるとすぐおろす。放っておくと下の方からかたく凍りつくので、おろしにくくなる。またおろした雪の高さもだんだん高くなって、雪のおろし場所もなくなることになってゆく。〈本意〉屋根につもった雪をおろして、家をたすける仕事である。

＊雪卸し能登見ゆるまで上りけり　前田　普羅
雪下し夕空碧くせまり来る　金尾梅の門
道狭き一筋町や雪を卸す　大橋越央子
夜の屋根に女声わき雪おろし　加藤　楸邨
雪卸しあぐねて幾日人に疎し　成田　千空
雪卸し真青の海を見て憩ふ　三宅　草木

屋根にまで犬の来てゐる雪卸し　山崎和賀流
町ぢゆうが夜中に起きて雪卸す　中村　節代
行人(こうじん)にほい〳〵と雪おろしけり　中島　杏堂
雪おろす剃刀のような海を置き　飴山　実
月光のみどりを流す雪卸　志田　冬崖
雪卸し一隅の青天はためかす　新谷ひろし

冬座敷(ふゆざしき)

日本家屋の冬の座敷で、寒さをふせぐために、障子、襖、カーテンをしめきり、火鉢やストーブ、炬燵などを入れ、屏風なども立てまわしてある。〈本意〉外はさむいが、内はあたたかい座敷である。しずかで、おちついた、あたたかい雰囲気の部屋である。

あか〳〵と熾りたる火や冬座敷　久保田万太郎
日の筋に微塵浮かすや冬座敷　小杉　余子
＊静かなる起居(たちゐ)の塵や冬座敷　富安　風生
冬座敷ときどき阿蘇へ向ふ汽車　中村　汀女

物置けばくらがり生れて冬座敷　田中　灯京
屍と枕を並べる冬座敷　石原　八束
柩重く出してしまへる冬座敷　徳本　映水
縁談に真向き灯ともる冬座敷　広瀬　直人

障子(しやうじ)

腰障子　明かり障子　あづま障子　猫間障子　さうじ　冬障子

襖障子　布障子、衝立障子、明かり障子など全体を障子と呼んでいたが、今はその中の明かり障子のみを障子という。明かり障子には美濃紙や半紙などを張るが、無地のものがよい。紙をこした光線はやわらかく、おちついていて好ましい。障子は、防寒、採光のための建具だが、また奥ゆかしい空間をつくり出す用具でもあった。〈本意〉障子とは障ぎるもののことで、風や雨、人目をさえぎるものであった。それで襖も衝立も屏風もすべて含まれていたが、そのうちの明かり障子が、障子と呼ばれるようになる。平安時代にはじまり、鎌倉時代に普及したという。雰囲気を和やかに、やわらかに作り出す。

美しき鳥来といへど障子内　原　石鼎
*しづかなるいちにちなりし障子かな　長谷川素逝
ふりむけば障子の桟に夜の深さ　同
死の如き障子あり灯のはつとつく　松本たかし
柔かき障子明りに観世音　富安　風生
うすうすと日は荒海の障子かげ　加藤　楸邨
われとわが閉めし障子の夕明り　中村　汀女
濤うちし音かへりゆく障子かな　橋本多佳子
松風の晒す障子となりにけり　中島　月笠
障子しめてことさらさむき瀬音かな　高橋　潤
嵯峨絵図を乞へば障子の開きにけり　五十嵐播水
枯色の明り障子となりにけり　山口　草堂

冬の灯　ふゆのひ

冬灯　冬灯　寒灯

冬のさむさの中にともっている灯火であり、寒灯というとさらにさむげである。ただ、暖房の発達した今日では、冬の灯は、あたたかい室内のあかるさを示すようになったともいえる。だがさむい戸外から見る灯火や、街路灯などは、冴え切った感じである。〈本意〉春灯・秋灯などとちがい、身じろぎもせず、じっとさえきっている、さむい灯火である。冬の灯というより寒灯の方がきびしい感じである。

寒燈といひたけれどもやゝ艶に　久保田万太郎
冬の灯や激して吃る妻なりし　長谷川零余子
冬灯死は容顔に遠からず　飯田　蛇笏
淋しさの冬のともしび灯すらん　高野　素十

冬灯人のこころを見まもりぬ　富安　風生
寒き灯の大玄関はやや明かく　中村　汀女
冬の灯の浅草のどの道来しや　同
寒燈の消えて乾坤闇に落つ　星野　立子
一寒燈ありすさまじく引潮す　大野　林火
*子がかへり一寒燈の座が満ちぬ　加藤　楸邨
寒燈の一つ一つよ国敗れ　西東　三鬼
寒き灯にみどり児の眼は埴輪の眼　篠原　梵
辞書割つて一字を寒燈下に拾ふ　佐野まもる
枕木に一寒燈が照せる場　沢木　欣一
一寒燈おのが柱を照らすのみ　香西　照雄
あるときは寒燈を神のごとまぶしむ　斎藤　空華
寒灯に貧しき貌の並びけり　小寺　正三
幸福感真白き卓布冬灯に垂れ　桂　信子
冬灯に透きて女濡れたる石のごと　伊東余志子
美容室もつとも冬燈飼ひ馴らす　寺田　京子
錐もめば錐に寒燈のぼりくる　北　光星
嫁ぎゆく娘のものばかり冬灯　鈴木真砂女

襖（ふすま）　唐紙（からかみ）　襖障子　唐紙障子

ふすまというのは、臥す間を仕切るという意味で、移動式の壁・間仕切りのことである。そのため、この障子には厚紙を張り、襖障子と呼んで、他の障子と区別した。厚紙に紋柄のあるものを唐紙障子と別称したが、これが唐紙という襖の別名にのこっている。平安時代にうまれるが、桃山時代に大いに発達した。〈**本意**〉本来、動く壁として、厚紙をはり、奥の部屋の間仕切りとして作られたもの。夏には簾戸（すど）にかえられて通気を求めるわけである。

聴きすます襖の奥の声　加藤　楸邨
*夕映のしばらく倚るは冬襖　角川　源義
白襖幼児笑へば亡母来る　飯田　龍太
襖閉め吾れにかへりぬ帯を解く　曾我部ゆかり

屏風（びやうぶ）　金屏風　銀屏風　絵屏風　枕屏風　腰屏風　風炉先屏風　産所屏風　衝立

屏風は中国から入ったもので、はじめは、銅や木でできた衝立のようなもので、これが屏風に改良された。二曲・四曲・六曲などがあり、高さは五尺である。二枚一組のものを一双という。室内をかざるのに金屏風・銀屏風・絵屏風などの豪華なものもあるが、本来冬のさむい風をさえぎるために立てるものである。〈本意〉『続五論』に、芭蕉の「金屏の松の古さよ冬ごもり」の句をあげ、「金屏は暖かに、銀屏は涼し。これ、おのづから金屏・銀屏の本情なり」という。これは金屏風、銀屏風についてのことだが、屏風そのものは、風をふせぐ防寒の具である。

銀屏の古鏡の如く曇りけり　高浜　虚子
風音の屏風の内に聞えけり　同
古屏風の剝落とどむべくもなし　松本たかし
*今消ゆる夕日をどつと屏風かな　山口　青邨
山ざくらまことに白き屏風かな　同
銀屏の夕べ明りにひそとゐし　杉田　久女
金屏に灯火の影あるばかり　本田あふひ
金屏の金ンを放てる虚空かな　上野　泰
屏風売ゆらりと曲り荒磯道　岸田　稚魚
金屏や晶子百首をちらしたる　土山　紫牛

畳替（たたみがへ）

正月が近づくと、年用意のために、畳の表をかえて、気持を一新させるのである。〈本意〉よごれいたんだ畳をかえ、新鮮な気持で新しい年を迎えようとするところである。

又人の住みかはるらし畳替　高浜　虚子
*畳替すみたる箪笥据わりけり　久保田万太郎
青桐は柱のごとし畳替　阿波野青畝
床の間に提灯置いて畳替　石田雨圃子

畳替へし香に夜の茶を入替へぬ　山本　春子
上がる手の針大きくて畳替へ　藤村　克明
良寛にゆかりの寺の畳替　小林のりん
猫の眼のみどりに燃ゆる畳替　中野ただし

絨緞（じゅうたん）　カーペット　緞通（だんつう）

敷物に用いられ、廊下や洋室、ときには畳の上に敷く家庭もある。毛や毛を主体とする交織物なので、あたたかく、また視覚的にもあたたかい感じを与える。ペルシャ絨緞がとくに有名であり、ベルギー製も知られる。中国産のものが緞通である。〈本意〉毛織物で、あたたかいので、防寒の敷物として用いられる。

緞通に大きな靴のあとありぬ　高浜　虚子
絨毯に坐せる少女を見下すも　草間　時彦
絨毯は赤し晶子の書は古りて　石原　八束
絨毯に座せば毎日雀が来　林　　薫子
＊絨毯の美女とばらの絵ひるまず踏む　柴田白葉女
絨氈の花を隠して眠る猫　中川　蓬萊

暖房（だんぼう）　ヒーター　暖房車

室内を冬あたためる装置のことで、さまざまなものがある。スチーム・ヒーター・石炭・石油ストーブ・ガスストーブ・プロパンガスストーブ・電気ストーブなど。中では石油ストーブが部屋の自由な場所におけ、手軽で安いので、もっとも多く使われている。今日では、冷暖房をかねるルーム・クーラーがあり、喫茶店・食堂などから家庭にまで普及するようになった。〈本意〉部屋をあたためる装置で、部屋の大きさや量、種類によって、いろいろのものが使われる。今日の変化は、とくにいちじるしい。

暖房や肩をかくさぬをとめらと　日野草城
暖房や大いに咲きて桃の花　田村木国
＊煖房車乾きし洋傘(かさ)を巻き直す　内藤吐天
煖房に鍵盤を白く蓋せざる　山口誓子
煖房車黙せばいつも富士があり　加藤楸邨
人いきれヒーターいきれ窓に白し　篠原梵
スチームにとともに凭るひと母に似し　石田波郷
煖房や扉あけてやすむ昇降機　山口波津女
スチームのパイプのかすかなる曲り　加倉井秋を
大陸の綺羅星の夜を煖房車　福田蓼汀
暖房に遠く猥語に遠くをり　小池一覚
暖房や崩れてのぞくばらの蘂　秋元草日居
暖房や人を舞はしむ回転扉　井沢正江
暖房やつがれて赤き食前酒　萩原季葉
身ひとつの旅すぐ睡く暖房車　菖蒲あや
暖房の税務署をでて躓きし　藤野基一

ストーブ　石炭ストーブ　石油ストーブ　瓦斯ストーブ　電気ストーブ　暖炉　煖炉

室内をあたためる暖房の一つ。昔は石炭やコークス・薪などをたいたが、今は石油ストーブ・電気ストーブ・ガスストーブなどが主力である。石炭をたくのはだるまストーブである。北海道のルンペンストーブは火力がつよい。〈本意〉室内をあたためるための強力な暖房である。経済的な石油ストーブなどが多く使われる。

病人の頬染めて瓦斯ストーブ燃ゆ　籾山柑子
恋の身の如く煖炉に耳ほてらせ　内藤吐天
一片のパセリ掃かるる暖炉かな　芝不器男
聖母像高し煖炉の火を裾に　中村草田男
＊夜の海見て来て寄れる暖炉かな　安住敦
瓦斯煖炉黙せばひとのうち黙す　加藤楸邨
ああいへばこういふ暖炉赤く燃ゆ　景山筍吉
煖炉昏(くら)し壺の椿を投げ入れよ　三橋鷹女

煖炉灼く夫よタンゴを踊らうよ　同
ストーブに温まりゐし手と握手　星野　立子
更けゆく夜煖炉の奥に海鳴りす　阿部みどり女
何とたゝかふ心ぞ煖炉燃ゆるとき　林原　耒井
父の間の煖炉を焚けり父は亡く　山口波津女
書を措けば壁炉が照らす卓の脚　石田　波郷
壁炉照り吾子亡き父の椅子にゐる　橋本多佳子
ひとり焚く壁炉浪費をなす如し　殿村菟絲子
ストーブにビール天国疑はず　石塚　友二
空虚なる食後ストーブに靴触れゐし　榎本冬一郎
煖炉ぬくし何を言ひだすかも知れぬ　桂　信子
煖炉燃ゆわれにかへらぬものいくつ　鈴木真砂女
ストーブを据ゑる騒ぎのすぐ終る　山崎　建朔
辞書でよむアンネの日記暖炉もゆ　潮原みつる
煖炉燃えみな違ふこととしてをりぬ　林　明子
暖炉に倦むどこかの釦身より落ち　美濃　真澄

ペーチカ　置ペチカ

北欧・シベリア・満州・朝鮮などの寒冷地で用いられる暖房で、部屋の境目に直径一メートル半ほどの円柱をつくり、その中に煙道をつくる。一室にあるたき口で薪や石炭をもやすと、煙道を通って煙が煙突から抜け出る。この円柱が熱せられて部屋をあたためるのである。この円柱は耐火煉瓦や粘土で作られている。一室でもやすだけで全室があたたまり、朝と夜たくだけで一日あたたかい。〈**本意**〉満州に多いので、日本人の知るようになった暖房である。経済的で実用的だが、少しきたない。

ペーチカに蓬燃やせば蓬の香　沢木　欣一
八ケ岳くもれば灯しペチカ焚く　大島　民郎
＊暁のペチカぬくきがうれしけれ　伊藤　凍魚
ペーチカに鶏も遊べり聖家族　沢田　経生
楽鳴れば文鳥和しぬ夜のペチカ　赤塚喜美重
ペーチカや酔うて異国にゐる如し　岡　蓬草

炭（すみ）

炭火　木炭　黒炭　堅炭　軟炭（やはらずみ）　消炭　土竈炭（どがま）　炭屑　炭の香　鞍馬炭　小野炭　佐倉炭　新炭（あらずみ）　旧炭（ひねずみ）　粉炭　炭叱り（すみしかり）

木炭のこと。樹の種類・製法・用途などによってさまざまな炭があるが、黒炭と白炭、硬炭と軟炭、樹による雑丸・雑割・楢丸・楢割・楓丸・桜炭の種類などが家庭用の炭のわけ方だった。茶の湯では、枝炭・花炭・廻り炭などがある。新（あら）炭は春先までに焼く炭、旧（ひね）炭は夏から冬までねかせて売り出す炭で、炭質が円熟しているといって茶人が喜ぶ。木炭は必需品だったが、電気・瓦斯などの普及によって、ほとんど使われなくなってしまった。〈本意〉『夫木和歌抄』に、「大原や小野の炭竈雪降りて心細げに立つ煙かな　師頼」「冬来れば小野の炭焼木を負ひて時にあへりと思ひがほなる　俊成」などとうたわれている。冬のさむいときの炭焼に冬の情感をさぐっている。『改正月令博物筌』に「今、摂州池田の辺にて焼くもの、池田炭また切炭といふて、日本諸州の茶人、皆この炭を用ゆ。くぬぎにて焼くといへば、くぬぎ炭ともいふ」とあるように、炭の種類、名産地などを説く本が多い。冬の重要な熱源として、なくてはならぬものであった。

誰も居らぬと思ふ時炭を挽く音す　高田　蝶衣
なが性（さが）の炭うつくしくならべつぐ　長谷川素逝
小説も下手炭をつぐことも下手　久保田万太郎
炭をひく後しづかの思かな　松本たかし
丹念に炭つぐ妻の老いにけり　臼田　亜浪
瞑りて炭切ることよ夕間暮　川端　茅舎
＊学問のさびしさに堪へ炭をつぐ　山口　誓子
炭負のよく見れば目を瞠りゐる　加藤　楸邨
安炭のはしたなき音して熾る　富安　風生
炭挽きし汚れ夫には近づけず　山口波津女
はかり炭買ひゐるところ見られけり　森川　暁水
かんかんと炭割る顔の緊りをり　石田　波郷

夢にきし母はこち向かず炭をつげり　秋元不死男
老しづかおのが炭挽く音の中　皆吉　爽雨
炭燃やしつゝ吾が行方さだまらず　杉山　岳陽
粉炭の火掻けばたのしき真紅あり　篠原　梵
炭の香のほのかにものをこそおもへ　倉田　素商
三十を諾ひ素手に炭摑む　佐野　美智
桜炭明治の言葉うつくしき　古賀まり子
買ふたびに値の上る炭つぎにけり　川口　益広
炭ついでしづかに吾にもどりけり　芦川　源
尉となり南部の炭は美しき　菅野　春虹

炭火（すみび）　跳炭（はねずみ）　走炭（はしりずみ）

木炭の火で、むかしの暖房の火、炊事用の火であった。火鉢の火、七輪の火、炬燵の火はみな炭火であったが、今はすべてガスや電気・石油などの火に変っている。今炭火を使うのは特殊な料理用などに限られている。よくおこった炭火はあたたかい気持を与えたものである。炭火の灰を尉（じょう）と言う。火つきのわるいいぶる炭が燻り炭、はねてとぶ炭を跳炭・走炭と言う。〈本意〉炭は欠かせぬ燃料であった。炭俵・火鉢・七輪はどの家にもあり、冬は暖房用に、また年中炊事用に用いられた。その意味であたたかくなつかしい生活の火であった。

刎ね炭の上に怒りを移しけり　永田　青嵐
濡れ豆腐焼くや炭火の総紅蓮（ぐれん）　中村草田男
*見てをれば心たのしき炭火かな　日野　草城
廊暗し炭火を運ぶ僧に逢ふ　加藤　楸邨
炭はぜてうつつにかへる夜の畳　福島　小蕾
翳したる指の隙間に炭火うつくし　篠原　梵
炭はぜしのちの夫婦の何を待つ　山口波津女
己れもの言はねば炭火に呟かる　林　翔
言はざれば炭火の洞にほのほ満つ　西垣　脩
貫かん嘘美しく炭火燃ゆ　福本　竹峰
うらぶれし夜は美しき炭火かな　鷲谷七菜子
いまはむかし壺で炭火を消すことも　長谷川照子

埋火（うづみび）　炉火

よくおこった炭火に使わないとき灰をかけておく。火を使わないときや夜寝るときにして、火を長もちさせたり、翌朝の火種にしたりする。茶人の家では、除夜釜のあと、残り火に炭をたして灰にうずめ、元日の朝早く、これを掘りおこして大福茶の下火にする。これを火継ぎという。〈本意〉『和漢朗詠集』に「埋火の下にこがれし時よりもかく憎まるるをりぞわびしき　業平」があり、思いをあらわしているが、『後拾遺集』の「埋火を詠める　埋火のあたりは春のここちして散り来る雪を花とこそ見れ　素意法師」のように、あたたかさに春を連想することが多い。『山の井』には「埋火は、ゆるりと足をあぶるとも、みつがなわに居てあたるなども言ひ、炬燵の火のしをかけて、わが寒やみの身のちぢみ、顔の皺をのばすけしき、また口切のていたらく、開く囲炉裏の火花をめで、白炭と雪のまがふをあやしみ、炭取を鳥に取りなして、羽箒を羽がひと言ひ、火箸をはしに用いなす心ばへ、なほ孫持たぬ姥御前（ごぜ）は火桶を伽にだいて寝（い）ね、老いの友なき祖父御（おほぢご）は、ぜうになりたる炭頭をも憐む心などすべし」とある。芭蕉に「埋火も消ゆや涙の煮ゆる音」、蕪村に「埋火や終には煮ゆる鍋のもの」、几董に「うづみ火を手して掘り出す寒さかな」、一茶に「埋み火や白湯もちんちん夜の雨」などがある。内の思い、あたたかいものをあらわしている。

埋火や過ぎたる月日遙か見る　尾崎　迷堂
埋火やどこまで走る壁のひゞ　庄司　瓦全
掻立てゝ埋火の色動くかな　松浦　為王
孤り棲む埋火の美のきはまれり　竹下しづの女
埋火や煙管を探る枕もと　寺田　寅彦
＊埋み火やまことしづかに雲うつる　加藤　楸邨

埋み火の透きとほりたる掻きおこす　篠原　梵
埋火のごとく妻病み夜の雪　野見山朱鳥
消すまじき育つるまじき火は埋む　京極　杞陽
火を埋む老後てふものわれにありや　恩賀とみ子
さぐりあつ埋火ひとつ母寝し後　桂　信子
己が罪匿すにも似て火を埋む　松永　珠
火を埋むこころ埋むるごとくせり　橋本　鶏二
種ほどの埋火命永らへむ　近藤　一鴻

消炭（けしずみ）

火のついた炭、薪の燃えたものなどは火消壺に入れておくと消炭になる。火のつきがよいので、急いで火をおこすときに活用する。大量に作るときは水をかけて消し、かわかしておくこともあった。だが、今は見られなくなった。〈本意〉『本朝食鑑』に、「消し炭は、薪火の余燼消えて炭となす。あるひは炭火の消えて後の軽炭もまた用ゆ」とあるが、火つきが早く急場に便利なものであった。

消炭のすぐおこりたつ淋しさよ　高浜　虚子
吾子逝けり消壺の炭灰を被て　柴崎左田男
消炭のつやをふくめる時雨かな　室生　犀星
恋に似て消炭の火のはかなくて　上村　占魚
＊消炭の過去の又燃え上りけり　上野　泰
消炭の火をみちびきてかなしけれ　同
消炭の壺のありどは妻にのみ　皆吉　爽雨
消炭を夕べまつかな火に戻す　三橋　鷹女

炭斗（すみとり）　炭籠　炭瓢（ひさご）　烏府（うふ）　炭櫃（すびつ）　十能　炭箱

炭俵から炭を小出しにして入れておく炭入れのこと。手のついた四方形の箱や、竹籠、内張りのある丸い籠、宇都宮産の夕顔の実の製品などがある。茶の湯では炭斗は大切なもので夏秋の風炉用より、冬春の炉用のものの方が大きい。冬の口切り茶会では、新瓢の炭斗を使う。干瓢を二つ切りにしたものである。〈本意〉『改正月令博物筌』に「一名、烏府。炭入るる器なり。ふくべ、または籠など、いろいろあり」とある。炭を入れて身辺、火鉢などのかたわらにおくものであるから、しゃれたものが多い。

炭斗や個中の天地自ら　高浜　虚子
炭斗に漆の香あり新婚（にひめとり）　滝　春一
炭斗に楢の葉見えて炭減りぬ　水原秋桜子
炭斗のうち鮮しく日々穢る　篠田悌二郎
炭斗に炭足るほかに望なし　富安　風生
炭斗に至るまで贅尽しあり　宮田　弌葦
＊炭斗の炭の切口爛々と　山口　青邨
炭斗にしぐれに濡れし炭まじる　能村登四郎
炭斗の炭を火箸の選り好み　後藤　夜半
炭斗や母の手届く置きどころ　草間　時彦
炭箱に顔さし入れてくさめかな　富田　木歩
かたはらに炭斗のある安堵感　加倉井秋を

炭売（すみうり）　炭屋　売炭翁

炭屋がリヤカーで炭俵をはこび、台所の前で炭をひき、また山の人々が焼いた炭を馬の背や小車にのせてふれ売りにきたりした。今はまったく見られなくなった。〈本意〉『守貞漫稿』に「炭売、いにしへよりある賈か。季寄の書にも、売炭翁を載せて〈ばいたんをう〉と訓ぜり。今世三都とも、貧民小戸の、俵炭を買い得ざるもの、一升二升と炭を量り売るのみ。これを〈はかりずみ〉といふ。俵炭は店にて売るのみ」とある。冬は暖房のために、とくに消費量がふえる。それを顔のまっくろな炭屋の小僧が運んでくるわけである。

三声ほど炭買はんかといふ声す　高浜　虚子
炭売の娘のあつき手に触はりけり　飯田　蛇笏

炭売りのひそかに来たるたたら雲　石田　波郷　　己れまづ地に置き炭屋炭をひく　菖蒲　あや
＊炭売女朝かがやきて里に出づ　飯田　龍太　　生意気になりし炭屋の小僧かな　榊原　鼓天

炭俵　炭叺（すみかます）　炭すご　だつ　すみだはら

炭を入れる俵のことだが、萱や藁で編む。むしろ形に編んだものをまるめて使う。炭俵は炭がこぼれぬよう木の枝などをおいてふたとし、藁縄でたばねる。使ったあとの炭俵は、霜どけ道に敷いたり、もやして灰をつくったりする。藁むしろの叺（かます）に入れることもある。東北で炭すご、東北から九州にかけてだつということもある。〈本意〉炭を入れる俵だが、炭が冬の必需品なので、生活の親しい品物だった。使ったあとの利用もいろいろあった。

歯朶いまだ凛々しく青し炭俵　高浜　虚子　　炭俵馬ほど負ひて婚遠し　横山　万兆
炭俵立ちしまま火を放たるる　内藤　吐天　　ふかく妻の腕をのめり炭俵　能村登四郎
父の忌の雪降りつもる炭俵　大野　林火　　炭俵担ぐかたちに父逝きし　菖蒲　あや
＊くらがりに傾いて立つ炭俵　谷野　予志　　母の背にどつと日の落つ炭俵　清水　基吉
炭俵底なる暗（やみ）をつかみ出す　山口波津女　　炭俵積める頂上闇に透き　棟上碧想子

炭団（たどん）　豆炭　煉炭

木炭の粉に藁灰を入れ、ふのりの液などで丸くかため、日にほす。うずみ火にすれば火持ちがよくて便利で、ほかほかと静かにぬくもる。粘土を入れたものは熱はすくなく灰が多い。煉炭・豆炭は石炭の粉を使ったもので、火力はあるが硫黄分が出る。〈本意〉『本朝食鑑』に「炭団（たんどん）といふものあり。消炭の細末を用ひて、練りて団子となして晒し乾す。これを香炉の炭となす。その大なるものは、繍毬子の大いさのごとし。その小なるものは、枇杷の核のごとし。あるひは池田炭の末を用ひても、またこれを作る」とある。この種のものでもっとも火持ちよく、しずかなあたたかみのあるものである。

灰までも赤き炭団の火を掘りし　高浜　虚子
寄り合うて焔上げゐる炭団哉　青木　月斗
枯菊の影ひきそふや干炭団　田中　王城
＊炭団干す日和きらきら踏切まで　大野　林火
ただころがり幾万塊の炭団なり　加藤　楸邨
炎の威打ちまるめたる炭団かな　上野　泰
昼からの日ざしに乾くたどんかな　荻野忠治郎
豆炭の焔を上ぐ夜店芙美子亡し　寒川　北嶺

煉炭　れんたん

無煙炭・コークス・半成コークスを混ぜ、石灰・パルプ廃液・ベントナイトなどでかためたもの。円筒形で、内側に煙突の働きをする穴がたてにあいている。形も崩れずに、一定の温度を一定の時間保つので、長い煮物や暖房、風呂などに利用される。工業用のものもある。〈本意〉一定温度で一定時間もえるよう工夫製造した燃料で、手軽に使えるので家庭にもよく利用されてきた。

＊煉炭の十二黒洞つらぬけり　西東　三鬼
煉炭や暮しの幅に煮炊して　石塚　友二
煉炭の火口へ種子を突きおとす　秋元不死男
煉炭の眼に火が満ちて雨強まる　榎島　沙丘
濤高き夜の煉炭の七つの焔　橋本多佳子
煉炭の火の絶壁を風のぼる　斎藤　空華
外套どこか煉炭にほひ風邪ならむ　森　澄雄
煉炭を悪事なすごと煽ぎをり　小林　康治

煉炭の十二孔炎ゆもの書けと　伊丹三樹彦　　煉炭は土となり今日の事終る　吉田　胡狄

石炭（せきたん）　たん　いしずみ　岩木

太古の植物が地下に埋まり炭化したもので、炭化の程度によって無煙炭・黒炭・褐炭・泥炭とよばれる。そのまま燃料としたり、ガスや油を採取して利用したりする。石炭を燃料とすると公害が大きいので、今は重油にかわられ、石炭は使われなくなった。北海道や九州のような石炭の多い地方では、炭（すみ）とか炭（たん）と呼び、炭のことは木炭と区別して用いる。〈本意〉『和漢三才図会』に「按ずるに、石炭は筑前の黒崎村、長門の舟木村に多くこれあり。土人、山を掘りてこれを取り、もつて薪に代ふ。その気、臭し。かの地、峐（はげやま）多くして柴薪乏し。これすなはち一助となる」とある。五平太・石炭（いしずみ）・岩木・烏丹・燃え石などとよばれ、地方によっては江戸時代から用いられていた。くさいが燃料の代りになっていた。

石炭を投じたる火の沈みけり　高浜　虚子　　石炭の太古無となる炎かな　上野　泰
聖霊の御名に由り石炭を焚き添ふる　山口　誓子　　一塊の石炭くらき焔かな　栗内　京介
＊燃ゆる石炭棄てて運河の落葉照らす　加藤　楸邨　　明日が見える闇を石炭箱に満たす　寺田　京子
石炭にシャベル突つ立つ少女の死　西東　三鬼　　起重機の影が石炭山走る　島崎　芳月

炬燵（こたつ）　切炬燵　炬燵切る　炬燵櫓　炬燵蒲団　炬燵張る　火榻（くわたふ）　炬燵明　炬燵開く

炬燵には二種類あり、切り炬燵と置き炬燵である。切り炬燵は、室の中に炉を切り、上に格子組みの木の櫓をおき、蒲団をかけて、火力の逃げぬようにする。置き炬燵は持ちはこびのできる炬燵で、部屋に自由に置いて使う。日本的な暖房だが、雪国だけでなく、全国的に使われる軽便であたたかい暖房である。ほかに土製の大和炬燵、達磨炬燵があったが、こわれやすく、紙をはって補強した。十月の亥の日に炬燵をあけて愛宕の神を祭る風習を炬燵明けという。〈本意〉『和漢三才図会』に「樌(わく)を炉上に据ゑて、衣を覆ひてもつて手足を煖む。その樌、四柱ありて、重台のごとし。俗に呼びて楼(やぐら)（夜久良。一名、阿介）。すべて古太豆(こたつ)と名づく。（正字未詳）」とある。日本式の軽便重宝な暖房で、火を有効に利用し、冬にかかせぬものである。丈草に「影法師横になりたる火燵かな」、蕪村に「腰ぬけの妻うつくしき炬燵かな」、一茶に「思ふ人の側へ割り込む炬燵かな」がある。

句を玉と暖めてをる炬燵かな　高浜虚子
炬燵の間母中心に父もあり　星野立子
横顔を炬燵にのせて日本の母　中村草田男
よき衣を着てあたりゐる炬燵かな　山口波津女
淋しくもなにもなけれど昼炬燵　永井龍男
編み飽いて炬燵の猫をつつき出す　原田種茅
炬燵出づればすつくと老爺峰に向ふ　加藤知世子
*炬燵より跳ぶ吾子全身にて受ける　沢木欣一
折鶴の空を漂ふ炬燵かな　徳永山冬子
切炬燵夜も八方に雪嶺立つ　森澄雄
心労の膝さし入るる炬燵かな　服部京女
炬燵してしばし一途に子に教ゆ　大津希水
炬燵嫌ひながら夫倚る時は倚る　及川貞
籠りゐて一つの炬燵生簀めく　横山万兆

置炬燵(おきごたつ)

炬燵櫓を小さくして底に板を張り、そこに火容(ひいれ)をおいて、持ちはこびのできるようにしたもの。これを敷き布団の上において、夜寝るのに使ったり、畳において日常あたたまるために使ったりする。今は電気の炬燵が普及し、赤外線炬燵などと言い、冬季以外はテーブル代りにもなっている。〈本意〉『年浪草』に「置火燵は、便に随ひて処々にこれを置き用ふるものなり」とあるが、移動の簡単な便利な暖房である。芭蕉の句に「住みつかぬ旅の心や置火燵」がある。切炬燵でないところがおもしろい。

我よりも老行く妻や置火燵　佐藤　紅緑
＊落つる日の障子見てをり置火燵　本田あふひ
うたゝねの夢美しやおきごたつ　久保より江
濤音へあけて炭つぐ置炬燵　石田　波郷
隠栖の松荒れてよし置炬燵　石橋　秀野
置炬燵独り言にも馴れて住む　時田志華絵
秘めごとをもてあそぶなり置火燵　鈴木　詮子
北国や玄関にもある置炬燵　中田　秋平

囲炉裏　ゐろり　炉明（ろあかり）

農家では床の一部を大きな炉にして、薪や榾を燃やし、暖をとるとともに、煮たきもしている。「居る」の延音が囲炉裏だといい、囲炉裏はあて字ながら、団欒の雰囲気をよくあらわしている。主人の座のほかに横座・嬶（かか）座・向（むこう）座・木尻と、坐る場所がきまっている。〈本意〉炉で火をたき、暖をとり、煮たきをして、一家が団欒するのである。一年中の団欒の場だが、厨や居間に解体してゆくのが現状である。冬の間の暖をとる場所として冬の季になる。召波に「大原女の足投げ出してゐろりかな」、一茶に「飛驒山の入日横たふゐろりかな」がある。

火の消えた石の囲ろりの寒さかな　大野　酒竹
＊火の色の夕間暮来る囲炉裏かな　小杉　余子
松笠の真赤にもゆる囲炉裏かな　村上　鬼城
とどまらぬ齢のなかの炉のあかり　木附沢麦青
膝頭熱くて囲炉裏ゐざりけり　池上不二子
囲炉裏の農夫一度だまれば黙深し　福田　紀伊

酔まはり来ればゐろりもよく燃ゆる　柏木　白雨
ゐろり火に酒煮る竹の筒新らし　坂牧　周祐
炉明りを分つ余生の影二つ　国吉　尚子
囲炉裡火や雪の牡丹に客ありて　谷嶋　澪子

炉(ろ)　煁(ひたき)　炉火　炉点前(ろてまへ)

普通の囲炉裏を炉と呼ぶことが多いが、正しくは茶道の炉を指す。寸法は畳面一尺四寸四方。内測一尺。深さ一尺二寸。聚楽土で塗り、炉縁をかけ、灰を入れ、五徳をすえて釜をかける。炉を前にして茶を点てるのが炉点前で十一月から四月にわたる。そのあとは風炉(ふろ)となる。〈**本意**〉『和漢三才図会』に「地炉(すびつ)（和名、炭櫃の略）茶の湯にこれを用ふ。ただ〈炉〉と称す。方、一尺四寸（内方、九寸六分）」とある。もとは庶民が薪をたいていたものを都会の富む者は炭火にして煙のたたぬ炉とした。その炭の炉が室町時代の末に茶の湯にとり入れられて侘茶となった。茶道の炉は庶民のものの芸術的に洗練されたものである

炉ほとりの空気いと澄む別れかな　原　月舟
炉火ぬくく骨身にとほる寝起きかな　飯田　蛇笏
炉をきつて出るや椿に雲もなし　同
父母は目出度きことに炉火にあり　前田　普羅
*誰もゐぬ炉火うつくしき座に通る　山口　青邨
僧死してのこりたるもの一炉かな　高野　素十
いろいろのものに躓き炉火明り　同
炉仕事や湿気てふぬけの風邪薬　富田　木歩
炉辺に聞くこの家の子の夢泣きを　大野　林火
神代より独りゐまじく炉ありけむ　林原　耒井
炉火いよよ美しければ言もなし　松本たかし
いちにちのたつのがおそい炉をかこむ　長谷川素逝
父と子と炉に寄ることもなくなりぬ　加藤　楸邨
つひに来ず炉火より熱き釘ひらふ　橋本多佳子
炉の部屋を常に散らかし親しめり　山口波津女
炉にひとりこころ足るまで紙燃やす　目迫　秩父
炉の火色見てもふるさとなつかしや　重田　暮笛
炉火赤し犬わが膝に顎をのせ　福田　蓼汀

炉の妻の膝の公教要理かな　景山　筍吉
炉帚のなにかかなしげに減りつつあり　細谷　源二
芋粥を人にもすすめ炉にをりぬ　平賀　静浪
雀らに雀色時炉火ほしや　石野　兌
炉火青し口づけ給ふまぶたの上　小坂　順子
背なといふものの淋しさ炉を囲む　菅原　独去

榾(ほた)　ほだ　根榾(ねほだ)　榾火(ほたび)　榾明(ほたあかり)　榾(ほだ)の主(ぬし)　榾(ほた)の宿(やど)　かくい

囲炉裏にくべる燃料で、木の枝や木の根などだが、木の根のほしたものやごろんとした木は火力つよく火持ちがよいので、榾の中心的なものになる。根をとくに根榾と呼ぶ。榾を焚いている家が榾の宿、その家の主人が榾の主である。〈本意〉『歯がため』に、「榾は、木の根なり。かくいは、切株なり。いづれも、山家に焚きて寒を凌ぐ助とするなり。〃榾〃は、連俳、夜分なり。〃かくい〃は、俳諧のものなり。その沙汰にも及ぶまじきか」とある。暁台に「親と子の浮世を語る榾の影」、一茶に「おとろへや榾折りかねる膝頭」がある。木の根が中心で、木の枝などがその火つけを助ける。

榾の火の大旆のごとはためきぬ　高浜　虚子
大榾にかくれし炉火に手をかざす　前田　普羅
榾尻に細き焔のすいと出で　高野　素十
＊大榾をかへせば裏は一面火　同
そのなかに芽の吹く榾のまじりけり　室生　犀星
ふとしたることより榾火よく燃ゆる　星野　立子
黙々と榾火明りに物食ふ顔　加藤　楸邨
大榾のおのが覆りて燃えつづく　皆吉　爽雨
大榾の骨ものこさず焚かれけり　斎藤　空華
とろ〳〵と機嫌の榾となりにけり　田村　木国
大榾の突きはなしたる焔かな　橋本　鶏二
炉の榾のやせ臑ほどになりて燃ゆ　下村　梅子
ひといろの火のゆらぎをる榾の宿　上村　占魚
榾足すや馬屋に馬の顔うるみ　村上しゆら

火桶　ひをけ　桐火桶　火櫃

桐の木をくりぬき、真鍮などを内側に張って桶とし、外側は、よく木地をみがいたり、色彩をほどこし、絵をえがいたりしたもの。絵のあるものは絵火桶である。清少納言の『枕草子』にも出てくる。〈本意〉『年浪草』に「火桶、古製の図に、内は真鍮等の金にて張り、外は桐木をくりたるを室とし、あるひは木地、あるひは箔にてたみ、その上に彩色の絵をかきたるものなり」とある。火鉢の古いものと考えてもよいだろう。丸火鉢の一種である。蕪村に「桐火桶無絃の琴の撫でごころ」がある。

＊死病得て爪うつくしき火桶かな　飯田　蛇笏
山川と古りたるものに火桶かな　吉田　冬葉
金沢のしぐれをおもふ火桶かな　室生　犀星
老の手のわななきかざす火桶かな　松本たかし
父酔うてしきりに叩く火桶かな　同
火桶にて天城の炭火うつくしき　水原秋桜子
火桶に手思ひ出せなきことばかり　星野　立子
塗火桶友も年の手かざすなり　及川　貞
火桶抱く三時といへば夕ごころ　皆吉　爽雨
火桶それぞれ久に相見し指のべて　赤城さかえ

火鉢　ひばち

金属製・陶磁器製・木製などいろいろあり、手をあぶりあたたまる暖房の一種。長火鉢・箱火鉢・角火鉢などは木製だが、とくに調度品になる。藁灰や灰を入れて炭火をいける。五徳を立てて、鉄瓶をかけておくことができる。ただし、炭火の使用が激減し、電気・ガス・石油などが使われる今日では、ほとんど見られなくなった。〈本意〉火桶のあと用いられはじめたもので、冬の必需の手あぶりであった。しかし今は時代おくれの暖房となってしまった。

いつも人のうしろに居りて火鉢なし　村上鬼城
かの巫子の手焙の手を恋ひわたる　山口誓子
紅葉の賀わたしら火鉢あつても無くても　阿波野青畝
雑炊の腹ごぼと鳴る火鉢かな　富田木歩
室の闇まろく切り取り火鉢ゐぬ　林原耒井
火鉢あつしギリシャ神話をきかさるる　阿部みどり女
*かざす手の珠美しや塗火鉢　杉田久女
幾人をこの火鉢より送りけむ　加藤楸邨
亡き友ら来やすかるべく古火鉢　同
古火鉢買ひぬ書斎とはやなじむ　田中灯京
講茶屋のつねはひまなる火鉢かな　川上梨屋
夜もすがらわが子をみとる火鉢かな　加藤覚範
手をおいて心落つく大火鉢　五十嵐播水
師の火鉢わが哀歓をみな知れり　溝口青於
足袋あぶる能登の七尾の駅火鉢　細見綾子
転業を考へて居り股火鉢　栗原狂山

助炭（じょたん）

箱状の木の枠の周囲と天井の五面に和紙を何枚もはり、火鉢や炉の上にかぶせる。火持ちをよくさせる。柿渋をぬったり、絵を描いたりしていた。このほか、製茶用の焙炉（ばいろ）の上にのせる木框のことや茶炉（ふろ）をおおう雪洞をこのように呼ぶ。〈本意〉『改正月令博物筌』に「助炭は炭を助くるといひて、炉の覆ひのことなり」とあるが、火気を散らさず、火持ちをよくするためのもの。

*鉛筆で助炭に書きし覚え書　高浜虚子
妻は今日芝居の留守の助炭かな　岡本松浜
助炭の絵どうやら田舎源氏らし　阿波野青畝
窓しめて雪空遠き助炭かな　長谷川春草
二日ゐてなじめる茶屋の助炭かな　同
穴ありて湯気のもれゐる助炭かな　大橋桜坡子
ぬくもりし助炭の上の置手紙　今井つる女
うす〳〵と裏に字の透く助炭かな　由井艶子

手焙　てあぶり　手炉

小さな火鉢で、手をあぶるのに使うが、膝にのせられるほどのものもある。陶器・瓦・金属などで作る。ふたに穴のあいているもの、つるやひもをつけて持ちやすくしたもの、籐のかごをかぶせたものなどある。〈本意〉『年浪草』に「手炉・手焙は、火炉（ひばち）の小なるもの、形状数品あり」とある。小さくて手をあたためるに軽便な火鉢、お寺の法事などでよく使われた。

手あぶりに僧の位の紋所　高浜　虚子
かの巫子の手焙の手を恋ひわたる　山口　誓子
*彫金の花鳥ぬくもる手炉たまふ　皆吉　爽雨
舢舟の手焙ぬらすにはか雪　羽田　岳水
いでゆきし後手焙をひとり撫づ　篠田悌二郎
手焙や身に毒なものばかり好き　久永雁水荘
手炉撫でゝ山の嵐をきゝにけり　宇田　零雨
手あぶりや父が遺せる手のぬくみ　北　さとり
縁談や手焙の灰うつくしく　萩原　記代
手炉の火も消えぬお経もここらにて　森　白象

行火　あんくわ　ねこ　猫火鉢　電気行火　電気蒲団　電気毛布

箱形に土を焼いたもので、上の方は角をとってまるみをつけ、三方には穴をあけ、他の一方は火入れを出し入れする口になっている。上に蒲団やどてらをかけて、手足をあたためる。木製のものもある。猫火鉢というのは、招き猫の形に作った今戸焼きの火鉢で、上のふたをあけて炭火を出し入れする。寝床に入れて病人や老人の足をあたためるもの。今は電気製品が多様に出まわり、電気行火・電気蒲団・電気毛布などいろいろと便利である。〈本意〉行火は安火とも書くが、持ちはこびができるという意味の「行(あん)」であろう。移動できる軽便な暖房用具である。炭火に灰をかけて、長く保温して用いた。手足をあたためる。

*子等の来て忽ちさます行火哉　岡本　機柳
年迫る帳場に見ゆる行火かな　八幡城太郎
酔ふほどに行火のあつき雪夜かな　小杉　余子
妻へも這ふ電気行火の赤き紐　細井　将人
海苔舟の海苔によごれし行火かな　中筋　味竿
飯時になれば目覚めぬ安火猫　佐藤　紅緑
ペンの走り固しとおもひ行火抱く　臼田　亜浪
祖母小さし行火に顎をのせかけて　吉住白鳳子

温石(をんじやく)　塩温石　焼石

石を焼いて、布につつみ、身体にあてて、あたためるもの。石には蛇紋石・温石石（長野県高遠辺の黒い石）・瓦・軽石などがあり、こんにゃくなどもゆでて用いられた。塩温石が本来のものといい、土塩の結晶したものを焼き、また石を塩に包んで焼いたりした。〈本意〉あたためた石で暖をとるのだが、腰痛や腹痛などにも効果があった。これが用具化したものが懐炉である。

草庵に温石の暖唯一つ　高浜　虚子
*温石のたゞ石ころとさめにけり　野村　喜舟
温石の抱き古びてぞ光りける　飯田　蛇笏
温石や衾に母のかをりして　小林　康治
温石を焼く火とぼしき夜更かな　鎌倉　静林
温石の冷えて重しや坐業了ふ　木附沢麦青

足温め(あしぬくめ)　足焙(あしあぶり)　足炉　足温器

鋳物製、蓋はすかし模様で、足をのせる大きさで、炭火を入れ、机の下におき、自動車の中や床屋の椅子にもとりつけた。今は電気によるもので、ほかに、電気スリッパのようなものもある。〈本意〉冬につめたい手足のうち、手はうごかねばならぬので、足の方をあたためるためのもの。

＊足焙りしづかに足を踏みかゆる　田村　木国
易きことより片付くる足炉かな　中村　君沙
踊子の足炉して待つ出番かな　古川　芋蔓
足温器いよいよまろし工女の背　西谷　義雄

湯婆　たんぽ　湯たんぽ　懐中湯婆

ブリキ、陶、ゴムなどで作った保温器で、中に熱湯を入れ、布でくるんで寝床に入れる。かめの子型や半円形のものがある。〈本意〉『和漢三才図会』に「湯婆　太牟保。唐音か。按ずるに湯婆は、銅をもつてこれを作る。大きさ、枕のごとくして、小さき口あり。湯を盛りて褥傍に置き、もつて腰脚を煖む。よりて婆の名を得たり。竹夫人とこれと、もつて寒暑懸隔の重器たり」とある。寒さの折の、身辺の必要品であることをおもしろく記す。

碧梧桐のわれをいたはる湯婆かな　正岡　子規
＊湯婆や忘じてとほき医師の業　水原秋桜子
湯婆の一温何にたとふべき　高浜　虚子
湯たんぽより吾子著しく堆くねむる　篠原　梵
寂寞と湯婆に足をそろへけり　渡辺　水巴
熱湯をむさぼりこぼすたんぽかな　西島　麦南
湯婆入れて錦の夜着のふくれかな　岡本　松浜
湯婆抱く余生といふは佗しくて　栗生　純夫
みたくなき夢ばかりみる湯婆かな　久保田万太郎
湯たんぽの湯はことどもりして吐ける　中野　茂人
老ぼれて子のごとく抱くたんぽかな　飯田　蛇笏
湯たんぽについて寝にくる子供かな　笹原　耕春
生涯のあはたゞしかりし湯婆かな　村上　鬼城
ゆたんぽに足あたたかく悲しかり　三浦　ふみ

懐炉(くわいろ)　懐炉灰　懐炉焼(やけ)

鉄板で作った容器に火をつけた棒状の懐炉灰を入れ、懐中してあたたまる。白金懐炉は、揮発油を綿にしみこませて点火するもので、新しいタイプのもの。和服を着るとき、胸のあわせ目に入れることが多く、いつも使う人にはそこに火傷の跡ができる。それが懐炉焼である。〈本意〉『年浪草』に「懐炉は、湯婆・温石の類、病身虚弱の人、冬日懐を煖むるの炉なり」とある。温石の発達したもの。

三十にして我老いし懐炉かな　正岡子規
懐炉冷えて上野の闇を戻りけり　同
*明けくれの身をいたはれる懐炉かな　高浜虚子
老骨の背中に入るゝ懐炉かな　池内たけし
句をえらみてはちかむ死か銀懐炉　飯田蛇笏
古妻の懐炉臭きをうとみけり　日野草城
むら肝のおとろへを知る懐炉かな　阿波野青畝
父の忌の朝より母の懐炉灰　石川桂郎
入れて来し懐炉があつし映画館　及川貞
老妓ともいはるゝはずよ懐炉負ひ　下田実花
みぞおちの懐炉があつし川を見る　田中午次郎
年老いぬ懐炉を買つてくれしより　長沢石猿

飯櫃入(おはちいれ)　飯櫃(おはち)蒲団　ふご　櫃入(ひついれ)

別名ふご。藁を厚く編んだもので、中に飯櫃を入れ、藁のふたをかぶせる。売りあるく者もあり、荒物屋にもならんだ。〈本意〉飯の冷えるのを防ぐために作ったもの。『守貞漫稿』に「京坂にては〈おひついれ〉、江戸にては〈おはちいれ〉、ともに飯器を納むる器をいふ。冬月、飯の冷めざるに備ふ品なり。古くよりあるにはあらざるべし。京坂は、飯器に応じて楕円に製造す」

とある。

＊飯櫃入渋光りとも煤光りとも　高浜　虚子
買物の国旗とお櫃入届く　赤星水竹居
兄妹疎遠母のむかしの飯櫃入　石川　桂郎
ひる頃の日がさしこむやお櫃ふご　稲田　黄洋
飯櫃入嫁家の香に馴るゝまで　門司　昂
妻留守のふごの温みのうらがなし　伊藤　機久

炉開（ろびらき）　開炉節　煖炉節

冬用意に、炉や炬燵をひらくこと。京都では陰暦十月朔日、または十月中の亥の日をえらび、火を入れはじめた。亥は極陰なので、陽の火を伏せるという。今日では、普通、十一月半ばから十二月初めに開く。茶道では、晩秋の風炉名残の茶会のあと、陰暦十月一日、あるいは立冬、あるいは亥の日に開いた。〈本意〉『滑稽雑談』に「今、和俗において炉開と称して一日（註、十月一日）に称するは、茶道によれり。四月朔日より九日晦日まで風炉を用ひ、今日より地炉を開きて茶を賞するなり。中華の故事においておのづから合するか。また、俗間の火燵を切るは、今日に限らず、亥の日に多くあくる」とある。風炉のあと、地炉をひらくことであり、一般もそれにならうわけである。芭蕉に「炉開きや左官老い行く鬢の霜」、蕪村に「炉びらきや雪中庵の霰酒」がある。

炉開や我に出家の心あり　正岡　子規
炉開きやしづかに灰の冷えてゐし　野村　喜舟
＊炉をひらく火の冷え〳〵と燃えにけり　飯田　蛇笏
炉開いてとみに冬めく畳かな　日野　草城
炉開いて美しき火を移しけり　同
炉開けば遙かに春意あるに似たり　松本たかし
開かれし炉あり炉辺に何もなし　同
炉開いて重き火箸を愛しけり　後藤　夜半

炉開も老のすさびの一事たり　大橋越央子
開かれし炉にあり父に似たりけり　藤後　左右
炉開きしその夜の雨も聴くべかり　上村　占魚
炉開きやいくさなかりし日のごとく　加藤知世子

口切（くちきり）　壺の口切　内口切（ないくちきり）

晩春ごろ精製した新茶を壺に入れ、口を封じて一夏をこさせたあと、初冬のころ人を招いて席上口を切り、茶臼でひいて、自ら飲み、一同で飲む。これが一年でもっとも大切な茶会である。いまは十二月初旬ごろ。調度をすべて新しくする。〈本意〉『日次紀事』に十月として、「この月、良賤各々茶会を催し、親戚朋友を饗応す。これを〝壺の口切〟といふ。今月資始（なしはじめ）、臘月に至る。およそ膳食を会席と称し、家の豊倹に随ひ、佳肴美味を求めてこれを調じ、椀・折敷に至るまで、これを一新す。（中略）掛物・茶器も、分に随ひてこれを改む」などとある。今年茶を飲む一年中でもっとも晴れの茶会の行事である。芭蕉に、「口切に堺の庭ぞなつかしき」、几董に「口切りやある夜の客に芝居者」がある。

口切の文や橙黄ばむなど　石井　露月
＊口切りに残りの菊の蕾かな　松瀬　青々
口切や招かれて行く誰々ぞ　岩谷山梔子
口切の封も奉書もまつたき白　佐野　美智
口切や村に一人の有楽流　武田無涯子
口切やくくくくと鳴る博多帯　鶴丸　白路

敷松葉（しきまつば）

茶室の露地庭には、冬は苔のあるところに霜雪よけのため、松葉を敷く。青松葉を煮沸して赤く干しあげたものを使う。霜が降る前からはじめ、苔の芽ぶく二、三月頃まで敷く。はじめは厚く、のちうすくしてゆく。料亭や茶席の庭にも敷いて、味わいを出す。〈本意〉苔庭の保護のためもあり、またおもむきを庭に与えるものでもある。寒気がゆるむとうすくしてゆくという手のこんだ配慮である。

＊庭石の裾のしめりや敷松葉　高浜　虚子
松葉敷ける庭の師走の月夜かな　籾山　梓月
腰窓の障子灯る敷松葉　富安　風生
墓小さくして敷松葉してありぬ　星野麦丘人
敷松葉して方丈の大障子　中田黄葉子
よく見れば時雨れてゐるや敷松葉　安田　蚊杖
敷松葉してどの部屋も静かなり　下田　実花
石蕗の葉の青々と敷松葉かな　古川　芋蔓

湯気立て　ゆげたて

火鉢、ストーブの上などに、鉄瓶・やかん、あるいは洗面器をのせ、湯気をたたせる。このようにして部屋の空気の乾燥を防ぎ、のどをいためたり風邪をひいたりするのを防ぐ。病人がいる時には、湿気を保つのを忘れてはならない。〈本意〉日本は冬湿度が低くなり、部屋は暖房すると余計に湿度がさがるので、風邪になる原因になる。それを防ぐために湯気を立てるのである。あたたかくもなる。

湯気立てて柱時計のくもりたる　高浜　虚子
湯気立てゝひそかなる夜の移りゆく　清原　枴童
＊湯気たてて起居忘れし如くなり　松本たかし
湯気立ちつ舞ひつ産後の髪撫でてやる　中村草田男
ほしいまゝ湯気立たしめて独ゐむ　石田　波郷
子の歌も湯気吹く音も夜々おなじ　谷野　予志
湯気立てゝ故人を待てるごとくなり　五十嵐播水
湯気立てて今宵は母と話すなり　荻野　暁江

吸入器（きふにふき）

アルコール・ランプで食塩水や重曹水・硼酸水を熱し、蒸気にして噴出する器具で、かぜをひいて、のどがいたかったり、かわいた咳がでるとき、この蒸気を吸入して治療する。昭和のはじめまでは、各家庭にそなわっていた。〈本意〉現在は使われないが、風邪のためいたんだ気管支をなおすために、吸入がよくおこなわれた。独特のものものしい雰囲気のものであった。

＊吸入器地獄のごとく激すなり　山口　誓子
すでに子の目の濡れて待つ吸入器　白岩　三郎
考えてをる顔ならず吸入器　阿波野青畝
吸入器槐多亡き夜を激すなり　小川枸杞子
吸入の妻が口開け阿呆らしや　山口　青邨
吸入の吾子ほめられてゐて必死　榑沼　清子
吸入の一心生毛ぬらしつつ　川島彷徨子

日記買ふ（にっきかふ）　新日記

年末がくると本屋、文房具屋の店先には、来年度の日記がたくさん並んで人目をひく。ふだん日記をつけない人も、つけようと思って買ってみたりする。何か希望や期待をはらみ、明るい夢のあることである。〈本意〉新年をむかえる年用意の一つ。新しい年への期待とゆめが、日記をたのしいものにふくらませる。

＊我が生は淋しからずや日記買ふ　高浜　虚子
実朝の歌ちらと見ゆ日記買ふ　山口　青邨
店先を掘り返しをる日記出づ　富安　風生
人波のここに愉しや日記買ふ　中村　汀女

日記買ふ只それだけの用持ちて　今井つる女
新日記生れたる日を開けてみる　山口波津女
われ買へばなくなる日記買ひにけり　池上浩山人
日記買ひ潮ながるるを見てゐたり　猿山　木魂
はなやかな若き日もなく日記買ふ　財家しげゆき
来し方の美しければ日記買ふ　赤松　蕙子
母にのこる月日とならむ日記買ふ　古賀まり子
日記買ふ未知の月日にあるごとく　中村　秀好

賀状書く（がじやうかく）

賀状とだけならば新年の季題だが、年末のうちにその賀状をすこしずつ、あるいは集中的に書いてゆくのである。お年玉つきの年賀はがきが郵便局で売り出され、一定期間までに投函すれば、一月一日の消印で配達される。短歌・俳句を書き、版画をおし、印刷を工夫するなど、たのしいものが多く、また宛名の人にいろいろの思い出や思いがこめられて、なつかしく心のこもった作業となる。〈本意〉年末におこなう年用意の一つ。あわただしい年末の生活の中での、なつかしさのこもる仕事である。

うつし身の逢ふ日なからむ賀状書く　渡辺千枝子
賀状書きならべていよよ古畳　浦野　芳南
*横顔の記憶ぞ慥か賀状書く　谷口　小糸
年賀状書かんと幾度も手を洗ふ　次田　美園

暦売（こよみうり）　暦配り

今はみなカレンダーになって、十二月には会社や商店などで配るので、いくつも家にたまるようになる。多くは月めくりや一年が一枚にならんでいるもので、時には日めくりの日暦が売られていたりする。だがこれらは暦売というにはあまり似合わず、やはり、干支九星の昔の暦が暦売にふさわしい。これは神社や各地方で作られ、朝廷や幕府の許可のもとに編集されたものだが、のち神宮暦に統一される。使丁が箱をかついで暦を売り歩いた神社が多かったが、老婆が立ち売りしたりしていた。今は書店に出されたりして、雰囲気がまったくかわってしまった。〈本意〉『日次紀事』に十一月として、「この月、南都幸徳井賀茂氏、来年の新暦ならびに各々の年筮および方違等の勘文を禁裏・院中・諸家に献ず」と記し、十二月として、「この月、大経師、新暦を良賤の家に頒つ。あるいはまた、新暦ならびに明年十二月の星仏・歳八卦等のもの、市中に売る」と記す。年末を迎える厳粛な行事だったわけである。

暦売夢判断も取揃へ　高浜虚子
火の島やその日帰りの暦売　藤後左右
今日もまた雪の気配や暦売　久保田万太郎
暦売るリア王のごと地に座して　草間時彦
*人波の流れやまぬに暦売　富安風生
暦売しばらく雨にぬれにけり　村山古郷
さし出してばら／＼吹かれ暦売る　皆吉爽雨
あしもとに闇濃くためて暦売る　田代香代子
街燈の影の二重に暦売　米沢吾亦紅
胼の手に暦売るより外なきか　神山杏雨

暦の果（こよみのはて）　暦の終　暦の末　巻き尽す暦　巻き果（はつ）る暦

新しい暦を買っても、まだ古い暦が数日間は必要になる。日めくりの暦だと、残りすくない一年の名残りが一番実感できる。昔は、軸物の暦が使われたので、「御こよみも軸もとになりぬ」（『蜻蛉日記』）という表現があった。右から巻いてゆくので、十二月は、軸もとになるわけで、巻き尽す暦ということばにもなる。〈本意〉『をだまき綱目』に、「驚ク二暦ノ左ニ一年の末になれば、暦を見るに、左に少きに驚くとなり」とある。どのような暦でも、一年単位のものは、感じ方は多少ちがっても、残り少ないことに感慨がうまれる。

自嘲して暦の果の落首かな　岡野　知十
下宿の壁「セーヌの冬」の暦果つ　荻野　泰成
親あるうち癒えむとおもふ暦果つ　木村　蕪城
隠栖のつましき月日暦果つ　田中　紫紅
ゴヤの裸婦一枚残し暦果つ　井桁　蒼水
喪ごころの深まる暦果てにけり　小坂　順子
＊息災の月日の暦果てんとす　辻本　青塔

古暦（ふるごよみ）

正しく言えば、年が改まったあとの去年の暦のことを古暦というのだが、普通、年がおしつまり、新しい来年の暦も用意された頃の、使いなれてきた今年の暦も古暦という。使いふるびて、もう古い暦という感じをあらわす。〈本意〉『滑稽雑談』に、「暦は、……元日より大晦日、日々用ひ来たりて、はや大年の日は、明日元日の暦をこそ見るべけれ、今年の暦ははや無用のものとなりゆくなり。二度用ひらるるものにあらず。明日は元日となりては、去年の暦は古きという沙汰にも及ばぬ反古なり。今日まで用ひて、明日すなはち古くなるゆゑ、〈古暦〉を歳暮に用ひたるものなり」とある。大年にかぎらず、もうすこし前から、新年を意識して、古さを感ずるのである。

大安の日を余しけり古暦　高浜　虚子
古暦日々の消えゆくたしかさに　井沢　正江
＊古暦水はくらきを流れけり　久保田万太郎
茶を汲めば風音遠し古暦　鷲谷七菜子
古暦とはいつよりぞ掛けしまま　後藤　夜半
古暦ひとに或る日といふ言葉　長谷川照子
逢ひし日のこの古暦捨てられず　稲垣きくの
古暦焚く束の間の焔なりけり　菊地　久城

焚火（たきび）　大焚火　庭焚火　山焚火　野焚火　磯焚火　朝焚火　夕焚火　柴焚　落葉焚　焚火跡

冬、あたたまるために枯れ木などを燃やす。その火にあたっている情景には親しみがある。神社、寺院の落葉焚き、畑や山中、海辺での農夫や木樵、漁夫の焚火、工事場での大工、土工の焚火、さまざまな印象の焚火がある。〈本意〉暖をとるための火で、冬らしい人間味のある情景である。

*焚火かなし消えんとすれば育てられ　高浜　虚子
一人退き二人よりくる焚火かな　久保田万太郎
紙屑のピカソも燃ゆるわが焚火　山口　青邨
とつぷりと後ろ暮れゐし焚火かな　松本たかし
鶏頭を目がけ飛びつく焚火かな　同
ねむれねば真夜の焚火をとりかこむ　長谷川素逝
河の水やはらかし焚火うつりゐる　飛鳥田孋無公
焚火火の粉吾の青春永きかな　中村草田男
日雇の焚火ぼうぼう崖こがす　西東　三鬼
隆々と一流木の焚火かな　秋元不死男
安達太郎の瑠璃襖なす焚火かな　加藤　楸邨
炎皆大地に沈む焚火かな　橋本　鶏二
火を焚けば運河にうつり且ひゞく　榎本冬一郎
若ものとみれば飛びつく焚火の秀　能村登四郎
夕焚火あな雪ぞ舞ひ初めにけり　石塚　友二
育ている棒に焚火の燃えきたる　北　山河
柿の葉をその木のもとに焚く煙　甲田鐘一路
わめきつゝ海女は焚火に駈け寄りぬ　稲垣　雪村
悪相となりいて親し夜の焚火　山本　紫黄
落葉焚きゐてさざなみを感じをり　石原　八束
焚火中身を爆ぜ終るもののあり　野沢　節子
雨の焚火吾が手をかざす隙間なし　岩田　昌寿
山鳩の鳴くや焚火の音の中　目迫　秩父
ひりひりと虜にし響かふ焚火かな　青木　敏彦

牡丹焚火（ぼたんたきび）　牡丹焚く　牡丹供養

牡丹の老木の幹は枯れぬが枝は枯れるので、その枝をあつめて、初冬の頃、焚き、供養の意をつくす。福島県須賀川市の牡丹園の牡丹焚火が有名で、十一月中旬の夕方から、木のわくに砂土を入れた炉床でおこなう。吉川英治の『宮本武蔵』の一場面に使われ、北原白秋に「須賀川の牡丹の木（ぼく）のめでたきを炉にくべよちふ雪降る夜半に」の歌があり、また原石鼎の牡丹焚火二十句が知られる。〈本意〉牡丹の節季が初冬なので、牡丹の木への供養の気持からはじまった焚火で、歳時記への収録は昭和五十三年からである。

＊煙なき牡丹焚火の焰かな　原　石鼎
牡丹焚火園にゆかりの漢たち　高久田橙子
牡丹焚火父の火の色見えて来ぬ　森川　光郎
北斗祭るかむなぎこころ牡丹焚く　柳沼破籠子
牡丹焚く宙に青衣の女人の手　平井　照敏
牡丹焚く宙にちちははみんなゐて　同

火の番（ひのばん）　火の用心　夜廻り　夜番　番屋　火の番小屋　夜番小屋　夜警　寒柝

冬の夜、火の用心や夜番のため、町内を、拍子木や太鼓を打ってまわった。江戸時代からおこなわれ、火事装束で金棒をひいて歩いた。夜番の寒夜の拍子木の音を寒柝という。今ものこっている風習で、今は防寒服を着て拍子木を打って歩く。〈本意〉火の用心と呼ばわりながら、冬の夜町内をまわるが、同時に犯罪の防止のための警戒にもなった。

火の番の障子に太き影法師　高浜　虚子
寒柝をうちゆくは河隔てをり　岡本　圭岳

夜番の柝この世の涯に聞えつつ　山口　誓子
＊水枕中を寒柝うち通る　同
町を行く夜番の灯あり高嶺星　松本たかし
街角に触れて消えたる夜番かな　石田　波郷
跫音の老いしとおもふ夜番かな　西島　麦南
寒柝を打てば星屑こぼれつぐ　相生垣瓜人
寒柝が忘れしころに戻り来る　山口波津女
寒柝を打つて響に守られゆき　野沢　節子
夜廻りの一足づつに雪哭くよ　村越　化石
霧を来て夜番は人をいぶかしむ　三宅　草木

火事（くわじ）　大火　遠火事

火事はいつでも起るものではあるが、やはり、暖房に火を使う冬は、火事の多い季節であるといえよう。〈本意〉江戸では火事がおこると必ず大火になったというが、消防設備の進歩した今日でも、地震による火事、とくに冬の火事が心配されている。遠火事は、自分のところに及ばない遠い火事で、ゆとりをもって見られるのがかなしい。

映画出て火事のポスター見て立てり　高浜　虚子
火事といへば神田といへば大火かな　松根東洋城
三度火事に逢うて尚住む神田かな　岡本　松浜
火事見舞あとからあととふえにけり　久保田万太郎
＊寄生木やしづかに移る火事の雲　水原秋桜子
火の中に落つ火のぼる火火事の窓　大橋桜坡子
遠き火事哄笑せしが今日黒し　西東　三鬼
火事を見る胸裡に別の声あげて　加藤　楸邨
焼跡の夜火事の雲や押しこぞり　石田　波郷
火事跡に横丁の跡鶏あゆむ　秋元不死男
泣く人の連れ去られゐし火事明り　中村　汀女
火事を噴きあげては町の密集す　百合山羽公
火事遠し白紙に音のこんもりと　飯田　龍太
火事跡に鮮しき朝の牛乳壜　高島　茂
暗黒や関東平野に火事一つ　金子　兜太
また青き夜天にかへる火事の天　谷野　予志

雪沓（ゆきぐつ）　藁沓　深沓　爪籠（つまご）

雪のときはくもので藁でつくる。長靴のようなもののもっと浅いものもある。爪籠は、藁の紐や真田紐で編上靴のように結ぶものをいう。雪道をあるくためだけでなく、雪踏みにも用いられる。〈本意〉雪にはく沓で、いろいろの種類がある。草と革で、草は藺や藁になる。北国の雪の中では泥道がないので、革のものは使われず、藁が材料になる。

雪沓を軒に干したる山家かな　吉野左衛門
日本海昏し雪沓の孫に蹤（つ）き　土橋朴人子
＊鮎焼きの炉辺の雪沓うつくしき　前田普羅
土間暗く雪沓のみが真新らし　姫井苔青
癩園に暮れ雪沓の青き穴　大野林火
雪沓の百の口開け嫁を待つ　山崎秋穂
雪沓の駅長の声が叱咤せり　加藤楸邨
老村医ただ雪沓を頼みとす　佐藤木鶏
雪沓穿く広き背にいふ頼みごと　村越化石
雪沓を脱ぐ間もあらで酒を呼ぶ　仁村美津夫
煤の梁に藁靴宿題は母がして　武田伸一
新娶土間の藁靴日浴びをり　山内美津男

樏（かんじき）　かいじき　かじき　がんじき　金樏（かねかんじき）　アイゼン　輪樏（わかん）　すがり　まげ　板樏（いたかん）

雪の深い土地で、雪上を歩くのに用いられるもので、つるや竹、木の板などをまげて作り、深雪に沈まぬようにこれを足にとりつける。泥や氷の上を歩くときにも、似たものをはき、板かんじき・箱かんじき・田下駄という。金属製の金樏は、アイゼンのことで、金かんじき・がんりきといい、金属の爪をつけているので凍結した雪や岩氷を歩くのに都合がよい。〈本意〉『北越雪譜』に、「〈かんじき〉は古訓なり。里俗〈かじき〉といふ。縦一尺二三寸、横七寸五六分、形、図のごとく、〈ジヤガラ〉という木の枝にて作る。鼻は反らして、〈クマイブ〉といふ蔓または〈カヅラ〉といふ蔓をも用ふ。山漆の肉付きの皮にて巻きかたむ。これは、前に図したる沓の下に履くものなり。雪に踏み込まざるためなり。〈すがり〉は、縦二尺五六寸より三尺余、横一尺二三寸、山竹をたわめて作る。〈かじき・すがり〉の二つは、冬の雪のやはらかなる時、踏み込まぬために用ふ。履きつけぬ人は、一足も歩みがたし。馴れたる人は、これを履きて獣を追ふなり」とある。泥・氷・雪の上のどれでもかんじきと総称していうが、とくに雪の深い地方で重用されるはきもの。

＊樏をはいて一歩や雪の上　高浜　虚子
樏や一羽の兎肩にのせ　橋本　鶏二
樏の高みを越えて行きしあと　高野　素十
樏がひとつ行きたる跡に蹤く　今岡　碧露
樏を履きて高野の人力車　福田　蓼汀
若者の踏み跡ゆゆし輪樏　佐藤　瑠璃
道ゆずりたる樏のあと深し　中戸川朝人
樏の一歩一歩を眩しめり　千葉　仁

橇（そり）

雪車（そり）　雪舟（そり）　馬橇　うまぞり　犬橇（のそ）　いぬぞり　手橇　橇酔　橇の宿　橇の鈴　荷橇　客橇　郵便橇　橇歌

雪国で雪の上を移動するための重要な交通機関。馬や犬が引くほかに、人が引き、押すものもある。人が乗って目的地まで行くのは客橇、また荷物を運ぶ荷橇がある。〈本意〉『篗纑輪』に、「雪船なり。深雪の時、旅人および荷物を載せて、雪中を押し引くなり」とある。重いものを少しかるく引くことができる。

月の出てあかるくなりぬ橇の道　村上　鬼城
*飛ぶが如き雪舟さえぎるものもなし　長谷川零余子
橇行や氷山魚の穴に海溢る　山口　誓子
炭橇に犬が吠えをり人が曳き　加藤　楸邨
若き主婦の毛橇に幼児湖（うみ）の眼で　細谷　源二
橇がゆき満天の星幌にする　橋本多佳子
箱橇の荷についてゆく別れかな　橋本　鶏二
或時は星ほど遠く橇を駆り　京極　杞陽
旅二日すでにさみしき橇の鈴　栗生　純夫
橇去りてより鈴きこゆ木魂とも　石原　八束
横すべりがちの橇押し菜を売りに　三浦　芳靖
一直線に馳け橇馬の眼の青むか　山本よ志朗
落葉松の径ゆき馬橇の鈴透る　池田風信子
橇馳せて何忘れんとしてゐるや　田中　妙子

吹雪倒れ（ふぶきたふれ）　吹雪倒れ（ふきだふれ）　凍死

日本海沿いの豪雪地帯では、吹雪で道を失って倒れ、雪が上につもって凍死することがある。これを吹雪倒れ、庄内地方では「ふきどれ」という。登山する人の冬山での遭難凍死はよく耳にする出来事である。〈本意〉『改正月令博物筌』に「北地の山道にては、旅人など、雪風（ふぶき）に吹き倒さるることあるをいふ。北国の寒（ひ）えること、これをもつて思ひやるべし」とある。吹雪の激しさ、冷たさは北国の最大の難儀である。

*怖しや吹雪倒れの谷はこゝ　池内たけし
さながらと眠るが如と凍死哭す　中村草田男
地のあてに山わだかまり凍死せる　森川　暁水
碑に記すこまごま明治の吹雪倒れ　岡田　日郎

すが漏（すがもり）

北海道や東北でみられるものだが、屋根につもった雪が、とけたり凍ったりしているうちに、屋根の下の下積みのところで氷盤になり、それがあたたかくなりはじめるととけて流れ出し、天井や壁や押し入れに伝わってゆく。これを言う。〈本意〉穴がなくとも水が漏る、雪国の積雪の目立たぬおそろしさの一つ。水の浸透力のすごさである。

＊すが漏れの音あやしくも夜となりぬ　堀川　牧韻
海荒るる漁家のすが漏り炉の上に　加藤　憲曠
すが漏るや夜泣き子昼を深眠り　米田　一穂
すが漏りや暁の夢の間父生きて　村上しゆら
すが漏りの天井低く住ひけり　松原地蔵尊
すが漏や薬袋を梁に掛け　小島　火山

春支度（はるじたく）

陰暦が使われていた頃は、正月が春なので、春支度は、新年のための支度であり、年用意と同じものだった。今日でも幾分その気持の名残りがあるが、衣や住をあたらしく調えることがおこなわれる。〈本意〉陰暦時代の名残りはかすかにあるが、今は、冬から春への季節の変り目の心の準備、衣住の用意となっている。

＊子らの間に坐つて居りて春支度　長谷川かな女
掛け替へし襦袢の襟も春支度　牧野右太代
色街のしきたりを守り春支度　大久保橙青
春支度すみたる庭に雨ぬくく　上林まさ女

冬耕（とうこう）　土曳（つちひき）　客土（きゃくど）

冬に田畑を耕すことをいう。田の場合には、稲刈りのあとすぐに鋤きかえして麦をまくように整える。条をきって麦をまき、正月までにそのうねを耕す。畑の場合には、収穫をしたあと、麦をまき、正月までにうねを耕す。雑草の生えるのをおさえるためにする。この正月までにおこなう耕しが冬耕である。〈本意〉秋田おこし、荒起こしともいい、備中鍬で大きく掘りおこす重作業であった。正月までにおこなっておくと、土が凍ってぼろぼろになり、また土が肥えてくるものとされた。雑草を防ぐ。

*冬耕の婦がくづほれて抱く児かな　飯田　蛇笏
冬耕の牛と一日吹きさらし　松本たかし
冬耕の畝長くしてつひに曲る　山口　青邨
冬耕人くちびるに血を滲ませぬ　大野　林火
冬耕の畝集つて牛立てり　野見山朱鳥
くちびるに撥ね上げて甘し冬耕土　能村登四郎
背の子逆立つ冬耕の身を曲げて　谷野　予志
冬耕の日かげ片澄む楢林　飯田　龍太
予期せざりし冬耕の牛まばたけり　山口　速
冬耕のその双肩の上の都市　辻井　夏生
冬耕の終りて残る太き畦　内館　晩青
冬耕のとほき力を感じをり　加畑　吉男

蕎麦刈　そばかり

夏そばと秋そばとあるが、実る時期によって夏、秋の区別がある。多くは秋そばで、晩秋から初冬に刈りとる。下の方から熟してくるが、下が熟しはじめたら刈って干し、上の方が熟するようにする。刈られた茎は、淡紅色で、やわらかい。北海道・長野県・南九州が産地。〈本意〉『滑稽雑談』に、「大和本草に云、およそ蕎麦は夏穀すでに終り、立秋前種を下し、九月すでに実のりて、十月に収め刈りて、その跡にまた麦を栽ゆれば、およそ一年三度穀類を収め取るなり。△按ずるに、毛吹草に云、十月蕎麦刈時くは七月花は八月そのほか、古来の例書これに同じ」などとある。晩秋初冬のものである。

蕎麦刈りて只茶畑となりにけり　高浜　虚子
蕎麦の茎紅あたたかくにぎり刈る　佐藤雀仙人
*雁の束の間に蕎麦刈られけり　石田　波郷
蕎麦を刈るかゝる真昼のかそけさに　篠田悌二郎
蕎麦刈つて以後月荒ぶ奥会津　同
昏れ迫る刈蕎麦の束わずかに紅　前田　正治
蕎麦刈やいよいよまろき母の丈　加藤　蕉子
蕎麦刈にかまはず山の日は落ちぬ　菅原　師竹
蕎麦刈りし後やあふるる星の数　鷲谷七菜子
馬の瞳も山国の澄み蕎麦刈れる　岡野風痕子

甘蔗刈（かんしよかり）　甘蔗根掘る

甘蔗はさとうきびのこと。十一月下旬におこなわれる。上葉が扇形になり、黄色になり、下葉が枯れ、茎の色が変ると、根をほりおこし、鎌で根を切りおとし、茎の葉をとる。この茎をしぼり煮つめて、黒砂糖をとる。わが国では沖縄や鹿児島・香川県で栽培される。〈本意〉南国の産物で、唐鍬で根を掘りおこし、茎を切りとる。日本では十一月の限られた時期の仕事である。

*甘蔗刈るや島の陽炎はずみ出す　矢野　野暮
左右の海展くるところ甘蔗刈　中島　南北
甘蔗刈りの人夕焼に並びけり　諸石　虎城
甘蔗刈る遠見の人にのみ日ある　佃　資夫

大根引（だいこんひき）　だいこ引　大根引く

十一月頃の作業。関東では関東ロームという赤土に栽培されるが、やわらかい土なので、葉の根元をつかんで引き抜きやすい。練馬大根は首が地面の上に出るので、そこをつかんで抜き易い。〈本意〉『本朝食鑑』に「たいてい六月土用の後、種を下し、秋苗を采り、小さき根を采る。俗に揉大根と号す。冬十月・十一月、根を掘りて用ゆ」などとある。漬けものにするが、冬に一番多い仕事である。芭蕉に「鞍壺に小坊主乗るや大根引」、一茶に「大根引き大根で道を教へけり」があり、よく知られる。

鬣を振ひやまずよ大根馬　高浜　虚子
空澄むに大根引のうつろさよ　松村　蒼石
大根引馬おとなしく立眠り　村上　鬼城
大根引く音の不思議に時すごす　石川　桂郎
手の凍てゝ板の如しや大根引　川島　奇北
寝不足や大根抜きし穴残る　鈴木六林男
あをあをと河残しゆく大根引き　臼田　青埃
大根曳く股間や日本海青し　角田九十九
*たら〳〵と日が真赤ぞよ大根引　川端　茅舎
大根抜き青空縋るところなし　城野　苳雨

蒟蒻掘る　こんにゃくほる

十月下旬から十一月上旬の作業。こんにゃくはさといも科の多年草だが、その根茎を掘りとるのである。二本鍬は群馬県で、かなぐしは茨城県で、掘るのに使う道具である。こんにゃく玉は皮をとりのぞき、かわかし、臼で粉にしてこんにゃくをつくる。〈本意〉群馬県（とくに甘楽郡）や茨城県が産地として知られ、十一月頃によく見られる。群馬県の産地は山の傾斜地で、きびしい仕事。

*三日月に蒟蒻玉を掘る光り　荻原　麦草
蒟蒻を妙義颪に干してあり　同
蒟蒻掘る夫婦に吉野山幾重　橋本多佳子
蒟蒻掘るあめつち昏るる中に孤り　成瀬桜桃子
蒟蒻掘紅蓮の焚火あげて暮る　馬場移公子
蒟蒻を掘るや甘楽の山日和　佐々木有風
籾殻を焚き蒟蒻掘りの山昼餉　斎藤　花辰
白息の出てより声す蒟蒻掘　松本　康男

蓮根掘る（はすねほる）　蓮掘　れんこん掘る

秋の彼岸用に掘ることも多いが、歳暮・正月用に冬収穫することも多い。十月下旬、葉を刈り取っておき、水を張っておき、十一月中旬に掘ると、根茎の色がよくなる。渋抜きという。掘るときは鍬で表土をとりのぞき、根のむきをさぐりながら、鋤などで掘る。どろどろの大変な仕事で、小舟を使うこともある。〈本意〉冬月より春に至り、蓮根を掘って食すと『時珍本草』にあるが、年末年始のための蓮根掘りが季題とされている。

泥水の流れ込みつゝ蓮根掘る　高浜　虚子
古道の残る河内野蓮根掘り　高浜　年尾
＊蓮掘りが手もておのれの脚を抜く　西東　三鬼
蓮根掘鉛の雲をかぶりゐて　滝　春一
火に寄りて一本棒の蓮根掘り　能村登四郎
蓮根掘地より暮色を引きいだす　有働　亨
足ぬけばおちこむ水や蓮根掘　辻　徳三
色街の裏が見え居り蓮根掘る　山下　陽弘
蓮根洗ふかがやく水を引き寄せて　森　総彦
憩ふとは泥に立つこと蓮根掘　早坂　萩居
名園を泥沼にして蓮根掘　斎部　薫風
腰の撥条（ばね）折れて飛ぶ迄蓮を掘る　杉本　零
当然のごとく蓮根つかみだす　川島　水鶏
蓮掘りの咎むる如き一瞥ぞも　高梨　忠一

麦蒔（むぎまき）　麦蒔く

小麦は九月から十一月中旬まで、大麦は十月頃にまく。北海道は早く、南に行くにつれておそくなる。麦蒔が終るまでが農家の農繁期で、いそがしい。小麦は水田の裏作にし、大麦の畑には、畦の間に夏野菜をつくる。〈本意〉『本朝食鑑』に、「麦の種類多品、稲の類に減（おと）らずして、早・

中・晩あり。たいてい早きものは佳ならず、中・晩に佳なるもの多し」として、「秋の土用、蒔くべし。立冬の後十日ばかりに至るまで、なほ蒔くべし」などと言う。農繁期の最後の大切な仕事である。

村の名も法隆寺なり麦を蒔く　高浜　虚子
遠山の雪に遅麦まきにけり　村上　鬼城
麦蒔の蒔いてしまひぬ日は高し　星野　麦人
夕富士の刻刻変る麦を蒔く　池内友次郎
＊麦蒔くや海流の縞に眼をやすめ　大野　林火
夕霧や地にしづまりし麦の種　西島　麦南
虔ましき姿に人の麦を蒔く　高橋淡路女
麦まきのほつれ白髪が虹を生む　細見　綾子
麦蒔の大落日に影浮き出す　小坂　順子
麦蒔くや十字架下げし島女　松藤　夏山
麦蒔やかならず鴫の来ては鳴く　桜井　土音
会釈したき新雪の富士麦を蒔く　粟飯原孝臣
麦を蒔く父子に杜は日を支ふ　及川　貞
なまぐさき裸の土へ麦蒔きゆく　小松　礼子
麦を蒔く少年大き拳もつ　沢　啓三
麦蒔くや仰ぎし天におのが影　市村究一郎

藺植う　ゐうう

藺草の苗を水田に植える。十二月中旬から一月中旬頃のさむいつらい仕事である。岡山・広島両県に多いもので、畳表・花むしろ・灯心を作るものである。〈本意〉藺草も苗代、田植えと稲のようにして栽培する。寒い中の仕事である。

肥の国の藺苗挿す田に火を恋へり　阿波野青畝
水鏡見るがごとくに藺を植うる　吉富平太翁
藺植見る田植とさして異らず　高浜　年尾
＊双の手にしんじつ青き藺を植うる　山口　草堂
焚火ぐせつきて藺植のはかどらず　岩森富美子
藺植して火の国原の暗らきかな　小西　須麻

氷くだいて田舟動かす藺植かな　岩崎　木哉
植ゑし藺を梳き来る波や向ひ植う　三浦十八公
藺を植うる水音のみの夕べかな　加藤しげる
父母に藺苗を投ぐる畦の子よ　三橋喜与志

大根洗（だいこんあらひ）　大根洗ふ

大根はつけ物、つり干し、切り干しなどにする。畑から抜いた大根は、門川などで、たわしや藁縄でこすり洗う。水がつめたくて、大変な仕事である。〈本意〉大根はつけ物などの大事な野菜なので、重要な冬の仕事だが、洗い立てた大根の白さが快い。

＊大根を水くしゃ〳〵にして洗ふ　高浜　虚子
大根洗ふ葉よりも蒼き峡の淵　野見山朱鳥
大根を洗ふ手に水従へり　同
大根を洗ひ終ればもとの川　太田正三郎
大根洗ふ日和の水のやはらかに　小杉　余子
大根もて次の大根を寄せ洗ふ　島本　甃雪
街道に大根洗ふ大盥　富安　風生
風の日も妻の執心大根洗ふ　相馬　遷子
かがやかに大根洗ふはるかかな　山口　青邨
家鴨来て大根洗ひを囲みけり　吉原周東子
大根洗ふや風来て白をみなぎらす　大野　林火
木曾高空声掛け合つて大根引く　高橋　可子

大根干す（だいこんほす）　懸大根

とりいれた大根を、棒杭に張った丸太や竹ざおの段にかけてほす。数本の大根の葉のところを藁で結び、ふりわけにしてかける。立ち木にかけることもあり、また大きい大根は、葉を切りおとし、縄で梯子のように二筋にくくって干す。十日ほどでしなびて細くなるが、これを沢庵づけにする。練馬大根は長くて白くつけものによく、尾張の宮重大根は、半分地上に出てそだち、青くなるので、青首大根といい、甘いので切り干しにする。徳島・三浦半島・宮崎なども大根の産地として知られる。〈本意〉保存食として、干して、沢庵や切り干しにするわけで、冬の越年用意である。たくさんならべかけられた大根は壮観である。

大根を吊りたる影が殺到す　萩原　麦草
干大根人かげのして訪はれけり　橋本多佳子
日々爆音しぶとき生の大根干す　榎本冬一郎
＊掛大根月あそばせて家眠る　柴田白葉女
掛大根沼に波立ちゐたりけり　荻野忠治郎
風むきでかはる瀬音や大根干す　高橋　潤
日本海の沖のくらきに大根干す　山崎ひさを
ハイヒール躓き易し干大根　稲垣暁星子
ふるさとは懸大根に海碧し　荒島　禾生
懸大根こゝろゆるびて母居給ふ　岩田　星雨
懸大根ことりと山が昏くなる　石井　一舟
今日干してけふの白さの干大根　西川　保子
日と風と干大根に甘さ増す　小島　芦男
かけ大根してある火の見櫓かな　芦野　芦史

干菜吊る（ほしなつる）　懸菜　吊菜　干菜　干葉（ひば）

大根や蕪の葉を首のところで切りとり、縄でつるして干す。風呂に入れたり、つけ物、味噌汁の実にしたりする。〈本意〉保存食にするわけで、とくに冬の間の青い野菜として貴重なもの。白雄の「みのむしの掛菜を喰ふ静さよ」、大魯の「河内女や干菜に暗き窓の機」が知られる。

青き色の残りて寒き干菜かな　高浜　虚子
ばばばかと書かれし壁の干菜かな　同
鶏の首とゞかする干菜かな　松根東洋城
冬中を倹約しつゝ来し干菜　星野　立子
＊干菜吊るまこと信濃の空たかく　高橋鏡太郎
旧居訪ふ書斎干菜をして存す　皆吉　爽雨
干菜して三千院も果ての坊　米沢吾亦紅
兎みな干菜の風に耳たてて　平沢　桂二
干菜の香母の香生家煤厚し　佐竹千代子
風の中三日月あげし干菜宿　奥脇きぬ恵

寒肥　かんごえ　寒ごやし

寒中に樹木や果樹、桑や茶などにあたえる肥料のことで、木のまわりを掘り、そこに施して埋め、春の芽出しにたすけとなるようにする。堆肥や粕、硫安などが利用される。〈本意〉冬には草木は成長をとめているが、春に芽をふくので、それに役立つように寒い間にほどこすのである。堆肥や人糞尿は、寒のうちに与えた方がよいという。

風の中寒肥を撒く小走りに　松本たかし
＊寒肥や天真青にかむされる　木村　蕪城
寒肥や花の少き枇杷の木に　高野　素十
寒肥を担へばともに歩く家鴨　榎本冬一郎
寒肥す反に二俵の麦なれど　大野　林火
つきまとう死者の一言寒肥す　鈴木六林男
寒肥をやりしその後を見にも出ず　皆吉　爽雨
寒肥を地にすりかつぐ老の意地　杉　しげる
寒肥や己が胴より太き桶　貞弘　衛
腰を確かの寒肥撒きは黒づくめ　村沢　夏風

フレーム　温床　温室

フレームは温室より簡単なものだが、どちらも、冬の寒さから植物を保護し、促成栽培するための保温室である。前は土を深く掘り醱酵物などを入れて温度をあげたが、今は電熱温床線であたためる。ガラスで覆ったもの、ビニール・ハウス、藁や筵で覆ったものなどいろいろのものがある。〈本意〉植物を寒さからまもるための装置で、寒さの中でも生長を促進させようとする。

花室や戸口に二つ上草履　岡本　松浜
＊温室村海に日迎へ海に送る　大野　林火

温室に時が許せばなほゐたし　山口波津女
大甕が立つ温室の中の土　平畑静塔
空青しフレームの玻璃したたりて　金子麒麟草
フレームに苗のみどりのこもりはじむ　川本臥風
フレームの光の先の波頭　藤永誠一
百合讃ふ温室の百合みな聴けり　橋本美代子
フレームや万の蕾の紅兆し　山崎ひさを
フレームのため息の如曇りをり　前田野生子

狩（かり）　狩猟　遊猟　猟犬　たます　毛祭

猟といってもよいが、山野の鳥獣を銃や網、罠を使ってとらえることである。十一月一日から翌年四月十四日までが猟期で、解禁になると、狩猟家がどっと山野に押し出してゆく。職猟家には、狩人、猟夫（さつお）などの猟人がおり、遊猟家は都会に住みポインターやセッターなどの猟犬を連れて出かけてゆく。鴨や雁を撃つのは、きまった狩場である。猪狩や鹿狩などは、勢子を多数使って獲物を狩り出す。夜犬をつれ、猟師が山へ狩にでかけることを夜興引（よこひき）と言った。狩をしてよいところを猟区、禁じられているところを禁猟区という。狩猟法で狩猟をゆるされているのは、鴨・水鶏・鷭・鴫（しぎ）などの水禽類、雉・山鳥・雁・小綬鶏・鶫などの山野の鳥、穴熊・鼬（いたち）・狐・狸・鹿・猪・貂・むささび・栗鼠などの獣類である。〈本意〉『栞草』に「鳥獣に限らず、すべて尋ね求むるを、狩といふ。ただし、ここに出だせるは、もつぱら鷹狩と知るべし」とあるが、狩はもとは鷹狩のことであった。大規模な狩には、巻狩があり、またまたぎの狩があった。この人人は熊を猟の対象としてしかりという指揮者の下に整然と行動した。熊や猪を解体するときには山の神をまつった。それを毛祝（ケボカイ）と称した。今は遊猟がさかんで、鳥獣をへらすばかりである。

狩山や星美しう翌の晴　松根東洋城
猟犬をまつ白樺のほとりかな　水原秋桜子
*猟の沼板の如くに轟けり　阿波野青畝
一湾をたあんと開く猟銃音　山口　誓子
勢子の手も縄もまつすぐ犬はやる　田畑　比古
肩に掛く雉を綾とも狩衣　平松　措大
狩の宿月をさへぎるものもなし　田村　木国
雉子なほ腰にはばたき狩りすすむ　皆吉　爽雨
人間嫌猟銃ねんごろに磨き　佐野まもる
猟犬と知るうしろより猟夫来て　山口波津女
猟犬が嗅ぎていぶかる兎罠　米沢吾亦紅
狩やめて淋しと老の罠つくり　竹末春夜人
山の冷猟男の体軀同じ湯に　森　澄雄
耳うごくときはつきりと狩の犬　後藤比奈夫
猟夫行くささざき青き天緊る　きくちつねこ
行きずりの銃身の艶猟夫の眼　鷲谷七菜子

猟人（かりうど）

猟夫（さつを）　猟人（れふじん）　勢子　またぎ

猟をする人だが、職業にしている人も遊猟家をも言う。職業にしている人を東北地方ではまたぎと呼び、熊をとって、熊胆（くまのい）を売っていた。中部地方以西では猪を狩った。かれらは熊や猪のほかにも、魚をとり、鳥をとったりもしていた。この人々は少なくなって、今は鴨・雉・山鳥などをとる遊猟家が多くなり、女性にも狩猟家がいる。〈本意〉もともと、熊胆を求めて熊を撃ったり、生きものを殺して生計を立てる人々を指したが、今はすくない。代わりに、スポーツとしての狩猟がさかんになってきた。

霜とけの囁きをきく猟夫かな　飯田　蛇笏
いとどしき猟夫の狐臭炉のほとり　山口　誓子
雄々しさや猟夫が眉につもる雪　久米　三汀
銃斜（はす）に負うて猟夫の優男　日野　草城
野をすでに勢子の二手にわかれたる　皆吉　爽雨
いま逢ひし猟夫の銃の音ならむ　大橋桜坡子
構へたる猟夫の跨間レール馳す　佐野まもる
*海を見て猟夫がしばし歩をとどむ　山口波津女

落葉踏む猟夫の肩にまた落葉　山田麗眺子
猟師（きつを）のあと寒気と殺気ともに過ぐ　森　澄雄
巌で指ぬぐひ猟夫の昼餉済む　鷹羽　狩行
たちどまる猟夫に田の面ただならず　和田　暖泡

狩の宿（かりのやど）

狩猟家が狩猟に出てとまる宿。狩は暁におこなわれることが多いので、前夜から泊まって待機する。旅館があれば旅館、なければ知りあいの家に泊まるが、炉辺は猟の話でにぎやかになる。東北のまたぎは、狩に出るとき、またぎ宿をもっていた。〈本意〉猟の土地近くに前夜泊まって、翌朝にそなえるわけである。

狩の宿よき月を見て寝たりけり　田村　木国
＊あす越ゆる天城山あり狩の宿　福田　蓼汀
五六戸の狩宿かゝへ山眠る　鈴間　斗史
狩の宿眇の老が帳場守る　白石よしを

熊突（くまつき）　穴熊打

穴の中で冬ごもりしている熊を犬によって追い出し、槍でついて獲った。熊胆をとるためである。とうがらしやたばこをいぶしてその煙を穴にふきこむこともあった。今は穴の口に丸太を組んでおき、熊を出られなくして入り口にさそい出し、銃殺する。アイヌ人は槍か銃をもって穴に入り、格闘して熊を獲るという。〈本意〉熊胆が高価なので、熊を冬眠中の穴からとるのである。熊の穴はいつもきまっている上、木の皮をはいで汁を吸ったあとがあれば、近くに熊穴があるわけである。

＊熊突や爪かけられし古布子　松根東洋城
鉢巻や穴熊うちの九寸五分　中村　史邦
熊突の夫婦帰らず夜の雪　名倉　梧月
熊打ちの拠点の地図へ朱を求む　新田　汀花
熊突の石狩川を渡りけり　深見　桜山
一斉に熊狩の銃火を噴けり　鈴木　貞二

兎狩（うさぎがり）　兎網　兎罠

兎は林や畑の木や作物を荒らすので、兎狩をしてとらえる。要所に網をはり、勢子が音を立て声をあげて兎を追い出し、網にかける。今は犬をつれて猟師が狩に行き、犬が兎を穴から追い出し、噛み殺す。鉄砲で打つこともある。〈本意〉冬に一番兎の被害が大きくなるので、冬に兎狩がおこなわれる。

勃海に傾ける野の兎狩り　石田　波郷
兎狩ふたたび牡丹雪となる　依田由基人
少年の夜々の夢なる兎罠　石塚　友二
兎網張りし合図の笹あがる　白川　北斗
＊兎罠いびつに山の月昇る　江部　二峰
人間の足がかかりぬ兎罠　福田　蓼汀
一揆塚野をほうほうと兎狩　中　拓夫
兎罠かけし昴り子の屯　村上しゆら

狸罠（たぬきわな）

狸は畑の作物を荒らすので、捕えて害を減らす。狸の通る路はきまっているので、その路に罠を仕掛ける。罠は括罠（くくりわな）（ブッチメ、ブッパジキ）か箱罠である。〈本意〉狸の習性を利用して、通路に罠を設置してとらえるのである。季節は、冬が中心になる。

大江山生野の道の狸罠　富安　風生
＊狸罠かけて後生も願はざる　清原　枴童

返したる足跡のあり狸罠　金川　晁山　　狸罠掛かりし酒に招かるゝ　渡辺　流萍
狸罠見について行く頬かむり　中村　春逸　　風が抜ける狸かからぬ狸罠　成瀬桜桃子

狐罠（きつねわな）

狐は冬の夜鶏をとりに出てくることが多い。括罠のブッチメ、ブッパジキや虎挟という罠を使う。餌のある板に足をかけるとばねの力で足をはさむようになる。時には火薬を餌に入れておいて、餌をかむと爆発するようにする。狐はずるい動物と信じられていて、きびしい罠が用いられる。〈本意〉ずるがしこい狐という観念から、激しい罠が用いられ、逃げられないようにしている。

待ちに待ちし狐が来しと罠を掛く　原　ふじ広　　雪山の初明りして狐罠　小坂　順子
古狐らしと嗅ぎ居し地へ罠　田丸　夢学　　ふか〴〵と創ある老樹狐罠　花田　春兆
鮭盗むきつねの罠のかけてあり　田中　冬二　　狐罠かけもし炭も焼けるかな　林　夜詩桜
*狐罠はじきとばして猪逃ぐる　古川　芋蔓　　あきらめし狐かかりぬ罠錆びて　藤原　如水
薄雪に狐の罠の新しく　喜多壮一郎　　狐罠かけて冠を正しけり　広瀬　盆城

鼬罠（いたちわな）

いたちは冬の夜、池の魚や鶏小屋の鶏をおそうので、罠をかけて、捕える。箱罠を使うことが多い。箱の中に餌をおき、いたちが箱に入って餌に食いつくと、ふたが落ちて出られないようになる。いたちは溝を通路としているので、その中に罠をしかける。〈本意〉いたちは、野鼠をとらえて食べるので、有益な動物だが、冬になると害を及ぼすので、罠をかけるが、毛皮が高価なので、とらえて、水につけて殺す。

鼬罠あるてふ庫裡に廻り見る　高浜　年尾
遊鯉守る鼬罠かけ老住持　細見しゆこう
その頃の父の零落鼬罠　橋本　鶏二
鼬罠孫に伝へて死にゆけり　高木　公園
ひつそり閑として鼬罠にあり　小川洋太郎
鼬罠かけて梟に啼かれけり　鈴木　蓟子
*うすうすと雪のかゝれる鼬罠　菊池恒一路
藤蔓の弓づる張つて鼬罠　高崎　こち
尼寺の藪に仕掛けて鼬罠　橋本　花風
鼬罠人去つて声残りけり　細谷みみを

鷹狩（たかがり）　放鷹（はうよう）　鷹猟　鷹野　列卒（せこ）　狩林　鷹の鈴　鷹架（たかほこ）　鷹韝（たかたすき）　鷹攤（たかなぶり）　竿鷹　鴨鷹

鷹を飼いならし、その鷹を使って野鳥を捕える狩で、古くからおこなわれている。日本に入ったのは仁徳天皇のときとされ、徳川時代には特に盛んであった。明治以降はすたれて、いまは埼玉県の宮内庁の御猟場でおこなわれるだけである。むかしは春のものを朝鷹狩、秋のものを小鷹狩、冬のものを鷹狩と呼んだ。徳川時代の猟場は、小松川・千住三河島・品川目黒の三つの方向であり、寒の入りのあとの鷹狩では、収獲の鶴を朝廷に献上したので、「鶴の御成（おなり）」と呼んだ。鷹狩では、鳥のひそむところに近づき、勢子や犬によってとびたたせ、手に据えた鷹をとびたたせ、鷹は鳥にむかってゆき、とらえて一体になって地上に落ちる。鷹には方向を知るため、尾羽に鈴をつけておく。鷹がおちると、馬をその方向に走らせて、犬などに獲物をとらせる。雁・雉子・鴨などをとらえるのは一・二月、鶉は五・六月がよい。〈本意〉『滑稽雑談』に、「鷹飼口伝に云、和朝に鷹を飼ふこと、大唐済頼といふ者、始めて日本へ鷹を渡す。その後、済竜といふ者、鷹書を編みて鷹を遣ひ、また鵜飼などを始めしとかや。わが朝康平元年のころ、源満政の孫左兵衛尉源朝臣斉頼、出羽守に任ず。この人、鷹を飼ふこと巧みにして、唐崎大納言政頼、そのほか信州袖平依田豊平が奥秘を尽くし、異朝の孔真朱光が孤竹に伝へし十八個の秘法、三十六の口義を得て、鷹術の長たり。奥州出羽の両国には、上古より名鷹多し。斉頼、出羽守たれば、この道に長じぬ。当世鷹狩の術、この人より始まると、云々」とある。鷹狩は古い歴史を持つものなので、さまざまな用語があり、ほぼすべて冬の語である。爽快な狩の古法である。蕪村に「物云うて拳の鷹をなぐさめつ」、浪化に「装束は黒にきはむる鷹野かな」があった。

＊鷹匠の放ちし鷹の日に光り　田中　王城
吹雪とは鷹の名なりし放ちけり　同
夕づつの野より鷹匠消えにけり　阿波野青畝
放鷹の果てたる雪の血ぬられし　野沢美代子
鷹狩のすみたる空の鳶鴉　森　桂樹楼
鷹匠の妻も朱綱の鷹放つ　佐藤林太呂
放ちたる鷹の羽音の澄めりけり　勝又　一透
鷹狩に使ひし鈴を家宝とす　滝沢伊代次

鷹匠　たかじやう　鷹師

たかを飼育し、訓練して、鷹狩をおこなう人で、王朝・幕府の時代には数多くの人がこの職についた。明治以後は宮内省主猟課に所属し、数もすくなくなって、鷹師と呼ばれるようになった。たかを狩に使えるようになるには多年の技能とたかとの心情の交流が必要になる。〈本意〉たかを自由にあやつり、狩をおこなう人で、たかをよく馴らさねばその自由は得られない。現在はだんだん消えかけている。

＊雪沓の鷹匠誰も跡継がず　百合山羽公
鷹匠や人を嫌ひて吊洋燈　村上麓人
鷹匠の足ごしらへの蒲脛巾　清崎敏郎
鷹匠が二人一人は鷹を手に　京極杞陽
鷹匠の蒲脛布（はばき）もて足固め　関俊雄

網代（あじろ）　網代床（あじろのとこ）　網代木　網代杙（くひ）　網代簀（す）　網代守

竹や木などを網のように編んで水中に立て魚をさそいいれ、終りのところには袋網がついていて、その中に魚が入るのをとる。この網代の番人が網代守である。山城の宇治川、近江の田上川が古来有名である。主として冬の間の漁法であった。〈本意〉『改正月令博物筌』に「川岸より木を打ちて、網の広がりたる形にして、氷魚のただよひて入れば、再び出ることを得ざるやうにするなり。網の代りにするゆゑ、〈あみしろ〉といふ意（こころ）にて、〈あじろ〉といふ。これをすくひ取る者を、〝網代人〟とも〝網代守〟ともいふ」とある。古い漁法で、魚の多いところに、魚の誘導路を作ってとらえるのである。

なき母の忌日と知るや網代守　夏目漱石
宇治山に残る紅葉や網代もる　高浜虚子
網代守蓑着て老の姿かな　松根東洋城
山下りて里にも逢はず網代かな　同
網代守わが影水に老しかな　島田五空
世に遠し時雨の中の網代守　野村喜舟
蘆深く人も網代も隠れけり　石井露月
＊網代守る夜々の山火の江に映る　臼田亜浪
網代木の堰くほどもなき流かな　丸山思葉
大日枝や小日枝の風に網代守　伊藤松宇
紀の川の磧にひびき網代打つ　中筋味左夫
綾織の月に張られし網代竹　岡本歩城

柴漬　ふしづけ

柴の束をかためて水中に沈めておくと、魚が冬、そこにあつまっているので、外側に簀などを巻いて中の柴をうつし、簀の中の魚をさで網・四手網・ひも網などですくいとる。柴はまつ・うつぎ・はいどらなどの粗朶や杉皮などを使う。このほか、長い縄に小さい柴の束をたくさん結びつけ、水中にのばして、うなぎや小えびを漁る漁も、潟や湖でおこなわれている。〈本意〉『温故日録』に「柴を水中に積む。魚、寒を得ては、その裏に入る。よりて薄をもつて囲んで、これを捕り取る。……柴ならでも、ただ木の枝をも水に切り漬くるなり。そのあたたまりに、魚を積めて取るなり」とある。冬におこなわれる漁法である。

柴漬にまこと消ぬべき小魚かな　高浜　虚子
柴漬や今入る魚の昼閑か　松根東洋城
柴漬や風波立ちて二つ見ゆ　村上　鬼城
＊柴漬に小海老跳ねつゝ朝澄めり　水原秋桜子
柴漬にすがりてあがるものかなし　富安　風生
柴漬を解くや日輪なよ〳〵と　為成菖蒲園
柴漬をおもむろに去る海老のあり　本田あふひ
柴漬をあげて夕日によろめける　篠田悌二郎
柴漬の杭にいささか水動く　宮井　港青
柴漬の沼のおもてのふくらめり　米沢吾亦紅

竹瓮　たつぺ　たつぺ　筌

割り竹や丸竹を簀編みして、しょう油びんのような形にした籠で、柳の枝や萩の枝を使うこともある。一本の竹筒、竹筒を束ねたものはうなぎ用で、針金製のものはいかをとるためのもの。ほかにガラスの筌も用いられた。寝かせる型と立てる型とがあるが、魚が入ると出られないように返しがついている。これを沼や川や細江などに沈めておき、一定の時にひき上げて魚をとらえる。数十ものたっぺを綱でつないで沈め、徐々にひき上げることもある。〈本意〉『篗纑輪』に「深き江の底に沈めて魚を取る具なり。その形、丸き小籠にして、口にからくりあり。沈む時は口開き、引き上ぐる時は口閉づ。これに餌を入れて湖底に沈め置きて、雑魚蝦を取る。尤も冬月多し」などとある。魚を誘い入れてとる工夫の一つ。

*沈みたる竹瓮が濁す水の底　前田　普羅　児をのせて竹瓮をあげにゆく舟か　亀井　糸游
あげてゆく竹瓮々々に波尖る　田中　王城　竹瓮沈めそしらぬふりの沼の面　成瀬桜桃子
たつぺ積み犬跳び乗れる船を押す　福田　蓼汀　竹瓮舟未だ湖明けやらず　舟木　紺雨
沈めたる竹瓮の水を顧みし　上村　占魚　竹瓮舟芦を乗り敷き現れし　西沢十七星

魞簀編む（えりすあむ）

湖や沼などの水の静かなところに、竹杭を立て、簀をはりまわして、その中に魚をみちびき入れて、誘いとる漁獲装置である。魞簀を編むのは、十二月から厳寒の時期におこなわれ、二月末から湖沼の中に設置することになる。琵琶湖がとくに知られているが、簀はすべて割り竹で作られている。〈本意〉水が静かなところでなければ魞は作りにくい。湖沼などの印象ぶかい冬の漁になる。その準備作業だが、なかなかに寒いときの仕事で労苦が多い。

頰被とれば嫗や魞簀編む　中山　碧城　魞簀竹尻に撓めて編みにけり　稲継あきを
*魞簀編眩ゆき沖を手にかばふ　米沢吾亦紅　唐崎の茶屋の女房も魞簀編み　大坪野呂子

鰤網　鰤船　鰤釣る

鰤の漁期は十二月から五月である。冬には鰤は接岸するので、一本釣り、沖合いの漬場で餌づけする釣り、曳き縄釣り、刺網などの漁もできるが、多くは大型の定置網を敷いて、朝夕二回この網を引き上げてとるわけである。大きな鰤が数千尾もあがることがある。〈本意〉鰤は日本の西部地方では正月用になるもので塩鰤が用いられるが、冬に捕れるもので、岸辺に近づくので、大型定置網で捕るわけである。

鰤網を干すに眼こはし浜烏　原　石鼎
鰤網に大きな波の立ち上り　上村　占魚
鰤網を越す大浪の見えにけり　前田　普羅
鰤敷や海荒れぬ日は山荒るる　西本　一都
鰤網や伊豆山権現波駆りて　水原秋桜子
鰤網を揚ぐ濡れし胸のけぞりに　松林　朝蒼
＊鰤網に月夜の汐のながる見ゆ　原　柯城
鰤網に縋る蟹あり夜明けつつ　吉沢　卯一

捕鯨　鯨突く　勇魚取　捕鯨船　鯨番　一の銛

明治三十二年にノルウエー式の捕鯨砲をとり入れて、日本の近代捕鯨がはじまり、昭和十一年には、大洋漁業会社が、捕鯨母船一隻に捕鯨船十隻から成る船団を南極洋に送って南極捕鯨がさかんにおこなわれたが、今日では、鯨の種保存、動物保護の考え方に立つ欧米の捕鯨反対の意向が強くなり、日本の捕鯨は、ほぼ停止の状態にある。日本の捕鯨は、古くから紀州、土佐、平戸、呼子の小川島、生月島、長州川尻などでさかんであった。捕鯨の方法は網取法で、鯨を勢子船が追い、持双船が張っている網の中へ追いこみ、網をかぶった鯨に綱のついた銛を四方から打ちこみ、弱った鯨の上に羽差が乗り、鼻の辺に穴をあけ、綱を通して、鯨をとらえた。今日では陸上から鯨の姿を見ることはできなくなった。〈本意〉『糸切歯』に、「すべて鯨突くことは、冬とするなり。……俳諧大成に云、鯨の形を、蟬といひ、永洲鯨、座頭鯨、種々あり。艫舳に印を立つる船をソウカイといふ。この船に、鯨舟三艘づつ付く。合はせて七十二艘出る。およそ人数千八百人。まづ鯨を取る時は、四方の山へ遠見を置き、鯨来る時は、合図の狼煙を上ぐる時、惣船一度にここに来て合図を待ち、まづ児鯨に銛を入れ置き波に游がせ、合図のシデを上ぐるとそのまま網を張り廻し、親鯨もし網一重にてとまらぬ時は、二重・三重かけるとなり。その時、一の銛・二の銛・三の銛、四よりは剣を打つ。次第に弱る時、網をかけ、岡より轆轤二十丁ばかりにて捲き上ぐるなり」などとある。勇壮な大がかりの大仕事であった。「一番は逃げて跡なし鯨突　太祇」「山おろし一二のもりの幟かな　蕪村」などの句がある。

＊捕鯨船嗄れたる汽笛をならしけり　山口　誓子
己が吐く煙の中の捕鯨船　酒井　竹馬
捕鯨船いつ出づるともなき煙　中村　三山
捕鯨船牡牛のごとく黙し泊つ　桜木　俊晃
捕鯨船見送り帰り大食す　波止　影夫
宵の灯をかゝげてねむる捕鯨船　小山　寒子

砕氷船

氷のはりつめた海に航路をひらくため、厚い氷をくだく能力のある船である。船体は特別に丈夫に作られ、船の前後に推進器と水槽をそなえている。船を前進、後進させて、衝撃を氷にあたえて割ったり、水槽の水を移動させて、船首をかるくしたり重くしたりして割ったりする。南極の海などでの活躍がときに伝わることがある。〈本意〉極地の航海に欠かせない船である。大型のものは厚さ二メートルの氷も割る力を持つ。

＊砕氷船の航跡青し蹤いて航く　小野田洋々
海馬来たる砕氷船の後より　広中白骨
氷塊を水尾に伴ひ砕氷船　市川公吐子
砕氷船オロラの下に泊つるかも　間宮緑蔭
夜々見ゆる砕氷船の機関の火　及川牧風
砕氷船海に一路をのこしけり　松原千甫

採氷（さいひょう）　氷切る　氷挽く

天然の氷を、池や川や湖から切り取って貯蔵し、夏に用いる。上代からこの方法で氷を採り、氷室にたくわえてきた。夏の飲みものになり、冷凍用に用いられてきた。〈本意〉氷を作れなかった時代には、冬に天然の氷を切り出して、夏のために保存した。その仕事である。

たてよこと氷伐り行く人数かな　広江八重桜
太陽はまず採氷夫を青い刃にする　佐々木麻男
採氷夫とは自己の倒影を截る奴さ　細谷源二
採氷のきらめき積まれ月光裡　伊藤皓二
光の中眼ひらきどほし湖氷挽く　加倉井秋を
採氷馬空より蒼きもの牽きゆく　小関骸子
＊蒼天へ積む採氷の稜ただし　木村蕪城
切りとりし空の蒼さや採氷夫　武井耕天

牡蠣剝く（かきむく）　牡蠣割る

かきは、むき身のままでおくと、味がわるくなるので、客の前でかきを剝いて売るのである。広島や松島が有名だが、かきむき女がたくさん並んでかきを剝いている。平らな円い木の台にかきを置き、すりこぎのような棒で割ったり、小刀のようなもので巧みに割ったりする。〈本意〉

かきを香りも味もよく売るために、むいたばかりで売るのである。あるいは、かき船で、割ってすぐ料理にして出す。

比喩探しをればするんと牡蠣剝かる　秋元不死男
剝かれたる牡蠣の白さをなほ洗ふ　花田　春兆
牡蠣を剝く折々女同志の眼　加藤　楸邨
＊牡蠣割女かきは女体の青さもつ　日垣四月子
牡蠣剝くや洗ふや巌の夕汐に　石塚　友二
牡蠣をむくまも夕汐が騒ぐなり　長谷川春草
牡蠣剝場海の星よりくらき灯を　富岡掬池路
牡蠣打女坐して濡れざるところなし　藤井　亘
牡蠣棚に群れて夜を待つ鷗かも　村田　眉丈
土間の灯を刃先にかへし牡蠣をさく　米田　周平

泥鰌掘る（どぢやうほる）

冬、泥鰌は乾いた水田や沼のもっともぬれしめったところにあつまっているので、その場所を掘って泥鰌をとらえる。〈**本意**〉冬になると泥鰌のいる沼や水田が乾いてしまうので、ぬれたところにひそむ泥鰌を掘ってつかまえるのである。原始的な、野趣のあるものである。

泥鰌掘る手にちよろ〳〵と左右の水　阿波野青畝
つくるより崩るゝ堰や泥鰌掘　田上一焦子
＊泥鰌掘りの暮色の顔に見送らる　大野　林火
畦つひにほろび泥鰌を掘りつくす　栗生　純夫
泥鰌掘る受難イエスのごと汚れ　景山　筍吉
葦原を撫でて日が落つ泥鰌掘　斎藤　道子

冬杣（ふゆそま）

杣というのは、木を植えた山、その山から伐り出した木材、その木を伐り出す人、きこりと次々に転用して用いられたことば。冬の間に山の木を伐り、雪なかを橇を利用してはこび出す。

山子ともいう。〈本意〉冬の木は木目がしまっていてよいというが、その木を伐って雪煙をあげて倒したり、運んだりする。爽快感のある仕事である。

＊冬の杣渡り初めたり島荒るる　伊藤凍魚　冬杣に片根の雪のあらはなり　田中勝次郎
会釈して金壺眼冬木伐　森澄雄　冬杣や猿は再び出でざりき　宵信二
冬杣を見てゐし鴉立ちにけり　小笠原燈鳥　冬杣の斫杉枝の雪散らす　町田しげき

炭竈 すみがま　炭焼竈

土竈は粘土質の土で竈を築き、炭材を入れて火をつけ、赤熱してから竈を密閉して火を消す。竈内消火法であり、この炭を軟炭、黒炭、土竈炭という。石竈は石を多く使い、土でかためたもので、炭材が白熱化するとかき出し土をかぶせて消火する。竈外消火法で、この炭を堅炭、石竈炭、白炭という。一つの竈で五十回以上焼く。〈本意〉『和漢三才図会』に、「およそ炭を焼く竈は、瓦竈のごとくにして木を積み、一口より火を燃やし、火相通じてのち口を塞ぎ、一小窓を明けて煙を出だす。火、青色を帯びて相徹れば、すなはち窓を塞ぐ。もし早きときは、すなはち火いまだ徹らざるものあり。もし遅きときは、すなはち性虚にして悪し。けだし窓を塞ぎて三四日、熱してのち、これを取り出だす」とある。頂を築き上げるのがむずかしく、天井、甲、鉢などと呼んで、それがくずれるのを忌んだ。「炭竈に手負ひの猪の倒れけり　凡兆」「炭がまやぬりこめられし京かづら　白雄」「炭竈や雪のうへ行く夕けぶり　青蘿」など、よく炭竈のあたりの雰囲気を伝える。

炭竈のいたく黄色き煙吐く　鈴木花蓑
＊炭竈の火を蔵したる静かかな　松本たかし
炭竈に日行き月行く峡の空　同
炭竈を塗り込めしかばかぎろふ日　後藤夜半
炭窯の上日航の航空路　右城暮石
炭窯の炎へ吹雪ひしめきぬ　仁村美津夫
木が伐られ炭竈がそのまん中に　八木沢高原
炭竈の口塗りこめて立ち去りぬ　勝又一透
炭竈の奥へ奥へと炎群れ　野村洛美
炭竈のほとぼりうけて昼餉かな　小松砂丘

炭焼（すみやき）　炭焼小屋　炭馬　炭車　炭焼夫　炭負ひ

農家で冬に副業として炭を焼くこともあるが、専門の炭焼き人もいる。炭竈は沢すじや山の傾斜面にあり、材木をあつめやすいところに作られる。そばに小屋を作って寝起きすることもある。一竈を焼くのに四、五日はかかり、火色や煙の色に注意をはらい、炭の材木もあつめねばならない。炭が焼けると、俵につめ、馬やそり、人が運び出す。なかなか大変な仕事である。〈本意〉ながいあいだ炭が冬の暖房の燃料であり、料理の火力源であったので、炭の需要が多かった。炭焼作業は集中的な努力が貴重なものだった。

炭を焼く長き煙の元にあり　中村草田男
肩だこを撫でて温泉にをり炭負は　加藤楸邨
青空をどこへも逃げぬ炭を焼く　平畑静塔
炭負女小走りに日が谿くだる　佐野操
炭焼きの小屋に白粥ふつふつと　辻岡紀川
炭焼きは孤立無援に煙あぐ　末近国成
炭焼の小屋の柱の懸鏡　清崎敏郎
＊山そこに落ちこんでゐて炭をやく　藤後左右
炭負の地を摑まねば立ちあがれず　増田達治
山国は炭焼く焰鉄路まで　辰巳秋冬

棕櫚剝ぐ（しゆろはぐ）　棕櫚むく

棕櫚の幹のまわりは毛苞でおおわれているが、これを木にのぼって鉈ではぎとるのである。これを棕櫚の皮というが、この皮の繊維が水にもつよく、丈夫なので、縄にして、船舶用に用いる。ほかに網、簑、箒、たわしなどにした。初冬に作業することが多い。〈本意〉棕櫚は暖地に多い植物で背が高いので、綱で身体を木にくくり合せてのぼったり、梯子で上ったりして、皮をはいだ。渡り歩いて皮をはぐ者もあり、また村中で一斉にはぐこともあった。

墓域にて棕梠剝ぐ音の透きとほる　下村ひろし
雲泛かべ高みの棕梠を剝ぎてをり　高野　葛郎
*梯子継ぎ危く棕梠を剝ぎゐたり　兼巻旦流子
棕櫚剝ぐや古事記の川に映りつつ　加倉井秋を
棕櫚剝ぐやまた流れきて時雨雲　中谷　朔風
棕櫚剝ぎて峠の道の見えにけり　山口　峰玉

池普請（いけぶしん）　川普請

冬、池の水が減るときに、池をさらってよごれをなくしたり、底をふかく掘ったり、杭を打ち、土俵を積んだりして、整備するのである。川普請は堤防の修理、水の流れをよくする作業などである。〈本意〉田に利用する池の場合はとくに池普請が十分におこなわれ、毎年の冬の仕事となっていた。部落の共同作業としておこなわれてきた。水口の修理、水漏れの修理である。

*千本の杭打ち替へて池普請　為成菖蒲園
芦焚いて顔のそろひぬ池普請　亀井　糸游
池普請土手に並びし子供かな　松藤　夏山
太りゐし鯉に驚き池普請　三上　水静

雲かげのしきりに走る池普請　楠部九二緒　　松の枝かしこも折れて池普請　波多野爽波

注連作（しめつくり）　注連綯ふ

正月に門口にひきわたして、神の訪れる清浄の場所であることを示し、禍の入りこむのを防ぐ注連縄を作ることである。これを作るための藁は、まだ穂の出ない稲を刈りとっておき、まだ青い色の失せないものを、水にひたし、木槌で打ってやわらかくしたものをなう。年男がこれを作る。〈本意〉注連縄は正月の飾り縄で清浄と防禍の気持をあらわし、飾り物をつけてゆたかさを示すが、一家の年男、あるいは家長がこれを作る。

*葛飾の水田かゞやき注連作り　山口　青邨　　月に打つ藁の青さや注連作り　茂木　紅弓
戸をゆする葛城おろし注連作　楠部九二緒　　注連作る藁へさらさら浄め塩　大井　雅春
幣きざむ静かな音も注連作り　高槻青柚子　　隠し酒顔にあらはれ注連作　恩智　景子
注連作るさやけき音の老ひとり　谷口　米雄　　臼の上にお茶受とどき注連作　竹内大琴子
注連作る縒り手おろがむごとくなり　蛭田　大艸　　塩入れし水に手清め注連作　小原　渉

車蔵ふ（くるまかこふ）　車しまふ　車棄つ

雪国では、冬には車が使えなくなるので、根雪になる雪が降る頃に、馬車や荷車を解体し、さびないように油をぬり、物置や納屋にしまいこんでしまう。〈本意〉雪が多いところでは、車は雪で使えないので、よく手入れをして蔵っておくのである。

*ばら／＼に解いて車をしまひけり　古川　芋蔓　　羽目に吊る車輪が厚し蔵ひけり　村上しゆら

日々霙(みぞ)れそめて車も蔵ひけり　成瀬　光
洗はれてしらじらとある車しまふ　山田　二泉
車蔵ふ一夜山鳴り聞きしより　桃谷良一郎
車蔵ひて枯れ枯れの畦眺む　小野田子緑

歯朶刈(しだかり)　裏白　山ぐさ　ほなが　もろむき

正月の飾りに歯朶を裏白と呼んで用いるが、これを年の暮れに鎌で刈るのである。歯朶は谷間や北向きの斜面などに多いので、そこへ行き、いたんでいないものを選んで刈る。〈本意〉歯朶は、紀州・土佐ではほながと呼び、めでたい名とするし、中国・九州ではもろむきと呼び、左右対称の葉の形を賞する。めでたいものとして正月飾り用に刈りとるのである。

裏山に手づから剪りて歯朶長く　富安　風生
歯朶刈に別れてしばし歯朶の道　石田雨圃子
*湖の今日も静かや歯朶を刈る　高崎　雨城
歯朶刈りて海の碧さを見てゆけり　則近　文子
歯朶刈のみささぎ道をよごし去る　太田　穂酔
歯朶を刈る明るき道を選びけり　山田　狭山

味噌搗(みそつき)　味噌造る

米・麦の麴をつくり、蒸した大豆と多くの塩に入れ臼でよくつき、桶に入れて熟成するのを待つ。冬は一か月ほどででき上る。麴の種類によって米味噌・麦味噌といい、大豆以外の豆・さつまいも・そてつなどを原料とすることがある。暖かい地方は塩分を少なくして甘づくり、寒い地方は塩分を多くして作る。なめものとしての金山寺味噌・柚味噌・鯛味噌などもある。大豆を柔かく煮てふみつぶし、味噌玉にして軒や棚の上で乾燥させると醱酵するので、臼でつきくだき、塩をまぜて味噌に仕込むのは、豆味噌と言い、東北の南部地方でおこなわれる。〈本意〉味噌は栄養に富み、味噌汁その他で、日本の食生活の中心的存在であった。もとは自家製の、自家の味の味噌を食べ、買い味噌を恥じ、三年味噌を食べるものとしたように、日本の味の中心であったともいえる。

*味噌搗いて冬の仕度を完うす　相島　虚吼
味噌搗や寒のぬくさを案じつつ　松野　文道
味噌釜を干す白鳥の来る夜天　岩木　安清
味噌玉にひびく月夜の雪解川　藤原　美峰
文盲の母の味噌搗唄かなし　栗間　耿史
母は亡しされど味噌搗く火は絶えじ　甲田鐘一路

藁仕事（わらしごと）　縄綯ふ　藁沓編む　蓆織る　叺織（かますおり）

冬の農閑期の間、農家では秋の新藁を使って、縄・草履・草鞋・雪沓・履物・蓑笠・筵・俵・叺・飯櫃入れ・ほうき・のれんなど、いろいろの藁製品を作った。日当りのよい昼は庭で、天気のわるい日や夜は土間で、藁をやわらかに打ち、それでいろいろのものを細工した。近来は農作業の方式や農家の生活様式も変って、藁仕事もなくなってきている。〈本意〉農家では藁が重要な原料になり、いろいろの藁製品が作られ、利用されたが、そのための、農閑期の間の仕事、夜なべの仕事が、生活の主要な一部となっていた。

*綯ひ上ぐる縄を頭の上までも　高野　素十
細縄は手のうちに綯ふしより〳〵と　同
藁打つ音はじまる雪はまだやまず　大野　林火
いちまいの蓆にすぎぬ蓆織る　成田　千空
筵織る一筋ごとの藁匂ふ　安福　隆詞
縄を綯ふ檜山に雪の降る限り　小原　渉
藁仕事うしろに昼の海光り　依田由基人
島の子に校庭欲しや縄をなふ　藤野　基一

月の面に諸手舞はせて縄なへる　両角竹舟郎
百尋といふ蛸壺の縄を綯ふ　森田　峠

寒天製す（かんてんせいす）　寒天造る

天草を水でさらし、煮て、箱にながしこみ凝固させたものが心天（ところてん）である。これを戸外におくと寒気で凍結するが、翌日はまた氷がとけ、凍結して、くりかえし十日たつと寒天になる。日光にさらし、海綿のように乾燥したものである。練り羊羹に使い、ジャムやゼリーなどの原料とする。うちわに塗り、織り物のつや出し、髪飾りに使い、細菌培養基にも利用する。日本の特製品である。〈本意〉貞享、元禄ごろから作られ、美濃屋太郎左衛門が万治元年に発明したともいう。命名は隠元禅師であるといい、製造元を天屋といい、もと伏見が主な産地であったが、今は諏訪地方などに多く産する。日本独自の水産加工食品で、菓子類の材料として、利用価値も高いものである。

寒天を晒すや日没り月のぼる　大橋桜坡子
寒天を凍らすけふの月のぼる　同
もうもうと寒天小屋の居沈めり　阿波野青畝
雪の峡寒天干しも顔を干す　加藤　楸邨
寒天煮るとろとろ細火鼠の眼　橋本多佳子
寒天小屋寒天煮ずば乞食小屋　加藤かけい
寒天製す山村磯の香をこめて　鈴木　鶉衣
＊嶺々わたる日に寒天を晒すなり　木村　蕪城
干寒天星のかけらも混じりたる　辻田　克巳
隙多き寒天小屋の夜は如何に　久保　佳子

楮蒸す（かうぞむす）　楮刈る　楮の皮剝く　楮踏む　楮晒す　楮もむ

楮は日本の各地に適する植物で、南むきの山の斜面などに植える。苗木をうえて二年目から刈り、四、五年たつと毎年七、八本の新芽を出す。農閑期、冬至の頃に、鎌で根元近くから水平に刈る。枝をはらい、釜に長さをあわせてそろえ、たばねる。これを生楮（きそ）という。これを大釜に入れ、蒸し桶をかぶせて、蒸す。蒸しあがった楮をとり出し、根元の方から皮をはぐ。この皮をはがし、干すが、これは黒皮で、かたいので、水につけ、やわらかくして、外皮をとり去る。楮踏みで外皮をとることもある。甘皮や粘り気をとり、よくかわかして貯蔵する。紙の材料である。〈本意〉紙を作る大切な作業であるが、釜むし、皮むきは、一家そろっておこなう楽しい作業であり、近所同士で助け合う仕事である。

海遠く富士に雪来と楮蒸す　角川　源義
空ふかし晒す楮に水鳴りつ　新井　悠水
小屋の中楮を洗ふ水流れ　田畑　比古
楮刈りたまたま雪の舞ひきたり　平沢　桂二
＊負はれたる児もうつぶせに楮晒し　福田　蓼汀
楮晒す膝の前雪の川流る　堀　喬人
楮晒す少女の膝のかなしさよ　石田　波郷
婆の顔煙の底より楮蒸す　梅沢和記男

紙漉（かみすき）　寒漉　紙干す

洋紙でなく和紙についてのことばで、手仕事による作業になる。和紙の原料は雁皮・楮・三椏などで、雁皮は気品、楮は強靱さ、三椏は優雅をもたらす。紙料液にネリを加えておき、その液を何度か簀の上にすくい上げ、よくゆすり、紙層をつくり、一定の厚さになったら、あまりの液を捨てる。この捨て水の中に不純物がみなうかび出て、紙は清らかなものになる。この方法は流し漉きとよばれる。溜め漉きという方法は、簀の上に液をくみ上げ溜めたまま水を切って紙層をつくる方法である。前者は薄紙に適し、後者は厚紙に適す。寒漉きは寒中に紙を漉くことで、水がすみ、虫がはいらず、上質の紙ができる。湿ったくらいに水の切れた紙床から耳折りをとって、一枚ずつはがし、張り板に張って刷子で撫でつける。暖かい日の中に張り板を並べ、一時間ぐらいでかわく。〈本意〉水質のよいところで、農家の副業として残るが、洋紙の普及によって、おとろえ、奥深い山村にしか残っていない。しかし、美しい和紙には、独特のつよさやねばり、おもむきがあり、手作業の作り出す価値は十分にのこっている。儀式的な場面や障子紙、色紙、短冊などに使われるが、尊重すべき日本の工芸の一つである。

紙漉のはじまる山の重なれり　前田　普羅
*をちこちに夜紙漉とて灯るのみ　阿波野青畝
紙漉を見て彳めば暮早き　富安　風生
紙漉きの薄紙かさぬ雪の界　大野　林火
紙漉きのこの婆死ねば一人減る　同
夕ぐれておのが紙漉く音とゐる　長谷川素逝
谿空に錆びし日輪紙を漉く　同
日当ればすぐに嬉しき紙漉女　橋本多佳子
薄き紙はげしく練りし水に漉く　百合山羽公
紙漉場高野の冷えのつづきにて　山口波津女
紙漉の梅の日向は猫歩く　森　澄雄
而も誇らず天衣無縫の紙を漉く　加藤かけい
紙を漉く手風呂は湯気を立てゝをり　高橋　春灯
一峡に充ちし一姓紙を漉く　林　十九楼
紙干すや雪掃き落す吉野川　影山　翠濤
菜畑をまんなかにして紙を干す　須藤　土牛

避寒（ひかん）　避寒宿　避寒旅行　避寒地

寒さを避けて、気候の暖かい地方へ出かけること。温泉や海辺の旅館、別荘などに、長い期間滞在するが、避暑のようなにぎやかな感じではなく、老人や病人が多い。〈本意〉暖かい海岸や別荘、温泉地などで、あたたかく冬の一時期を過ごすことをいう。いまは暖房が発達したので、あまり積極的にはおこなわれない。

避寒して世を逃るるに似たるかな　高浜　虚子
あをうみの暁はやき避寒かな　日野　草城
大浪の打つ暖かさ避寒せり　河東碧梧桐
一ト時のまぶしき干潟避寒宿　平松　措大
*橙に天照る日ある避寒かな　松本たかし
海よりの雀が遊ぶ避寒宿　皆川　盤水
緋の絨毯吾をみちびく避寒宿　山口　青邨
湯の窓に富士の全き避寒かな　村上　光子

雪見（ゆきみ）　雪見の宴　雪見船　雪見酒

雪を眺めてその景をめずる風流は古くからおこなわれ、『万葉集』にも大伴家持の出席した宴の歌の中に詠まれている。清和天皇の貞観十四年以後、鎌倉時代の幕府をはじめ、室町・江戸時代には一般にひろくおこなわれた。江戸時代には雪ころがし、達磨や布袋の作りもの、雪見風呂などがにぎやかにおこなわれた。隅田川堤、上野、日暮里などが雪見の名所であった。現代はスキーがこれにかわっている。〈本意〉雪は日本の三大美目の一つなので、古くから賞美されたが、『万葉集』の「わが屋前（やど）の冬木の上に降る雪を梅の花かとうち見つるかも」、『古今集』の「雪降れば木ごとに花ぞ咲きにけるいづれを梅と分きて折らまし　紀友則」以来、詩歌にも多くうたわれる。芭蕉の「いざさらば雪見にころぶ所まで」、千代女の「ころぶ人を笑うてころぶ雪見かな」、蕪村の「いざ雪見容（かたちづくり）す蓑と笠」など、よく知られている。雪にうかれる心がある。

しづかにも漕ぎ上る見ゆ雪見舟　高浜　虚子
*大藪の横たふ嵯峨の雪見かな　市の瀬尺水
雪見酒一とくちふくむほがひかな　飯田　蛇笏
旺んなる七厘の炎や雪見舟　小川　千賀

仄かにも檜の香り雪見窓　堤　京子
みちのくの厚き丹前雪見酒　松本　澄江

探梅　たんばい　梅探る　探梅行

梅が咲き出しはじめる頃、待ちきれないで、早咲きの、まだ一、二輪しか咲いていない花を、あてどなく、あちこちさがし歩くことで、風狂な、美を求める執念のような、またとぎすまされたといえる語感の季題である。〈本意〉芭蕉がこれを冬季と定めたのは有名な話で、早咲きの梅を探し求める気持から冬としたわけである。芭蕉にはその心で「打寄りて花入探れ梅椿」の句があった。『無言抄』に「早梅を尋ぬる心なり」とあり、『改正月令博物筌』に「冬の末に梅を尋ねありくなり」とある。芭蕉にはもう一句、「香を探る梅に蔵見る軒端かな」がある。

探梅の人が覗きて井は古りぬ　前田　普羅
＊探梅の女湧き泉湧きつゞく　横山　白虹
探梅や遠き昔の汽車にのり　山口　誓子
探梅の帰路一水の光るあり　三浦十八公
探梅や頓兵衛渡うち渡り　池内たけし
探梅の戻りの空の繭いろに　西川　保子

牡蠣船　かきぶね　牡蠣料理　牡蠣鍋

大阪では、大川、横堀、道頓堀などの河岸に、広島でとれた牡蠣を料理する大きな屋形船をつないで、客に供する。この船は広島から来るもので、冬が盛期。十月から四月頃まで営業する。船の中は日本座敷にして、酢牡蠣・フライ・雑炊・煮込み御飯などを出す。波にゆられながら、食べる。〈本意〉『改正月令博物筌』に、「浪花川岸所々に舟をとどめて、牡蠣を商ふ。みな広島より来たりて、他国のものなし。冬日来たるとき、同日に来たり、越年して、また同日に帰る」

とある。冬の間大阪をかせぎどころにする広島の牡蠣商いである。

牡蠣船にもちこむわかればなしかな　久保田万太郎
電線の一本岐れ牡蠣舟へ　橋詰　沙尋
牡蠣舟や芝居はねたる橋の音　島村　元
牡蠣舟に上げ潮暗く流れけり　杉田　久女
*牡蠣船に居て大阪に来てゐたり　池内たけし
牡蠣船の揺るゝと知らず酔ひにけり　吉田　冬葉
牡蠣船の少し傾げる座敷かな　日野　草城
牡蠣舟や障子細目に雪を見る　高橋淡路女
牡蠣鍋の葱の切つ先そろひけり　水原秋桜子
牡蠣船に暗き夜潮の匂ひかな　阿部　美吉
大阪にまたなき雪や牡蠣船へ　大橋桜坡子
牡蠣舟の舳をゆく月の芥かな　岸　風三楼

根木打（ねつきうち）　ねつき　箆打（へらうち）　釘打　杙打（くひうち）　笄打（かうがいうち）　つくし打　ねん棒　ねんがら

先をとがらせた木の棒が根木で、長さは三十センチから六十センチほど。これをやわらかい土に打ち込み、次の者が自分の根木を打ち込みながら、前の者の根木に打ち当てて倒してそれを分捕るのである。竹の棒、五寸釘を使うこともある。関東でねっき打ち、東北でこうがい打ち、つくし打ち、九州、四国でねんがら（または、ねんがり）という。稲刈りのあとの田んぼや雪上などでする。〈本意〉素朴な、冬の男の子の遊びである。田んぼのある、木切れの拾えるあたりでおこなわれるもの。

*一人づつ減る夕寒をねつき打　菅　裸馬
根つ木の子舌をあてたり崖の雪　市川天神居
根木打大地あばたとなしにけり　阿波野青畝
根木打霜のゆるみを飛ばすなり　稲田　黄洋
晴れし日は佐渡の見えざる根木打　加倉井秋を
ふるさとや障子のそとに根木打　新上　一我

青写真（あをじやしん）　日光写真

薄い美濃紙に人物や漫画などが濃く印刷してある。これに種紙をあてて、枠のついたガラス板でとめ、日光にあてる。ゆっくりと次第に種紙に形が焼きついてくる。これを水で洗うと定着される。見かけられなくなった子どもの遊び。〈本意〉日光でゆっくりと焼きつくのを待つ写真現像のような玩具で、冬の日向の日なたぼっこを兼ねた遊び。

青写真は映りをり水はこぼれをり　高浜　虚子
*影法師しづかに到る青写真　深川正一郎
青写真野武士小六も濃く現れよ　渡辺　白泉
いささかの雪の日向の青写真　和地　清
狛犬の爪に立てかけ青写真　武田無涯子
青写真ながく待ちゐし日の眩しさ　秋田　史朗
縄とびをしては見にくる青写真　竹末春野人
おやつもうたべてしまひぬ青写真　加藤三七子
一ひらの雲あなどれず青写真　河本　和
飯場の子ばかりの屯青写真　山口　滋夫

竹馬（たけうま）　高足（たかあし）　たかし　鷺足

竹馬は二本の竹の棒に横木をつけ、ここに足をのせ、竹の上部をにぎって歩くものだが、古くは葉のついた竹をまたいで、馬に乗った形になって遊ぶものを竹馬と言った。これはのちに、手縄のように縄をつけたり、馬の頭の形をつけたり、うしろに車をつけたりした。現在の形の竹馬にも、いろいろのものがあり、高足は高い木履（ぼくり）のこと、鷺足は、田楽の曲目の一つで、一本の棒の上部、中部に横木をつけ、上を両手でつかみ、中に両足をのせて、ぴょんぴょんと前へとぶものであった。竹馬のことをたかあしやたかし、さぎあしと呼ぶ地方がある。〈本意〉西行に「竹馬を杖にも今日は頼むかな童遊びを思出でつつ」、壬生忠見に「竹馬は伏しがちにしていと弱しいま夕かげにのりて参らむ」とある竹馬は、竹をまたいで馬として遊ぶ竹馬のことで、これが古いものであった。

＊竹馬やいろはにほへとちり〴〵に　久保田万太郎
竹馬や青きにほひを子等知れる　中村草田男
わが竹馬ひくきを母になげきけり　大野　林火
竹馬のめり込む砂地にて遊ぶ　山口波津女
竹馬の雪蹴散らして上手かな　星野　立子
竹馬に土ほこほこと応へけり　山田みづえ
戞々と来しは竹馬女の子なり　井沢　正江
古都の子はひとりで遊ぶ竹馬に　中村　明子
竹馬の濶歩行先なけれども　橋本美代子
竹馬の土まだつかず匂ふなり　林　翔

雪まろげ（ゆきまろげ）

積もった雪の上で、小さな雪のかたまりをころがしていって、だんだん大きなかたまりにする遊びで、これを二つ重ねて雪達磨をつくる。〈本意〉芭蕉に「君火を焚けよき物見せむ雪丸げ」の句があるが、雪の日の古くからの遊び。雪まるげ、雪まろがせ、雪まろばしなどとも言い、雪まろばしは『源氏物語』『狭衣物語』にも出ることば。

もてあます女力や雪まろげ　内藤　鳴雪
＊大小の雪まろげ行きちがひけり　中田みづほ
雪まろげ海のなぞへは暮遅し　角川　源義
雪まろげ非番看護婦も加はりぬ　星野麦丘人
あねいもとまたそのいもと雪まろげ　道山　昭次

雪礫（ゆきつぶて）

雪遊びの一つで、雪を手でにぎりかためて、人に投げる。雪合戦のときのたまにあたる。〈本意〉『栞草』に「小石のごとく雪を搦（にぎ）り堅め、投げ打ち合ふをいふ。雪中の戯れなり」とある。雪が積もると、にぎりかためて投げるのは、人の自然におこなう遊び。雪の降った喜びの表現ともいえる。

＊靴紐を結ぶ間も来る雪つぶて　中村　汀女
女医未婚にて雪礫よくあたる　吉田吐志男
雪礫仁王立ちして受けとめし　下村　梅子
雪つぶて別れがたなく投げ合ひて　金児杜鵑花
懶惰せめて子の雪礫でも浴びろ　伊丹三樹彦
白虹のごとくよぎりし雪礫　柴田　果
雪礫よりも喚声飛びかはす　中島　斌雄
外れし雪礫積雪に喰入れり　津田　清子
父への憎しみ消えぬ父の忌雪つぶて　楠本　憲吉
雄ごころの萎えては雪に雪つぶて　川崎　展宏

雪合戦（ゆきがっせん）　雪投　雪遊

雪が降ると子供たちは雪つぶてをこしらえて投げ合う。小学校の校庭、公園、川原などで、二つにわかれ、入りみだれて、雪を投げ合うところが見られる。〈本意〉『源氏物語』にも「わらべの雪ぶつけしたるけはひのやうに」とあり、戦国時代、江戸時代にも二手にわかれ、大人も加わってさかんだった。雪の降った喜び、はしゃぎが、おのずから、雪つぶてを投げさせる。雪の少ない地方で多くおこなわれることであろう。

＊雪合戦わざと転ぶも恋ならめ　高浜　虚子
女教師も出て雪投げの大いくさ　牛尾　泥中
雪合戦の惨事肥溜めに落ちしこと　内藤　吐天
遠く寂し雪合戦の喊声は　石田　小波
雪合戦休みてわれ等通らしむ　山口波津女
雪投げや女の児泣かせてよきものか　甲田鐘一路
雪合戦わが町の子に退くものなし　小林きそく
泣きながら尚雪投げをつゞけをる　高橋すゝむ
すかれたる教師は的や雪合戦　佐伯　敬続
雪合戦敗れて雪で胸飾る　橋　九城

雪達磨（ゆきだるま）　雪仏　雪布袋　雪獅子　雪釣（ゆきつり）　雪細工

雪のかたまりを二つ、大きいものの上に小さいものをのせて、達磨の形にし、木炭・炭団・木の葉などで、目鼻をつける。雪仏は総称で、雪達磨、雪布袋などという。獅子の形をつくるのが雪獅子、中国で作り、日本では雪兎をつくる。雪釣は紐の先に木炭をぶらさげ、雪を釣って大きくする遊び。雪折れを防ぐため木の枝を釣るのも雪釣という。〈本意〉雪でいろいろのものを作ることは古くからおこなわれ、『万葉集』にも、雪で巌の前に草樹の花のあるさまを造ったうたがある。雪で丈六の仏を造ったうたも『新拾遺集』にある。『改正月令博物筌』に「雪にて仏または獣の形を作るをいふ」とある。雪はとけて消え去るものだが、細工がしやすく、古くから作ってたのしんだ。

家々の灯るあはれや雪達磨　渡辺　水巴
たれやらに似し雪だるま見て過ぎる　伊東　月草
＊雪だるま星のおしやべりぺちやくちやと　松本たかし
雪達磨朝日にむいて赫と立つ　長谷川かな女
雪達磨の前で鉋を使ひをる　加倉井秋を
雪達磨眼を喪ひて夜となる　角川　源義
雀もろとも夕焼けてをり雪達磨　村上　古郷
目玉入れあたたかきもの雪だるま　古堅　蒼江
掌に載せて息吹きこみぬ雪うさぎ　橋倉葉久子
雪達磨バケツの水で鍛えらる　山本　紫黄

雪だるま昼夜の生徒入れかわる　岩崎　健一
雪だるま向きゐる海の荒れてをり　高橋　麻男
爾としてはしかの家に雪だるま　辻田　克巳
雪だるまほそり金星いつも沖に　瓜生　和子

スキー　スキー場　スキー会　ゲレンデ　シャンツェ　シュプール　スキー列車　スキー宿

スキー、スケートが冬のスポーツの王座を占める。木製の長い板を足にとりつけて滑ったが、科学技術の進歩によって、材質、形状、重量ともに進んだ、軽くて小さい用具が用いられるようになった。オリンピックや世界選手権などの競技会の度に改良が加えられている。もともとは雪国の人の雪中の交通用具であったが、一八七〇年、ノルウェーの農夫がはじめて滑降してみせたという。これが近代スポーツとしてのスキーのはじめである。明治四十四年、新潟県高田の第十三師団の兵隊がオーストリアのレルヒ少佐から習ったのが民間に普及し、大正十二年、小樽ではじめて全日本スキー選手権大会がひらかれた。国際大会への参加は昭和三年のこと、第二回冬季オリンピック大会のときで、スイスのサンモリッツでおこなわれた。一般用の用具のほか、距離競走用、滑降回転用、ジャンプ用、登山用の特別の用具がある。ゲレンデは練習場のこと、シャンツェは跳躍台、シュプールは滑走の跡のこと。冬のスキー列車、スキー宿は大変なにぎわいを見せる。〈本意〉大正のはじめ頃から季題に見られるようになった近代的なもので、それまではスポーツでなく、雪国の人の交通用具にほかならなかった。

大雪のスキー列車の夜をいねず　水原秋桜子
スキーの子嘻々と華厳の滝の上　川端　茅舎
スキー穿きこの子可愛や家はどこ　富安　風生
＊スキーヤー伸びつ縮みつ雪卍　松本たかし
長袋先の反りたるスキー容れ　山口　誓子
スキー列車あさき睡を歪み寝る　石田　波郷

スキー服赤く男の群に伍す　野見山朱鳥
担ぎゆくスキーを重きものとせず　町垣　鳴海
朝日うつくしスキーを雪に挿して対ふ　佐野　俊夫
滝懸りしてシャンツェの凍りをり　轡田　進
スキー帽かぶり糠味噌かき廻す　菖蒲　あや
太陽に吹き込む飛雪スキー場　中西　碧秋

スケート　氷滑　スケート場　スケーター

スキーとともに冬季スポーツの代表をなすもの。鉄製のエッジのついた靴をはいて氷をすべる。用具についても、すべることにもこのことばを使う。スケート競技は、三種類にわけられ、スピード・フィギュア・アイスホッケーとなる。冬季オリンピックをはじめとする世界の競技会がさかんで、とくにスピード競技やフィギュアに関心があつまる。日本には明治十年に入り、札幌農学校のアメリカ人教師ブルックがもってきた。明治三十八年、中央本線が開通して以後は諏訪湖がスケート場として有名になり、下駄の下に竹をうちつけたものをはいて競走したという。大正二年からフィギュアがはじめられ、大正九年には日本スケート会がうまれた。〈本意〉もともとは動物の骨などで作ったものが使われ、冬の交通用具の一つであったが、鉄製のものは十二世紀頃から作られたという。近代にはスポーツとしておこなわれ、選手と観客にわかれるようになっている。

スケートの紐むすぶ間も逸りつつ　山口　誓子
スケート場沃度丁幾の壜がある　同
*スケートの左廻りや山囲む　松本たかし
スケートに青きかなしき空の色　平畑　静塔
スケートの汗ばみし顔なほ周る　橋本多佳子
スケーター五色の蜘蛛の散るごとし　石塚　友二
神の話聞きし足にて氷滑る　田川飛旅子
石ころの如くスケートの子が走る　吉田　巨蕪

スケートの倒影も脚踏み替ふる　轡田　進
スケートの少女独楽なす円舞曲　西山　青篁
一つ身の二つになりぬアイスショー　吉見　泰二
スケートの濡れ刃携へ人妻よ　鷹羽　狩行
スケートの終り降る雪真直なり　山崎　秋穂
アイスホッケー一列となり敗れ去る　戸川　稲村

ラグビー　ラガー

フットボール競技の一種。冬におこなうことの多い、スピードと力のみちあふれた激しいスポーツである。各十五人の二チームが楕円形のボールを相手ゴールや陣地へ送り得点を競い合う。時間は前半・後半各三十五分、間に五分ほどの休憩をとる。ラガーはラグビーの選手のことをいう。〈**本意**〉古代ギリシア・ローマ時代からおこなわれたといい、近代ではイギリスが発祥の地となった。一八二三年エリス少年がサッカーの試合のとき、ボールを持って走り出したことからはじまるという。日本では明治三十二年から練習がはじまり、同三十四年、慶応大学と横浜外人チームとの間にはじめて試合がおこなわれた。ラグビーを初めて季題に用いたのは山口誓子。昭和八年のことである。

ラグビーの巨軀いまもなほ息はずむ　山口　誓子
ラグビーのジャケツちぎれて闘へる　同
*ラグビーや敵(かたき)の汗に触れて組む　日野　草城
ラグビーの死闘と別に雀群れ　森　澪雨
ラガー等のそのかちうたのみじかけれ　横山　白虹
吾れにも射すラグビー果てし西の日が　黒谷　忠
ラグビーのスクラム解くや全く闇　星野麦丘人
見舞ひて帰る辺のラグビーの蹴り強し　八木林之助

風邪(かぜ)　感冒　流行風邪(はやりかぜ)　流感　風邪気(かざけ)　風邪声　鼻風邪　風邪薬　インフルエンザ

冬に人の多くがかかる一般的な病気で、頭痛・のどの痛み・くしゃみ・せき・たん・鼻水・発熱などの症状のどれかをおこす。普通の感冒と、流行性感冒（インフルエンザ）がある。インフルエンザはきわめて伝染性のつよいもので、世界全体にひろがることもある。ふつうの風邪は湯ざめ、冷え、疲れなどからはじまり、身体の抵抗力がおちているとき、のどなどにひそんでいたウィールスが活動をはじめるのである。部位によって、鼻炎、咽頭炎、扁桃腺炎、喉頭炎、気管支炎、肺炎などという。〈本意〉冬に多い病気で、寒さによる冷えがひきがねになる、主として呼吸器系の病気である。一冬に何度かかかり、治すには卵酒などをのんで寝ているしかない、気分のよくない病気である。

風邪の子の餅のごとくに頰豊か　飯田　蛇笏
風邪ひくや病めば凡そ大仰に　小杉　余子
店の灯の明るさに買ふ風邪薬　日野　草城
*風邪の妻きげんつくりてあはれなり　富安　風生
風邪の子や団栗胡桃抽斗に　中村　汀女
ふるさとや風邪のくすりにたうがらし　加藤　覚範
人妻の風邪声艶にきこえけり　高橋淡路女
風邪の床一本の冬木目を去らず　加藤　楸邨
幾日も風邪に寝て身が棒になる　山口波津女
風邪の身に米の磨ぎ汁いや白し　同
風邪の子の電気暗いの明るいの　上野　泰
風邪に寝ていくたび書架へ妻をやる　桂　樟蹊子
風邪の身を夜の往診に引きおこす　相馬　遷子
風邪の子をまじへて子らのねしづまる　谷野　予志
建長寺さまのぬる燗風邪ひくな　石塚　友二
眠るのみにて主婦の風邪癒ゆるかな　吉野　義子
壁うつす鏡に風邪の身を入るる　桂　信子
頭の芯に海が鳴るのみ風邪残る　伊豆　三郷
勤憂し幾度風邪をひきかへし　新井　英子
親方の風邪の不機嫌持て余し　橋場もとき
染め髪の根本の白髪風邪の母　鹿山　隆濤
風邪引かぬ我うとまれて居る如し　松井　敏
引き据えて末子にのます風邪薬　田島　弘子
風邪の床出て老犬にパン頒つ　角　淳子

湯ざめ　ゆざめ

冬は風呂を出てぐずぐずしていると、暖かさがさめて、寒けをおぼえる。これが湯ざめである。入浴によって全身の血管がひらいているので、体温が急にうばわれてしまうのである。風邪の原因になる。〈本意〉入浴後、十分身体をつつまないと、体温がうばわれて、ひえ、さむけがして、身体の色も失われる。冬にとくに多いが、女性の場合にはどこかなまめかしい印象がある。

*湯ざめして或夜の妻の美しく　鈴木花蓑
星空のうつくしかりし湯ざめかな　松村蒼石
化粧（けはひ）ふれば女は湯ざめ知らぬなり　竹下しづの女
湯ざめして急に何かを思ひつく　加倉井秋を
わが部屋に湯ざめせし身の灯を点もす　中村汀女
姿見に全身うつる湯ざめかな　菖蒲あや

咳　せき　しはぶき　咳（せ）く

気管や咽頭の粘膜がさむさのため刺激を受けておこる排気発作である。またそのあたりに病気があるとおこりやすく、風邪・扁桃腺炎・気管支炎・肺炎・ジフテリアなどに伴うことが多い。〈本意〉さむさのため、または病気のために、気管やのどが刺激されて出るもので、軽いせき、響くせき、とまらないせきなど、いろいろのせきがある。

行く人の咳こぼしつゝ遠ざかる　高浜虚子
咳き込めば我火の玉のごとくなり　同
*咳の子のなぞなぞあそびきりもなや　中村汀女
母の咳道にても聞え悲します　大野林火
咳止んでわれ洞然とありにけり　川端茅舎
咳込めど目は物を見てゐてかなし　京極杞陽

咳をしても一人　尾崎　放哉
咳き臥すや女の膝の聳えをり　石田　波郷
接吻もて映画は閉ぢぬ咳満ち満つ　同
咳をして言ひ途切れたるままのこと　細見　綾子
ふるさとはひとりの咳のあとの闇　飯田　龍太
蟷涙やたたかふごとく彼我の咳　楠本　憲吉
咳こぼすマスクの中の貌小さし　吉田　鴻司
今日空を見ざりしと思ふ夜の咳　千代田葛彦
咳やんで遠くいたはる眼に出会ふ　谷口　小糸
耳に棲む父の叱咤よ母の咳よ　香取　哲郎

嚔（くさめ）　はなひり　くしやみ　くつさめ

冷たい空気の刺激のために鼻粘膜が反射運動をおこすもの。はっくしょんとにぎやかである。くしゃみ、くっさめ、くさめ、はくしゃみなどというのはみな擬音が名詞になったものである。はなひりは古語。洟放（はなひ）ること、水ばなをとばすことである。〈本意〉くさめをすると生命力が外にとび出すという考え方は、世界中にあるようである。咳とちがってどこかユーモラスな印象のものである。

つゞけざまに嚔して威儀くづれけり　高浜　虚子
＊美しき眼をとりもどす嚔の後　小川双々子
炭を焼く男の嚔山をとぶ　只野　柯舟
くさめして後やはらかき赤児の息　宮下　白泉
嚔して美貌すこしもそこなはず　葛山たけし
思ひきりくしやみして浮くある面輪　山本　アイ

水洟（みづばな）　はなみづ　みづつぱな

鼻の粘膜がつめたい空気の刺激でうすい水のようなはな汁を出す。これが水洟である。炎症があると、ねばったり、黄色かったりする。子供や老人が多くたらしている。〈本意〉『改正月令博物筌』に「寒気の節、鼻より水のごときもの出るをいふ」とある。さむさをあらわすが、ときに風邪のひきはじめのこともある。

*水洟や鼻の先だけ暮れ残る　芥川龍之介
水洟やのつぴきならぬ火吹竹　松根東洋城
水洟のほとけにちかくなられけり　森川　暁水
水洟をかみて法座に加はりぬ　富安　風生
水洟を貧乏神に見られけり　松本たかし
念力もぬけて水洟たらしけり　阿波野青畝
水洟や押して事なき盲判　西島　麦南
水ばなを拭き美しく老いたまう　北　山河
水洟や手遅れ患者叱しつゝ　相馬　遷子
帰る母子の水洟を踞み拭く　柴田白葉女
水洟や下ろしてみても貧しき灯　相馬　黄枝
水洟やことさらふかく争はず　望月　健

息白し（いきしろし）　白息（しらいき）

冬の冷たい空気の中で、吐いた息が白く見えることをいう。吐いた息の中の水蒸気が急激に冷やされて水滴になり、これが白く見えるのである。寒くなり、空気が乾燥してくるほど白く見える。〈本意〉寒さのきびしいことの目に見えるあらわれである。その中に耐えて生きている姿を示す。

*人の老美しく吐く息白く　富安　風生
ある夜わが吐く息白く裏切らる　加藤　楸邨
息白々昨日を痣のごとく負ふ　同
さし寄せし暗き鏡に息白し　中村　汀女
君煙草口になきとき息白し　星野　立子
泣きしあとわが白息の豊かなる　橋本多佳子
暁に死せば息白き者等囲み立つ　石田　波郷
白き息ゆたかに朝の言葉あり　西島　麦南
友へ文白ら息こめて封をなす　原子　公平
汽車ごつこの汽罐車もつとも息白し　北　山河
マラソンの余す白息働きたし　野沢　節子
骨だいておのが白息吸ふごとし　大槻紀奴夫

白ら息はそのまま夜霧コーヒー欲る　町山　直由
息白し何昴ぶりて行く人ぞ　犬塚　華苗
息白くひとを距つる思ひかな　山田みづえ
息白く犬も言葉を持つごとし　三河まさる

木の葉髪（このはがみ）

髪の毛は一年中変りなく抜けおちるが、秋から冬にかけての頃は少し多くなるようで、落葉の季節と重なって、どこからうらぶれた思いになるものである。〈本意〉「十月の木の葉髪」という諺があるが、初冬の落葉どきに意識することが多くなる。

幸うすきにんじん色の木の葉髪　池内友次郎
木の葉髪せめて眸は明らかに　同
*木の葉髪文芸長く欺きぬ　中村草田男
木の葉髪青天玉のごとくにて　谷野　予志
長女すでに母とはなりぬ木の葉髪　大橋越央子
木の葉髪夫に先立つ死を願ふ　赤松　蕙子
木の葉髪背き育つ子なほ愛す　大野　林火
木の葉髪ふるさと遠く住む身かな　村山　古郷
太きかな師の体臭と木の葉髪　西東　三鬼
木の葉髪夢にも母を欺かすや　大網　信行
木葉髪おほかたはわが順ひぬ　石田　波郷
木の葉髪染めて恃める何もなし　川井　玉枝
木の葉髪海風しろくなりにけり　佐野まもる
木の葉髪子の一語より夢を生む　塩谷はつ枝
病む夫のわれに手渡す木の葉髪　山口波津女
木の葉髪うれしかなしと過ぎて来し　下村　梅子
木の葉髪一生（ひとよ）を賭けしなにもなし　西島　麦南
捨つるため指にきりきり木の葉髪　稲垣きくの

胼（ひび）　胼薬

寒さのために、血行がわるくなり、汗腺や脂腺がよく働かなくなって、手足にひび割れができることをいう。ひどいときには血がにじみ、熱もあり、見るからにいたいたしい。ワセリンやべルツ水を塗って治療する。手袋や足袋、入浴、皮膚の手入れをすれば予防できる。〈本意〉『年浪草』に「釈名に曰、皺(ひび)は寒にやぶられて手足の皮いたむをいふ。〈ひび〉とは〈ひえひびらぐ〉なり。〈ひびらぐ〉は、痛むなり」とある。幼児や女性、とくに家事をする主婦が多かった。

*バイブルの天はくれなゐ胼の手に　山口　青邨
夫とわれ胼児較べてわれ勝てり　同
買ひためて信濃の子等へ胼薬　加藤　楸邨
子は明眸母は胼の手かなしまじ　柴田白葉女
肩をもむ妻の胼の手頬にふれ　八木　絵馬
胼の手に文庫ワシレエフスカヤの「虹」　佐藤　鬼房
煮こぼれし乳さへ胼にぬりて婢よ　皆吉　爽雨
胼の手と美しき手と同期生　北野里波亭
鉄火鉢胼なき我手伸べがえし　原田　種茅
傷つきつ紡ぎつ癒えゆく十指の胼　井上　順子
胼かなしからず愛する夫あれば　山口波津女
髪ひとすぢからまる貝の胼薬　横山　万兆

皸(あかぎれ)　あかがり　皸薬

農家の人や水仕事をする女性に多く、痛くてなやみくるしむ。手足の厚い表皮のところが裂けるのである。真皮の血管の色がすけて見える。あぶらでできた皸薬を傷に流し込んでなおす。〈本意〉『年浪草』に「釈名に曰、皸(あかがり)、あかぎれなり。寒にあたりて、手足のはだへ破れ赤くして、切れたるがごとくなり。切れとがりと通ず」とある。痛くて不快な冬の傷である。

そとかくす皸の手を見のがさじ　臼田　亜浪
皸のところにばかり物あたる　藤原風驚子
*皸といふいたさうな言葉かな　富安　風生
ほてる皸眠らんと手をゆるくひらき　安藤　正一
あかぎれに当ることはぜを掛けにけり　浜口　今夜
煙あげて皸薬貝の中　今村　野蒜
あかがりや頻婆果の唇斯くあらむ　阿波野青畝
匙落ちし音皸にひびきけり　百合山羽公

掌に手おきあかがり妻の棘さがす　角川　源義
皸のてのひら見せて嗤はるゝ　久保田十水

霜焼　しもやけ　霜腫（しもばれ）　凍瘡　霜焼薬

寒さの中にいると、皮膚の血管が麻痺して赤紫色にはれる。身体の末端の手足や耳たぶなどに多くできる。冬になりはじめのとき、春先の温度の変化の大きいときなどにかかりやすい。かゆいもので、あたたまるととくにこらえきれない。子どもや女性がかかりやすいが、手袋やくつ下で手足を冷えないようにし、ぬれた手をよく拭い、手足をこすることが予防によい。医学用語で凍瘡という。〈本意〉『改正月令博物筌』に「冬、手足耳などの赤く腫れるをいふ。いづれも、冬の病なり」とある。はれて赤くなり、かゆいのが特徴である。

霜やけの柔かき手にたよられし　阿部みどり女
しもやけやはたらき者に運がなく　龍岡　晋
＊霜焼に角ばみ小さき片の耳　篠原　梵
母の夢見て霜焼の耳がかゆい　木下　十三
信濃より齎さげてきし手の霜焼　加藤　楸邨
人好しの貧乏耳に霜焼けして　平山　藍子
客のあと妻霜焼の足を出す　下村ひろし
子の霜焼ころころもんで掌にまろし　今泉　式女

悴む　かじかむ　悴（かじ）ける　こごゆ

寒さのために、手足が冷え、よく動かせぬようになり、感覚もにぶくなった状態である。背中がまるまり、気持が沈み、口もきかず、ちぢまった様子である。〈本意〉さむさに負けて、心身ともにちぢまった状態である。

悴 み て 高 虚 子 先 生 八 十 一　高浜　虚子
悴みてさらにその日を思ひだせず　久保田万太郎

悴みて心ゆたかに人を容れ　富安　風生
悴むや拳固宙までおろしけり　阿波野青畝
*飴なめて流離悴かむこともなし　加藤　楸邨
悴み病めど栄光の如く子等育つ　石田　波郷
空青しかじかむ拳胸を打つ　西東　三鬼
悴みてつひに衆愚のひとりなり　斎藤　空華
心中に火の玉を抱き悴めり　三橋　鷹女
悴みて見知らぬ街を行くごとし　井沢　正江
悴めば祈る形に指組まれ　竹内　千花
鍋釜もわれにさからふ悴かめば　沢田しげ子
もの煮る火見つめかじかむ顔ひとつ　松崎　丘秋
悴みて手袋ぎらひ足袋ぎらひ　太田　育子

雪焼（ゆきやけ）

雪が積もっている晴天の日には、太陽の光線と雪の反射光線の両方から紫外線がきて、顔が赤黒い色に焼ける。スキーのときによく見られるが、また木を伐ったり、雪山で作業する人も赤黒い顔をしている。〈本意〉『改正月令博物筌』に、「霜やけといふがごとく、極寒の節の病なり」「一説に、病にあらず、雪にてあかきをいふ。〈雪あかり〉といふに同じ」とある。古くは霜焼のようなものと考えたわけである。正しくは紫外線によるもの。

雪焼やをんな越後の山の中　佐藤惣之助
*山頼りかせぐ村人雪焼けて　大野　林火
雪焼けをいはれ鋸の目たててゐる　三宅　草木
皓き歯見せ雪焼の顔よく笑ふ　大原　雪山
てらてらとなるまで雪に焼けにけり　伊藤　凍魚
雪焼の男にしづかなる朝餉　有働　亨

雪眼（ゆきめ）　雪盲（せつもう）

積雪は太陽光線を反射して強い紫外線を放散するので、目の結膜や角膜がやられ、炎症をおこす。目が赤くなり涙がこぼれ、まぶしくて、目がひらけなくなる。ひどくなると黒眼に傷がつき、盲になることもある。雪眼鏡をかけて予防し、痛いときにはぬれタオルを当てる。〈本意〉紫外線による目の炎症で、痛くまたまぶしい。

涙ぐむしなあえかなる雪眼かな　飯田　蛇笏
旅寝にて雪眼しもやけすこしづつ　木津　柳芽
*こゝろもとなき雪眼して上京す　阿波野青畝
かたこととひとり棲ひの雪眼かな　佐々木有風
雪眼に沁み風は山より一筋道　大野　林火
行きちがふ顔もあげずに雪眼かな　皆吉　爽雨

日向ぼこ　ひなたぼこ　日向ぼこり　日向ぼつこ　日向ぼつこう

冬の昼、風のないときには、日向はとてもあたたかく、ここでくつろいでいると、着衣もふくれ、身も心ものどかにあたたまる。これを日向ぼこりとも言った。焼くことをほこらかすといい、そのときできるちりをほこりという。日向ぼこりは日向のあたたかさであぶることだという説がある。室町時代頃から、ひなたぶくり、ひなたぼこうと使われた。〈本意〉『をだまき綱目』に「寒き時、日なたに居るをいふなり」とある。日向でぬくもって、ふっくらした状態にあることである。

日に酔ひて死にたる如し日向ぼこ　高浜　虚子
けふの日の燃え極まりし日向ぼこ　松本たかし
*うとうとと生死の外や日向ぼこ　村上　鬼城
胸もとを鏡のごとく日向ぼこ　大野　林火
冬日掬ふ如き両掌や日向ぼこ　池内友次郎
日向ぼこ死が近く見え遠く遣り　同
日向ぼこ笑ひくづれて散りにけり　富安　風生
手に足に青空染むとは日向ぼこ　篠原　鳳作
死ぬことも考へてゐる日向ぼこ　増田　龍雨
犬がものを言つて来さうな日向ぼこ　京極　杞陽

デスマスクある壁を背に日向ぼこ　石原　八束
曲り家の曲りに踞み日向ぼこ　西本　一都
太陽の手をいただいて日向ぼこ　堀内　薫
太陽に吾も埃や日向ぼこ　平　赤絵
日向ぼこ身のうちそとに母の居て　長谷川せつ子
貝になりたしとも思はず日向ぼこりして　本土みよ治

懐手（ふところで）

寒いとき、手をふところに入れていることで、和服でなくてはできないことである。袂の中に入れたり、胸のところに曲げて入れていたりする。洋服だとポケットに手を入れるのがこれにあたろうか。寒さを防ぐためだが、だらしない印象を与える。〈本意〉『源氏物語』で、源氏に懐手を見られた紫の上の女官が、「いとはしたなきわざかな」と言う場面がある。寒さを防ぐためだが、だらしない様子である。

影法師の吾があはれや懐手　高浜　虚子
貝焼や女もすなるふところ手　吉田　冬葉
懐手して万象に耳目かな　松本たかし
*夫と子をふつつり忘れ懐手　中村　汀女
英霊車去りたる街に懐手　石田　波郷
脈うつやふところ手して乳二つ　橋本多佳子
ふところ手して手の遊ぶたのしさに　皆吉　爽雨
懐手して出て曲らねばならぬ　加倉井秋を
懐手してふところに何もなし　栗原　米作
ふところ手してふところになに持つや　島村　茂雄
懐手人に見られて歩き出す　香西　照雄
懐手水かきありと言ってみよ　平井　照敏

行事

神の旅　かみのたび　神の旅立

全国の神々が陰暦十月に出雲大社に旅し、翌年の男女の結婚を定めるという伝説が鎌倉時代には定まっていたという。神が去来するもので、春耕に先立ち村に来り、秋収ののちに去ってゆくという信仰が基盤になって形造られた伝説かもしれない。〈本意〉『徒然草』に、「十月を神無月といひて神事にはばかるべきよしは、記したる物なし。本文も見えず。ただし当月諸社の祭なきゆゑにこの名あるか。この月よろづの神達大神宮へあつまり給ふなどいふ説あれども、その本説なし。さる事ならば、伊勢にはことに祭月とすべきに、その例もなし」云々とある。十月に神事がないことの理由に、伊勢に神々があつまると考えられ、伊勢が出雲に変ったわけだが、近世以後は出雲に神々があつまるものとされる。はっきりしたことは不明だが、いつしか大きく体系化された伝説で、神送り、神帰り、神迎え、その他がととのえられてきた。

＊芦 の 葉 も 笛 仕 る 神 の 旅　高浜　虚子
塩 竈 の 神 の 旅 だ つ 塩 供 ふ　佐野まもる
峰の神旅立ちたまふ雲ならむ　水原秋桜子
漂 へ る 繭 雲 い く つ 神 の 旅　吉田　速水
旅立ちて神はおはさぬ神馬かな　富安　風生
嶺にかゝる豊旗雲や神の旅　山田九茂茅

磯の神旅立つ海の朝しづか　新田　郊春　　神の旅川といふ川せせらげり　千葉　久子

神送（かみおくり）　神送風

神の旅は陰暦九月晦日の夜におこなわれるとされ、翌日から神無月がはじまることになる。総神渡し、神渡し、お登り、お竈様送りなどと呼ぶ。神社に多くこの夜こもって祈ることがおこなわれ、旅立ちの日の風に乗って旅立つものとされる。出雲ではこの風を神荒（かみあれ）、御忌荒（おいみあれ）という。〈本意〉『増山の井』に「諸神、出雲へおはするを送るこころなり」とある。しかし『滑稽雑談』にあるように、「按ずるに、〝神送り〟といふこと、俗にいひならはしけることにや。本説もいまだ聞かず、大社にも知れがたし」というように、十分明らかなものではなく、不明確なまま定まってきた行事である。「けふはさぞ道づれ多き神おくり」（重頼）「風の駒雲の車や神送り」（才麿）「あるる物としれどたふとし神送」（鬼貫）「薄焼く音は夜半か神おくり」（野坡）など古句も多い。

しぐれずに空行く風や神送　正岡　子規　　窯の神送るべき火を熾しをり　下村ひろし

一筋に神をたのみて送りけり　高浜　虚子　　＊大焚火して産土の神送り　高崎　雨城

うぶすなの林黄ばむや神送り　松瀬　青々　　神送り椿の厚き花びらや　鈴木　鵬于

竹寺の竹総揺れに神送る　松原地蔵尊　　雷鳴りて大岳の神を送りけり　藤原たかを

神の留守（かみのるす）

陰暦十月、神々は出雲にあつまるので、各地の神社は留守になり、どことなくさびしく、がらんとしたような印象を与える。ちょうど落葉の季節なので、よけいさびしい感じになる。留守番をする神も考えられ、恵比須神、荒神様、安芸の宮島の神などは留守番神とされた。〈本意〉『滑稽雑談』に、「祭するところ、〈神無し月〉といひ、出雲へ神の集りたまふという説のはべれば、附会して〝神送り・神帰り〟、あるひは〝神の留守〟など申すにや」とある。その通りで、神の旅が体系的にととのえられたのである。芭蕉に「留主の間に荒れたる神の落葉かな」、北枝に「何人のいひひろげてや神の留守」がある。

この神の留守と聞くだにさびれたり　高浜　虚子
いみじくもかゞやく柚子や神の留守　同
葱畑の小さき神もお留守かな　野村　喜舟
通ひ路の一礼し行く神も留守　松本たかし
神の留守立山雪をつけにけり　前田　普羅
神々の留守の森にて烏瓜　鈴木　松山
留守なれや水を隔てて二つ神　小杉　余子
頼む神留守に患ふ身なりけり　三木志げ女
*神の留守こうこうと風のある樹かな　久米　三汀
荒格子つかみて覗く神の留守　吉川　堯甫
魂ぬけの小倉百人神の旅　阿波野青畝

神迎（かみむかへ）

出雲での会議は一か月でおわり、十一月一日に神々はもとの神社に戻る。それをお迎えする行事である。前夜から神待祭をするところ、お籠りをするところ、仕事を休んで餅をつくところがある。神の旅の期間が別の地方があるが、これは古い信仰の形で、次第に現在のような形にまとまってきた。〈本意〉自分たちの守り神の帰還を喜ぶ行事である。

野々宮や四五人よりて神迎　野村　泊月
巫女の髪水引を懸け神迎　安西閑山寺
神迎ふ一山六社みな灯り　木田　素子
湖の月あきらかに神迎へ　前田　圭史
もののふの霊を鎮めの神迎へ　小路　紫峡
稲の香のしるき国原神迎　栗間　酔舟
神迎へ新月の環あきらかに　佐野　良太
*荒神の散らす落葉や神迎ふ　佐々木醒湖
牧神を迎ふ角笛屋根わたり　長谷川久代
三宝に鯉の息づく神迎　角　淳子
神帰る心ほのぼの地酒くむ　山根　村笛
日々荒れてともしの暗さ神迎ふ　桑原　祝草

神等去出の神事（からさでのしんじ）　加羅佐手　からさで祭

島根県八束郡鹿島町佐陀の佐太神社の神事で、十一月二十五日におこなわれる。陰暦の神無月は出雲では神在月といい、神々が出雲にあつまるものとするが、十一月十一日から二十五日まで佐太神社に神々が滞在するとして、神社では二十日夕から二十五日夜半まで神在祭りをおこない、二十五日にからさで祭をおこなって、諸国の神々を送り出す神事とする。神社の西の神目山（かんのめ）まで神送りをしてうしろを見ずに帰る。〈本意〉佐陀明神は諸神の集合を出雲大神に伝奏する神で、諸神の帰国を送りだす神事を佐太神社がとりおこなうのである。このほか、佐太神社が伊弉諾・伊弉冉両神の鎮座地で、陰暦十月は伊弉冉尊の崩御の月なので、神々がこの社にあつまるという説もある。十一日から十五日の間に小さな金色の蛇が海から泳ぎ寄るという。これは海神の献上の蛇で、神官が海藻をもって迎え、神前に供えるという。神無月信仰の出雲側の形態ということができる。

神等去出の闇ゆく恋の奴かな　長田　染水
*神等去出の灯をもらさじと家を守る　後長　耕浦

亥の子（ゐのこ）　亥の日祭　亥の神祭　亥の子餅　亥の子石　玄猪（げんちょ）　御厳重（ごげんぢゅう）　おなりきり

陰暦十月は亥の月で、この亥の日に餅を食べれば万病をはらうことができるといい、餅をついて祝った。猪は多産なので、子孫繁盛を祈ったわけである。この餅を玄猪餅という。この風習は今でものこり、餅つきのほか、石に縄をたくさんつけて、家々の門口をついてまわり、藁束で地面を叩く子供の遊びがある。地中の作物に害となるものをはらい、果樹に掛けてよい実りを祈念するものと思われる。〈本意〉『増山の井』に、「十月亥日、餅を食すれば万病を除くよし、群忌際集に見えたるに、禁中にも内蔵寮よりこの餅を奉れば朝餉にてきこしめすと、公事根源にはべり。この内蔵寮より奉る餅の余風をうつして、今も御厳重とて、人々に分かちたまふとぞおぼえはべると、世諺問答にあり」とある。古くからおこなわれている行事である。

故郷の大根うまき亥子かな　正岡　子規
面の眼に瞳（め）のある亥の子鬼が来る　皆吉　爽雨
玄猪餅牛の口へも二つ三つ　西山　泊雲
亥の子餅搗かねば罪を負ふごとし　丸山渓風子
*餅搗いてにはかに寒き亥の子かな　田中　雨城
大根を添へてもたらし亥の子餅　塩崎　緑
幼子と話す亥の子の赤火鉢　長谷川かな女
亥の子餅搗くしきたりも母限り　坂本　二橋
山茶花の紅つきまぜよ亥の子餅　杉田　久女
餅搗くや亥の日亥の子の神のため　小沢満佐子

十夜（じふや）　お十夜　十夜法要　蛸十夜　塔婆十夜　諷誦文（ふじゅもん）十夜　十夜粥　十夜婆々

浄土宗の寺でおこなう十日十夜の念仏法要である。陰暦十月五日夜から十五日朝までの十夜におこなわれたが、今は短縮したり、十一月にうつしたりしている。はじめ京都の真如堂で修せられ、鎌倉光明寺でおこなわれて浄土宗の寺にひろまった。真如堂は今、十一月五日から十五日までおこなわれ、門前でたこが売られ、これを食べると疫病をまぬがれると言い、蛸十夜と称する。無量寿経の教えにしたがい、念仏をおこなう。お籠りをする寺も多く、十夜婆々の語があり、夜半参詣者に供する粥が十夜粥である。〈本意〉『滑稽雑談』に、十夜念仏、五日ヨリ及二十五日朝一として、「無量寿経に曰、ここにおいて善を修すること、十日十夜なれば、他方諸仏の国土において善をなす、千歳に勝る」とある。この教えから、真如堂、光明寺にはじまった念仏法要である。「下京の果の果にも十夜かな」(許六)「人声の小寺にあまる十夜かな」(召波)「一夜一夜月おもしろの十夜かな」(蝶夢)「門前の家は寝てゐる十夜かな」(月居)などの句が近世にある。

黒谷の方々の暗さに十夜かな　松根東洋城

＊くさめ聞く寒さうつりや十夜堂　皆吉　爽雨

ちんちんと黄泉の底より十夜僧　河野　静雲

十夜会に信濃は霧の粒粗き　東条　素香

運び来る僧皆若し十夜粥　原　石鼎

月の野に十夜の鐘がひろごれる　富永　春齢

灯の数のふえて淋しき十夜かな　松本たかし

天井にともしび幽き十夜かな　依田由基人

御取越(おとりこし)　報恩講引上会(いんじゃうゑ)

浄土真宗でおこなう仏事である。親鸞上人の忌日は陰暦十一月二十八日で、本山ではこの日に法要をとりおこなうが、末寺や在家は日を早めて(取り越して)法要をおこなうので、これを御取越と称するのである。〈本意〉『日次紀事』に、十月として、「この月中、一向宗門徒、私第において親鸞忌を修す。これを〝御取越〟といふ。倭俗、毎事その期に先立ちてこれを修するを

〈取越〉といふ。一向宗、もつぱらその法を崇め、物事に〈御〉をもつてこれを称す。十一月正当忌は、本願寺これを修す」とある。

仏恩や菜屑も不捨御取越　石井露月
悉く木賊折れけりお取越　皆川白陀
＊歎異鈔いと朗らかに御取越　島田五空
奥蝦夷に建ちし末寺やお取越　石田雨圃子

鞴祭（ふいごまつり）　ふいがうまつり　鍛冶祭　稲荷の御火焚（おほたき）　蜜柑撒（まき）

十一月八日に鍛冶屋は仕事を休み、鞴をきよめ、まつる。京都伏見稲荷のお火焚の日にあたる。鍛冶屋のほか鋳物師、飾師、石工、風呂屋、のり屋など、火を使う商売の人々がこの日に餅や蜜柑をまいた。この蜜柑を食べると病気をしないと信じられた。〈本意〉『滑稽雑談』に「今の世において、金銀銅鉄の工匠の徒、もつとも吹革を専用する者なり。毎年今日〝吹革祭〟また〝稲荷火焼〟と称して、吹革に神供をととのへ、酒飯魚鳥を料理して家族これを祝す。これまた社家者の幸ひなれば、今また金工の守護神の旨をのべたまふ。また、本社参る人多し」とある。京都伏見稲荷のお火焚の日を鍛冶の祭の日とするのである。稲荷が鍛冶の守り神と信じられていたからである。

祭する吹革に古き月日かな　岩谷山梔子
年季あけおのが鞴を祭りけり　大山几城
相槌の父亡き鞴まつりけり　宮下麗葉
火床（ほど）祭小指なき掌に塩つかみ　菊地龍三
＊死ぬまでは働く鞴まつりけり　同
家業われに絶ゆる鞴を祭りけり　宮下翠舟
雨しぶく鞴祭の唄はずむ　佐藤鬼房
鞴祭洗ひてもくろき指太し　大塚茂敏
鞴祭の鞴の錆に注連噛ます　吉田鴻司
野鍛冶より育ちし工場鞴祭　田中光峰

金剛の槌や吹革を祭りけり　安斎桜磈子
柚子ひとつのせて鞴を祀りけり　大網　信行

酉の市

酉の市(とりのいち)　酉の市(まち)　お酉さま　酉の町詣　一の酉　二の酉　三の酉　熊手　頭(かしら)の芋　熊手市　おかめ市　三島酉の市

酉の市(いち)は、東京では昔とりのまちとよばれていた。鷲(おおとり)神社の祭礼で、十一月の酉の日におこなわれ、初酉の日が一の酉、次の酉の日が二の酉、三番目の酉の日が三の酉である。一の酉がもっとも重んぜられる。本社は大阪、堺市鳳(おおとり)町の大鳥神社だが、東京辺のお酉様信仰は独自に発達したようで、台東区千束三丁目の大鳥神社が中心になる。場所が吉原の裏手ということもあり、酉の市には大変なにぎわいになる。熊手市、おかめ市が出て、大熊手、おかめの面、入り船、頭の芋、黄金餅、お釜おこしなどの縁起もののみやげが売られる。頭の芋は、八つ頭、赤頭芋をふかし、おかめ笹にとおしたもので、大頭ともいう縁起物である。〈本意〉『守貞漫稿』に、十一月酉の日を「江戸にて今日を〝酉の町〟と号し、鷲大明神に群詣す。この社、平日詣人なく、ただ今日のみ群詣して富貴開運を禱ること、大坂の十日戎と同日の論」と説く。江戸中期以後、浅草でとくに繁昌したお祭である。

若夫婦出してやりけり酉の市　高浜　虚子
此頃の吉原知らず酉の市　同
三の酉をいふ火事をいふ女かな　松根東洋城
たか〳〵とあはれは三の酉の月　久保田万太郎
くもり来て二の酉の夜のあたゝかに　同
二の酉の勲章祝ふ手をしめて　長谷川かな女
しむる手のあざやかさ聞け酉の市　阿波野青畝
夜の雲斑らに黒き酉の市　菅　裸馬
風おろしくる青空や一の酉　石田　波郷
＊やはらかに人押し合ひて一の酉　中村　金鈴

月低くかかりて三の酉がある　久保　太一　昼出でて昼の戻りや一の酉　石川　笠浦
宵は身の入らぬ声して熊手市　及川　貞　三の酉母の縫糸買ひに出て　古賀まり子

熊手　くまで

酉の市で売る縁起物の中のもっとも人気のあるもので、福徳をかきあつめる熊手とされている。竹で出来たもので、人の手ほどのものから、巨大なものまで大きさはいろいろある。熊手におかめの面、大判小判、枡、大福帳、宝舟、七福神などをかざりつけてあり、これを買って帰った人は神棚にかざったり、商人は店頭にかかげたりする。〈本意〉『守貞漫稿』では、「けだし熊手を買ふ者は、遊女屋・茶屋・料理屋・船宿・芝居にかかはる業体の者等のみこれを買ふ。一年中天井に架して、その大なるを好しとす。正業の家にこれを置くことを稀とす」と書く。福をかきあつめるというイメージの縁起物である。

病む人に買うて戻りし熊手かな　高浜　虚子　熊手買ふ値を声高にさだめけり　加藤　覚範
＊人波に高く漂ふ熊手かな　島田　青峰　熊手買つて千住旧道月明り　渡辺　白峰
俳諧の慾の飽くなき熊手買ふ　富安　風生　切山椒買ふや熊手を子に托し　橋本　冬樹
母が買ひ来て朝餉明るき熊手かな　新井　声風　老教授小さき熊手を買ひゐたり　池上柚子夫
熊手売る冥途のごとき小路かな　渡辺　白泉　百円の熊手には手をしめざりき　蒲生　院鳥

神楽　かぐら

神遊(かみあそび)　庭燎(にはび)　採物(とりもの)　大前張(おほさいばり)　小前張(こさいばり)　千歳(せんざい)　早歌(はやうた)　東遊(あづまあそび)　求子(もとめご)

古代から伝えられてきたわが国の神事芸能であり、神社の祭礼などの折に見ることができる。

神霊を身につけたものがその霊を人々に付与するということを中心においた歌舞である。神あそびともいい、あそびは鎮魂の意味であった。天岩屋戸の前での天鈿女命の舞いが起源とされるが、この神話も、神がかりして神霊を身につけた巫女が、その霊を聖体に与えようとするもので、魂ふり神話なのである。神楽の中心的なものは、毎年十二月吉日、宮中内侍所前庭でおこなわれる内侍所御神楽で、御神楽とも呼ばれ、一条天皇の長保四年（一〇〇二）から今日まで続けられている。遠くから神々が参集して祝福し、酒宴を受け、芸をつくし夜明けとともに退去するという構成になっている。かなり簡略化され、雅楽化されたが、古格をたもつものである。〈本意〉『山の井』に、「神楽は、天照大神、天の磐戸に幽居ければ、六合常闇となりて、夜昼の分かちなかりける時、天鈿女の神、かづら・だすきをかけ、竹葉・飫䬵の木葉を手草にし、桙を持ちなどして、かの磐戸の前に歌舞をなしたまひければ、すなはち磐戸開きて、日の神世にあらはれたまひ、人の顔ども白く見えつれば、万の神たち悦びたまひつつ、みな相共に阿波礼、阿那於茂志呂とのたまひけるとかや。されば、おもて白き巫女殿の化粧を言ひなし、杵がうすめの神かぐらまねぶありさまなど言ひたて、また常闇晴れて明星うたふ心ばへ、朝くらぐらの物の音に心いさめるけしきなどすべし」とある。霊力のもどる喜び、生気があらわされるわけである。北枝に「おもしろもなうて身にしむ神楽かな」がある。

歯なきその口もと見まじ神楽歌　高田蝶衣
神楽舞ふ赭顔吊眼の国つ神　福田蓼汀
神楽はてゝ長鳴鳥の鳴く夜かな　田中田士英
雪を来て神楽好きなり出雲人　鷹野清子
＊神楽笛ひよろ〳〵いへば人急ぐ　阿波野青畝
夜神楽のもどきの鬼の草鞋ばき　西本一都
天離る石見の国の神楽見つ　野見山朱鳥
霧の中より神神の遊ぶ笛　宮下翠舟

里神楽（さとかぐら）　宮神楽　夜神楽　湯立（ゆだて）神楽　霜月神楽　山伏神楽　霜降番楽（ばんがく）

宮廷以外の各地の神社でおこなわれる神楽で、内裏外の宮廷と交渉の深かった神社と遠く離れた地方の神社との二つに大別できる。前者は石清水八幡、伊勢・賀茂・吉田・北野・祇園などの神社で、後者は、出雲の佐陀大社系の神社で、全国にひろがる。ほかに、東北地方の山伏神楽や全国にひろがる湯立神楽などもある。おとろえた魂の復活をねがって年の暮れにおこなわれるのが普通である。笛や太鼓ではやして、おかめ・ひょっとこの面をつけて無言で演ずる。〈本意〉『篗纑輪』に、「神楽はもと天照大神の宝前に限ることにてはべりけるが、のち諸方の神社にもこれを行ふ。よりて禁裏内侍所の御神楽に対して、諸社の神楽を里神楽といふ。同じく冬なり。夜分なり」とある。宮中のものより庶民的な、民俗的な、たのしいものが多い。

里神楽森のうしろを汽車通る　高浜　虚子
里神楽秋の田の額昔より　阿波野青畝
子供少し見てゐる雨の里神楽　本田あふひ
里神楽出を待つ畑の菜を賞めて　平畑　静塔
*里神楽面が笑顔で泣けばかなし　池内友次郎
里神楽渚に子等はひかりつつ　松林　朝蒼
里神楽馬鹿面とれば真顔なり　向山　古峡
里神楽見てゐて邪（よこしま）なきごとく　清水　平作
盲ひゐてこの世のことの里神楽　小内春邑子
里神楽父の背姿覚えをり　香取佳津見
面とればをさな顔なり里神楽　田村　了咲
里神楽楽屋を覗く月と子よ　田口秋思堂

御火焚（おほたき）　御火焼（おほたき）　おひたき　おしたけ　新玉津嶋の御火焼

十一月中に京都の神社ではみな焚火の神事がおこなわれる。通称「おしたけさん」。神前に新穀、果物、神酒をささげ、庭に松の割木を井桁につみあげ、中に斎竹を立てる。神火をきり、火をつけ、竹が三回はぜると、神酒を火中に注ぐ。そのあと、みかんをまき、饅頭などを与え、神官がターケターケととなえ、子どもがオシターケノーノーととなえる。〈本意〉『日次紀事』に十一月として、「この月、毎神社の縁日、柴薪を神前に積み、御酒を供へ、しかる後に火を投じてこれを焼く。児童おのおの、〈某神の御火焼〉と口唱してこれを拍す。氏子の家もまた、その生土神の縁日をもつて火焼を修す。けだし来復の神気を助益するものならんか」とある。一陽来復の願いに火を焚いて、その陽気を高めようとするのである。

御火焼に雪解けかゝる社かな　木下　笑風
お火焚のいでたちしかと小山伏　加藤　高秋
＊お火焚の切り火たばしりたまひけり　後藤　夜半
お火焚や寒むざむ引きし巫子の眉　三浦蓼秋風
お火焚の一炎一煙かな　高野　素十
お火焚や広前銀杏ちり敷ける　木村寿美平

熊祭　くままつり　熊送　贄の熊　神の熊

アイヌの人々は、熊を山の神の化身と信じていた。この神を人間の世界に招き、冬の狩のはじまる前に、神の国に帰す儀式である。十二月頃におこなう。祭に使う熊は、雪解けの頃、冬眠の穴から出てくる親熊を殺し、捕獲した子熊で、これを飼育して大きくしたものである。この熊を斎場につなぎ、儀式のあと絞殺し、祭壇に伏せて拝む。そのあと熊の肉で三日三晩大宴会をおこなう。これをカムイオマンテ（神送り）、またはイオマンテ（物送り）といい、アイヌ民族は、神が満足して天に帰り、再び人間に獲られたいと願い、天上からアイヌを守っていると信ずる。

〈本意〉アイヌの神が熊に姿をかりて現れることを信じ、熊を天上に送り、その守護を祈り、また熊をつかわされることを願うのである。

＊雪の上に魂なき熊や神事すむ　山口　誓子
酋長の藁のかんむり熊祭　山本駄々子
飾り太刀倭めくなる熊祭　同
判官は蝦夷の神なり熊祭　杉山　一転
熊送りすみし白樺の杭二本　西本　一都
贄熊に嗅ぎよる犬を箭で叱る　水野波陣洞
常のごと贄熊あわれ物乞える　山路観潮子
風に幣鳴ればよろこび贄の熊　鎌田　薄氷

顔見世（かほみせ）　歌舞伎顔見世　面見世（つらみせ）　足揃（あしぞろへ）

新しい顔ぶれの一座の役者を見物に披露することが本来の顔見世である。ところで昔は劇場の役者との契約期間は十一月から翌年十月までの一年間で、役者は、十月が来ると新しい劇場と契約を結んで、十一月にお目見得した。それを顔見世といい、その時の特別な出し物を顔見世狂言といった。十一月朔日を初日として、複雑な慣例があったあと、きまった手順で狂言が上演された。しかしこのような顔見世形式は近代になってみなすたれ、京都南座の十二月の顔見世興行だけが、昔にならって竹矢来を組み、出演俳優の紋看板をかかげる。が、出し物などは、全く異るようになった。〈本意〉面見世、足揃えともいう。『日次紀事』に、十一月として、「この月初め、四条河原狂言ならびに傀儡棚の役者、入れ易への後、各々芸を施し、諸人改め観る。俗にこれを顔見世と称す。これ、見る人をして役者の顔面を知らしむるの義なり。臘月二十日ばかりに至りて、各々これを止め、来年正月二日、またこれを始む」とある。今日では人気スターの顔ぞろえの意味だが、伝統的には、一座の新年度の門出の興行であり、劇場にとっては極めて大切な年中行事で、十一月を芝居正月、歌舞伎正月という。

顔見世を見るため稼ぎ溜めしとか　高浜　虚子
顔見世の恋は儚きものにぞある　大野　洒竹
*顔見世やおとづれはやき京の雪　久保田万太郎
顔見世や酔うてしまひし連れもあり　岡村　柿紅
顔見世や中幕すぎの霧月夜　水原秋桜子
顔見世や舞妓居ならぶかぶりつき　中田　余瓶
顔見世の隈取寒き素顔哉　中川　四明
顔見世に高野の僧も参ずるか　大野　林火
顔見世の死の道行へ鐘かなし　那須　乙郎
顔見世の女人の嘆きけんらんと　山根　草炎

鉢叩（はちたたき）　空也念仏（くうやねんぶつ）　空也和讃　暁の鉢叩

十一月十三日は空也上人の忌日だが、この日から大晦日まで四十八日間、空也堂の半僧半俗有髪妻帯の僧たちが、洛中洛外の五三昧や七墓を、鉦をうちながら、念仏、和讃をとなえて歩く。奉加銭を受けると、瓢（ひさご）形の落雁干菓子を授（さず）け、また茶筅を売って歩いた。今日でも、十一月十三日の空也忌に、空也堂で空也踊り念仏をするが、これが鉢叩の名残りである。〈本意〉『滑稽雑談』に、「いま四条坊門空也堂十八家鉢たたき、毎年十一月十三日本堂に集まりて、四十八夜の行入りとて、踊念仏を修し、今日より十二月晦日まで四十八夜、洛中・洛外・山野・聖林をめぐりて、無常の和讃ならびに高声念仏を唱ふ。これを〝暁の鉢敲〟といへり。まことに殊勝の法則なり。この徒、平生は笠を著けず、あるいは笠に緒を附けずといへり」とある。芭蕉が「長嘯の墓もめぐるか鉢敲き」「納豆切る音しばし待て鉢叩き」と詠み、その寂しさを愛したことから知られる季題である。嵐雪に「今少し年寄り見たし鉢たたき」、蟻道に「弥兵衛とは知れど憐や鉢叩」、越人に「月雲や鉢たゝき名は甚之丞」、蕪村に「子を寝せて出て行く闇や鉢扣き」がある。

芭蕉が源となる伝統である。

月の夜に笠きて出たり鉢叩　高浜　虚子
聞きも居るや行くか踊るか鉢叩　松根東洋城
一しきり雨に止みけり鉢叩　大谷　句仏
＊下京の暗に消えけり鉢叩　伊藤　松宇
これはこのあたりの僧や鉢叩　巌谷　小波
京にきて京の辻なり鉢叩　星野麦丘人

七五三（しちごさん）　しめ祝　千歳飴

十一月十五日の日、男の子は数え年三歳と五歳、女の子は三歳と七歳を祝う。古来の髪置（かみおき）・袴着（はかまぎ）・帯解（おびとき）などを一まとめにして、七五三としておこなうようになったのは、江戸時代末期からで、大正以後とくに盛んになった。衣類を新調して氏神に詣で、千歳飴（ちとせあめ）をもって祝いものをくれた親戚や知人をまわる。〈本意〉近世までの、三歳男児の髪上（かみあげ）、五歳の袴着・深曾木（ふかそぎ）、九歳の紐直（ひもなおし）、あるいは近世初期の五歳男児の紐直・帯解（以前は七歳）などの風習が変化し一般化したもので、子どもの成長を祝うわけだが、七歳に達してはじめて子供の存在が社会的に認められるようになった。

母系の声七五三に美しく澄む　池内友次郎
母と子とまれに父と子七五三　大橋桜坡子
＊七五三の飴も袂もひきずりぬ　原田　種茅
振袖の丈より長し千歳飴　石塚　友二
七五三石段天に到りけり　野口　里井
七ッ祝ぐ妻の形身の子なりけり　牧野　寥々
七五三妻も大人となりにけり　景山　筍吉
子が無くて夕空澄めり七五三　星野麦丘人
もう一つ父の掌が欲し七五三　阿部　寒林
七五三日も経てゆくは病みゐしや　塩谷はつ枝

髪置（かみおき）　櫛置

昔は、男の子も女の子も生まれてから二、三歳までは髪をそっていた。その髪をのばす儀式が髪置、櫛置である。これが近世になって三歳と定まった。「三つで髪置、五つで袴着」といわれる。髪置の式には、白髪綿という長寿を祈る綿帽子をかぶせ、櫛で左右の鬢を三度掻く。深曾木という儀式もおこなわれた。これは三歳から五歳までの子どもの髪の端を切りそろえる儀式で、今日も宮中でおこなわれる。〈本意〉『日次紀事』に、十一月として、「この月、吉日を涓(えら)ばれ、禁裏・院中三歳の諸王子、御髪上・御色直し。……この月、民間、三歳の小児、髪置とて、綿帽子を蒙らしむ。これを白髪といひ、松の枝ならびに多知波那(たちばな)をその上に挿(さしはさ)む。また食膳に加那(かな)加志羅(がしら)魚ならびに小石を置きて、その堅固ならんことを祝ふなり」とある。髪をのばすことを祝い、かつ長寿を祈念するための儀式である。

＊よくころぶ髪置の子をほめにけり　高浜　虚子
髪置や一重瞼は父に享く　斎藤　白柿
髪置や鳩をはらひし袖の長(た)け　小泉　照子
沼の日ざし髪置の座をぬくもらす　新保　旦子
髪置に大き過ぎたるリボンかな　本堂　蟹歩
髪置の袖ひるがへる木の間かな　神谷阿平美

袴着（はかまぎ）

とくに男の子がはじめて袴をはく儀式で、一族の中から立派な人を選んで袴親となってもらい、袴の紐を結んでもらう。三歳から七歳ぐらいまでの間に男女ともにおこなわれたが、近世からは五歳のときおこなうようになった。麻裃を着せ、袴は前腰をとって左足から入れる。その後氏神に参り、親類を招いて祝宴をひらく。十一月におこなわれた。〈本意〉『改正月令博物筌』に、「民家の男子五歳になるときは、この月吉日を選び、袴着ととなへて、碁盤の上にて上下(かみしも)を着せる」とある。成長を祝い、将来の吉を祈る通過儀礼である。

袴着の袴鳴らして鳩を追ふ　巖谷　小波
高々と袴着の子を差し上ぐる　船越　一路
*袴着の孰れ親馬鹿ならざらぬ　石塚　友二
袴着を見上げて母の若かりき　山本　薊花
袴着の祝儀袋を書かされぬ　樋口玉蹊子
夫のみが知る袴着の紐むすぶ　深沢　君子

帯解(おびとき)　帯直　紐解　紐落　紐直

子どもの着物についている付紐をとりのぞき、帯を使いはじめるための儀式。男女ともにおこない、はじめ九歳でおこなったが、のち男の子五歳、女の子七歳の十一月十五日におこなう。子孫の多い夫婦にたのみ、子どもに晴れ着を着せてもらい、幅広の帯を結んでもらう。氏神に詣で祝宴をするが、今は七五三に含まれている。紐解は帯解と同じだが、とくに女の子のときに言う。〈本意〉『改正月令博物筌』に「帯解といふは、紐直しのことにて、女子五歳までは帯をせず、紐にて結びしが、五歳の当月より帯に改む。あるひは七歳より改むるもあり」とある。男女どちらにも言うが、とくに女の子がイメージされる。年齢は時代によってちがいが出るが、子の成長を祝う通過儀礼である。

帯解や立ち居つさする母の顔　村上　鬼城
帯解や芽生え初めたる芸心　小林　寂無
*帯解や可愛らしさの長襦袢　籾山　梓月
帯解の炊煙暁ヶよりきびしき晴れ　醍醐　育宏

勤労感謝の日（きんろうかんしゃのひ）

十一月二十三日。国民の祝日である。もともとは新嘗祭で新穀を感謝する日であったが、昭和二十三年七月二十日制定の「国民の祝日に関する法律」によって、「勤労をたっとび、生産を祝い、国民がたがいに感謝しあう日」としてうまれかわった。〈本意〉収穫を神にささげ感謝する新嘗祭がすべての勤労にひろがった、ひろい意味での収穫感謝の日である。

アルミ貨ほど身軽し勤労感謝の日　香西　照雄
ひとり燃ゆ田の火勤労感謝の日　亀井　糸游
＊窓に富士得たる勤労感謝の日　山下　滋久
野に老いし父母よ勤労感謝の日　石井飛大男
夜明けから薪割つて勤労感謝の日　安部　布秋
母のエプロン壁に勤労感謝の日　朝倉　和江
米量る掌に糠勤労感謝の日　藤田　洲明
雨に余す勤労感謝日の強飯を　立花　豊子

大師講（だいしこう）

天台大師忌　智者大師忌　天台会　霜月会　大師粥　智慧の粥

陰暦十一月二十四日で、天台宗をひらいた智者大師の忌日。智者大師は諱は智顗、天台大師ともいう。開皇十七年（五九七）没。伝教大師最澄が比叡山で法華十講の法会をひらいたのが大師講のはじめで、延暦十七年（七九八）のことである。霜月会とよばれ、全国の天台宗の寺院でおこなわれるようになった。枯柴を折って箸とし、小豆粥を食べる習慣があった。この粥を大師粥、智慧の粥ともいう。〈本意〉『増山の井』に、「これ、天台智者大師の忌日なり。妙法蓮華経を釈して、玄義文句摩訶止観を作りたまへり。台家をはじめ、今日は報恩の講を行なひはべる。在家にも、あづきの粥などたむけはべり」とある。天台宗は浄土、法華、一向宗などの源流であり、その開祖として尊崇されたが、今はあまり行われなくなった。

こなれよき凡夫の腹や智慧の粥　松瀬　青々
熱粥に舌焼くけふは大師講　除村　春峭
*たんねんに小豆撰り捨つ大師粥　青木　綾子
しもやけの指のかゆさや大師講　加藤　覚範
枯柴の箸にたつ香や大師粥　松川　藤邨
古竈に火のあふれけり大師粥　小川　鴻翔

報恩講（ほうおんこう）　御正忌　御七夜　御講　御仏事　御霜月　親鸞忌

浄土真宗の開祖親鸞上人の忌日は陰暦十一月二十八日。東本願寺、仏光寺、興正寺などでは十一月二十一日に通夜、二十八日日中に満座となる。また西本願寺では陽暦でおこない、一月九日が通夜、十六日日中でおわる。七昼夜の法要である。浄土真宗のもっとも大切な法要で、門徒の参詣がおびただしい。あらたに入信するものも多い。〈本意〉『増山の井』に「二十二日より二十八日まで、親鸞上人の忌日の法事、本願寺などにて行なはれはべり。世話に〝御仏事〟といひならはせり」とある。門徒の数が多く、すこぶるにぎやか。浄土真宗の大切な法要である。

わが代の限りは門徒親鸞忌　大橋桜坡子
ゆくところ雪のふるくに親鸞忌　西本　一都
馬の背や緋蕪のぞかすお霜月　石橋　秀野
*高張に霏々と雪降るお講かな　石田雨圃子
お正忌の柱のかげにありがたや　桜井　千坊
僧にして大学教授親鸞忌　森　薫花壇
小寺には小寺ながらに報恩講　矢野　牛童
寺に来て落葉かく日や報恩講　石月　洋子
寺も村も暗かりしかな親鸞忌　土田　亘平
みあかしの朱蠟あえかに親鸞忌　藤田　しづ
親鸞忌日の枯草のことば聴く　鷲谷七菜子
百姓は野良着のまゝや親鸞忌　久我清紅子

法悦の母うつくしや親鸞忌　森本五十鈴
蛩が家は残らず門徒親鸞忌　三井　峡村

臘八会

臘八(ろうはち)　成道会　臘八接心　臘八粥　五味粥　温臓粥(うんぞうがゆ)　温糟粥(うんぞうがゆ)

臘八というのは臘月八日ということで、臘月は十二月。釈迦が雪山(せっせん)で苦行の末、明星を仰ぎ悟りひらいて出山した日とされる。それで十二月八日に禅宗の大寺院では、十二月一日から七日間、不眠不休の坐禅がおこなわれ、これを臘八会、成道会、臘八接心、臘八大接心などという。七日の夜または八日の朝、寺によっては五味粥を出す。これはこんぶ、串柿、菜を入れた粥であるが、ほかに、茶粥(さしゅく)、甘酒、たくあんを出す寺もある。釈迦出山のとき、難陀・婆羅の二人の女が乳を捧げて、釈迦の身体をあたためた故事にもとづく。中国ではこの日祖先を祭り、仏に粥を供える風習があり、これが臘八粥であったが、もちあわ・白米・もち米・あわ・ひしの実・くり・あずき・なつめを煮て果物をまぜ、砂糖で味をつけた臘八粥も作られた。日本では、こんぶ・串柿・大豆粉・薬葉などを用い、また、みそに酒糟を加えたものもあった。〈本意〉『篗纑輪』に、「釈尊、この暁、明星を見て成道したまふ朝なれば、禅家には夜中座禅し、暁に粥を煮て仏に供し、我もこれを食す。〃臘八の粥〃といふ、これなり」とある。釈迦の苦行開悟をしのび記念する坐禅会である。粥も食して、故事をしのぶわけである。

臘八の明方頃を鴉啼く　小川　煙村
臘八や嚙む眼ばかりの乾小魚　阿部浪漫子
*臘八や雪を急げる四方の嶺　阿波野青畝
鳶のかげ田の面に舞ひて臘八会　中井　是空
臘八の巨いなる雲動きをり　中川　宋淵
末法の星美しき成道会　今村　霞外
臘八の法話の中の摩伽陀国　末石　休山
臘八の飲食(おんじき)湯葉の黄をくらふ　永橋　並木

大根焚（だいこたき）

十二月九日、京都鳴滝の了徳寺の行事である。親鸞上人が建長四年（一二五二）十一月にこの地で説法したとき、村人が帰依して、毎日大根を煮てさしあげた。上人は喜んで、庭の薄の穂をもって「帰命尽十方無礙光如来」と書いて形見として村人に与えた。蓮如上人もこの地で名号を書き与えたので、毎年十一月九日に大根を煮て開山にそなえ、参詣者にもこれを供した。のち十二月九日になったが、中風にきくと沢山の人が参詣して食べる。〈本意〉親鸞上人の故事を大切に守っている行事である。

人の上にいただく膳や大根焚　山本　梅史
大根焚母の年また問はれけり　佐藤　信子
＊大根焚あつあつの口とがりけり　草間　時彦
大声の法話僧にて大根焚　中村七三郎
日だまりは婆が占めをり大根焚　同
末座には聞えぬ法話大根焚　木代はろし
あつあつと婆が涙や大根焚　岸田　稚魚
聞法の襖外して大根焚　坂田　流枕

神農祭（しんのうさい）

神農は中国古代の伝説の人で、医薬の祖神である。漢方の医家ははじめ冬至の日に神農を祭っていたが、それが十一月二十三日の大阪市道修町薬種問屋街少彦名神社の祭と変ったわけである。少彦名命が日本の医薬の神で、神農氏にあたるからである。昔は、祭の日に、虎の骨で作った病気よけの丸薬と五枚笹に付けた張り子の虎を参詣者に配ったが、今は張り子の虎だけになっている。〈本意〉『改正月令博物筌』に「唐土の人、炎帝と号す。百草をなめて、薬を始めたり。医道の祖神ゆゑ、今日、医師、祭りをなすなり」とある。医薬の祖といわれる神を祭るのである。

神農の祭の虎を貰ひけり　本田　一杉
神農を祭り晴耕雨読の徒　山口　青邨
医は我に始まる家系神農祭　豊田　宗作
ねんねこに神農の寅躍りをり　伊東　蒼古
*枸杞茶煮て神農祀る日なりけり　遠藤　梧逸
神農に木の根草の根祭りあり　稲垣　黄雨

柚湯　ゆずゆ　冬至風呂　柚風呂

冬至の日に、柚子の実を入れた風呂をたてる。身体がよくあたたまり、風邪を防ぐという。同時にかぼちゃやこんにゃくを食べる。柚子は丸のままのこともあり、輪切りにすることもある。

〈本意〉『季寄新題集』に「柚のかすを百袋に入れ、湯として入るなり」とある。冬至の日は最も生命力の衰えるときと考えられていた。

冬至湯の煙あがるや家の内　前田　普羅
白々と女沈める柚子湯かな　日野　草城
へつつひに冬至の柚子がのつてをる　富安　風生
吾子はをみな柚子湯の柚子を胸に抱き　山口　青邨
*子の夫婦泊らす柚子湯繰り上げて　篠田悌二郎
柚子湯して妻とあそべるおもひかな　石川　桂郎
柚子の香の仄かに父の背をながす　本島　高弓
足るを知る身のしあはせの柚子湯かな　石井　紅洋
柚子湯あふれしめもう父と入らぬ子　増賀美恵子
ほのぼのと母の首ある柚子湯かな　保坂　春苺
柚子風呂を母在りし日のごと沸す　栗原　米作
子の臀を掌に受け沈む冬至の湯　田川飛旅子

針供養　はりくやう　針休み

針仕事を休み、針の折れたものを供養する。関東では二月、関西では十二月八日におこなう。年二回おこなうところもある。淡島神社の祭神婆利才女の名前に針をあわせたものという。こんにゃくに針をさして川に流し、豆腐・こんにゃくなどを食べる。〈本意〉関東にあわせて、普通春の季題とされる。裁縫の上達を祈り、手を休める一日である。春の部参照。

*ふるさとに帰りて会へり針供養　村山　古郷　それぞれの女のさだめ針供養　田辺ひで女

事始（ことはじめ）　正月事始（しやうぐわつのことはじめ）　事始の餅

正月を迎えるための仕事の始まる日で、十二月十三日である。関西では茶道、劇、花柳界、床屋、湯屋などに関係する人々がこの日を祝う。事始めの餅を作り、師匠や主家に一年間の礼をする。とりわけ京の祇園の事始がさかんである。もとは煤掃き、松迎えもこの日におこなった。〈本意〉『日次紀事』に十二月十三日として、「事始日　今日、正月万事の経営、始めてこれを修す。俗、これ事始の日といひ、正月所用のものまた多くこれを買ふ」とある。歳暮がこの日から始まると考えられ、正月の支度を始めるのである。

*京なれやまして祇園の事始　水野　白川　事始忘れし恩のおもはるる　同
いささかの塵もめでたや事始　森川　暁水　事始め川のむかふへ紙買ひに　細見　綾子
うかとしてまた驚くや事はじめ　松瀬　青々　新しく赤き火を焚く事始め　大島　龍子

冬安居（ふゆあんご）　雪安居

夏の夏安居九十日間に対して、冬におこなう安居のことをいい、雪安居とも呼ぶ。十二月十六日から三月十五日までの九十日間が原則である。僧をあつめ、坐禅や講経に専念させる制度。〈本意〉安居はもともとインドではじまり、夏の雨期には、洪水・毒蛇・猛獣などの災難が多かったので、寺にあつまり、修行学問に専念した制度であった。これが寒い季節にもおこなわれるようになったのである。

庫裡に吊る沓の濡れをり冬安居　羽田　岳水　臘梅に訪へば尼僧も雪安居　長谷川久代

*灯の声をたのしむ冬の安居かな　吉田　冬葉　竈燃ゆる音のほかなし雪安居　佐野　美智

炉火掻いて瞳も火のいろの雪安居　山口　草堂　入浴の喚鐘きこえ雪安居　大森扶起子

クリスマス　降誕祭　聖誕祭　聖夜　クリスマス・イヴ　聖歌　聖樹　サンタクロース

キリストの誕生を祝う日で十二月二十五日である。前の夜がクリスマス・イヴ、または聖夜という。キリストが生まれたのは夜であるが、その年月日はたしかではない。三世紀頃から一月六日に降誕を祝うことがおこなわれるが、ローマ教会はコンスタンチン帝の時から十二月二十五日を降誕の祝日とした。この日はローマの異教徒たちが太陽を拝む日であったが、正義の太陽であるキリストの誕生の日として祝ったのである。町やデパートではクリスマス・ツリーを飾り、贈り物、クリスマス・カードを交換し、七面鳥を食い、シャンペンをのむ。子供たちは靴下をつるし、サンタクロースの贈り物をたのしみにイヴの夜をねむる。〈本意〉救い主キリストの降誕を祝う日で、復活祭とならぶキリスト教の大祝日であるが、日本では、にぎやかに人々の交歓する日とすりかわってしまっている。

長崎に雪めづらしやクリスマス　富安　風生
死にたい母も生きたい母もクリスマス　中村草田男
黒人の掌の桃色にクリスマス　西東　三鬼
＊へろへろとワンタンすするクリスマス　秋元不死男
粧ひて胸うすき者よクリスマス　石田　波郷
ごうごうと風呂沸く降誕祭前夜　石川　桂郎
クリスマスユダを演じてほめられぬ　岡本　眸
三日月のほのかにありしクリスマス　中田　冬女
立つ船の見えて聖夜の松漆黒　殿村菟絲子
屋台とは聖夜に背向け酔ふところ　佐野まもる
水のんで心の隅のクリスマス　加藤知世子

聖夜眠れり頸やはらかき幼な子は　森　澄雄
女学生の黒き靴下聖夜ゆく　桂　信子
湯上りの子のまくれなゐクリスマス　赤松　蕙子
働いて来し手の組まれ聖夜ミサ　小谷　伸子
聖菓切るゆたかに底に刃が遠し　橋本美代子
柔かき海の半球クリスマス　三橋　敏雄
クリスマスパンをくわへし犬に会ふ　田村　了咲
みちのくに耶蘇の村ありクリスマス　長沢　簽一
暗き聖夜犬の股間に子犬あまた　堀内　薫
かくれ逢ふ聖樹のかげよエホバゆるせ　稲垣きくの
針坊主に針かがやきてクリスマス　桑原　月穂

札納（ふだをさめ）　納札

年末に神社や寺院から新しいお札がくばられるので、古いお札を社寺におさめて焼いてもらうのである。境内の木々に古いお札をしばりつけておく農村もある。〈本意〉『改正月令博物筌』に、「門戸に貼りたる寺社の札、取り収むるなり」とあるが、新しいお札に替え、古いお札を納めるのである。

伸び上り高く抛りぬ札納　高浜　虚子
蠟涙のかゝりし札を納めけり　永橋　並木

ごうごうと雪なめつくす御札焼　小村　松蔭
大達磨火を噴き上ぐる札納め　坂本　俳星

＊かち〳〵と切火かけけり札納　岡野　知十

雑然として札納められてあり　北沢　瑞史

まじりある片目だるまや札納　榎並美代子

めつぽうな青空になる札納め　吉野たちを

年籠（としごもり）　年参

大晦日の夜、神社や寺院に参籠して、新年を迎えることであり、鶏鳴とともに戻る。大晦日は寝ずにすごし、社寺で元日を迎えることをする土地もまだ多い。除夜の鐘を聞いて帰る二年参りなどもおこなわれる。〈本意〉『滑稽雑談』に、「今世において、和俗大晦日の夜、霊仏（れいぶつ）・霊社へ詣で年をとるなり。これを〝年籠〟と称す。諸国にあることにて、その国都の神社仏閣などへ籠るなり」などとある。大晦日の夜は寝ずに起き明かすものと考えられていたのである。その場所として神社・寺院を選ぶことが多いのである。「月もなき杉の嵐や年籠り　召波」「とかくして又古郷の年籠り　一茶」がよく知られている。

＊みづうみの風のすさめる年籠　木村　蕪城

年籠る子の片言のむつかしき　中谷　朔風

年越詣（としこしまうで）　除夜詣　年越参

年越参りともいい、大晦日や節分の夜に神社にお参りすることである。神社が幾つもあるときには、恵方の方角に行くものという。大阪では、節分詣でに仮装をしてゆく風習があり、これを節分お化けという。〈本意〉年越詣のときは節分の夜の参詣が中心で、大晦日のときには除夜詣というのがよいだろう。新しい年の良きことを祈願するのである。

年越の女中おとしと詣でけり　石田　波郷
ぬばたまの出雲の闇を除夜詣　福田　蓼汀
*願ぎごとのなき幸せの除夜詣　上村　占魚
地篝の火のちぎれ飛ぶ除夜詣　大網　信行
風神青く雷神赤し除夜詣　北野　民夫
飛火野の風来て猛る除夜篝　橋本　輝枝

除夜の鐘（ぢよやのかね）　百八の鐘

十二月三十一日大晦日の夜に、寺々でつきならす百八の鐘のことである。十二月を除月、大晦日を除日といい、その夜が除夜である。百八の煩悩を鐘の功徳によって消滅させるという。除夜の鐘はつき終るまで一時間ほどかかる。多くは午前零時につきはじめるが、少し前からつく寺もある。テレビで、有名な寺院の鐘が放映され、遠い鐘の音もきくことができる。〈本意〉除夜の夜鐘をつきならして煩悩を消す年中行事で、新しい年を清浄に迎える厳かな音である。

除夜の鐘幾谷こゆる雪の闇　飯田　蛇笏
除夜の鐘吾身の奈落より聞ゆ　山口　誓子
*おろかなる犬吠えてをり除夜の鐘　山口　青邨
水甕に水も充てけり除夜の鐘　中村草田男
除夜の鐘闇はむかしにかへりたる　五十嵐播水
除夜の鐘失せゆくものを逐ひ鳴れる　轡田　進
死なざりし顔拭かれをり除夜の鐘　瀬戸　杏花
除夜の鐘妻に小さな耳の穴　辻田　克巳
除夜の鐘建長寺先づ撞き出でし　小村　塘雨
くらやみの洞あるごとし除夜の鐘　福田　紀伊
熱の子の覚めて聞きをり除夜の鐘　高橋　悦男
除夜の鐘鳴るエプロンをはづしけり　竹内万紗子

柊挿す（ひひらぎさす）　柊売　鰯の頭（かしら）挿す　豆殻挿す

節分に、鰯の頭を柊の枝につけ、門口にさしておく風習で、柊の枝は鬼の目を突き、鰯はその匂いで鬼を追い払うまじないとなっている。柊の枝の代りに、くろもじ・かや・大豆の殻・竹・柳の箸・さんしょうの枝を使うこともあり、鰯の代りに、髪の毛・にんにく・ねぎ・らっきょうを使うこともある。焼いて臭いものがよいとされる。昔は、節分のころ町を柊売りが流して歩いた。〈本意〉『山の井』に、「節分は、都の町のならはしに、……夜に入れば、むくりこくりの来るといひて、背戸・門・窓の戸など堅くさして、外面には鰯の頭と柊の枝を、鬼の目突きとてさし出だし、内には恵美須棚・大黒柱のくまぐまに灯をくまなく立て、沈香などかほらす」とある。邪鬼の家に入りこむのを防ぐまじないで、とがったもの、くさいもので防ごうとするわけである。それで地方によって、やいかがし・やいくさしという。

柊をさす母によりそひにけり　高浜　虚子
凍雪を踏んで柊挿しにけり　高野　素十
我宿にさす柊をもらひけり　長谷川零余子
烈風の戸に柊のさしてあり　石橋　秀野
*父なくて柊を挿す母の背よ　草間　時彦
柊を挿すやものみな雪明り　吉岡　句城
柊挿す裏山に雲あそばせて　桑原　白帆
柊を挿すや年経し奈良格子　水内　菊代
柊挿す吾のみくぐる裏戸口　岩城のり子
母の挿す柊低し厨口　岩崎　恵一

追儺　つゐな　なやらひ　鬼やらひ　儺を追ふ

儺は難と同字で、つつしむの意。駆疫の意味に用いられる。中国では先秦の頃からおこなわれ、天子が儺をおこなった。時節の変り目に、朝廷では方相氏という呪師が熊の皮をかぶり、黄金四つ目の面をつけ、侲子という部下をひきつれて、部屋から部屋に疫鬼を追い出した。唐代には大晦日におこなわれるようになったが、これが日本に伝わり、大晦日の夜、宮中で背の高い大舎人が方相氏になって、戈で楯を三度打ち、群臣がこれに呼応して鬼を追い出した。のちこの方相氏が鬼となり、群臣がこれを追い出すように転じてゆく。この風習は貴族の家や神社でもおこなわれ、節分のときおこなわれるところが多くなった。浅草寺、京都廬山寺、神奈川寒川神社、太宰府神社などが有名である。鬼を追う型と、年男が豆をまくだけの型と二通りある。〈本意〉『年中行事歌合』判詞に、「追儺とは、年中の疫鬼を逐ひ払ひはべるにや。光源氏物語に、〈儺やらふ〉など申しはべるも、儺を追ふにてはべるなり。〈やらふ〉とは、追ふといふ詞なり。殿上の侍臣、桃の弓、芦矢を取りて、鬼を射るなり」とある。『日本歳時記』に十二月晦日として、「俗に随ひて、こよひ儺豆を打つべし。儺豆を打つこと、節分の夜する人はべれど、禁中の追儺も十二月晦日のよし、文に見えはべり」などとある。時節の変り目は悪鬼の夜行する時と考えられて、それをはじめ大晦日、のち節分の夜に、防ぐことに変っていったのである。『改正月令博物筌』に「昔は三十日の夜なり。今は節分に行はるる」とあるとおりである。

＊山国の闇恐しき追儺かな　原　石鼎
鬼やらひつららの牙を逃げゆけり　同
馬にやる蕎麦湯さめたる追儺かな　萩原　麦草
あをあをと星が炎えたり鬼やらひ　相馬　遷子
追儺豆あびて歓ぶめしひかな　斎藤　雨意
匂ふほどの雪となりたる追儺かな　小林　康治
赤鬼は日本の鬼鬼やらひ　石田　波郷
戸をあけてしりぞく闇へ追儺豆　岡村　浩村
鬼の持て来し寒さかな鬼やらひ　石塚　友二
病床やよべの追儺の豆さびし　中尾　白雨
鬼やらひけふ横雲のばら色に　森　澄雄
わが声のふと母に似て鬼やらひ　古賀まり子

豆撒（まめまき）　豆打　鬼の豆　鬼打豆　年の豆　年男　鬼は外　福は内

節分の夜「福は内、鬼は外」ととなえて豆をまき、鬼を追いはらう行事である。節分の翌日が立春であり、一つの年越しの行事で、豆を年の豆といい、豆を打つ人を年男と呼んだ。京都では室町時代におこなわれはじめた。追儺は古く唐から日本に輸入されたが、豆撒はそれと別に日本でおこなわれ、節分の行事となっていたようである。農村の予祝行事が武家、公家にひろがり、一般化したものと考えられている。またこの日年の数だけ、またはそれより一つだけ多くの豆を食べる風習がある。節分の豆撒はさかんになり、社寺では有名人、芸能人、スポーツ選手などを年男にして盛大に豆を撒かせるようになった。とりわけ、成田山新勝寺のものが知られる。般若心経を三百六十五巻読誦したのち、鐘の合図で年男が出て豆をまく。成田市全体をまきこむ人出となる。芝増上寺、池上本門寺なども知られる。〈本意〉『日次紀事』に、「もし年の内に節分あれば、禁裏、熬豆を殿中に撒かせられて疫鬼を逐ふ。春にあるもまた然り。今夜大豆を撒くを、〈はやす〉といふ。……同夜、家家……大豆を家内に熬る。これを〝打豆〟といひ、あるひは〝豆をはやす〟といふ。およそ一家の内、事を執る者、これを勤む。これを〝歳男〟と称す。高声に〈鬼は外福は内〉と呼んで、疫を攘ひ福を索む。その後、合家各々熬大豆を食らふときは、すなはち己が歳の数を用ふ」とある。季節の変り目に疫をはらう行事である。

戸あくれば吹雪面に鬼は外　岡野　知十
年男われ俳諧の鬼たらむ　西本　一都
老斑の手や年の豆もてあそぶ　原田　種茅
喪の家や埃にまじる年の豆　石橋　秀野
身を曲げて足袋脱ぐ豆を撒きし闇　野沢　節子
豆撒く声いくとせわれら家もたぬ　高島　茂
豆まくや発止と返す鏡あり　大竹きみ江
＊受けてたのし子の手刀の鬼の豆　細川　加賀
呟きて独りの豆を撒きにけり　小坂　順子
鬼打つとことごとく灯をともしけり　徳永山冬子

鬼嫌ふ豆のはづみのたのしくて　杉山　岳陽
追儺豆肱触れて妻やはらかき　石田　勝彦
書架に棲む鬼何々ぞ追儺豆　肥田埜勝美
福豆のこぼるゝ帯を解きにけり　竹内万紗子

厄落（やくおとし）　ふぐりおとし　厄の薪

男の四十二歳、女の三十三歳などは厄年の中心で、この厄年にあるものが、厄をはらい落とすために、節分の夜神仏に参るほか、呪術的方法もおこなわれた。銭をまいたり、食物をふるまったり、饗宴を開いたり、衣服や器物を路や橋にすてたり、とくに男が褌をおとし、女が櫛などをおとして、厄除けの呪とした。褌をおとすことをふぐりおとしという。割った薪に自分の年齢干支を書き、神社で燃やす厄落しがあり、この薪を厄の薪とよぶ。〈本意〉『滑稽雑談』に、「今世和俗、厄年にあたる前年の節分、〃厄落し〃とて、自ら秘蔵の衣服あるひは器物等を持ち出して、山野あるひは街衢また橋上に捨て、これを厄落しと称す。按ずるに、祓除の法に形代（かたしろ）などいふ儀に似通ひたるか。あるひはいふ、民間には下帯・古犢鼻褌などを厄落しとて、中華除窮鬼の日、弊衣を捨つるの義同じといふ」とある。人にわからぬよう、身につけたものを落として、厄払いするのである。

厄捨てし戻り声するめでたさよ　阿波野青畝
厄落し小さく寒く母蹤けり　外川　飼虎
＊身につもる諸厄落さんすべもなし　富安　風生
厄のもの落ちゐて浜は漁休　宇津木未曾二
酒よよとこぼして厄を落しける　宇田　零雨
一難の去りけり厄を落しけり　徳永山冬子
この永き風邪もつて厄落すべし　細川　加賀
大焚火かこみて漁夫の厄落し　桑原れい子

厄払 やくはらひ

節分の晩、あるいは大晦日の夜に、乞食が手ぬぐいで顔をつつみ、尻をはしょり、「厄払いましょう、厄落とし」と言って歩くと、厄年の人のいる家では、年の数の豆と銭を包んで与える。すると、「あああらめでたいな、めでたいな、今晩今宵の御祝儀に、めでた尽しで払いましょ」などととなえ、「悪魔外道を掻いつかみ、西の海へさらりっ」と結んで去る。明治時代には、京阪にチョロケンが出て歩いたが、これも江戸時代の厄払いの名残りで、となえごとをして米や銭を貰った。厄払いは乞食またはそれに類する者がひきうけた。〈本意〉『日本歳時記』に、「世俗に、立春の前夜、乞人家々に行きて、厄払ひ厄払ひと呼ぶ。翌年厄にあたる歳の人、銭を出だして与ふれば、祝詞を述べ、終りに鶏の鳴くまねをす。京都・武蔵に殊に多し。鄙(いなか)にもする所多し」とある。農村では人々が会食して厄を払ったが、都会では、乞食が厄の受取り人をつとめた。

隅田から吹く川風や厄払　小沢　碧童
＊囓して戸口去りけり厄払ひ　佐々木沙城
遠近に親子の声や厄払　松浦　為王
厄払一人通りて夜は更けぬ　大島　二宵

達磨忌 だるまき　初祖忌　少林忌

禅宗の初祖達磨の忌日で、陰暦十月五日。南印度香至国王の第三子で、西天第二十八祖となった。中国に招かれ、梁の武帝の尊崇をうけ、禅宗の初祖となった。嵩山少林寺で面壁九年の坐禅行をしたことは有名で、これを玩具、おきものにしたのがだるまである。没年や年齢はさだかではないが、梁の大通二年（五二八）に没したという。〈本意〉『日次紀事』に十月五日として、「達

磨忌当日　梁の大通二年、今日入寂。およそ大小禅刹、ことごとくこれを修す。およそ、各々の寺院開基の忌と達磨忌と、これ〈二祖忌〉と称す」とある。禅を中国に伝来した達磨は禅者の尊崇をうけるが、だるまの置物としても親しまれている。

達摩忌や達摩に似たる顔は誰　夏目　漱石
達磨忌の粥煮る他はしづかなり　葉貫　琢良
＊達磨忌や提唱すみし椎の雨　赤木　格堂
達磨忌の木杓子おもきとろろ汁　安田　晃子
達磨忌や今は色なき女郎花　籾山　梓月
達磨忌の素足が通る寺の縁　小川匠太郎
独居て独修しぬ達磨の忌　島田　五空
達磨忌の霜ましろなる大伽藍　和田　祥子

芭蕉忌（ばせうき）　時雨忌　桃青忌　翁忌

陰暦十月十二日、俳人松尾芭蕉の忌日。十月を時雨月とも呼ぶ上、芭蕉も「旅人とわが名呼ばれん初時雨」などと詠んで、時雨の変転するさびしさを愛したので、時雨忌とも呼ばれる。元禄七年（一六九四）上方の旅の途中、病気になり、大阪御堂筋南久太郎町花屋仁左衛門宅の裏座敷で、死んだ。享年五十一。遺言により、遺骸は膳所の義仲寺に葬られた。〈本意〉俳諧の大成者であった芭蕉の忌日なので俳人のもっとも大切にする忌日になる。十月十二日という、折柄芭蕉の好んだ時雨の頃で時雨忌と称して、しのばれる。樗良の「芭蕉忌にうす茶手向くる寒さかな」、几董の「はせを忌や木曾路の痩も此のためぞ」、一茶の「ばせを忌と申すも只（たった）一人かな」などが知られる。

芭蕉忌や芭蕉に媚びる人いやし　正岡　子規
芭蕉忌や風雅といふもありのまゝ　小杉　余子
湖の寒さを知りぬ翁の忌　高浜　虚子
しぐれ忌の恋の芭蕉をたふとみぬ　森川　暁水

芭蕉忌や弟子のはしなる二聾者　村上　鬼城
句を得たる夢は尊し翁の日　島田　五空
翁忌に行かむ晴れてもしぐれても　阿波野青畝
*吾が齢とどく芭蕉の忌日かな　後藤　夜半
芭蕉忌やはなればなれにしぐれをり　加藤　楸邨
しぐれ忌のしぐるる燈火明うせよ　木下　夕爾
芭蕉忌や己が脚嚙む寒鴉　沢木　欣一
桃青忌朱硯ひとつ欲しと思ふ　下村　槐太

嵐雪忌（らんせつき）

陰暦十月十三日。俳人服部嵐雪の忌日。嵐雪は武士の家に生まれ、武家奉公をしたが、元禄三年ごろ致仕し、俳諧師となった。早くから芭蕉に師事し、其角とならび、蕉門の代表俳人となり、江戸蕉門の双璧とよばれた。宝永四年（一七〇七）没。五十四歳。雪中庵の祖。〈**本意**〉「両の手に桃と桜や草の餅」と芭蕉は詠み、桃を其角、桜を嵐雪にたとえたほどで、江戸蕉門の代表俳人。重厚温和の俳風の持主だった。

嵐雪忌懸崖の菊保ちけり　永田　青嵐
嵐雪忌また時雨かな落葉かな　織田烏不関
*老残の鶏頭臥しぬ嵐雪忌　石田　波郷
さしかくる時雨の傘や嵐雪忌　高見南天楼
水霜にぬれたる菊や嵐雪忌　芳野　井寒
梅もどき壺に盛られて嵐雪忌　小山風実子

亜浪忌（あろうき）

十一月十一日。俳人臼田亜浪の忌日。本名卯一郎。小諸市に生まれ、永く新聞界にあったが、大正三年、病気のため、新聞社を退き、俳壇に立つことに決意、大正四年、大須賀乙字の協力のもと「石楠」を創刊主宰した。まことを唱え、広義の十七音、自然感を唱えた。多くの才能を育てた。昭和二十六年没。享年七十一。〈本意〉まことを理念とし、温健着実に俳壇の革正に力を尽した俳人である。

*亜浪忌や千曲は今し霧こめむ　金子麒麟草
亜浪忌の戻り月出て別れえず　原田　種茅
亜浪忌の馬齢のみ師に近づくや　大野　林火
亜浪忌や叱られしことのなつかしく　同
亜浪忌や聖のごとき雲が見え　佐野　良太
亜浪忌の夕鵙猛る城に在り　佐藤　輝城
亜浪忌の近し火山のしぐれぐせ　溝口　青男
亜浪忌や空の深みに冬の色　内舘　暁青

空也忌（くうやき）　空也念仏　空也堂踊念仏　焼香念仏

陰暦十一月十三日。空也上人の忌日。この日に、京都の蛸薬師通り油小路の空也堂で法要と踊り念仏がおこなわれる。空也上人は平安中期に出た踊念仏の創始者。十一月十三日に奥州に旅立ち、行方知れずになったので、その日を忌日とするといわれる。〈本意〉『改正月令博物筌』に「空也上人は、延喜帝第二の皇子にてわたらせたまふが、出家をとげ、天禄三年九月十一日奥州会津にて往生したまふ。京都より東国へおもむきたまふは、十一月十三日なり。御遺言により、東国へおもむきたまふ日を御忌日とす。毎年今日、歓喜踊躍の念仏を修行す」とある。口から仏がとび出す念仏姿をかたどった六波羅蜜寺の空也上人像は有名である。念仏に集中し、身の舞い手のおくところを知らぬ歓喜の状態にいたる踊り念仏に空也上人の法悦境が知られる。

空也忌の魚板の月ぞまどかなる　飯田　蛇笏
*空也忌の虚空を落葉ただよひぬ　石田　波郷
空也忌の木を伐る虚空抜けにけり　森　澄雄
空也忌の腹あたためぬ豆腐鍋　清水　基吉
京の空けふもしぐれて空也の忌　鳥居　涼意
空也忌の京に宿りぬ湯葉料理　高畠明皎々

貞徳忌（ていとくき）

陰暦十一月十五日。俳人松永貞徳の忌日。貞徳は幼名勝熊、号は逍遊軒、長頭丸、柿園翁など。和歌・連歌を細川幽斎、里村紹巴らに学び、貞門の祖となり、北村季吟らを育てた。縁語、掛詞を主とする遊戯的俳諧であったが、談林、蕉風出現の基盤となった。承応二年（一一五三）八十三歳で没。〈本意〉貞徳には『御傘（おからかさ）』などの著作があり、俳諧の式目のまとめとなっている。芭蕉も敬慕した近世俳諧の祖で、その存在は大きい。

正章の真蹟世に出づ貞徳忌　高浜　虚子　＊補写したる「御傘」あり貞徳忌　池上浩山人

一茶忌（いっさき）

陰暦十一月十九日。俳人小林一茶の忌日。一茶は通称弥太郎、号は、菊明、俳諧寺など。信濃柏原に生まれ、三歳で生母を失い、のち継母と折合いわるく江戸に出て、苦労する。やがて葛飾派の俳諧を学んで、一家を立てんとしたができず、郷里に戻り、五十二歳で妻をむかえたが、妻子の死や大火を経験し、中風を病んで土蔵の中で死んだ。文政十年（一八二七）六十五歳で死去。〈本意〉自嘲や哀歓の底から、人間があらわに覗き、実相をあらわすユニークな句で、愛好者の多い一茶の忌日である。

一茶忌や大月夜とはよくもいひし　高浜　虚子　俳諧寺一茶忌あなたまかせかな　増田　龍雨
一茶忌やロやかましき人ばかり　滝井　孝作　＊一茶忌や父を限りの小百姓　石田　波郷

一茶忌の雀の家族焚火越す　秋元不死男
一茶忌や我も母なく育ちたる　上村　占魚
一茶忌の熱きうどんを啜りけり　伊東　泉花
煮えつまる芋の匂ひも一茶の忌　菅生須磨子

波郷忌（はきょうき）

十一月二十一日。俳人石田波郷の忌日。松山市郊外垣生村に生まれた。本名哲大（てつお）。松山中学を卒業。農業をしながら、五十崎古郷に師事して俳句を学ぶ。「馬酔木」に入会、俊才の名をほしいままにする。昭和七年上京し、のち「馬酔木」編集に従事する。十二年九月「鶴」を創刊主宰。草田男・楸邨とともに人間探求派と称された。肺結核のため入退院をくりかえしながら、『惜命』を中心とする名句集を発表した。昭和四十四年、五十六歳で死去。全集がある。〈本意〉病気と闘う療養俳句の中で、いのちのうたをうたいつづけた俳人。「古典を競う」と唱えて、伝統俳句の精髄をうけつぎ守った。

波郷忌や富士玲瓏の道行きて　水原秋桜子
顔上げて波郷忌近き朴落葉　細川　加賀
*波郷忌の風の落ちてむ神田川　秋元不死男
あたたかき波郷忌の晴つくしけり　菊地　一雄
母とゐて言慎めり波郷の忌　五十崎　朗
波郷忌や掌上に柚子匂はしめ　小沢　謙三
賜はりし遺愛の徳利波郷の忌　牛山一庭人
石蕗咲いて日々波郷忌のごとくなり　高野　寒甫

近松忌（ちかまつき）　巣林忌

陰暦十一月二十二日。浄瑠璃作者近松門左衛門の忌日。本名は杉森信盛といい、通称平馬、号は平安堂・巣林子・不移山人などという。福井の松平忠昌の小姓杉森信義の二男。青年時代京都で公家武士になったが、のち近松門左衛門の名で浄瑠璃・歌舞伎の作者となった。「曾根崎心中」「女殺油地獄」「心中天の網島」などの名作を作る。芭蕉・西鶴とならぶ元禄三文豪の一人となる。享保九年（一七二四）七十二歳で没す。〈本意〉近松の作品は時代物八十曲・世話物二十四曲があるが、とくに世話物、心中物にあらわれる義理人情のしがらみに卓越した力をふるった。

＊けふも亦心中ありて近松忌　高浜　虚子　　なき母の絵双紙のこる近松忌　外尾倭文子
近松をまつりし小菊のこりけり　水原秋桜子　　天晴れな再婚したり近松忌　滝沢伊代次
心中の花道くらし近松忌　同　　阿波に生れ浪花に育ち近松忌　福田　蓼汀
さかり場に鉄骨立てり近松忌　山口　誓子　　近松忌寒きむかしも月夜にて　飯田　龍太
夕月に湯屋開くなり近松忌　石田　波郷　　祖母よりの鏡台みがく近松忌　鷲谷七菜子

一葉忌（いちようき）

十一月二十三日。小説家樋口一葉の忌日。一葉の本名は夏子。東京に生まれ、はじめ中島歌子に歌を学んだが、半井桃水について小説家を志した。桃水との浮評が立ったため、独力で精進し、「にごりえ」「十三夜」「たけくらべ」などで作家としての地位をきずいたが、明治二十九年二十五歳で死んだ。〈本意〉鷗外・露伴・緑雨らに認められたところで世を去るという短かい生涯であったが、抒情的なあざやかな描写が印象ぶかい。

一葉忌ある年酉にあたりけり　久保田万太郎　　全集の表紙の一葉一葉忌　富安　風生
＊石蹴りの子に道きくや一葉忌　同　　菊焚いてゐて一葉の忌なりしか　安住　敦

きぐすりで直る病や一葉忌　石川　桂郎
母持ちし書を受け継ぎぬ一葉忌　長谷川久代
女の時間奪はれ通し一葉忌　香西　照雄
夫は書き我は濯ぎぬ一葉忌　石田あき子
女下駄はきて其処まで一葉忌　伊豆　三郷
寝返りの髪の根さむし一葉忌　樗木　秀子

漱石忌（そうせきき）

十二月九日。小説家夏目漱石の忌日。本名は金之助。大学予備門で正岡子規と交友を結ぶ。子規への手紙に俳句を書き、漱石の号を用い、のち、ペンネームとなった。東京帝国大学で英文学を専攻。東京高師、松山中学、第五高等学校を教える。英国留学後、第一高等学校、東京帝国大学を教える。「ホトトギス」に「吾輩は猫である」を発表して、文名をあげ、つぎつぎに小説を発表した。のち朝日新聞社に入社して、『三四郎』『それから』『門』『行人』『こころ』などを発表。『明暗』を連載中に死去した。大正五年（一九一六）で五十歳であった。〈本意〉はじめ子規との交友の上で俳句を作り、子規門下の文章会、山会で俳文として書いた文章「吾輩は猫である」が、小説執筆の口火となったという、俳句に縁の深い文豪である。

銀の匙に麦粉そなへん漱石忌　中　勘助
＊全集の一巻手ずれ漱石忌　岩鼻十三女
硝子戸の中の句会や漱石忌　滝井　孝作
図書室の深きに日ざし漱石忌　納谷　浩一
焼鳥の歯の美しや漱石忌　秋元不死男
ぬかるみをよけて猫来る漱石忌　石山　耶舟
漱石忌雲碧落に遊びをり　村山　古郷
父在りしまゝの書棚や漱石忌　佐藤　信子

蕪村忌（ぶそんき）　春星忌

陰暦十二月二十五日。俳人・画人与謝蕪村の忌日。本姓は谷口で、名は寅、字は春星であった。落日庵・紫狐庵・三菓軒・夜半亭という号もあり、画号には、四明・朝滄・東成・長庚などが用いられた。摂津の毛馬でうまれ、二十歳ごろ江戸に出、内田沾山・早野巴人などに師事し俳諧を学んだ。結城に身をよせ、奥州に旅して京に移り、讃岐で画業にはげんだ。五十歳ごろから三菓社を結び、巴人の夜半亭を継承、中興俳壇の中心となった。画も池大雅と「十使十宜国」に技をきそい、声名高く、頂点に立つ画人となった。天明三年（一七八三）六十八歳で没。〈本意〉蕪村は画俳ともに時代の頂点にあった人。とくに俳諧は、芭蕉の風をしたい、その復興を志したが、おのずから個性的な蕪村調があり、正岡子規に写生俳句の典型とされたが、実は絵画的な写実の風だけでなく、幻想的空想的な浪漫性もゆたかに持つ作風であった。

鷹の羽を拾ひ蕪村の忌と思ひ　萩原　麦草
謝春星まつるに花圃の花もなし　水原秋桜子
蕪村忌や山ふところの冬日濃し　中田　余瓶
＊瓶に挿す梅まだかたし春星忌　大橋越央子
蕪村忌や暮れきつてより銀の雨　若山　允男
史記を好み杜詩を愛して春星忌　同
蕪村忌に磨る奈良墨の匂ひけり　福村　青纓
うつくしき炭火蕪村の忌たりけり　岸　風三楼

横光忌（よこみつき）　利一忌

十二月三十日。小説家横光利一の忌日。会津若松東山温泉に生まれ、以後転々と学校をかえて、早稲田大学高等予科文科に入学、大学を中退して作家生活に入る。川端康成と結んで新感覚派運動をおこし、活動の中心者となった。のち心理構成主義の作風に移った。『日輪』『蠅』『機械』『紋章』『旅愁』などが代表作だが、昭和二十二年（一九四七）四十九歳で没した。〈本意〉横光は小説家として、時代の新鋭であったが、石塚友二、石田波郷と親しく、「鶴」一門に小説を書く人の多いのも、この関係である。また自ら句作に熱中し二百句ほどを残してもいる。『旅愁』などには、俳句の影響もあらわれている。

横光忌齢ばかりが先師踰ゆ　石塚　友二　片頬にまざと日のあり横光忌　笹倉やよひ
横光忌黙契いよよ頑に　石田　波郷　横光忌末弟子となり父となりぬ　清水　基吉
＊マロニエの細枝の空や横光忌　米谷　静二　きびきびと冬の朝日や横光忌　同
庭のもの燃やす利一忌風もなし　田中午次郎　陰々と夕日語らず横光忌　戸田　九作

一碧楼忌（いっぺきろうき）

十二月三十一日。俳人中塚一碧楼の忌日。一碧楼は、明治二十年岡山県玉島町の製塩業者の家に生まれ、早稲田大学に入学、飯田蛇笏らと句作をし、のち河東碧梧桐に師事。新傾向運動の中心作家となる。碧梧桐と別れて「海紅」の主宰となり、自由律俳句をすすめた。昭和二十一年（一九四六）没。六十歳であった。『はかぐら』『海紅句集』などがある。〈本意〉碧梧桐の新傾向俳句運動の中心作家で、玉島俳人の中心として碧梧桐の無中心論の発想源になった一碧楼の忌日である。自由律俳人だが、詩情ゆたかな句であった。

炭割つて一碧楼忌家居せむ　藤田　尚　新傾向の一碧楼の忌なりけり　石本　青波
＊島の夜の一碧楼忌雪霏々と　中島　南北　古き友一碧楼忌修しけり　草野三波郎

寅彦忌（とらひこき）　冬彦忌

十二月三十一日で、科学者・随筆家寺田寅彦の忌日。筆名吉村冬彦、号に藪柑子・寅日子がある。明治十一年東京に生まれ、熊本の第五高等学校、東京帝国大学理科大学物理学科に学んだ。五高の師夏目漱石、田丸卓郎の影響で、随筆を書く科学者となってゆく。漱石の家での文章会に出席、「ホトトギス」に小品を発表して文名を高める。専攻は物理学・地震学で、東京帝大教授として業績をあげた。映画論をおこない、連句が映画的であると論じたりして、独特の世界をもつ科学者であった。昭和十年（一九三五）没。五十九歳。『冬彦集』『藪柑子集』などの随筆集が知られる。〈本意〉科学者としての観察の目で書かれた随筆で知られる。俳句も多く、ふところのひろい洒脱の人であった。

巻々の歌仙に悲し寅日子忌　松根東洋城

海鼠凍つ光ふるへり冬彦忌　古谷　群象

＊珈琲の苦味かぐはし寅彦忌　牧野　寥々

同門のすくなくなりぬ寅彦忌　野田山輝彦

動物

熊（くま）　羆（ひぐま）　赤熊　白熊　黒熊　月輪熊　熊の子　熊穴に入る

日本にいる熊はつきのわぐまとひぐまで、つきのわぐまは本州・四国・九州に、ひぐまは北海道にいる。つきのわぐまは小型で全身黒いが、前胸のところにV字型の白斑、いわゆる月の輪がある。木の根や新芽、木の実、虫や小動物を食べ、人畜をおそうことはめったにない。秋、樹の洞などで冬ごもりして、子を産みそだてる。ひぐまはずっと大きく、性質も荒く、牛や馬をおそう。肩がもりあがり、前足の爪の長い熊で、サハリン、シベリア、ヨーロッパにもひろく分布している。熊は水泳、木登りも得意で、一～三匹の子を産み育てる。〈本意〉『夫木和歌抄』に「荒熊の住みける谷を隣にて都に遠き柴の庵かな」とある。人里をはなれたところに住むおそろしい動物というところである。『本朝食鑑』に「人これを脅さざれば、熊もまた敵せず」として、月の輪熊の柔和性を記している。月の輪熊の急所は月の輪で、熊もここを手でおおって護るともいう。皮や胆などを利用するため、鉄砲をあまり使わず、月の輪を刺して殺したようである。冬は穴に棲んで寒をふせぎ、あるいは孕育すと記している。

熊撃てばさながら大樹倒れけり　松根東洋城
五六日狙うて熊を斃しけり　野村　喜舟
＊雌の熊の皮やさしけれ雄とあれば　山口　誓子
檻洗ふ間も熊の仔はもの食めり　田村　了咲
生くることしんじつわびし熊を見る　安住　敦
校庭を熊が眺めてゐたりちふ　相生垣瓜人
熊撃ちの近寄りがたき傲りかな　山口　冬男
熊食ふて壺のごとくに黙しけり　平川　堯
熊の前大きな父でありたしよ　横溝　養三
ちゃんちゃんこ着て遊びゐる仔熊かな　木村　奇行

冬眠（とうみん）

動物の中の一部の種類のものが、冬に食物をとらず、活動を中止して眠ったような状態ですごすことである。かえる・とかげ・へび・かめなどは変温動物で、気温とともに体温もさがるので活動できなくなり、体内に脂肪をたくわえておき、すこしずつ消費して冬をすごす。こうもり・やまね・しまりすは定温動物なので、脂肪をたくわえ、しずかになると眠るが、いろいろな刺戟にすぐ目をさます。熊は冬眠というよりずっと軽く、冬ごもりの状態である。〈本意〉冬の間動物たちが気温の低下にそれぞれの仕方で対応するわけで、脂肪をたくわえ、それを使いながら眠った状態になることが多い。

金色の蛇の冬眠心足る　加藤　楸邨
冬眠の土中の虫につながり寝る　大野　林火
蝸牛玉と変りて冬眠す　百合山羽公
＊冬眠の鰐巌より静か　福田　蓼汀
獰猛と記され鰐の冬眠す　山口波津女
冬眠の蛙掘り出す井戸を掘り　林　栄光

狼（おほかみ）　山犬　ぬくて

日本には、北海道にえぞおおかみ、本州・四国・九州ににほんおおかみがいたが、前者は一九〇〇年頃から、後者は一九〇五年以後絶滅した。犬に似た体形で、灰褐色の猛獣。山犬ともいうが、野生化した犬ではない。人里で人や鳥獣を襲い、また旅人のあとをつけて襲う送り狼にもなったので、危険な動物だった。江戸時代にも、にほんおおかみの被害が大きく、明治までえぞおおかみの害が多かったので、どちらも駆除され絶滅したわけである。狼は夫婦の一対を中心に家族でくらし、雑食をする。四月から六月に、四頭から六頭の子を産む。〈本意〉『本朝食鑑』に、――犬に似て大きく、口耳までさけて遠く吠える、歯牙が鋭く強く、金鉄を噛むほどで、牛馬鶏犬、児女をぬすみ食う、頭がよくて、なかなか人におそわれず、逆に人の油断をみすまして人をおそう送り狼になる――などと書かれる。人の近くにいて害をなす動物の最たるものであった。

＊狼に帯の火曳きし野越かな　大須賀乙字

沼涸れて狼渡る月夜かな　村上　鬼城

狼に夜は越せざる峠かな　大谷　句仏

物を獲て狼迅し氷上を　緒方　朴子

狼や剣のごとき月の弦　細木芒角星

天に天狼日本狼死に絶えし　島　世衣子

狐（きつね）　赤狐　黒狐　銀狐　十字狐　北極狐　高麗狐　千島狐　北狐　寒狐

食肉目イヌ科で犬に似ている。尾が大きいことと目がつり上っていることが特色である。瞳孔は猫のようであり、毛は狐色、長く密。ヨーロッパ、アジア、北アメリカに分布、日本では全国にいる。夜行性で小動物や鳥、昆虫や果物を食べる。大変利口で、他の動物をだましてとらえたりする。一月から三月に交尾し、雄はギャー、ギャーと、雌はコンコンと鳴く。三月から五月頃、五子ほどを産む。穴の中で雌がそだて、雄が食物を穴まで運ぶ。〈本意〉古名きつで、ねは美称。

『本朝食鑑』に「あるひは訛りて化津弥と称す」「声患ふるときは児の啼くがごとく、声喜べば打壺のごとし」とある。利口で、古来人に親しまれてきた動物。狸とならび、人をばかすものとされた。

狐等に銀世界雪降りつづく　池内友次郎
雪止んで狐は青い空が好き　同
*すつくと狐すつくと狐日に並ぶ　中村草田男
狐を見てゐていつか狐に見られてをり　加藤楸邨
児の泣けばはつと飛び退く狐かな　中村汀女
母と子のトランプ狐啼く夜なり　橋本多佳子
雌狐の尾が雄狐の首を抱く　橋本鶏二
火の如き狐臭の中の檻の狐　谷野予志
狐らの夜となる夕焼野にくらし　堀口星眠
檻狐跳躍の尾を地に触れず　山田千成
狐罠かけもし炭も焼けるかな　林　夜詩桜
丸く寝て尾が不思議なり狐の仔　鈴木栄子
狐啼く三更といふ刻あれば　植平桜史
耳うごく飛驒の客僧狐鳴く　山上荷亭

狸　たぬき　たのき　むじな

東アジア特産の動物で、日本中どこにでもいるが、狐より小さくふとり、警戒心がすくない。犬に似ているが、尾は太く短かく、耳がまるく、黒褐色の部分と黄褐色の部分をあわせもつ体色をしている。夜行性で、小動物・魚・虫・果実などを食べ、木にのぼれる。一月から五月にかけて交尾し、冬眠もかるくおこなう。冬の脂肪の多い肉は狸汁として食べられるし、毛皮や毛もコートや筆に利用される。〈本意〉『本朝食鑑』に、狐や猫に似た形や顔つきをしていること、土をほって穴の中に棲むこと、狸の腹鼓をうつこと、人を化かすことなどを記してある。狐とならんで、人に親しい、だが狐よりとぼけておかしい、化ける動物と考えられてきた。

子狸も親に似てゐるふぐりかな　青木　月斗　風致地区カチカチ山の狸飼ふ　加藤かけい
＊鞠のごとく狸おちけり射とめたる　原　石鼎　保線夫の拾うてきたる狸かな　伊藤ちあき
狸罠かけて後生も願はざる　清原　枴童　すけといふは女の隠語狸汁　稲垣きくの

鼬（いたち）

平地や低い山地の水田や沢のちかくにいて、胴長・短足の食肉類。夏毛は暗褐色だが冬毛は美しく橙褐色になる。蛙や鼠、昆虫などを食べるが、ときに野兎や鶏をおそい、血を吸ったりする。町鼠、家鼠を退治するところは有益である。春から夏に四子前後の子を産む。窮すると、悪臭のはげしい液を肛門部の腺から出して逃げる。いたちの最後っ屁（べ）である。〈本意〉最後っ屁がやはりもっともよく知られる。毛皮がミンクの代りをするほど美しい。鶏小屋をおそわれ血を吸われることのあるのは憎らしいが、野鼠の駆除に役立ってもいる。

＊鼬の路伸し切りの首伸しながら　中村草田男　罠かけてより鼬来ず昼の月　堀口　星眠
闇をよこぎる鼻黒鼬彼の詐欺漢　加藤知世子　径よぎる鼬の顔の飛びにけり　亀田　得一
その頃の父の零落鼬罠　橋本　鶏二　鼬去る銀木犀の白浄土　村上　冬燕

むささび　ももんが　晩鳥（ばんどり）

りすより大きく、前後肢のあいだに飛膜があって、これを拡げて高い木から低いところへ滑空する。尾をいつも背にかついでいるので尾被（おかつき）ともいう。北海道のほかはどこにでもいる。木の洞に棲み、夜行性で、葉や実をたべる。晩冬から初春が交尾期で、猫のように鳴く。四月から五月に二匹ほどの子を産む。むささびより小さいのがももんがで、寒い地方の高い山に棲む。夜行性なので、むささびともども晩鳥とよばれる。〈本意〉高いところから飛膜をひろげて飛ぶことがやはり一番中心のイメージであろう。夜、空を飛び、木から屋根に飛びうつったりするさまは印象的である。

むささびや夜霧吹き入る手打蕎麦　水原秋桜子
むささびの夜となる霧の杉木立　岩城のり子
むささびや膳にきよらな山のもの　太田　鴻村
むささびに月の樹間の透く蒼し　野沢　節子
＊むささびの飛ぶ黒白の夕景色　長谷川双魚
むささびのすがりて遙る月の枝　宇田　御杖

兎（うさぎ）　越後兎　野兎　飼兎　黒兎　兎狩　兎網

野生の兎は、北海道にいるのがゆきうさぎ、本州・四国・九州・佐渡・隠岐にいるのがのうさぎ、奄美大島・徳之島にいるのがあまみのくろうさぎである。のうさぎには、冬全身の毛が白く変わるものと、変わらずに褐色のものとがある。前者をえちごうさぎという。のうさぎは、いたるところに棲む。夜行性、草や木の皮を食べて、畑や林を害する。跳躍力が大きく、横に跳んで逃げるのがうまい。ゆきうさぎは、のうさぎに似ているが、大きく、冬に全部白くなる。あまみのくろうさぎは天然記念物となっている。飼いうさぎはヨーロッパ原産のあなうさぎを飼ったものので、穴を掘って棲み、穴の奥に子を産む。兎の肉はうまく、毛は筆になる。〈本意〉やはり早く跳び走って、きわめてスピードがあるところが特色であろう。雪のころ白くなるものが多いこと、おとなしく平和な印象の動物であることなどのイメージがある。木の皮を食べる害も大きいのではあるが、どこかやさしげである。

穂すゝきのなみ飛越ゆる兎かな　大原　其戎
衆目を蹴つて脱兎や枯野弾む　中村草田男
渤海に傾ける野の兎狩　石田　波郷
*撃たれし血口に含みて兎死す　野見山朱鳥
兎ゆきしあとのみ散りて深雪なり　及川　貞
土間に投ぐすでに目方の兎の音　森　総彦
兎狩ふたたび牡丹雪となる　依田由基人
倒木を兎も犬もをどり越え　川上　蜆児
兎落つ雪まみれにて陰(ほと)赤く　加藤知世子
罠はづし提げし兎の長かりし　青葉三角草
兎追ふ林中に声満ちにけり　加藤　憲曠
兎の耳吹雪を笛と聞くことも　新谷ひろし

竈猫(かまどねこ)　かじけ猫　灰猫　へつつひ猫　炬燵猫

猫は北アフリカ、シリア、インド北部などの野生猫を飼いならしたもので、寒がりであり、冬はあたたかいところを求めて、炬燵や日向などに寄ってくる。焚きおわったかまどがあたたかいことを知っていて、灰の上に寝ていたりする。〈本意〉富安風生の「何もかも知つてをるなり竈猫」の句から始まった季語。猫のかしこさ、横着さをよく示すことば。灰まみれで出て来たりするおかしみもある。

しろたへの鞠のごとくに竈猫　飯田　蛇笏
*何もかも知つてをるなり竈猫　富安　風生
閑居とはへつつひ猫の居るばかり　阿波野青畝
薄目あけ人嫌ひなり炬燵猫　松本たかし
忽焉在り忽焉在らず竈猫　三宅清三郎
かまど猫家猫いよいよ去りがたし　鈴木　渥志

鯨(くぢら)　初鯨　勇魚(いさな)　抹香鯨　座頭鯨　長須鯨　白長須鯨　鰯鯨

鯨は海にいるが哺乳類で、温血、肺呼吸、胎生の動物である。歯鯨類と鬚鯨類があり、前者は歯があって鼻孔一個、後者は、歯がなく上顎に鯨鬚があり鼻孔二個である。歯鯨類では体長五メートル以下のものをいるか、それ以上のものを鯨とする。動物中最大の白長須鯨は体長二十五メートル以上になるが、ほかに長須鯨、いわし鯨、ざとう鯨、せみ鯨（以上鬚鯨）、抹香鯨、つち鯨（以上歯鯨）などがいる。主食はおきあみ、ほかににしん・いわしなどを食べる。群をなして泳ぎ、夏は寒冷の極地に移り、冬はあたたかい海で一子を産む。したがって日本近海に来るのは冬になる。鯨の潮吹きは、肺の中の水蒸気が外に出て、圧力が減ったために、水滴とかわったもの。鯨は有用な動物で、鯨脳油・脂肪・竜涎香などが採れ、肉は食用になる。このため、世界各国から各捕鯨船団が出て南氷洋にむかい、捕鯨したが、種の保存、動物愛護を理由にして、捕鯨は禁止される方向に世界が動き、捕鯨を重要な漁業としてきた日本には大きな打撃となった。

〈本意〉『和漢三才図会』に、「性喜びて鰯を嗜み、諸魚に敵せず。海船、もし尾鬐に触るるときは、すなわち必ず覆る。冬は北より南に行き、春は南より北に去る。肥州の五島・平戸の辺は、節分前後盛りとなし、紀州熊野浦は、仲冬を盛りとなす」とあり、「世人、大魚と称し、俗家には年始にこれを賞す。しかれども高貴の家に用ひず」ともある。貴い魚ではないが目出度い魚として一般に用いられてきたものである。魚ではなかったわけだが、日本の漁業の重要な一部を占める漁獲物だったわけである。

大風に吹かれて去りぬ鯨売　石井　露月

雪の上に鯨を売りて生きのこる　加藤　楸邨

＊鯨吼えて村に近づく嵐かな　大野　洒竹

銀漢の尾をふりかぶり鯨割く　崎浦　南極

鯨の血流れて砂に溜りけり　吉武月二郎

鯨の目大仏の目に似て細し　広瀬　香魚

釘づけの映画館あり鯨来ず　福本　鯨洋　　捕鯨船牡牛のごとく黙し泊（は）つ　桜木　俊晃

大小の油目泳ぐ鯨汁　上村　占魚　　鳶鳥空をおほへりくぢら裂く　山本　波村

鷹（たか）　鵟（のすり）　角鷹（くまたか）　沢鵟（ちゅうひ）　蒼鷹（おおたか）　鳶　八角鷹（はちくま）　鶚（みさご）

鷹は種類が多く、それらをはやぶさ科・わしたか科・はげわし科・みさご科に分類しているが、冬に多い鷹ははやぶさ科のはやぶさ、わしたか科のちゅうひ、つみなどである。いずれも猛禽で、速く飛び、獲物をおそう。雄より雌の方が大きく勇猛である。はやぶさは中型で、冬鳥として日本に来るが、多く原野や水辺・耕地などにいる。獲物の鳩・しぎ・かも・ばんなどを見つけると、翼を閉じ急降下しておそう。鷹狩には主としておおたかを用いるが、小鳥用にはやぶさを使うこともある。ちゅうひは十一月ごろ北方から渡来し、鳶より小さく、水辺を低く飛び、野ねずみ・爬虫類・かえるなどをとらえて食べる。つみは、日本の鷹の一番小さいもの。雄はひよどりくらい、雌はきじばとより小さい。〈本意〉『山の井』に「鷹は飢ゑても穂をつまぬ侍気質を感じ、賢けれども鳥に笑はるるたとへに、身を省みる心はべなどすべし」とあるが、おもしろい評である。鷹の勇猛一途なところの善悪両面をとらえている。芭蕉の「鷹一つ見付けてうれし伊良古崎」「夢よりも現の鷹ぞ頼もしき」、丈草の「鷹の目の枯野にすわるあらしかな」が知られる。静止したときの沈黙の威力、力強さをたたえた姿が、どことなくたのもしくうれしいのである。芭蕉の句の鷹は、弟子の杜国を思いあわせた鷹である。

*鷹のつらきびしく老いて哀れなり　村上　鬼城　　朴の木に低くとまりぬ青鷹（もろかへり）　原　石鼎

岩に立ちて鷹見失へる怒濤かな　長谷川零余子　　ゆるやかに舞へるきびしき鷹の羽　後藤　夜半

鷹の羽を拾ひて持てば風集ふ　山口　誓子
鷹の威は金環もてる目にぞある　田畑　比古
鷹消えぬはるばると眼を戻すかな　中村草田男
鷹すでに雲を凌げり雲ながる　加藤　楸邨
鷹翔てば畦しんしんとしたがへり　同
わが骨を見てゐる鷹と思ひけり　秋元不死男
鳥のうちの鷹に生れし汝かな　橋本　鶏二
玄冬の鷹鉄片のごときかな　斎藤　玄
闘うて鷹のゑぐりし深雪なり　村越　化石
日の鷹が飛ぶ骨片となるまで飛ぶ　寺田　京子
鷹舞ふや干拓百戸輪の中に　斎藤　手桜
寒流をふやしつづけて鷹ねむる　小泉飛鳥雄

鷲（わし）　犬鷲　尾白鷲　大鷲

日本にいる鷲は、いぬわし・おおわし・おじろわしの三種類である。いぬわしは日本アルプスのような高山にいて、冬平地にも姿を見せる夏の鳥である。おおわし・おじろわしは、海辺や河岸・湖岸などにいる。昔は多くいたようで、『万葉集』『古今六帖』、あるいは『東大寺要録』『今昔物語』などに、出てくる。『今昔物語』には、赤ん坊をさらったわしの話も出ている。鷲は猛禽で、生きている鳥や獣、魚などをおそって食べる。強い翼があり、嘴が鉤形になっていて、獲物の肉を引き裂くのに適している。鳥の王である。〈本意〉『本朝食鑑』に、「美にして勁捷、よく狐狸兎猿猫犬を搏つ。その多力、熊狼に敵すべし」「奥・常および松前蝦夷もっとも多し。今、官家これを捕へて樊中に畜ひて、その尾羽を取りて箭羽に造る」とある。鳥の中でもっとも大きく強い王者たるところを指摘し、尾羽を矢羽にすることを述べている。

大鷲の嘴にありたるぬけ毛かな　高浜　虚子
鶴ころこ鷲かんかんと啼いたりき　山口　誓子
樫の鷲世は雪ふりてゆくばかり　加藤　楸邨
大鷲の爪あげて貌かきむしる　同
鷲の前人間の目がふとかなしむ　同
＊檻の鷲さびしくなれば羽搏つかも　石田　波郷

雪原のおのが影へと鷲下り来　山口　草堂
檻の鷲高きにとまり人を見ず　阿片　瓢郎

冬の鳥　ふゆのとり　寒禽かんきん

渡り鳥のときに言う冬鳥ではなく、一般の鳥の冬野外で生活しているものをさしている。冬、鳥は、寒さをしのいで生命を保っている時期にあるが、この間、鳥は体力をたくわえて、春の渡りや繁殖の準備をするのである。小鳥に牛脂などを餌として与え、鳥の食べる実のなる植物を植えてやるのはよいことである。冬は食物の欠乏する時期である。〈本意〉冬は、鳥にとって活動のおわった時期で、体力をたくわえ、春の活動にそなえるときである。食物のなくなる時なので、鳥も人家の近くに寄ってきて、乏しい食物をあさる。

寒禽や鋭く曲る嘴にして　野村　喜舟
冬の鷺あな羽搏たんとしてやみぬ　加藤　楸邨
寒禽を屍の顔の仰ぎゆく　石田　波郷
*かなしめば冬葭切の鳴くならずや　安住　敦
冬の鳥撃たれ青空青く遺る　中島　斌雄
寒禽の撃たれて水のたひらかに　神生　彩史
銃 谺 寒 禽 翔 っ て 山 緊 る　福田　蓼汀
寒禽も来ずひとも来ず何に堪へむ　下村　槐太
冬の鳶鳴けば微風の青畳　飯田　龍太
日あたりてみな寒禽の口かろし　島崎　秋風
癩者の墓寒禽の糞おびたゞし　田端はじめ
寒禽に山水音を断ちにけり　渡辺　大年
冬の鳥漂ふものを引きずれり　田村　愛子
寒禽の念珠つなぎの梢かな　高田　秋仁

冬の雁　ふゆのかり　寒雁かんがん

雁は冬鳥で、日本では冬に見られる。海辺や池、沼、湿地などにいる。夕方餌をさがしに出て、夜明けに戻り、水で休む。昔は種類も多かったが、今はまがんとひしくいが見られる。ひしくいはひしの実を食べる鳥で、まがんより大きい。嘴の中央に橙黄色の帯がある。まがんは、褐色で額が白い。胸から腹に黒い縦の模様がある。〈本意〉秋から冬に渡ってきて水辺に棲む冬鳥である。今は少なくなった。

寒雁の声岬風に消えにけり　大須賀乙字
寒雁のつぶらかな声地におちず　飯田　蛇笏
＊冬雁に水を打つたるごとき夜空　大野　林火
寒雁の翅に暮色は重からずや　同
冬の雁生死知れねばあきらめず　安住　敦
冬の雁の腹まざと見しさびしさよ　同
米負ひて知世子ならずや冬の雁　加藤　楸邨
焼跡に仰げば寒の雁か　石田　波郷
馭者あふぐ見れば寒雁わたるなり　皆吉　爽雨
冬雁や家なしのまづ一子得て　森　澄雄
誰かまづ灯をともす町冬の雁　飴山　実
寒雁の高々ゆくを誰に告げむ　岸田　稚魚

冬の鵙（ふゆのもず）　寒の鵙

鵙は秋冬の季節には平地に下りてきて、自分の縄ばりを占めて樹の上でさかんに鳴く。これはテリトリーを守るための高鳴きである。テリトリーが定まると鳴かなくなる。〈本意〉自分の餌場を守るための高鳴きも冬にはすくなくなるが、ときに鳴くその声は鋭い。

冬鵙のゆるやかに尾をふれるのみ　飯田　蛇笏
おちつきのある冬鵙となりにけり　阿波野青畝
冬の鵙遁れ来りし如くなり　石田　波郷
＊冬鵙へはがねのごとく病めるなり　加藤　楸邨
冬鵙が恋しや咽喉に湿布して　三橋　鷹女
一本の白髪おそろし冬の鵙　桂　信子
冬鵙や骨壺しかと抱きゆく　小野寺安居
いまありし鋭声かへらず冬の鵙　井沢　正江
水に日のゆらめきあれば冬の鵙　山上樹実雄
稲架竹に青さ残れり冬の鵙　椎木　嶋舎

冬の鶯（ふゆのうぐひす） 寒鶯（かんあう） 鶯の子 笹子（ささこ） 藪鶯

鶯は夏は高原や灌木林で鳴いているが、秋から冬になると、平地に下りてきて餌を求める。人家の庭に来ることもあり、藪の中をごそついたり、梅林などに姿を見せたりする。〈本意〉大正はじめに「笹子」は使われはじめた。『本朝食鑑』に「冬月は竹篁深き処に棲みて旧巣の辺に蟄し、つねに竹中の小虫を窺ひてこれを捕へ食ふ。一林の中雌雄相棲みて他の同類をまじへず。もし誤りて同類至るときは、必ずこれを逐ふ」とある。この鶯の鳴き声が笹鳴きとなる。笹子はその年生まれの幼鳥のことだが、「子」を美称と使って、大人の鶯をさすこともある。蕪村の「冬鶯むかし王維が垣根かな」が知られる。

逢曳や冬鶯に啼かれもし　安住　敦
*冬鶯われは病弟子胸あつし　石田　波郷
紫の立子帰れば笹子鳴く　川端　茅舎
笹原に笹子の声のみちさだか　皆吉　爽雨
南天に何時までもゐしが夕笹子　武藤　木咲
来て遊ぶ鶯の子はいつも二羽　室積　徂春
硝子障子は曇天のいろ笹子鳴く　中尾寿美子
光悦寺冬鶯が鳴きにけり　北村　軒市

笹鳴（ささなき） 小鳴（ささなき） 笹子鳴く 鶯の子鳴く

鶯の地鳴きのことで、幼鳥も成鳥も、また雄も雌も、冬にはチャッ、チャッという地鳴きである。藪をくぐりぬけたり、枝を移ったりしながら、鳴いている。〈本意〉『栞草』に、「青藍云、俳諧歳時記に、冬日鶯藪の中に鳴く、これをささ鳴きといふと、云云。この説おだやかならず。愚按ずるに、〈ささ〉は少しの義、鶯の子の鳴き習ひをいふなるべし」とある。実際は親鳥も同じ鳴き方だが、なんとなく語感にこの説のようなひびきがある。

笹鳴の大いなる計を齎せし　高浜　虚子
笹鳴に逢ふさびしさも萱の原　加藤　楸邨
*笹鳴の鳴けば亡き母呼ぶかとも　福田　蓼汀
さゝ鳴の後遙かより山の音　篠田悌二郎
笹鳴きに枝のひかりのあつまりぬ　長谷川素逝
絵の売れし画室のさびれ笹子鳴く　皆吉　爽雨
笹鳴や雪に灯ともす東大寺　中川　宋淵
横臥より仰臥は親し笹鳴けり　神生　彩史
笹鳴のたどたどしさよ切通し　長谷川浪々子
笹鳴や鉛筆書きの妻の遺書　三村太虚洞
笹鳴やしづかに崖が応へをり　池　芹泉
みちのくの笹鳴なれば馬も聞く　佐藤秋浪子

寒鴉（かんがらす）　寒鴉（かんあ）

冬の烏のことをいう。冬には畑の作物もなくなり、食物が乏しくなるので、烏は人家に近づき、掃きだめの食べものの屑をあさったり、鶏小屋の卵をとったりする。雪国では、さらに大胆に、人の手の食物を奪ったり、魚屋、八百屋などの店先を狙ったりする。〈**本意**〉枯枝に烏はよい画題になるが、食物の乏しい冬には烏は人家に近づき、さまざまな害を与える。

*かわ〳〵と大きくゆるく寒鴉　高浜　虚子
木の如く凍てし足よな寒鴉　富田　木歩
日に向いてふと紫の寒烏　菅　裸馬
寒鴉己が影の上におりたちぬ　芝　不器男
寒鴉去りて電柱つきささる　秋元不死男
冬の鴉よひとはひとりに如くはなし　安住　敦
寒鴉二羽それさへも居ずなりぬ　岸　風三楼
寒鴉嘴あけてやがて鳴く　星野　立子
寒鴉清潔に鳴きわかれゆく　飯田　龍太
冬鴉パン屋をのぞき啼かざりき　山下　青芝

寒雀（かんすずめ）　冬雀

冬は食物が探しにくいので、雀は人家に近づき、ごみをあさったりする。雪の時など寒いときには、身をふくらますようにして、屋根や木の枝にとまっている。戦後、小鳥の捕獲が禁止されたので、雀が唯一の捕獲してよい小鳥となったが、寒雀は、晩秋に食いだめしてたくわえた脂肪があり、もっとも味がよく、焼鳥として賞味される。雀の血は目によくきくといわれ、目にすりこむ。これは「すずめ」の「め」からのこじつけだが、寒雀がもっともよく効くなどといわれる。〈本意〉焼鳥として美味であるほか、寒そうに身をふくらませる雀の姿も、見なれているだけに、親しいものである。

＊寒雀身を細うして闘へり　前田　普羅
寒雀顔見知るまで親しみぬ　富安　風生
とび下りて弾みやまずよ寒雀　川端　茅舎
天餌足りて胸づくろひの寒雀　中村草田男
起き出でて咳をする子や寒雀　中村　汀女
猫抱けば猫の目が知る寒雀　大野　林火
寒雀ひともひとりの顔を出す　加藤　楸邨
寒雀汝も砂町に煤けしや　石田　波郷
寒雀母死なしむること残る　永田　耕衣
寒雀ますます弾み母ちゞまり　加藤かけい
寒雀身にたそがれを浴び緊る　目迫　秩父
寒雀ただはらはらと他愛なや　栗生　純夫

冬雲雀（ふゆひばり）　寒雲雀

冬にみかける雲雀で、暖かい日に鳴きながら飛び上ることがあるが、まだながくは飛ばない。畑の黒い土の上を歩いたりしている。〈本意〉雲雀は冬には雪のない地方に移動し、関西では冬もその声がきかれる。雲雀が空で鳴くのは暖かい日で、まだ本格的ではない。

紀の川の晒布の上の冬ひばり　田村　木国
葭刈れば鳴きつれ移る冬雲雀　塩谷はつ枝
*冬雲雀石切場ふかく深くなる　中村草田男
冬雲雀揚りゐし日の暮れにけり　栗原　米作
瞑りて冬の雲雀を聴きゐしか　安住　敦
冬雲雀ひくゝ揚りて道成寺　鈴間　斗史
冬雲雀そのさへづりのみじかさよ　橋本多佳子
冬雲雀川の流れを見て落ちる　新村　写空

梟（ふくろふ）　ふくろ　母食鳥　しまふくろふ

ふくろう科の鳥で、みみずくとよく似ているが、頭のわきに耳のように直立した耳羽がない。色は灰白色、眼の上に黒斑がある。夜中にゴロスケホーホーと独特な声で鳴く。夜行性で、野鼠、昆虫、小鳥などを捕食する。〈本意〉『本朝食鑑』に、「盛午物を見ず。夜は飛行して鳥虫を食ふ。あるひは民家に入りて鼠を食ふ。その鳴く声、初めは呼ぶがごとく、後は語るがごとし。山林処々これあり。もし人家に近づくときは、凶あり。ゆゑに悪禽となす」とある。姿も声も夜行性であることも無気味なので、よい印象のものではなかった。本来は雑の鳥だが、その声が冬の夜にふさわしいものとされてきた。

山の宿梟啼いてめし遅し　高浜　虚子
梟のふはりと来たり樅の月　松永鬼子坊
*梟淋し人の如くに瞑る時　原　石鼎
梟や机の下も風棲める　木下　夕爾
梟の憤りし貌の観られたる　加藤　楸邨
梟は子供らが寝てしまつて啼く　加倉井秋を
梟のねむたき貌の吹かれける　軽部烏頭子
ふくろうや並みてかがやく洋酒壜　朝倉　和江

木菟（みみづく） 木兎（みみづく） 木菟（づく） 五郎助 大木葉木菟 虎斑木菟（とらふ）

日本にはみみずくは六種類いるが、もっともよく見られるものはおおこのはずくで、これが俗にみみずくといわれる。色は枯葉のようで、耳羽が兎に似ているので、木兎（みみずく）と書く。夜行性で、小鳥や鼠を捕食する。ほかにわしのように大きいわしみみずく、ぶっぽうそうと鳴くこのはずく、虎斑のあるとらふずく、耳羽の小さいこみみずく、耳羽がなく、青葉のころ渡来するあおばずくがいる。〈本意〉『本朝食鑑』に、「昼伏して夜出で、遠く飛ぶことあたはず。小鳥を捕へて食ふ。鳴くときは雌雄相喚ぶ。あるひは一夏もまた鳴く。その声、梟に似て短し。夜よく蚤、虱を拾ふ。白日に物を見ず。ゆゑに鳥を捕らふ」などとある。梟と似たものと考えられていた。季はなかったが、やはり冬夜のポー、ポーという鳴き声が、似つかわしいものとされた。

木兎のほうと追はれて逃げにけり　村上　鬼城
とほり雨みみづく恋になく夜なり　中　勘助
*山の童の木菟捕へたる関あげぬ　飯田　蛇笏
青天に飼はれて淋し木兎の耳　原　石鼎
木菟と木の瘤木菟と木の瘤眠れぬ夜　大野　林火
みゝづくが両眼抜きに来る刻か　三橋　鷹女
木菟鳴くや薄月いよゝ薄ければ　中川　宋淵
うつうつと木兎の瞼の二重かな　軽部烏頭子
木菟鳴くや力尽して粥食へば　目迫　秩父
みみづくの枯葉となりて睡りをり　内山　亜川

鷦鷯（みそさざい） 三十三才 冑蝶（かぶとてふ） 巧婦鳥（たくみどり）

燕雀目、みそさざい科の鳥。翼長五センチの、わが国最小の鳥。背がみそのようなこげちゃ色。冬、人家の近くに現れて、活潑にはね回る。留鳥で、捕獲の禁じられている鳥。春から夏にかけて、高原から深山で、美しい声をひびかせる。〈本意〉溝に三年すむので「溝三才」、溝にて鳴くので「溝さへづり」というのを略した名、巣を作るのが巧みなので「巧婦鳥（たくみどり）」などといろいろの説がある。小さく活潑で声がよく、冬一番人目にふれやすいので冬の鳥としている。「竹伐りの股くぐりけりみそさざい」（闌更）のように、親しみぶかい鳥である。

干笊の動いてゐるは三十三才　高浜　虚子
さるをがせかなしみ深し三十三才　角川　源義
世に遠きことのごとしや鷦鷯　加藤　楸邨
落椿ころがしゐるは三十三才　山国三重史
*みそさざいからたちに雪少しきぬ　石原　舟月
歳月の暗き沼より鷦鷯　森　澄雄
筐底に櫛笄や三十三才　三橋　鷹女
たのしくなれば女も走るみそさざい　山田みづえ

水鳥（みづどり）　浮寝鳥　浮鳥

水上でくらす鳥で、秋から冬にかけて日本に渡ってくる鳥が多い。鴨・雁・白鳥・鴛鴦などがそれだが、時にはいつもいる家鴨も含まれる。水鳥の羽毛は密生し、脂肪が多く羽の表面につき、防水・防寒のはたらきになる。浮寝鳥は、翼の中に首をつっこみ、水上に浮きながらねている鳥である。〈本意〉『御傘』に、浮寝鳥として、「冬なり。水鳥のことなり。水鳥は昼も波の上によく寝るものなり。ゆゑに夜分にあらず。惣別、鳥の寝るは夜分にあらず、と無言抄にはべれども、それは言はれず。新式目にも、夜分にあらざるものの内に、浮寝の鳥とばかり出だしたるにて、余の鳥の寝るは夜分と知るべし」とある。冬、水の上でねている鳥、とくに昼見えるイメージなのである。古句にも、「水鳥のおもたく見えて浮きにけり　鬼貫」「水鳥やむかふの岸へつういつうい　惟然」「水鳥や朝めし早き小家がち　蕪村」「水鳥や挑灯（てうちん）ひとつ城を出る　同」「水鳥や

舟に菜洗ふ女有り　同」「鳥どもも寝入つてゐるか余吾の海　路通」がある。

水鳥や氷の上の足紅く　野村喜舟
水鳥や一羽立ちたるあとの闇　武田鴬塘
水鳥や舟の厨の皿の音　長谷川零余子
沖かけて深き曇や浮寝鳥　大場白水郎
佇つ人に故里遠し浮寝鳥　富安風生
水鳥の水掻の裏見せとほる　山口青邨
水鳥を見る人中に宣教師　高野素十
水鳥の争ひ搏ちし羽音かな　松本たかし
水鳥に人とどまれば夕日あり　中村汀女
水鳥の沼が曇りて吾くもる　橋本多佳子
水鳥や澪冴えざえと霧の中　新井声風
*燦爛と波荒るゝなり浮寝鳥　芝不器男
三日月のみどりしたたる浮寝鳥　野見山朱鳥
水鳥の沼戻りゆく仕方なし　加倉井秋を
水禽の種類ちがへば素知らずに　京極杞陽
水鳥のしずかに己が身を流す　柴田白葉女
水鳥のすべて入日に真向へり　塚原麦生
水鳥の夢宙にある月明り　飯田龍太
うきね鳥昼も夢みてゐる盲　玉木愛子
浮寝鳥ことばを待つはさびしかり　伊藤通明
水鳥の翔ちざま日ざしこぼしけり　西村信男
日当れば湧きて浮寝の鳥の数　鷲谷七菜子
水鳥の暁の羽ばたき靄の中　小市葉子
かがやきて珠の如くに浮寝鳥　井早雪子

鴨（かも）　青頸　真鴨　小鴨　味鴨　あぢむら　鈴鴨　葦鴨　蓑鴨

鴨は、日本には二十九種類いるが、おしどりとかるがもだけが留鳥で、他は冬鳥である。内陸の川や沼に棲むものと海や海岸に棲むものとがあり、前者にはまがも・こがも・おながが も・はしびろがもなど、後者にはすずがも・くろがも・ほしはじろなどがいる。鴨は肉が美味なので知られるが、それは前者の方で、植物性の食餌を主食としているものである。とくにまがもは別名あおくび、大型で美味、こがもは小さいが、美味で、洋食に用いられる。銃で撃つが、ほかに張網、高縄などのとらえ方がある。〈本意〉『万葉集』の志貴皇子のうたに、「葦辺行く鴨の羽がひに霜降りて寒き夕べは大和し思ほゆ」があり、冬のさむさと望郷の思いがうたわれている。『滑稽雑談』に「宗祇万葉抄に、鴨は契り深きものにて、霜夜とも互に羽がひて寝るとなり」とある。寒き霜の夜の羽がい、共寝というのが、鴨のイメージであった。芭蕉に「海暮れて鴨の声ほのかに白し」、丈草に「水底を見て来た顔の小鴨かな」、許六に「明方や城をとりまく鴨の声」がある。

鴨啼くや上野は闇に横はる　正岡子規
鴨の中の一つの鴨を見てゐたり　高浜虚子
一湾や吹きをさまりて月の鴨　田村木国
夕鴨やはるかの一つ羽ばたける　高野素十
鴨渡るあきらかに又あきらかに　同
立ち上り雨ふりはらふ鴨かなし　山口青邨
はぐれ鴨夜半を鳴くなり芦の中　水原秋桜子
海に鴨発砲直前かも知れず　山口誓子
土器や鴨まつ青によこたはる　阿波野青畝
鴨渡る鍵も小さき旅鞄　中村草田男
野明りやあちらこちらへ鴨渡る　同
貰ひたる鴨をしたたる雨雫　大野林火
鴨なけり枯穂の金がひた眩し　加藤楸邨
*鴨翔ちしかなたをとほく鴨わたり　長谷川素逝
沖照りてわれには見えず波の鴨　篠田悌二郎
鴨翔つやおのれおどろき群をなす　原田種茅
眠り深き鴨を手を拍ち翔たしむる　八木絵馬
吊し鴨月明を翔けしつばさ垂れ　坂戸淳夫
毫を吹いて弾痕蒼き鴨の胸　内山忍冬
むしりいて鴨の死の脚手に触る　渡辺秋男
暁けの湖鴨が祈りの数に見ゆ　田鎖雷峰

鴛鴦（をしどり）

をし　匹鳥（をしどり）　銀杏羽（いてふばね）　思羽（おもひばね）　剣羽（つるぎばね）　番鴛鴦（つがひをし）　離れ鴛鴦

雁鴨科の留鳥。雌雄仲がよく、離れないでいるというので、おしどり夫婦、鴛鴦の契といったことばがある。雄の羽が美しく、銀杏羽とよばれる三角形の飾り羽をもつ。ただし夏になると地味な色になり、雌と変らなくなる。夏、山奥の渓流で繁殖、秋冬に平野部にうつる。もともと東アジアの鳥で日本に多くいる。〈本意〉『古今六帖』に「冬の夜を寝覚めて聞けば鴛ぞ鳴く払ひもあへず霜や置くらむ」とある。『本朝食鑑』に「家々これを養ふ。もつて雌雄相離れず、群伍乱れず、式度あるに似、および采色の麗しきを愛して、庭池に放つ」とある。冬の夜に鳴く鳥、羽色美しく雌雄仲よき鳥とされてきた。士朗に「こがらしや日に日に鴛鴦のうつくしき」がある。

岩かげを流れ出て鴛鴦美しき　原　石鼎
円光を著て鴛鴦の目をつむり　長谷川素逝
*鴛鴦に月のひかりのかぶさり来　阿波野青畝
鴛鴦の水古鏡のごとし夕づきぬ　高橋淡路女
鴛鴦あはれ南京豆を争へる　富安　風生
水底のあらはに鴛鴦の通りけり　石原　八束
鴛鴦を見る町の子等みな貧しく　同
鴛鴦の水鴛鴦をはなれて輝けり　永作　火童
鴛鴦の深淵に得し妻なるか　中村草田男
鴛鴦へ裾をゆったり聖尼僧　下田　稔

千鳥（ちどり）　衛（ちどり）　磯鳴鳥（いそなどり）　海千鳥　浦千鳥　川千鳥

千鳥の足は指が三本で、これが電光型の足跡になる。嘴は短かくて先が少しふくれている。飛ぶ力は強く、大群で旋回飛行をする。声が可憐で、愛らしい。日本の種類は十三種類だが、こちどり・いかるちどり・しろちどり・めだいちどり・おおめだいちどりの五種がよく知られる。こちどりは川原に群れすみ、砂浜を電光型に動く。これが千鳥足である。ピョ、ピョと鳴き、初夏から夏にかけて川原に穴を掘り、四つの卵を産む。尾羽の白い鳥である。いかるちどりは、こちどりより大きく、尾羽の先だけが白い。川原に棲む。しろちどりは小さく、顔が白っぽい。めだいちどりは、アジア北部とフィリピン、セレベスとの間を渡る鳥で、日本を春と秋に通過する。おおめだいちどりは大きく、旅鳥。ほかに、千鳥科には、むなぐろ・だいぜん・けり・たげり・みやこどりなどがいる。〈本意〉『万葉集』の「淡海の海夕波千鳥汝が鳴けばこころもしのにいにしへ思ほゆ」以来、日本の詩歌に愛好された鳥である。『山の井』に「千鳥は、磯辺・浜辺などにちり飛んで友を呼び、川風寒み鳴きかはすけしきなどを、千鳥掛とも千鳥足とも言ひてつらねなしはべる」とある。冬のさむい夕風に、川辺あたりで鳴きかわす、情感ふかい鳥というところである。「星崎の闇を見よとや啼く千鳥　芭蕉」「闇を鳴く沖のちどりや飛ぶは星　几董」「吹き別れ吹き別れても千鳥かな　千代女」などの古句が知られる。

天日のきらめき千鳥死ぬもあらん　渡辺　水巴
＊ありあけの月をこぼるゝ千鳥かな　飯田　蛇笏
あしあとの千鳥の中の烏かな　富安　風生
土手こして千鳥枯野へちらばれる　川島彷徨子
裏となり表となりて千鳥とぶ　五十嵐播水
千鳥啼き女はものを言はぬなり　佐々木麦童
夕千鳥波にまぎれし如くなり　高浜　年尾
走り寄り二羽となりたる千鳥かな　中村　汀女
濃き千鳥淡き千鳥ととびにけり　橋本　鶏二
潮満ちてくれば鳴きけり川千鳥　上村　占魚
駅裏といふも塩田千鳥啼く　山本砂風楼
あとさきに千鳥の跡はなかりけり　八木林之助

鳰（かいつぶり）　にほ　にほどり　いよめ　むぐり　羽白鳰（はじろかいつぶり）　赤襟鳰

鳰は留鳥で、全国の湖や沼で繁殖している。水鳥ということで冬に入れられたのだろうが、営巣は夏である。足が体のうしろよりについていて、潜水や水をかいて泳ぐのに適している。鳰より少し小さく、褐色。翼は退化しており、歩くのはうまくない。〈本意〉『万葉集』に「にほ鳥の潜く池水こころあらば君にわが恋ふるこころ示さね」とあるが、『本朝食鑑』に「鴨に似て、小鳧より大なり」「好んで水に浮游出没す。あるひは相対し相伴うて、波上に旋り廻る。ゆゑに歌人これを賞詠す」といい、よき歌材となるとしている。ルルルルという鳴き声の寒げなことも冬の印象を与える。

鳰がゐて鳰の海とは昔より　高浜　虚子
淡海いまも信心の国かいつむり　森　澄雄
かいつぶりさびしくなればくゞりけり　日野　草城
世の寒さ鳰の潜るを視て足りぬ　沢木　欣一
＊鳰二つ対ひあひゐてなくなりぬ　後藤　夜半
くれなゐの夕べ鳰が首だす寂しくて　小寺　正三
かいつむり何忘ぜむとして潜るや　安住　敦
かいつぶり人は夕映着て帰る　林　翔
鳰の岸女いよいよあはれなり　石田　波郷
酔うてゐてすとんと酔ふや鳰のこゑ　岡井　省二

都鳥　百合鷗

かもめの一種で、正しくはゆりかもめという。かもめの中では小型であり、全体に白いが、背は水色、翼端は黒、嘴と足が赤である。アジアやヨーロッパに多いが、日本のものは夏にカムチャツカあたりで繁殖したものが冬鳥として渡来したものである。在原業平が「名にし負はばいざ言問はん都鳥わが思ふ人はありやなしやと」と隅田川で詠み、京の都にのこしてきた恋人をしのんだという『伊勢物語』の一節でよく知られるようになった名前である。冬、東京では隅田川、東京湾、皇居のお濠などに群れている。〈本意〉『伊勢物語』九段の「名にし負はば」の歌が都鳥の名の根源にある。「なほ行き行きて、武蔵の国と下つ総の国との中に、いと大きなる河あり。

それをすみだ川といふ。……さる折しも、白き鳥の嘴と脚の赤き、鴫の大きさなる、水の上に遊びつつ魚を食ふ。京には見えぬ鳥なれば、皆人見知らず。渡守に問ひければ、これなん都鳥、といふを聞きて」として歌をあげ、「と詠めりければ、舟こぞりて泣きにけり」と描写されている。都から遠くはなれた武蔵の鳥が都鳥と名づけられていたことによる感動と都恋しさがこの物語の中にある。芭蕉もこの話を尊重して、「塩にしてもいざことづてん都鳥」と詠む。都鳥の名をミヤという鳴き声からという説もある。

＊昔男ありけりわれ等都鳥　富安　風生
　都鳥なつかしきことをいかんせん　京極　杞陽
ももいろの雲あれば染み都鳥　山口　青邨
　都鳥都は汚れゆくばかり　湯浅　桃邑
都鳥汝も赤きもの欲るや　同
　明治座の幟は赤し都鳥　内田ゆたか
都鳥狂女のあはれ今もあり　池内友次郎
　遊学の頃はよく見つ都鳥　森田　峠

冬鷗（ふゆかもめ）

日本にいる鷗科の鳥は九種類だが、夏の入江を群れ飛ぶうみねこのほかは冬鳥である。かもめはもともと北地の鳥で、北極のあたりまで数多くいて、冬にその一部が日本へ渡ってくるのである。うみねこだけが夏冬とも日本付近にとどまり、夏に繁殖する。〈本意〉『御傘』に、「雑なり。水鳥は皆冬になれども、この鳥・鵆・都鳥など冬にならざるいはれは、歌道の秘事なるゆゑにここにしるさず」とあり、無季とされているが、本来は冬鳥である。冬に海岸や港に群れとぶ。

冬鷗黒き帽子の上に鳴く　西東　三鬼
　冬鷗生に家なし死に墓なし　加藤　楸邨

＊北欧の船腹垂るゝ冬鷗　秋元不死男
浮寝していかなる白の冬鷗　森　澄雄
冬かもめ明石の娼家古りにけり　石原　八束
熔接の火走る見よや冬鷗　佐藤　鬼房
癌切るや紙片のやうに冬鷗　林　徹
冬鷗このまま暮るること怖し　坂間　晴子

凍鶴（いてづる）　霜の鶴　霜夜の鶴

寒い日の鶴が、片足で立ち、首をまげて翼に入れ、じっとみじろぎもしないでいる姿のことをさす。鶴は、霜夜の寒さをきらうと言い伝えられている。〈本意〉『をだまき綱目』に「凍りたる鶴なり」といい、『栞草』に「鶴は霜に苦しむものなり。よつて、〝霜夜の鶴〟とも〝霜の鶴〟ともいふ」という。ただし、鶴の体の特徴的な形、翼に首を入れ、片足で立つ姿がイメージの中心にある。

凍鶴の首を伸して丈高き　高浜　虚子
凍鶴のやをら片足下しけり　高野　素十
凍鶴は夜天に堪へず啼くなめり　山口　誓子
＊凍鶴に冬木の影の来ては去る　富安　風生
凍鶴が羽ひろげたるめでたさよ　阿波野青畝
子供等にいつまで鶴の凍つるかな　石田　波郷
凍鶴に人を待ちつつ弱くなる　石川　桂郎
凍鶴に忽然と日の流れけり　石橋　秀野
凍鶴の梵字の如くたてるかな　龍岡　晋
凍鶴を指すに花束をもつてしぬ　加倉井秋を
凍鶴の羽搏たむと佳き形せり　右城　暮石
凍鶴の啼くとき頸を天にせる　岸　風三楼

白鳥（はくてう）　スワン　鵠（くぐひ）　黒鳥（こくてう）　白鳥来る

白鳥は体も大きく、全身純白（嘴と足が黒い）な鳥である。冬、アジアの北から日本へ渡ってきて、海や湖に棲む。新潟県の瓢湖がとくに知られるが、北海道や東北地方に渡来地がある。種類は主としておおはくちょうで、こぶはくちょうも少しいる。皇居のお堀のものはドイツから輸入したもので、こぶはくちょうである。ほかに、オーストラリアに全身まっくろのこくちょうがおり、南米に、首が黒く体の白いくろくびはくちょうがいる。〈本意〉全身白く高貴な印象の鳥である。丹頂鶴などとともに、もっとも尊重される鳥である。

白鳥の笛のしらべも聞きたまへ　中田みづほ
水平ら巨き白鳥浮くかぎり　同
*白鳥といふ一巨花を水に置く　中村草田男
白鳥に雪の天網静かなり　成田　千空
国境の湖の一つにスワン来る　久米　幸叢
愛されずをり白鳥を見てばかり　山口あつ子
白鳥の沼のほとりを郵便夫　田中憲二郎
白鳥に夕波荒くなりにけり　奥田　紫峰
にぎやかに湯浴む白鳥眠るときを　野沢　節子
白鳥のゐてたそがれの深くあり　平井　照敏

鮫（さめ）　鱶（ふか）　葭切鮫　猫鮫　撞木鮫

横口目でえい類以外のものの総称。軟骨魚である。頭部の下面に口があり、紡錘形の身体をしている。体の表面は鮫膚でざらざらしている。大きいものを鱶というが、凶暴で貪欲な魚である。かまぼこなどにするが、よい魚肉とはいえない。〈本意〉おそろしい、人をおそう魚である。横に切れ長の口で、切れ味するどい歯がある。あおざめ・よしきりざめ・しゅもくざめ・ほしざめ・ねこざめがいる。

日輪のかがよふ潮の鮫をあぐ　水原秋桜子
冬鮫や漁師不在の積み重ね　平畑　静塔
*ふなびとら鮫など雪にかき下ろす　加藤　楸邨
明日を恃み鮫獲り船の出でゆかす　村上しゆら

鮫一つ雪の市場にあるばかり　津江　碧雨　鱶の死に白一団の海女よぎる　友岡　子郷
鮫の腹雪色一文字に剖くや　城　佑三　転がれる鮫のそこいら辷りがち　古内　仰子

鰰 はたはた　雷魚はたはた　かみなりうお

はたはた科の魚で、体長は十五センチぐらい。うろこは無く、褐色の斑紋がある。日本では秋田・山形両県で多く獲られる。漁期は初冬で、はたはたが産卵のため浅い海に移動してくるのを捕獲する。その頃は雷が多いので、かみなりうおと呼ぶ。〈**本意**〉雷どきの初冬にとれる特産の魚で、冬のよい蛋白源となる。秋田の正月の食べもの、はたはた料理、塩汁鍋しょっつるなべはとくに秋田の名物料理である。

＊雷魚の青き目玉が火に落ちし　土谷　青斗　鰰や酔うて埒なき秋田弁　吉川　菰丈
天暗きまで海光り鰰来　関根黄鶴亭　羽の人に鰰の海暗かりし　井桁　蒼水
鰰の腹裂くるとも卵抱く　殿村菟絲子　はたはたの目の血ばしるを雪に干す　行沢　雨晴

鮪 まぐろ　しび　鰭長びんなが　黄肌きはだ　鮪釣　鮪船　鮪網

まぐろはさば科の魚で種類が多い。黒色のくろまぐろ（単にまぐろともいう）、胸鰭のながいびんなが、目の大きなめばち、鰭が黄色のきはだなどがいる。回游魚で、二メートルの体長、紡錘形をしている。定置網などの網、一本釣り、銛などでとらえる。くろまぐろの肉はとくに赤く、刺身によい。冬に美味となる。幼いまぐろをめじといい、成育したものをまぐろ、成熟した大きなものをしびという。〈**本意**〉『改正月令博物筌』に「大なるを王鮪しび、中なるを叔鮪めくひ、小なるを銘めし子、東国にては〃まぐろ〃といふ。西国にて網す。大魚なるゆゑに、他国に切りて売るを大魚の切身といふ。初網のはしりを昔賞したるゆゑに、〈初の身〉といふ。今は賤しきものとなりて、上に用ふることなし」とある。きはだ・めばちなどは南海にいるが、まぐろはむしろ北の方の海に多いという。今は、刺身の魚として日本人に好まれる代表的な魚である。

鰭強く刎ねゐし鮪の腸を抜く　山口　誓子
親方の顔に日のさす鮪売　上川井梨葉
鮪の船水平線を突き上ぐる　同
*まぐろ船まひ飛ぶ鷗率て帰る　白川　朝帆
鮪またぎ老いのがにまた競りおとす　橋本多佳子
閲兵のごとくに鮪見てゆきぬ　福本　鯨洋
大鮪姨捨駅に横たはる　安西閑山寺
鮪揚ぐ沖曼陀羅に茜雲　水見悠々子

魴鮄（はうばう）

ほうぼう科に属する硬骨魚。色は赤。体長は三十センチ。胸鰭は大きく、上面が赤、裏面は緑色である。肢のような三本の突起物があるが、胸鰭が変形したもので、これで海底を歩くことができる。うきぶくろを用いて大きな音を出すことができる。〈本意〉赤くて美しく、胸鰭のよく発達した硬骨魚という印象である。

魴鮄一ぴきの顔と向きあひてまとも　中塚一碧楼
魴鮄の鬚脚立てて貌そろふ　秋山　牧羊
*魴鮄の煮こごる姿いかめしき　阿波野青畝
魴鮄の鳴きしや冬の雷鳴りしや　矢部　白茅

鱈（たら）

雪魚（たら）　真鱈　本鱈　磯鱈　沖鱈　鱈場　鱈船　鱈網

たらには、まだら（普通のたら）とすけとうだらがあり、日本の近くでとれるものである。体長は一メートル、北日本からアラスカのあたりにいる。深海にいるが、冬産卵のときに、浅い海に回游してくる。とても貪食な魚で、口が大きく腹がふくれている。手釣り・刺網・延縄(はえなわ)などでとらえる。塩鱈・干鱈・たらこなどにして食べ、肝油をとり、肥料にもする。〈本意〉鱈の字は日本で作られたもの。初雪のあとに獲れる魚なので、と『本朝食鑑』に説明している。『改正月令博物筌』に、「肉白し。ゆゑに、文字に雪にしたがふ、和字なり。味は生よりも塩よし、北海多くこれを出だす。若狭の口塩などいへるは、いたつて絶品なり。……性、寒を喜ぶ。夏日は絶えてなし。南部松前辺、冬至の日よりこれを釣り初むるといふ」とある。雪の頃とれる、塩にしてうまい魚というところである。

薄月の鱈の真白や椀の中　松根東洋城
新月に鱈場終へたる漁夫の顔　西村　公鳳
ききわけて海府訛は鱈の話　加藤　楸邨
血の余る女鱈下げ橋渡る　柏　　禎
鱈うまき季節の越の海鳴れる　橋本　花風
*オホツクの鱈あげて街汚れたり　岡村　浩村
鱈を割くことの手だれのまだ少女　杉野秋耕死
生国を呼び名とされて鱈の漁夫　中川　水精
ロシヤ帽まぶかく鱈をさげゆけり　高木　時子
ひつさげて尾を摺る鱈を秤りけり　多賀九江路
値切られて腹たたかれし子持鱈　竹内　輝行
こぼれたる鱈は足蹴にされ凍てぬ　小池　次陶

鰤（ぶり）　寒鰤

ぶり科の魚で、紡錘形の体形、青緑の体色で、中央に黄色い線が走っている。秋から春にかけて、産卵のために陸地沿いに回游する。わかし、いなだ、わらさと成長につれて名を変え、九十センチ以上になってはじめてぶりと呼ぶので、出世魚の一つとなっている。ぶりの落網という定置網でとらえる。寒中にとるぶりは寒鰤と呼んで、すこぶる美味。また漁期にあたる十二月、一月頃に鳴る雷を鰤起しと呼ぶ。〈本意〉『本朝食鑑』に、「およそ冬より春に至るまで、これを賞す。夏時たまたまこれあるといへども、用ふるに足らず。かつて聞く、鰤連行して東北の洋より西南の海をめぐりて、丹後の海上に至るころ、魚肥え脂多くして味はなはだ甘美なり。ゆゑに丹の産をもつて上品となす」とある。脂がのって美味なのが寒鰤である。

血潮濃き水にしなほも鰤洗ふ　山口　誓子
大き手もて鰤つかみ佇つ老いし漁婦　柴田白葉女
頭なき鰤が路上に血を流す　同
青潮のもまれ躍れり鰤と見ゆ　出羽　里石
ころがされ蹴られ何見る鰤の目は　加藤　楸邨
鰤と蜜柑夕日どやどや店に入る　小原　俊一
＊鰤が人より美しかりき暮の町　同
虹の脚怒濤にささり鰤湧く湾　楠美　葩緒
二三言言ひて寒鰤置いてゆく　能村登四郎
鰤来るや大雪止まぬ越の岬　羽田　岳水

鯥　むつ

むつ科の魚で、深海にすむ硬骨魚。六十センチほどの体長。体色は紫黒色で、腹の方は淡い黄色。口は下顎が長く、大きく、眼が大きい。寒の頃、産卵のため陸地に近づく。この頃がもっともよい漁期で、卵巣がとくに美味で、鯥の子と言う。〈本意〉寒の頃がおいしい魚で、卵巣がとくに珍重される。

鯥の海遠の嶋影泛かべつつ　寺田　木公
＊鯥の子の舌に崩れて下戸の酒　志摩芳次郎
鯥の子の首振ることをおぼえけり　吉富平太翁
たまさかの奢り乞はるゝ鯥一切れ　山中　和郎

寒鯛（かんだひ）

寒の頃の鯛のこと。鯛は秋から冬にむけて内海から外海にうつり、深海にいるようになる。この頃は脂がのって、とくに美味となる。ほかに、べら科の寒鯛がいるが、俳句では、ふつうの鯛をさす。べら科の方は磯魚で、雄の頭にはコブがある。〈本意〉味がよく喜ばれる鯛である。それを特に銘記して寒鯛という。

寒鯛の煮凍り箸に挟みけり　原　石鼎
姿よき寒鯛母の誕生日　柿沼　常子
寒鯛は背が濃し贅肉なき詩人　香西　照雄
寒鯛の切身光芒盛りたるよ　飯塚　風像
*冬の鯛遠き海よりきて紅し　百合山羽公

鮟鱇（あんかう）

琵琶魚　華臍魚（くわせいぎよ）　老婆魚　綬魚（じゆ）

あんこう科の魚で、大型の硬骨魚。深い海底に棲む。平たい体で、海底に岩のように静止しており、頭上の房状の鰭をゆらし、小さい魚をとらえて食う。体長は六十センチほど。冬、産卵のために浅い海に移るが、これを底曳き網でとらえる。美味の時期は冬である。〈本意〉『本朝食鑑』に、「この魚、皮肉鬐骨腸胆、皆食ふべし。腸胆、色黄にして、味もまた最も美なり。……およそ鮟鱇を割く法、庖人これを秘してみだりに伝授せず、呼んで釣切り（つるしぎり）という。……近世、上饌となす。冬月初めて采るものをもつて、これを貢献す。公庖にもまたこれを賞す。ゆゑに価もまた貴し。春に至り、価賤しくしてもつて衆人の賞となるのみ」などとある。冬に美味な、上等の食物になる。

人中の鮟鱇と我れを罵りぬ　中川　四明
鮟鱇もわが身の業も煮ゆるかな　久保田万太郎
鮟鱇のよだれの先がとまりけり　阿波野青畝
*鮟鱇の骨まで凍ててぶちきらる　加藤　楸邨
鮟鱇や店に生きゐて日暮れなる　中川　宋淵
貧てふ文字鮟鱇のごと吊したし　小林　康治
鮟鱇の罪業深く吊されぬ　栗原　米作
とめどなき大鮟鱇の涎かな　岡田　耿陽
イエスより軽く鮟鱇を吊りさげる　有馬　朗人
鮟鱇のあぎとの残る鈎を見き　八木林之助
鮟鱇の吊られ日輪尚赫し　杉本　寛
鮟鱇の仰向ざまに糶られけり　大庭　雄三
鮟鱇に刃を入れてのち自在なり　原　けんじ
鮟鱇が吊るされ河岸に雪降れり　伊藤みちを

杜父魚（かくぶつ）　杜父魚（とふぎよ）　霰魚（あられうを）　あられがこ

福井県の九頭竜川でとれるかじかの一種かまきりを、かくぶつ、あられがこと呼んでいる。三十センチの体長で暗灰色、褐色の紋が斜めについている。初冬の産卵期の頃がおいしい。〈本意〉霰が降ると腹を上にして霰で腹を打たせるのであられがこという名が出たというが、ともかく、霰の頃に出て美味の魚である。『続猿蓑』に「かくぶつや腹を並べて降る霰　拙侯」の句があることはたしかである。

杜父魚や流るる芦に流れ寄り　高田　蝶衣
*九頭竜の月に網しぬあられ魚　吉田　冬葉
日矢射して淵の青さよ霰魚　中村　春逸
雪近し簗へ落ちくるあられ魚　山本　泥華
舟に跳ね杜父魚腹を返しけり　三寺　橘子
霰魚北ゆくばかり北指す河　文挟夫佐恵

河豚　ふぐ　ふく　ふぐと　真河豚　赤目河豚　虎河豚　針千本　箱河豚

ふぐ科に属する魚で、まふぐ・とらふぐなど種類が多いが、かなふぐ・さばふぐを除いて、みな肝臓、卵巣に猛毒をもつ。ふぐの料理人はみな試験を通過したものになったので、毒にやられる危険はなくなったが、無毒のふぐがあるのでそれと混同して有毒ふぐを食べてしまう危険があった。この毒はテトロドトキシン、熱では変化せず、アルカリで分解する。ふぐの体は長く頭は広く口が小さい。危険のとき腹をふくらませて大きくなる。ふぐのしゅんは冬である。〈本意〉『改正月令博物筌』に「河豚は豕（いのこ）の味ひに似たるゆゑ名づく。物に触れて怒り腹ふくるるゆゑ、〃ふぐ〃といふ。古名、〈ふぐたら〉の略なり。毒ある魚なり。心ある人、喰ふべからず」とある。美味だが毒のつよい魚、怒ると腹をふくらませる魚というところである。芭蕉にも、「あら何ともなやきのふは過ぎて河豚汁（ふぐとじる）」がある。

河豚食うてぐわらぐわら腹の鳴る夜かな　五百木瓢亭
*ふぐ食うてわかるゝ人の孤影かな　飯田　蛇笏
河豚食ふや伊万里の皿の菊模様　水原秋桜子
河豚の面湧いて思ひ出かきみだれ　加藤　楸邨
虎河豚のぐにやぐにやとして怒りきれず　同
沖遠し青年が釣り河豚啼けり　西東　三鬼
河豚煮るやひとり呟く愛憎言　石田　波郷
河豚の血のしばし流水にまじらざる　橋本多佳子
捨てられ河豚けもののごとく目つぶれり　山口　草堂
河豚に死にし噂の人に逢ひにけり　関谷　嘶風
箱河豚の箱かたむけて泳ぎけり　細見しゆこう
ふぐ老いてわらつてゐしが釣られけり　筑網　臥年
ふぐを食ひ子なきさびしさを言ひて酔ふ　佐野まもる
河豚食べて粗悪な鏡の前通る　横山　房子

氷下魚（こまい）　乾氷下魚（ほし）　氷下魚汁　氷下魚釣

二十五センチほどの魚で、たらの一種。北海道の寒い海で、氷に穴をあけて釣る。網でとることもできる。氷上に筵小屋を作ってその中で焚火をしたりして釣る。味噌汁に入れたり刺身にしたり干物にしたりして食べるが、味は淡泊ではぜに似ている。〈本意〉北海道の海にいて、海面が凍っても、岸から離れないので、氷に穴をあけて釣る。味より、釣りの仕方に情緒がこもる。

氷下魚釣一つの穴をひたまもり　鈴木　鶉衣
*塚と化し雪積むままの氷下魚釣　原　柯城
湖の青氷下魚の穴にきわまりぬ　斎藤　玄
氷下魚釣る顔より昏れて来りけり　千葉　仁
二三度は跳ねて氷下魚の凍りつく　酒井　朱青
氷下魚釣無垢の氷を割りはじむ　佐藤　瑠璃

寒鯉（かんごひ）　凍鯉

鯉は元気な魚だが、冬は冬眠をするといい、水底の泥の中にもぐってじっとしており、餌もとらない。寒鯉の肉は脂がのって美味である。利根川の鯉や信州の佐久鯉（これは養殖）がよく知られている。〈本意〉ほとんど動かず、じっとしている寒鯉は、しかしなかなか美味である。活気を秘めて静かな姿が印象ぶかい。

寒鯉の一擲したる力かな　高浜　虚子
*寒鯉はしづかなるかな鰭を垂れ　水原秋桜子
寒鯉の雲のごとくにしづもれる　山口　青邨
寒鯉の鬱々としてたむろせり　五十嵐播水
*寒鯉がうごき嶺々めざめたり　加藤　楸邨
尾へ抜けて寒鯉の身をはしる力　同

寒鯉の買はるる空のうすみどり　柴田白葉女
寒鯉を見て雲水の去りゆけり　同
寒鯉や石ともなれず身じろぎぬ　但馬　美作
寒鯉の生き身をはさむひとの前　野沢　節子
寒鯉を雲のごとくに食はず飼ふ　森　澄雄
寒鯉の浮びきし口餌をはづれ　平野　青坡

寒鮒（かんぶな）

鮒も、冬になると冬眠に入る。水底の泥にもぐってじっとしている。このふなを釣るのが寒鮒釣りである。寒の鮒は、脂がのっていて美味。〈本意〉脂がのってうまい寒中の鮒である。水底でじっと動かないでいる。

寒鮒の瞳にまたゝきもなく売れし　原　石鼎
寒鮒を殺すも食ふも独りかな　西東　三鬼
寒鮒をもろ手に受ける十あまり　滝井　孝作
貧交や寒鮒の目のいきいきと　加藤　楸邨
寒鮒を焼けば山国夕焼色　山口　青邨
火に載せて寒鮒飛べり吾子押ふ　沢木　欣一
寒鮒の青藻一糸をまとひたる　同
寒鮒の生きてゐし血や流れもせず　細見　綾子
＊血走れる寒鮒の眼に見据ゑらる　富安　風生
寒鮒の煮くづれて目玉こぼしけり　八木　絵馬
かげさせば寒鮒釣の振返り　大野　林火
寒鮒を剖けば湖鳴る夕かな　遠藤とみじ

潤目鰯（うるめいわし）　うるめ

うるめいわし科の魚。暗青色で、腹は銀白色。まるみをおびている。うるめというのは目に脂瞼（しけん）というものがあって、目がうるんで見えるからである。干して食べると美味。外洋にいるが、冬に内湾に入ってくる。そのときがしゅんである。〈本意〉『篗纑輪』に、「この魚、目大きく潤ふ。よつて名とす。阿州の海浜に多しとぞ。鯗（ほしうを）にして京師の市に販（ひさ）ぐ。その多く来る時を季に用ひたるものなり」とある。目のうるんで見えるいわしで、干物がうまい。『猿蓑』の「灰打ちたたくうるめ一枚」の付けが知られる。

檜扇の如く並べし潤目かな　青木　月斗
一二枚潤目をあぶる寝酒かな　福田　一夢
*火の色の透りそめたる潤目鰯かな　日野　草城
潤目鰯干す戻りて濃き海を負ひ　綿引　金吾
底に敷く歯朶からびけり潤目籠　辰馬　伯洲
宿下駄を揃へて去りぬ潤目売り　小川　千賀

魦　いさざ　魦船　魦網

はぜ科の魚で、体長は五センチほど。琵琶湖とそれに注ぎこむ川にいる。冬船を出し、網でとる。生食、飴煮にする。〈本意〉『篗纑輪』に「江湖の産魚なり。大きなるもの漸く一寸五分、寸に満たざるもの多し。頭・口大きく、尾細し。これを煮食ふになまぐさく、佳品ならず。冬月、和爾・堅田の漁人多くこれを取る。賤民賞して饌とす」とある。琵琶湖の代表的な魚で、小魚だが、その漁が知られる。

いさざ舟比良の初雪孕み来し　松瀬　青々
比良かけて時雨の虹や魦舟　西村　豪秋
由良川もこゝらは海や魦魞　後藤　暮汀
篝火に魦のまなこすき透る　山田句蓮洞
*寝るときの冷えや魦を身のうちに　森　澄雄
われに消て魦は苦がき魚かな　草間　時彦
桝で売る魦は水の類ひなる　塩尻庄三郎
賤ヶ岳より降る雪や魦汲む　井桁　蒼水

海鼠　なまこ　生海鼠　赤海鼠　黒海鼠　金海鼠　虎海鼠　なしこ　ふぢこ

棘皮動物なまこ類である。いろいろの種類があるが、四十センチほどの体長で、円筒状、少し扁平である。色は褐色に黒い斑点がつくが、他にも白や緑のものがある。食用にするものの代表はまなまこで、海の岩の下などにいる。三杯酢にしたり、煮干しにして（海参（きんこ）という）中華料理にする。細長く、再生する腸は塩辛にしてこのわたをつくる。卵巣はこのこで、酒のつまみによい。〈本意〉『本朝食鑑』に、「肉味ほぼ鰒魚に類して、甘からず。きはめて冷潔淡美なり。腹内三条の腸あり、色白くして味佳ならず。このもの、肴品中の最も佳なるものなり」とある。酢にしたり、煮干しにしたり、酒のつまみにしたりする、やや特殊な食品である。芭蕉の「生きながら一つに氷る海鼠かな」、去来の「尾頭のこころもとなき海鼠かな」、青蘿の「うき人のこころにも似しなまこかな」などが知られる古句である。

渾沌をかりに名づけて海鼠かな　正岡　子規
かたまりて色のみだれの海鼠かな　野村　喜舟
*腸（わた）ぬいてさあらぬさまの海鼠かな　阿波野青畝
心萎えしとき箸逃ぐる海鼠かな　石田　波郷
ぶちまけて海鼠の笊を空にせり　加藤かけい
大海鼠とろりと桶にうつしけり　白井　冬青
庖丁にくねりて固き海鼠かな　関谷　嘶風
海鼠腸をすするや絹をすするごと　儀部尺山子
嬲られて球になりたる海鼠かな　福本　鯨洋
海鼠噛む亡父の生き方責められず　本土みよ治
われ思ふ故にわれある海鼠かな　三村　哲田
海光や身をさかしまに海鼠突く　萩原　記代

牡蠣（かき）　石花（かき）　真牡蠣（まがき）　板甫牡蠣（いたぼ）　牡蠣田

かき科に属する二枚貝。形は不規則な長三角形で、一枚の底の深い方の殻で岩に付いている。もう一枚の殻は平たく蓋のようになっている。九月から四月、とくに寒中がしゅんで、手鉤でとり、生食・酢の物・鍋物・フライ・かき飯などにして食べる。味がよく栄養がある。〈本意〉『滑稽雑談』に「牡蠣、海辺の石に付きて化粧す。冬春、味好し。四月以後秋まで食ふべからず。ゆゑに海人取らず。およそ蠣は石に付きて一所にありて動かず。ゆゑに牝牡の道なし。子を生まず。ゆゑに牡蠣といふ。一所にあつて動かざるもの、蠣のほかに稀なり」とある。冬美味で、岩に付いて動かないものというイメージである。

日輪は筏にそゝぎ牡蠣育つ　島田　青峰
牡蠣食つて漫才夫婦相対す　安住　敦
だまり食ふひとりの夕餉牡蠣をあまさず　加藤　楸邨
牡蠣食へり重たき肩を起しては　石田　波郷
＊牡蠣食へば妻はさびしき顔と云ふ　杉山　岳陽
牡蠣好きの母なく妻と食ひをり　同
牡蠣そだつ静かに剛き湾の月　柴田白葉女
母病めば牡蠣に冷たき海の香す　野沢　節子
雲の上を雲光りゆく牡蠣筏　高樹　旭子
夕潮の静かに疾し牡蠣筏　打出　綾子
亡き友も五指に余るや牡蠣すする　本多　静江
牡蠣殻が光る鴉の散歩道　藤井　亘

冬の蝶（ふゆのてふ）　冬蝶

もんしろちょう・もんきちょうなどは蛹で越冬するが、初冬には成虫のままで生き残ったものが飛んでいることがある。あかたては・るりたては・きべりたてはなどは成虫で越冬し、あたたかい日に飛んで出てくることがある。〈本意〉あまり見かけることのない蝶なので、ゆるゆると飛んでいるのを見るとはかなげにたよりなげである。

茶畑の波濤が生みし冬の蝶　富安　風生
冬の瑠璃蝶密着の翅開き初む　中村草田男
わが咳がたたしめし冬の蝶は舞ふ　加藤　楸邨
＊冬の蝶睦む影なくしづみけり　西島　麦南

籬ともおどろとも見ゆ冬の蝶　高橋　馬相
生あるものこの冬蝶に逢ひしのみ　福田　蓼汀
芥焼く煙のなかの冬の蝶　沢木　欣一
冬の蝶ためらへば日がなくなるぞ　中村　春芳
湖へ木戸あいてゐる冬の蝶　阪本　政子
冬蝶の翔てば静かに影従ふ　高田　秋仁

凍蝶　いててふ

冬の蝶というより、もっと寒さにいためつけられ、死の寸前のような感じの蝶である。飛び方もにぶく、ほとんど動かず、翅も破れていたりして、ときに死んでいたりする。〈本意〉『をだまき綱目』に「寒き時飛ばぬ蝶なり」とある。さむさの中凍りついたように動かない蝶である。

＊凍蝶の己が魂追うて飛ぶ　高浜　虚子
凍蝶に海の音する木末かな　佐藤惣之助
凍蝶の落ちくだけけり石の上　同
凍蝶の全き翅をひらきしも　阿部みどり女
凍蝶を見し身の如くかへりみる　中村　汀女
凍蝶に指ふるるまでちかづきぬ　橋本多佳子
天日を恋ひ凍蝶のあがりけり　福田　蓼汀
凍蝶の傷みなき翅合掌す　佐野まもる
凍蝶を拾ふてのひら岬なす　進藤　一考
凍蝶のうす紙のごと生きてをり　紀平　美幾
凍蝶の倒れて影と重なれり　三島　晩蟬
凍蝶の日向といふも風少し　玉城　仁子

冬の蜂　ふゆのはち　冬蜂　凍蜂

蜂は夏から秋に交尾して、雄は死に、雌だけが冬ごもりして、春巣を作り卵を産む。ただし蜜蜂だけは雌雄ともに越冬する。初冬、冬ごもりの前に活動しているのを見かけるが、これよりも、冬のさかりに、日だまりに出てきてゆっくり動いている蜂の方が、冬の蜂にふさわしい。〈本意〉冬ごもりしている蜂、したがって雌の蜂が、日だまりに迷い出て、じっとしているのを言う。いかにも死期の迫った頼りなげな姿である。

＊冬蜂の死にどころなく歩きけり　村上　鬼城
冬蜂の創つく騎士のごとく這ふ　岡部六弥太
冬の蜂おさへ掃きたる箒かな　高野　素十
冬の蜂脚長く垂れ陽に酔へり　内藤　吐天
冬蜂の死と闘へる巌の上　野見山朱鳥
冬蜂よ怒りに馴るることなかれ　加藤知世子
ふたゝび見ず柩の上の冬の蜂　山田みづえ
冬の蜂歩みて蔵の土こぼす　望月　皓二

冬の蠅（ふゆのはへ）　冬蠅　凍蠅

蠅は成虫のまま越冬するが、あたたかい日には日だまりに出て、外壁や障子、庭石の上などにとまっていることがある。冬に咲くやつで、つわぶきなどにとまっていることもある。動きはにぶく、とまっていることが多いが、日がかげるといつか見えなくなっている。〈本意〉冬の間の日なたぼっこしている蠅である。動きのにぶい、目立たぬ存在である。

我病みて冬の蠅にも劣りけり　正岡　子規
＊すがりゐて草と枯れゆく冬の蠅　臼田　亜浪
冬の蠅しづかなりわが膚を踏み　日野　草城
飛びたがる誤植の一字冬の蠅　秋元不死男
職替へてみても貧しや冬の蠅　安住　敦
冬の蠅具足の翅をひるがへし　石塚　友二
冬の蠅病めばかろ〴〵抱かれもし　鈴木真砂女
冬の蠅歩むいづこも死の方へ　町垣　鳴海
冬の蠅宙にとどまるとき見ゆる　上井　正司
わが膝の日向を去らず冬の蠅　友永　一郎

綿虫（わたむし）　大綿　雪蛍　雪虫　雪婆（ゆきばんば）　白粉婆（しろこばば）

俗に大綿という。ありまきの一種で、わたふきあぶらむしの仲間。体から蠟物質を綿のように出していて、綿のかたまりのように見える。寄生植物を変えるため、空中を飛んで移動する。秋から冬にかけての風のない日の夕方であることが多い。雪虫ともいうが、雪の降るさまに似ているためのよび方で、本当の雪虫は雪上に出てくる黒い虫である。雪蛍・雪婆・白粉婆などとも呼び、わらべ歌にもうたわれている。〈本意〉雪が降るように飛ぶので、雪虫・雪蛍などというが、綿のようなものを体から出しているのである。冬のはじめ頃の静かな夕のことで、独特の雰囲気をもつ。

大綿や昔は日ぐれむらさきに　大野　林火
＊綿虫やそこは屍の出でゆく門　石田　波郷
いつも来る綿虫のころ深大寺　同
大綿は手に捕りやすしとれば死す　橋本多佳子
大綿のいつもわれより低くとぶ　篠田悌二郎
綿虫や母あるかぎり死は難し　成田　千空
綿虫の群るるはじめをかなしめり　伊藤　京子
雪虫のゆらゆら肩を越えにけり　臼田　亜浪
綿虫やむらさき澄める仔牛の眼　水原秋桜子
大綿虫を上げおだやかに暮色あり　山口　青邨
雪ばんば飛ぶ阿部川の洲の幾つ　長谷川かな女
綿虫の死しても宙にかがやくや　内藤　吐天
雪ほたるこだわるこころさみしくて　石原　舟月
澄みとほる天に大綿うまれをり　加藤　楸邨

冬の虫（ふゆのむし）　残る虫　虫老ゆ　虫嗄るる　虫絶ゆる

秋よく鳴いた虫も、秋がすすむにつれてだんだん鳴かなくなるが、晩秋から初冬に入る頃、こおろぎが細々と鳴いていることがあって、はかなげに聞こえる。それも絶えると、真冬になる。〈本意〉虫の声のさかんな秋と絶える冬との間の時期の鳴き声をいう。

＊冬の虫言はぬ一言とはに生く　加藤楸邨
冬の虫ところさだめて鳴きにけり　松村蒼石
鳴くちからたまれば鳴きぬ冬の虫　竹内武城

火と水のいろ濃くなりて冬の虫　長谷川双魚
草山に夕日見送る冬の虫　宮沢映子
仏灯のとどくところに冬の虫　箕浦須磨子

植物

寒梅（かんばい）　冬の梅　寒紅梅　冬至梅

寒中に花を咲かせる梅のこと。寒紅梅は十二月初旬から咲く。一重咲きと八重咲きがあって、庭木として好まれている。冬至梅は冬至のころから咲きはじめる。一重で白い花である。〈本意〉『万葉集』に、「今日降りし雪に競ひてわが屋前（やど）の冬木の梅は花咲きにけり」「わが屋戸に咲きたる梅を月夜よみ宵々見せむ君をこそ待て」などの歌があるが、春待つ、降り置ける雪などの心をあらわす。冬のはての思いとなる。『改正月令博物筌』に冬梅として「梅は春の物なれど、年の内より咲くをいへり」とある。早咲きの、春をさそう梅といえよう。蕪村に「冬の梅きのふやちりぬ石の上」、暁台に「寒梅や僧立去つて風起る」の句がある。

日だまりの谷の寺なり冬の梅　大須賀乙字
＊地震過ぎて夜空に躍る冬の梅　水原秋桜子
寒梅やただ信をもて重しとす　大橋越央子
細枝に鳥のあやふし寒紅梅　上川井梨葉
預けある鼓打ちたし冬の梅　松本たかし
不受不施の徒たり寒梅咲きにけり　岸　風三楼
清らかに住み古る家や冬至梅　桜木　俊晃
寒梅やよきこゑとして老のこゑ　森　澄雄
寒梅に夕日の真紅浸み透る　笹尾　操子
寒梅の蕾の芯はぬくからむ　池野　健

臘梅（らふばい）　蠟梅　唐梅（からうめ）　南京梅

中国から渡来したので唐梅ともいう。梅の字が使われているが、梅とは別種のもの。花が蠟で作られているように見える。落葉低木で三メートルの高さ。枝が多く、一、二月頃、直径二センチのかおりよい花を数個ずつ下向きにつける。花は中心が暗紫色、外の花弁は半透明で黄色くつやがある。〈本意〉『滑稽雑談』に、「蠟梅、一名黄梅花。この物、もと、梅の類にあらず。（中略）臘月に小黄花を開く。蘭の香に似たり。葉は柿葉に似て、小にして長し。木の高さ二三尺、四五尺に過ぎず。大坂にて〈唐梅〉といふ。（中略）この名、臘月の義にあらず。その花、黄蠟色に似たり。ゆゑにこれを名とするなり」などとある。梅に似て梅でない、黄蠟色の、かおりよき花である。

臘梅や枝まばらなる時雨ぞら　芥川龍之介
臘梅の咲きうつむくを勢ひとす　皆吉　爽雨
臘梅のこぼれ日障子透きとほす　菅　裸馬
税や憂し臘梅枝垂れ枝垂るゝに　千葉　静代
＊臘梅に日の美しき初箒　遠藤　梧逸
臘梅のこぼれやすきを享けにけり　林　登志子
臘梅や時計にとほき炬燵の間　室生とみ子

早梅（さうばい）　早咲の梅　早咲

早梅という種類はないが、日あたりがよいところの梅や気候の暖かい年の梅が、いつもより早くから咲きはじめていることをいう。〈本意〉『改正月令博物筌』に「早梅・寒梅、いづれも早く咲きたる梅をいふ。早梅は、十月前冬至前に花開くと梅譜に出でたり」とある。おや、もう咲いているという驚きの声を誘う。見出した喜びも含まれる。蕪村の「早梅や御室の里の売屋敷」が知られる。

*早梅や日はありながら風の中　原　石鼎
早梅や障子細目に厭離庵　安田　仙郎
預けある鼓打ちたし冬の梅　松本たかし
立よりて北野の梅の早かりし　松尾いはほ
一方に枝のはげしく梅早く　皆吉　爽雨
告白を済ませて佇てば梅早し　景山　筍吉
早梅に歩みよりゆく影法師　星野　立子
早梅に早瀬こそ白飛ばすもの　林　翔

帰花（かへりばな）　返花　帰咲　二度咲　忘花　忘咲　狂花　狂咲

小春日和のあたたかい気候が続くと、草木が花を咲かせることがある。杜若（かきつばた）・さくら・山吹・梨・梅などが多い。秋に寒くそのあと小春日和になると、春咲きのものが咲き出してしまうわけである。〈本意〉『滑稽雑談』に、「和俗の冬月のころほひ、諸木あるひは草類の花開くを、すべて〝かへり花〟と称す。中華にいふ〈狂花〉、また〈褪花〉の類なり。俳道に冬に用ひ、すなはち正花と用ゆ。一木一草に限らざるゆゑなり」とある。冬のあたたかい日和のときに咲いてしまうもので、そのため狂い花、狂い咲きともいわれる。

*日に消えて又現れぬ帰り花　高浜　虚子
忘咲ゆびさゝるれば在りしかな　同
猫の来てかけあがりけり返り花　村上　鬼城
帰り花兄妹睦びあひにけり　安住　敦
鶏犬の声す山中の返り花　臼田　亜浪
返り花きらりと人を引きとゞめ　皆吉　爽雨
梨棚や潰えんとして返り花　水原秋桜子
返り花翳は地よりも空にあり　大野　林火
帰り咲いて一重桜となりにけり　阿波野青畝
返り花人の愁ひに添ふごとく　塚原　麦生

うしろより日のすり抜ける帰り花　岸田　稚魚
あやまちは神にもありぬ狂ひ花　成瀬桜桃子

室咲（むろざき）　室の花　室咲の梅　室の梅　室の椿　室の桜

本来は、草木あるいは切り枝を室に入れ、炉火であたためて早咲きさせることをいう。今日では、温室やビニールハウスが発達普及し、花の咲く木、球根、洋種の草花などを冬に咲かせることができるようになっている。〈本意〉『滑稽雑談』に、「和俗、小春以来一陽来復のころ、梅花に限らず、椿あるひは草花にも、枝節の上に蕾を持ちて花を発せんとすれども、寒に圧されて開く能はざるものあり。その蕾ある枝を切り取りて、一室の内に置きて、炉火を儲けて室内に入れ、あるひは土蔵の内に置きて、一夜これを煖むれば、すなはちその火気に感じてたちまち花を発す。これを〝室咲き〟と称す。多くは梅をもつて第一とす」とある。あたためて咲かせる花である。其角に「内蔵の古酒をねだるや室の梅」という句があるが、これはそのようにして咲かせた梅だろう。

室咲きの花のいとしく美しく　久保田万太郎
カタコトとスチームが来る室の花　富安　風生
*暗き方は海に雪ふる室の花　篠田悌二郎
室咲の豆科ばかりのはかなさよ　石塚　友二
室咲やパリの香水栓かたく　鏡山　不由
室咲やどれも冷めゐる患者食　仲村美智子
室の花喪服とは美しきもの　大熊　左利
湯浴する嬰児のこぶし室の花　渡辺　白峰

冬桜（ふゆざくら）　寒桜

十一月から一月にかけて花を咲かせるさくらの栽培種で、花は白、花梗が短かく、美しいとはいえないが、冬の花なので珍重される。群馬県の鬼石町桜山公園の冬桜は十二月ごろに花盛りで、とくに有名である。寒桜はこれとは別のもので、山桜の変種、淡紅色の花を二月上旬ごろ咲かせる。緋寒桜であることが多い。このほか、冬に咲く桜を冬桜、寒中に咲く桜を寒桜として言うことが多い。〈本意〉『年浪草』に、「小樹なり。花葉、彼岸桜に似て、その枝垂れず。冬月花を開く。単葉なり。盆に植ゑて、机案の傍らに賞す。また、八重桜あり。稀なり」とある。俳句では冬に咲く桜をひっくるめて冬桜と呼び、珍しさをこめるわけである。

*山の日は鏡のごとし寒桜　高浜　虚子
寒桜子に大学を見せにゆく　柴田　龍王
一弁を吐ける蕾や冬桜　富安　風生
冬桜波のひかりと光りあひ　正円　青灯
うつし世のものとしもなし冬桜　鈴木　花蓑
眩しさの雲が雲追ふ寒ざくら　田中　翠
寒桜淡きいのちを宙に揺る　三宅　一鳴
寒桜裏口開けて産湯捨つ　加藤美能留
寒さくら咲いて一輪づつのもの　皆吉　爽雨

冬薔薇（ふゆさうび）　冬薔薇（ふゆばら）　寒薔薇（さうび）

冬に咲くばらのこと。四季咲きのばらは秋にも咲くが、暖かいところでは冬まで咲きつづける。冬枯れの中で、咲く姿はさびしい。〈本意〉冬に咲くばらだが、とくに「こうしんばら」であることが多い。暖かいところで、美しくさびしげに咲く。

思はずもヒヨコ生れぬ冬薔薇　河東碧梧桐
獄を出て冬薔薇に侍す地の明るさ　秋元不死男
冬薔薇石の天使に石の羽根　中村草田男
*冬薔薇色のあけぼのの焼跡に　石田　波郷
病む瞳には眩しきものか冬薔薇　加藤　楸邨
冬薔薇活く鋭き棘を水に沈め　山口波津女

病ひ軽き日は愁なし冬薔薇　村山　古郷
冬薔薇やなにへともなき憤り　稲垣きくの
冬ばらの影まで剪りしとは知らず　長谷川秋子
冬ばら抱き男ざかりを棺に寝て　中尾寿美子
冬薔薇見て来し紅を引きなほす　大場美夜子
いづくより落つるひかりや冬の薔薇　神保　愷作

冬椿（ふゆつばき）　寒椿　早咲きの椿

早咲きの椿で、冬のあいだ、また寒中に花をつけるものをいう。一重咲きの早咲きには白に紅の絞りの秋の山、桃色の太郎冠者があり、八重のものには白のぼたん咲きの白太神楽、紅い絞りの白露錦がある。〈本意〉『改正月令博物筌』に「椿の花は春なり。冬開くものを、〈早開（はやざき）〉と名づけて、人これを賞すといへり」とある。早咲きの、枯れた庭の中の、どきっとするほど美しく鮮かな花である。一茶に「火のけなき家つんとして冬椿」、乙二に「遊ぶ日は菜売になしや冬椿」の句がある。

＊海の日に少し焦げたる冬椿　高浜　虚子
冬つばき世をしのぶとにあらねども　久保田万太郎
竹藪に散りて仕舞ひぬ冬椿　前田　普羅
冬椿落ちてそこより畦となる　小原秋桜子
寒椿つひに一日の懐手　石田　波郷
寒椿落ちたるほかに塵もなし　篠田浩一郎
山の雨やみ冬椿濃かりけり　柴田白葉女
寒椿朝の乙女等かたまりて　沢木　欣一
白と云ふ艶なる色や寒椿　池上浩山人
妻の名にはじまる墓誌や寒椿　宮下　翠舟
海女解けば丈なす髪や冬椿　松下　匠村
寒椿嘘を言ふなら美しく　渡辺八重子
花咲いておのれをてらす寒椿　飯田　龍太
寒椿月の照る夜は葉に隠る　及川　貞

侘助 わびすけ 侘介

唐(とう)椿の一種で茶人に好まれた園芸品。花は一重で、あまり花の数の多くないわびしい印象の木である。四枚の花弁で、色は白、紅、赤地に白の点在などがある。咲く時期は、九月から寒の頃まで。〈本意〉侘茶にふさわしい茶花として、茶人が好んだもの。花も花数もわびしく、それでこの名がある。

侘助や障子の内の話し声　高浜　虚子
侘助をもたらし活けて通ひ妻　石田　波郷
侘助やなげくばかりをたのしみに　油布　五線
侘助やちちの紬をははが着て　塩谷はつ枝
侘助のひとつの花の日数かな　阿波野青畝
侘助や一行のみの子の旅信　近藤　一鴻
＊侘助のいまひとたびのさかりかな　中村　若沙
侘助や子に散髪の母ひとり　小坂　順子

山茶花 さざんくわ　茶梅(さざんくわ)　ひめつばき

つばき科常緑の小高木で、葉に光沢があり、初冬に椿に似てもっと小型の五弁の花をひらく。色には白、淡紅のほかに、その二色のしぼりや白地に紅や、まわりだけ紅い白などのさまざまなものがある。原産地は日本だが、園芸品として改良され、庭にうえたり、盆栽にしたりする。正しくは茶梅と書く。〈本意〉『和漢三才図会』に、「按ずるに、山茶花、その樹葉花実、海石榴(つばき)と同じくして小さし。その葉、茶の葉のごとく、その実円長、形、梨のごとくにして微毛あり。……およそ山茶花、冬を盛りとなし、海石榴の花は、春を盛りとなす」とある。椿に似て、花も樹も葉も小さいもの、どちらかといえば茶に近いもので、身辺のさりげない花である。芭蕉一門の連句にもよく登場する。

霜を掃き山茶花を掃く許りかな　高浜　虚子
無始無終山茶花たゞに開落す　寒川　鼠骨
山茶花の散りしく木の間くらきかな　久保田万太郎
＊花まれに白山茶花の月夜かな　原　石鼎
山茶花やいくさに敗れたる国の　日野　草城
山茶花のこぼれつぐなり夜も見ゆ　加藤　楸邨
山茶花の散るにまかせて晴れ渡り　永井　龍男
山茶花の日和に翳のあるごとく　西島　麦南
山茶花のくれなゐひとに訪はれずに　橋本多佳子
山茶花の咲きためらへる朝かな　渡辺　桂子
山茶花の散り重なりて土濡れぬ　原田　種茅
山茶花の咲く淋しさと気付きたる　栗原　米作
山茶花にたまさかさせる日なりけり　望月　健
白山茶花地獄絵のごと蜂群るゝ　高木　雨路

八手の花（やつでのはな）　花八手　天狗の羽団扇

うこぎ科の常緑低木。葉は柄が長く、先が七つから九つに裂けていて、掌のようでもあり団扇のようでもある。初冬に花が咲く。枝先に、白い苞につつまれた円錐形の花序をつける。花梗には数多くの白い花が咲く。毬の形で、にぎやかそうでさびしい。暖かいところの海近い山林に自生するが、庭に植えられることが多い。〈本意〉『篗纑輪』に「葉は、画く天狗の団扇のごとく、本（もと）一つにして岐（また）八つに分る。ゆゑに名とす。初冬、白花を開く」などとある。葉の形の特異さに関心が集中してきた。花も形が独特で、美しくはないが、初冬の庭の一景色となる。ただし、木を疲れさせるといって取り去ることが多い。

たんねんに八手の花を虻舐めて　山口　青邨
＊八ッ手咲け若き妻ある愉しさに　中村草田男

八ッ手散る楽譜の音符散るごとく　竹下しづの女
花八つ手貧しさおなじなれば安し　大野　林火
踏みこんでもはやもどれず花八ッ手　加藤　楸邨
花八つ手日蔭は空の藍浸みて　馬場移公子
寒くなる八ッ手の花のうすみどり　甲田鐘一路
すり硝子に女は翳のみ花八つ手　中村　石秋
かなり倖せかなり不幸に花八ッ手　相馬　遷子
どの路地のどこ曲っても花八ッ手　菖蒲　あや
花八ッ手さみしき礼を深くせり　籏　こと
賑やかに咲き出て淋し花八ッ手　村山　葵郷

茶の花（ちゃのはな）

つばき科の落葉低木で、密生する葉に光沢がある。花は八月から十二月まで新梢の葉腋に一つまたは二つ三つ付ける。白く五弁の香りよき花で、中に多くの黄色いおしべがある。花はのちに蒴果（さつか）となり、中に三つの丸い種をふくむ。〈本意〉茶は建仁寺の栄西が中国より伝えたもので、静岡、京都、鹿児島などで作られている。自生しているものもある。花は秋冬に咲いて、香りがよい。「茶梅のいたつて小さきなり。香、好し」と『滑稽雑談』にある。蕪村の「茶の花のわづかに黄なる夕べかな」「茶の花や裏門へ出る豆腐売り」、暁台の「茶の花に兎の耳のさはるかな」などが知られる。

*茶の花に暖かき日のしまひかな　高浜　虚子
茶の花におのれ生れし日なりけり　久保田万太郎
茶の花も崖も静かにこぼれゐる　水原秋桜子
茶の花のとぼしきままに愛でにけり　松本たかし
はるかなこゑ「茶の花がもう咲いてます」　加藤　楸邨
茶の花やアトリエ占むる一家族　石田　波郷
お茶の花類句の如く咲きにけり　佐野青陽人
茶の花に藁火の埃かゝりけり　西島　麦南
茶の花の戦といへど寂けさよ　加藤知世子
茶が咲いて肩のほとりの日暮かな　草間　時彦
茶の花に雲洩るたびの陽がとどく　河野　友人
茶の花やさみしくなれば出て歩りく　鈴木　守箭

寒木瓜　かんぼけ

木瓜の花は普通は春だが、寒中に咲くものがある。緋木瓜の類で、まっかな花がむらがり咲いて美しい。〈本意〉緋色の木瓜が寒木瓜に多く、寒さの中で、とくに美しく思われる。

寒木瓜や外は月夜ときくばかり　増田　龍雨
*寒木瓜の咲きつぐ花もなかりけり　安住　敦
寒木瓜のほとりにつもる月日かな　加藤　楸邨
寒木瓜や先きの蕾に花移る　及川　貞
寒木瓜に耳かゆきまで日向なる　山田　佐人
寒木瓜や乳房吸ふ手の紅さし来　田中　茗児
寒木瓜の日に日に淡く咲き満ちぬ　小川斉東語
寒木瓜の上を園児の笑ひ過ぐ　中村　梶子

枯芙蓉　かれふよう

ふようは冬になると葉が落ち、枝が枯れて先に球形の実を結ぶ。実には毛が付いていて黄ばんでいる。折れやすいものだが、さびしい風趣がある。〈本意〉華道ではこのさびしい趣きを花材に用いるが、さびしくても明快であたたかい感じがある。

*芙蓉枯れ枯るるもの枯れつくしたり　富安　風生
老女とはかゝる姿の枯芙蓉　松本　長
夕影の散らばつてくる枯芙蓉　岸田　稚魚
身ほとりに芙蓉枯るるはあたたかし　西山　誠
枯芙蓉病めば誰もがやさしくて　平　絵美子
こまやかな老妓の化粧枯芙蓉　佐藤　良子

青木の実　あをきのみ　桃葉珊瑚（たうえふさんご）

あおきはみずき科の常緑灌木で雌雄異株である。春開花、夏秋になつめ形の実を結び、冬、実が熟してまっかになる。葉が緑色なのでとくに引きたって美しい。〈本意〉常緑の葉に、まっかな実がかたまって付くので、その眺めが美しい。

かぞへ日となりし日ざしや青木の実　久保田万太郎
長病のすぐれぬ日あり青木の実　富安　風生
*雪降りし日も幾度よ青木の実　中村　汀女
青木の実こぼれて土に還るのみ　滝　春一
赤き実の三つかたまりし青木かな　三笠宮若杉
坂の上の青空が好き青木の実　村山さとし
のけぞりて鵯がこぼしぬ青木の実　増田　卯月
青木の実雨の降りしも宵の口　村井　雄花
青木の実学者の妻の墓小さし　安立　恭彦
青木の実ころころ赤し襁褓縫ふ　石沢　清子

枯山吹（かれやまぶき）

山吹は春の季題だが、冬には葉がみな落ちて、緑色の枝だけがつんつんと立つ。〈本意〉凋落という感じでさむざむしく、また見るかげもない様子である。

藤棚も枯山吹も剪みあり　高野　素十
*山吹の一葉もとめず枯れにけり　大橋桜坡子
山吹の枯れてくぐれる小鳥見ゆ　佐藤　佳子
掃きやめて枯山吹を一と括り　池田　嘉緑

蜜柑（みかん）　温州（うんしゅう）蜜柑　雲州橘（うじゅきつ）　紀州蜜柑　伊予蜜柑　紅（べに）蜜柑　蜜柑山

晩秋から冬にかけてとる。みかん色はだいだい色に近く、球を平たくつぶした形、光沢がある。皮をむいて中の実をたべるが、房になっていて、あまくすっぱい汁に富んでいる。瀬戸内、九州、静岡、神奈川でよくとれるが、温州蜜柑が栽培されている。昔は紀州蜜柑が主流だったが、甘いが小型なので、温州蜜柑にかわることになった。〈本意〉『本朝食鑑』に、「蜜柑は、すなはち橘なり。南国、多く産す。樹の高さ丈余、枝多く刺を生ず」「四五月小白花を開きてはなはだ香ばしく、愛すべし。実を結びて、冬に至り熟し、日を経て紅に変ず。これもまたはなはだ馥ばし。大なるものは盃のごとし」などとある。田道間守が常世国から持ち帰ったものといわれるが、香りよい多汁美味の果実である。

をとめ今たべし蜜柑の香をまとひ　日野　草城
汽罐焚きて蜜柑列車を先導す　佐野まもる
蜜柑山の雨や蜜柑が顔照らす　西東　三鬼
かの夫人蜜柑むく指の繊かりしが　安住　敦
闇ふかく蜜柑をひとつ探りえつ　加藤　楸邨
蜜柑吸ふ目の恍惚をともにせり　同
死後も日向たのしむ墓か蜜柑山　篠田悌二郎
*蜜柑山の中に村あり海もあり　藤後　左右
蜜柑ちぎり相模の海のあをきにくだる　川島彷徨子
蜜柑の汁思ひつめたる顔にとぶ　油布　五線
蜜柑摘み昔は唄をうたひしに　山口波津女
蜜柑むいてそれから眩しい灯と思ふ　原田　種茅
片親のさびしさ湧けり蜜柑吸ふ　青木　敏彦
海光に一木揺るるは蜜柑捥ぐ　甲賀　山村
子の嘘のみづみづしさよみかんむく　赤松　蕙子
湯あがりの掌にもぎくれし庭蜜柑　山口満希子

冬林檎（ふゆりんご）

林檎は秋から十一月までに収穫されて貯蔵されるが、形も味も色もよい林檎は冬のうちに出荷し果物店にかざられる。皮をむくと果肉がひやっとしてなかなかに冬らしく、美味である。〈本意〉とれて間のない上等の林檎で、肌がひやっと冷たく、うまさが身にしみるようである。

不平あらば壁に擲て寒林檎　日野　草城
*病者あれば小さき幸欲し冬林檎　角川　源義
実の緊まりよき冬林檎真二つに　橘川まもる
指燃えて磨る冬りんご夫看とる　飯田　晴子

枇杷の花（びわのはな）　花枇杷

枇杷はばら科の常緑高木で、初冬、枝先に三角形総状の花序の花を咲かせる。花は白く香りがよい。実は初夏に熟する。甘くて香りよい果実である。葉が大きく長楕円形で、裏に毛がびっしり生えている。表面の色は暗緑である。〈本意〉『滑稽雑談』に、「枇杷の木、高さ丈余、肥枝長葉、大いさ驢の耳のごとし。背に黄毛あり。陰密婆娑として愛すべし。四時凋れず。盛冬、白花を開き、三四月に至りて実をなす」とある。冬に花咲くめずらしい植物の一つで、香りのよい白い花である。

＊枇杷の花大やうにして淋しけれ　高浜　虚子
枇杷の花霰はげしく降る中に　野村　喜舟
死ぬやうに思ふ病や枇杷咲けり　塩谷　鵜平
枇杷咲いて長き留守なる館かな　松本たかし
花枇杷や一日暗き庭の隅　岡田　耿陽
故郷に墓のみ待てり枇杷の花　福田　蓼汀
枇杷の花子を貰はんと思ひつむ　原田　種茅
枇杷の花母に会ひしを妻に秘む　永野　鼎衣
枇杷の花くりやの石に日がさして　古沢　太穂
枇杷の花妻のみに母残りけり　本宮銑太郎
枇杷の花柩送りしあとを掃く　庄田　春子
枇杷の花暮れて忘れし文を出す　塩谷はつ枝
病む窓に日の来ずなりぬ枇杷の花　大下　紫水
花枇杷に暗く灯せり歓喜天　岸川素粒子
雪嶺より来る風に耐へ枇杷の花　福田甲子雄
枇杷の花散るや微熱が去るやうに　東浦　六代

冬紅葉（ふゆもみぢ）　残る紅葉

秋の紅葉も冬に入って、霜が降ったり風が吹いたりして散ってしまうが、ときに紅葉のまま冬にも木に残っていることがある。また散りのこって枝先にわずか一、二枚になった紅葉のこともある。〈本意〉『万葉集』の「八田の野の浅茅色づく有乳山（あらちやま）峰の沫雪寒く降るらし」、『夫木和歌抄』の「秋暮れし紅葉の色に重ねても衣かへうき今日の空かな」は、初冬のもみじを歌ったものだが、もう美しいよりも、いたましい感じのものとなっている。あわれの思いのつよいものである。

夕映に何の水輪や冬紅葉　渡辺　水巴
＊冬紅葉冬のひかりをあつめけり　久保田万太郎
さむざむとしかはあれども冬紅葉　富安　風生
日おもてにあればはなやか冬紅葉　日野　草城
冬紅葉師の忌に逢うてまた別る　大野　林火
冬紅葉擁かれつ蹤きつ女の身　石田　波郷
冬紅葉雲ふかくゐて暮るるなり　上条　筑子
美しく老ゆるも死ぬも冬紅葉　松井草一路
向つ山のこゑよく透る冬紅葉　山田　孝浩
尾根移り落ちゆく日あり冬紅葉　島田みつ子

紅葉散る（もみぢちる）　散紅葉

紅葉かつ散るの秋から、紅葉散るの冬へ、季節はうごいてゆく。美しく散り敷くこともあり、泥まみれに貼りついていることもあり、美しい紅葉の行方はさまざまである。〈本意〉『万葉集』の「十月（かむなづき）時雨に逢へる黄葉（もみちば）は吹かば散りなむ風のまにまに」以来、散る紅葉のかなしさがつねにうたわれてきた。『古今集』の「山川に風のかけたるしがらみは流れもあへぬ紅葉なりけり　躬恒」もその一つである。落葉となる紅葉のはかなさが中心のイメージになる。

紅葉散るや筧の中を水は行き　尾崎　迷堂
尽大地燃ゆるがごとき散紅葉　赤星水竹居
夜の塔を風音越ゆる散紅葉　水原秋桜子
＊盃を止めよ紅葉の散ることよ　高野　素十

磐石を刳りて磴とす散紅葉　松本たかし
紅葉散るしづけさに耳塞がれつ　岡田　貞峰
滝道や火の粉のごとく紅葉散る　藤田　露紅
今日ありてかたみに紅葉ちるを踏む　藤野　基一

木の葉　このは　木の葉散る　木の葉の雨　木の葉の時雨

霜や風で、落ちてしまった落葉をさし、また、まさに落ちる時期に来た木の枯葉をさす。散っている宙の葉をさしてもよい。それらをひっくるめて言う。〈本意〉『万葉集』『古今集』の頃には「紅葉散る」のような意味を、『新古今集』以後は右のようにいろいろの木の葉をうたうようになった。『改正月令博物筌』には「木の葉は、続けやうにて木にある葉をもいへど、それは和歌などにていふことなり。俳の季に出だすものは、散り落ちたる木々の葉をいふなるべし」とまとめている。今はもっとひろく、木にのこる葉も含める。芭蕉の「柴の戸に茶を木の葉掻く嵐かな」、丈草の「水底の岩に落ちつく木の葉かな」などが知られる。

山の木の日深くなれば葉降らしぬ　臼田　亜浪
神殿に明るき一葉降りにけり　中川　宋淵
樗木の葉欅の如きも落ちにけり　阿波野青畝
木の葉散り鳩のささやき夜もきこゆ　河野柏樹子
赤き入日の中の木の葉の音きゝし　重田　暮笛
木の葉とび木の葉のやうな小鳥とび　草野　駝王
木の葉舞ふ天上は風迅きかな　太田　鴻村
木の葉散るわれ生涯に何為せし　相馬　遷子
マンホール木の葉が辿りつきて落つ　岡本　圭岳
木の葉焚くけむりの中の仏達　藤浪　竹風
＊木の葉ふりやまずいそぐないそぐなよ　加藤　楸邨

落葉　おちば　落葉（らくえふ）　落葉時（おちばどき）　落葉期（らくえふき）　落葉風　落葉山　落葉掃く　落葉掻く　落葉焚く

木には常緑樹と落葉樹とがあるが、落葉樹は、冬には葉を落として、春の芽吹きを待つ。落ちかかる葉や地に落ちている葉が落葉である。美しい眺めだが、落葉は集めて堆肥にしたり、焚火にしたりする。〈本意〉『改正月令博物筌』に「諸木の葉、風に散り行くをいふ。また、木の葉の散り落ちたるをもいへり」とある。その美しさにあわれを重ねていよう。芭蕉に「皀角子の実は其のままの落葉かな」、太祇に「岨行けば音空を行く落葉かな」、蕪村に「やねふきの落葉踏むなり闇の上」、暁台に「木の葉たくけぶりの上の落葉かな」、一茶に「焚ほどは風がくれたるおち葉哉」がある。日本人の好む季題の一つであった。

常寂光浄土に落葉敷きつめて　高浜　虚子
寂莫を絢爛と見る落葉かな　松根東洋城
*風といふもの美しき落葉かな　小杉　余子
木曾路ゆく我れも旅人散る木の葉　臼田　亜浪
白日はわが霊なりし落葉かな　渡辺　水巴
むさしのの空真青なる落葉かな　水原秋桜子
多摩人の焚けば我もと落葉焚く　同
ごうごうと楡の落葉の降るといふ　高野　素十
もちの葉の落ちたる土にうらがへる　同
すさまじき落葉に上げし面かな　高浜　年尾
わが歩む落葉の音のあるばかり　杉田　久女
高きよりひらひら月の落葉かな　日野　草城
大学に来て踏む落葉コーヒー欲る　中村草田男
爛々と虎の眼に降る落葉　富沢赤黄男
野良犬よ落葉にうたれとび上り　西東　三鬼
落葉して木々りん／＼と新しや　同
夜の落葉降るしづけさに眠るべし　安住　敦
落葉あびて山くだりゆく猪に逢ふ　加藤　楸邨
白き手の病者ばかりの落葉焚　石田　波郷
ニコライの鐘の愉しき落葉かな　同
子は母に右手をあづけて夕落葉　中村　汀女
落葉踏みさだかに二人音違ふ　殿村菟絲子
いづこより降りくる落葉かとあふぐ　八幡城太郎
岩に落葉表裏生死のごとくあり　福田　蓼汀
手が見えて父が落葉の山歩く　飯田　龍太
海にふる光りの飛沫落葉にも　石原　八束

落葉焚きゐてさざなみを感じをり　同
仮寓十年落葉焚き来し地の窪み　山家竹石
子の尿が金色に透き落葉降る　沢木欣一
落葉焚く落葉の中にゐる蝶も　黒谷忠
落葉ため森は透きつつ浮きあがる　西垣脩
本郷の落葉のいろの電車来る　伝田愛子
からまつ散る縷々ささやかれゐるごとし　野沢節子
落葉して空の近づく思ひかな　小室善弘

枯葉（かれは）

落葉樹の葉が枯れて、枯れ色のまま枝に残っていたり、宙をひらひらと飛んでいたり、地に落ちていたりする。普通枝にあるイメージが多い。また草の枯葉でもよい。〈本意〉枯れの色や思いが表にあらわれるので、落葉などというよりも具体的なイメージ性がある。

一ひらの枯葉に雪のくぼみをり　高野素十
*枯葉かく人も枯葉の色に似て　中川宋淵
宙を飛ぶ枯葉よ麦は萌え出でて　滝春一
一葉づつ一葉づつ雨の枯葉かな　八幡城太郎
シャツ赤く来しが枯葉に鞭鳴らす　篠田悌二郎
手術待つ土が枯葉を待つやうに　岸秋渓子

柿落葉（かきおちば）

霜の降り出す頃、柿の落葉がはじまる。夕焼のような色で、大型の葉なので、ゆらゆらと印象的に落ちる。拾ってみると、さまざまなしみ、傷があって、心を打たれる。〈本意〉色どりの美しさも、あざやかではなく、複雑な悲愴の美というべく、傷や穴の多いのもあわれである。

*柿落葉地に任せて美しき　滝井孝作
いちまいの柿の落葉にあまねき日　長谷川素逝
柿落葉家鴨よごれて眠りたる　三好達治
柿落葉日向をよぎる時早く　福田蓼汀
柿落葉うつくしく紙幣値なく　山口青邨
落柿舎は煙草盆にも柿落葉　阿部小壺

朴落葉（ほおちば）　朴散る

ほおの木は日本特産の落葉大喬木で、二十メートルにも達する巨木になる。ほおがしわとも呼ばれ、葉が大きく食器のかわりに用いられた。冬、この葉が黄褐色になって落ちるが、よく目につく落葉である。〈本意〉木も葉も大きく悠然としたものだが、その黄ばんだ落葉もかさっと音を立てて落ち、厚く積み重なる。

その中に猫うづくまり朴落葉　佐佐木茂索
朴落葉して洞然と御空かな　川端茅舎
朴落葉いま銀となりうらがへる　山口青邨
朴の落葉わが靴のせるべくありぬ　同
＊日を掬ひつつ朴の葉の落ち来たる　上村占魚
水ナ底に朴の落葉として存す　樋口玉蹊子
朴落葉うれしきときも掃きにけり　村田とう女
落葉して凱歌のごとき朴の空　石田勝彦
水暮れて奈落のごとし朴落葉　渡辺古鏡
峡空は雲を離さず朴落葉　山岸珠樹

銀杏落葉（いてふおちば）

いちょうは、秋に黄葉して、すこしずつ散ってゆくが、霜が降ったり、風がつよかったりすると、急に一気に散りおわってしまう。銀杏の大木や並木が裸で立っているのは壮観である。〈本意〉いちょうの落葉は他の木よりもおそいが、黄色の葉が壮麗な感じを与える。降りしきり落ち尽くすさまが秋の深まりを知らせる。

銀杏散るまつただ中に法科あり　山口青邨
＊敷きつめし銀杏落葉の上に道　池内たけし

蹴ちらしてまばゆき銀杏落葉かな　鈴木　花蓑
銀杏ちる童男童女ひざまづき　川端　茅舎
美しき銀杏落葉を仰ぐのみ　星野　立子
わが子出て銀杏落葉を拾へかし　後藤　夜半
倉庫裏銀杏黄葉が明るくす　沢木　欣一
銀杏散るはげしき音の中にあり　平岡　仁期

冬木（ふゆき）　冬木道　冬木宿

冬の木々のことで、葉のある木々でも葉のない木々でもどちらでもいうが、葉のおちた裸木の方が、冬木らしい。〈本意〉『万葉集』に「わが屋前（には）の冬木の上に降る雪を梅の花かとうち見つるかも」とある。冬の間のさびしい、活気のない、息をひそめた木々をいう。

*大空にのび傾ける冬木かな　高浜　虚子
冬木中一本道を通りけり　臼田　亜浪
夢に見れば死もなつかしや冬木風　富田　木歩
或僧のたちいづるより冬木かな　阿波野青畝
つなぎやれば馬も冬木のしづけさに　大野　林火
今も目を空へ空へと冬欅　加藤　楸邨
その冬木誰も瞶めては去りぬ　同
わが凭れる冬木ぞ空の真中指す　八木　絵馬
雨降るや冬木の中の翌檜　石塚　友二
みちのくの夕日あまねき冬木かな　五所平之助
夜の冬木風のひびきとなりて立つ　谷野　予志
猫下りて次第にくらくなる冬木　佐藤　鬼房
青年に愛なき冬木日曇る　同
冬木伐り倒すを他の樹が囲む　武藤不二彦
青天は流るゝごとし冬木原　近藤　楓渓
大冬木鹿の瞳何にうるほふや　松野　静子
亡き犬を訪ひ来し犬や冬木縫ひ　石田あき子
冬木の手剪られ切り口鮮しき　稲垣きくの

寒木（かんぼく）

冬木のことだが、冬木というよりひびきが強い。さむざむとした姿を強調したもの。一本の木をいい、多くなると寒林となる。〈本意〉さむざむとした一本の木の寒さを強調したもの。

寒木が枝打ち鳴らす犬の恋　西東　三鬼
寒木に大の男の上る見ゆ　相生垣瓜人
老木の寒木に眼を凝らす　秋元不死男
＊寒木にひとをつれきて凭らしむる　石田　波郷
寒木に耳あてて何を聴かうとする　三橋　鷹女
寒木に大音声の子が泣ける　桂　信子

冬木立（ふゆこだち）

冬の木を冬木とつづめて言い、その冬木の群れているのが冬木立である。さびしい感じがありさむざむしい。〈本意〉『改正月令博物筌』に「冬枯れたる枯木のすがたをいへり」といい、『栞草』に「夏木立は茂りたるをいひ、冬木立は葉の脱落したるさまなどいふべし」とある。葉が落ち、冬枯れした、さびしい木立をいうわけである。蕪村に「斧入れて香におどろくや冬木立」、几董に「冬木だち月骨髄に入る夜かな」がある。物音のない森、さむさが骨にしみ通る月夜がうたわれている。

から〳〵と日は吹き暮れつ冬木立　内藤　鳴雪
をちこちに黒木積みけり冬木立　坂本四方太
冬木立童かけ入りかけ出でぬ　池内友次郎
＊冬木立ランプ灯して雑貨店　川端　茅舎
冬木立にぎりこぶしのうち熱し　岸田　稚魚
堕ろし来て妻が小さし冬木立　吉田　鴻司
月光の鍼ぴしぴしと冬木立　吉田　朔夏
ひよどりの飛びつく伊賀の冬木立　川崎　展宏
雨ふりていよ〳〵黒し冬木立　高橋すゝむ
冬木立いつか生れし赤き屋根　林　豊子

枯木（かれき）　裸木（はだかぎ）　枯枝　枯木道　枯木宿　枯木星

裸木ともいう。冬に葉が落ち尽くして幹と枝だけになった木のことで、枯れた木をいうのではない。裸木というほうがあらわで、印象のつよいものがある。〈本意〉『風雅集』に「深雪降る枯木のすゑの寒けきにつばさを垂れて烏鳴くなり」という歌があるが、さむざむとして、さながら枯れはててしまったような木のことになる。

*枯木中少年の日の径あり　川口松太郎
一すぢの滝のこころや枯木山　原　石鼎
犬細し女も細し枯木中　高野　素十
真青に海は枯木を塗りつぶす　山口　青邨
枯枝にまゆ玉のごと星懸る　藤森　成吉
目を細むあまり枯枝の細かさに　松本たかし
妻は我を我は枯木を見つつ暮れぬ　加藤　楸邨
枯木道死なざりし影徐かに曳く　石田　波郷
枯木の予感どこかで大砲がなつてをる　富沢赤黄男
大枯木しづかに枝をたらしたる　長谷川素逝
立木皆枯れて海聞く日和かな　中川　宋淵
枯木山美しければ人に添ふ　原　コウ子
枯れし木のうしろに雲の寄り易し　谷野　予志
風音がひかりとなりし枯木立つ　那須　乙郎
夢にして父は枯木の中歩む　塩谷　小鵜
父母の亡き裏口開いて枯木山　飯田　龍太
たまゆらの恋か枯木に触れし雲か　稲垣きくの
枯木星つねに何かを希ふべし　吉田　健二

枯木立（かれこだち）　枯林

葉の落ち尽くした枯木の群れているのをいう。寒林に含まれるイメージである。〈本意〉「枯」の気持がつよく、荒涼とした、しかしどこか淡泊でからっとした印象の木立である。木が多くなれば枯林となる。

淋しさや松のまじりて枯木立　松瀬　青々
＊今日の日の空を支へて枯木立　星野　立子
枯木立月光棒のごときかな　川端　茅舎
水の上の空あいてゐる枯木立　東山抜天花
出で入の息も消ゆかや枯林　岩木　躑躅
くらしの声道へ筒抜け枯木立　雨宮　昌吉

寒林（かんりん）

冬木立より最近は多用される季題。冬の木立や林を言う。冬木立というより強調される。さむざむとした林、あるいは寒中の林のこと。〈本意〉さむざむとした林をいう。その音がつめたさを強調するところがある。俳諧時代は冬木立といい、最近急に寒林が多用される。

＊寒林の日すぢ争ふ羽虫かな　杉田　久女
寒林の一樹といへど重ならず　大野　林火
寒林を三人行くは群るる如し　石田　波郷
寒林やとつくに言葉消えやすく　石橋　秀野
寒林に日も吊されてゐたりしよ　木下　夕爾
どの星も低し寒林抜けてより　出光牽牛星
寒林の栗鼠が落ちこむ空ま青　龍居　五琅
冬森を管楽器ゆく蕩児のごと　金子　兜太
寒林に待つは若者眉根濃し　星野麦丘人
寒林や手をうてば手のさみしき音　柴田白葉女
寒林の奥にありたる西の空　鷲谷七菜子
寒林に海の匂ひがよぎりけり　青木たけし
寒林の影起ち上る夕日かな　北野　登
父の如き寒林のあり去り難し　石川　昌子

名の木枯る（なのきかる）　銀杏枯る　葡萄枯る　櫟枯る　欅枯る　榎枯る　蔦枯る

名前の知られた木が冬に枯れることをいう。「銀杏枯る」などと、木の名を加えて、すこしずつ異る枯れの様相を暗示する。〈本意〉冬枯れの木の枯れのちがいを、よく知られた木の名を添えて示すのである。

＊顔寄せて馬が暮れをり枯柏　臼田　亜浪
てつぺんに居るがわが子や枯銀杏　高野　素十
楡枯れぬ露西亜軍楽隊いまはなき　山口　誓子
老女とはかゝる姿の枯芙蓉　松本　長
蔦の葉の枯れゆくひかり火の夜空　加藤　楸邨
蔦枯れて一身がんじがらみなり　三橋　鷹女
狂院を緊縛しつつ蔦枯れたり　谷野　予志
石を抱く力ゆるみて蔦枯るゝ　木村　左近
音立てて今し朴枯れ極まりぬ　上井　正司
枯るゝとも櫟のあるを恃むなり　杉山　岳陽

枯蔓（かれづる）

蔓性の植物の枯れたものをいい、枯れてもまといつくさまが侘しくもおもしろい。ふじ・つた・のぶどう・えびづる・あけび・すいかずら・つるうめもどき・やまのいもなど、いろいろある。〈本意〉ものにまといついたままで枯れているところに、おもしろさと侘しさを見ている。

枯蔓にとびつく雪もみづみづし　高野　素十
枯蔓の引かれじとする力かな　富安　風生
＊枯蔓の日蔭日向と絢ふひかり　水原秋桜子
枯蔓を引けば離るゝ昼の月　中村　汀女
老幹をきりきり捲きし蔓枯れぬ　滝　春一
しづけさは明日への力蔓枯るる　野見山朱鳥
枯蔓の螺旋描けるところあり　上村　占魚
枯蔓の網の中なる落葉かな　加賀谷凡秋
枯蔓に遠くより日の射して来ぬ　加倉井秋を
枯蔓をひく後髪引くごとし　稲垣きくの

枯柳（かれやなぎ）

枯れたつ柳　冬の柳　冬柳　柳枯る

冬、葉がおち尽くし、細い糸のような枝だけが垂れている柳である。水辺のものはひときわ侘しく、すさまじいが、趣きの深いものである。〈本意〉『年浪草』に「柳は、初秋、桐につぎて葉早く落つ。暮秋に至つて、葉ことごとく黄落す。ゆゑにこれを〝枯柳〟といふ。およそ諸木枯槁の中、垂柳ひとり愛すべし。茶人、もつともこれを愛観す」とある。さむざむとさびしげな中に趣きあるものである。

＊雑沓や街の柳は枯れたれど　高浜　虚子
やなぎ湯のしるしの柳枯れにけり　富崎　梨郷
せきれいのとまりて枯るゝ柳かな　村上　鬼城
枯柳古りし言葉にモボとモガ　菖蒲　あや
粛条とつまびらかなる枯柳　富安　風生
水の面に琴線を垂れ枯柳　轡田　進

枯桑（かれくは）　桑枯る

桑畑の桑は北風に吹きおとされて、伸びた枝だけのさむざむしい姿になる。その枝を縄でくくるのが桑括りである。こうして、雪や霜から木を守り、枝の枯れるのを防ぐ。〈本意〉葉のおちてさむざむと、がらんとした桑である。枝をしばるので、印象的な風景になる。

桑枯れてなりはひもなき町の音　水原秋桜子
千曲川磧の先の桑も枯る　森　澄雄
桑枯れて近江にもある御陵かな　大橋桜坡子
枯桑の道どこからも赤城見ゆ　上村　占魚
＊桑枯れて日毎に尖る妙義かな　石橋辰之助
桑枯れて水の流るる音もなし　清崎　敏郎
枯桑の断崖どつと千曲川　福田　蓼汀
桑枯れてずんずと山の近くなる　広瀬季見子

枯茨（かれいばら）

いばらとは普通はのいばらのことをさすが、本来はとげのあるものの総称である。のいばらは冬になると葉が落ち、真赤な実がのこって、それだけが目立つようになる。しかしこの実も色が失せ、しぼんで枯れた色になってしまう。〈本意〉冬のいばらの、赤い実と枝のとげが目立つ姿をいう。球形の赤い実の輝きが、葉のない木を飾っているが、しばらくの間である。一茶に「鬼茨踏んばたがつて枯れにけり」とある。

枯茨に投げし筵や雪少し　山本　梅史
鳥影のごときおもひ出枯茨　山田みづえ
*風の中に昏るる陽のあり枯茨　杉村花友星
枯茨あなどりて径絶えにけり　宮本　澄

冬枯（ふゆがれ）　枯るる

冬が深まり、野も山川もことごとく枯れさびて、目の向くところいずこも荒涼とした姿をしていることをいう。〈本意〉『古今集』恋には「冬枯の野べとわが身を思ひせばもえても春をまたましものを」がある。『玉葉集』には、西行の「冬枯のすさまじげなる山里に月のすむこそあはれなりけり」がある。草木が枯れた、あわれな、すさまじい趣きをいうわけである。

枯るゝ庭ものの草紙にあるがごと　高浜　虚子
冬枯の野を断ちしづむ衣川　岸　秋渓子
冬枯や泥によごれし馬が来る　佐藤　紅緑
枯れふかむ山をやまびともつくづく見る　大野　林火
冬枯に赤きは雉子の眼のほとり　松瀬　青々
身のほとり枯れいそぐものばかりかな　安住　敦
*冬枯れて那須野は雲の溜るところ　渡辺　水巴
枯れ果つをひとり柏が肯ぜず　篠田悌二郎
冬枯や笹にまぎれて吾子が墓　太田　鴻村
枯るゝもの枯れはじめたる日和かな　加藤　覚範
石ひとつおろかにまろびよろづ枯る　富安　風生
急行の速度に入れば枯れふかし　西垣　脩

この枯れに胸の火放ちなば燃えむ　稲垣きくの
ひらかねば孔雀は黒衣枯るる中　金子　篤子
枯れ果てて川の真中は流れをり　山上樹実雄
冬枯やものの霊みな宙天に　辻　たけを

霜枯（しもがれ）

霜が降ると、草や木が一気に黒変して、しおれてしまう。これをいう。いたましく、またあわれである。〈本意〉冬枯の一つで、その強くはげしい姿である。霜のつめたさや大気のさむさの脅威が感じられる。

霜枯れし黄菊の弁に朱を見たり　高浜　虚子
霜枯の道一人行き又一人　桜木　俊晃
霜がれの山はだかれり田の前に　飯森　杉雨
霜枯の罠に吊られし鶏の首　福田甲子雄
*霜枯の鶏頭墨をかぶりけり　皆吉　爽雨
霜枯や眼をすゑてゐる日暮鵙　赤尾冨美子

雪折（ゆきをれ）

木の上につもった雪の重さのために、木が折れてしまうことである。雪折のおこる木は、冬も葉をつけているものであることが多く、松竹などである。また粉雪でなく、ぼた雪のとき、つまり雪がしめって、やわらかいときが多い。雪の中で、木の折れる鋭い音がきこえることがある。雪国では雪折を防ぐために木に雪吊をする。〈本意〉積雪のため木や竹が折れることで、音もすさまじく、無惨な眺めになる。雪の猛威が感じられる。

雪折の竹かぶさりぬ滑川　高浜　虚子
雪折の竹もうもれし深雪かな　鈴木　花蓑
雪折の枝の飛びゆく虚空かな　野村　泊月
雪折のとゞまりがたき谺かな　阿波野青畝

雪折の笹青々とみづきけり　西島　麦南
＊雪折れの竹生きてゐる香をはなつ　加藤知世子
雪折の枝に夕影のこりけり　柴田白葉女
月さすや雪折ひびく能舞台　竹中　春男
雪折れの笹のちからの青さかな　片岡とし子
杉の香の雪折れにきて佇ち止る　中西　舗土

冬苺（ふゆいちご）　寒苺　きんいちご

ばら科の小低木で常緑、つる性のもの。とげはない。夏の頃、白い五弁の花をかたまって咲かせ、冬に実が赤く熟して、食べることができる。温室でとれる冬の苺ではない。ふゆいちご、別名かんいちごという種類である。〈本意〉山地に冬赤く小さくかたまってなっている苺で、まったく野生のもの。実は甘いが、蛇か何かが食べそうに見える。

あるときは雨蕭々と冬いちご　飯田　蛇笏
冬いちご森のはるかに時計うつ　金尾梅の門
寒苺われにいくばくの齢のこる　水原秋桜子
余生なほなすことあらむ冬苺　同
冬苺雪明り遠く遠くあり　加藤　楸邨
＊日あるうち光り蓄めおけ冬苺　角川　源義
とくとくの心音賜へ冬苺　野沢　節子
己が死後見ゆる日のあり冬苺　渡辺　志水
寒苺われにはかちしひとの愛　山田　文男
悲の色を集め沖あり冬苺　寺田　京子

柊の花（ひひらぎのはな）　花柊

もくせい科の常緑木で、高さは三メートルほど、庭や垣根に植える。厚くつやのある葉にとげのようなギザギザがあるのが特色。初冬のころ白い花が葉腋にむらがり咲き、よい香りがする。〈本意〉葉に刺のような鋸歯が五つあるのが特色で、狗骨、猫児刺とも書く。花は白く香りよいもの。

柊の花一本の香かな　高野　素十
柊の花と思へど夕まぐれ　富安　風生
柊の花多ければ喜びぬ　中村草田男
咲きつつも柊癩の籬をなす　石田　波郷
母がりや花柊の現はれて　岸田　稚魚
柊の花どこにも帰りたくはなし　小池　文子
花柊こころ誰にも覗かせず　山田　瑞子
*父とありし日の短かさよ花柊　野沢　節子
花柊日ざしは藍をまじへそむ　石田いづみ
花柊息とゝのへて布裁てり　林　敬子

ポインセチア　猩々木（しやうじやうぼく）

とうだいぐさ科の灌木。メキシコ、中米原産で、温室で育て、葉を観賞する。高さは二、三メートルになる。秋の末から葉が緋色になり、花弁に似て見え美しい。葉の形は卵形でぎざぎざがある。花もあるが目立たない。クリスマスの鉢物として花屋で売られる。〈本意〉葉があかくなり美しい植物で、クリスマスの雰囲気を作る鉢の植物となっている。

*小書窠もポインセチアを得て聖夜　富安　風生
ポインセチア教へ子の来て愛質（ただ）され　星野麦丘人
時計鳴り猩々木の緋が静か　阿部　筲人
ポインセチア愉しき日のみ夫婦和す　草間　時彦
ポインセチアの色溢れゐる夜の花舗　宮南　幸恵
ポインセチアや聖書は黒き表紙かな　三宅　絹子

寒菊（かんぎく）　冬菊　霜菊　しまかんぎく　はまかんぎく　初見草　秋無草（あきなぐさ）

冬に咲く菊、咲きのこる菊を総称して冬菊、寒菊という。また、寒菊という名の変種もある。

これは植物学的にはあぶらぎくといい、晩秋から十二月まで咲く。西日本に自生し、地下茎から出た茎の先端にまばらに花がつく。色は黄色か白。〈本意〉『滑稽雑談』に「寒菊、花も葉も常の菊より細かなり。十月に黄花を開きて、臘月に至る。花なき時開くゆゑ、賞するにたへたり。京都は寒きゆゑ、その葉紅葉して、見るにたへたり」とある。冬寒いときに咲く、時期はずれのところがポイント。他に花がないので、とくに引きたって見える。芭蕉に「寒菊や粉糠のかかる臼の端」、嵐雪に「泣く中に寒菊ひとり耐(こた)へたり」、蕪村に「寒菊や日の照る村の片ほとり」、召波に「寒菊や猶なつかしき光悦寺」がある。

寒菊を憐みよりて剪りにけり　高浜　虚子
寒菊の雪をはらふも別かな　室生　犀星
寒菊や世にうときゆゑ仕合せに　岩木　躑躅
弱りつゝ当りゐる日や冬の菊　日野　草城
冬菊のまとふはおのがひかりのみ　水原秋桜子
寒菊の霜を払つて剪りにけり　富安　風生
冬菊や英霊に母としてすわる　栗林一石路
*寒菊や母のやうなる見舞妻　石田　波郷
わが手向(たむけ)冬菊の朱を地に点ず　橋本多佳子
庭に餅つくと寒菊束ねけり　池上浩山人
寒菊の空の蒼さを身にまとひ　渡辺向日葵
寒菊や耳をゆたかに老い給へ　越高飛驒男

水仙　すいせん　水仙花　雪中花

ひがんばな科の多年草。葉は細長く、鱗茎から四、五枚出ている。十二月から三月頃まで、花茎を二、三十センチの高さにのばし、横向きに数個花を咲かせる。花の中心に、杯のような副花冠があって美しい。花の色は白だが、黄水仙もある。一重、八重があり、匂いがよく、清楚。
〈本意〉『山の井』に「霜枯れの草の中に、いさぎよく咲き出でたるを、菊より末の弟ともてはやし、雪の花に見まがひて」云々とある。二月を中心に、寒いときいさぎよく咲く清楚さが眼目となる。芭蕉に「水仙や白き障子のとも映り」、蕪村に「水仙に狐遊ぶや宵月夜」がある。

水仙を剣のごとくに活けし庵　山口　青邨
海明り障子のうちの水仙花　吉川　英治
水仙花紙に干しある餅あられ　滝井　孝作
*水仙や古鏡の如く花をかかぐ　松本たかし
水仙花三年病めども我等若し　石田　波郷
水仙花眼にて安死を希はれ居り　平畑　静塔
水仙の花のうしろの蕾かな　星野　立子
水仙や捨てて嵩なす蟹の甲　大島　民郎
水仙に時計のねぢをきりきり巻く　細見　綾子
水仙や老いては鶴のごと痩せたし　猿橋統流子
水仙の吾れを影絵として通す　伊豆　三郷
水仙花死に急ぐなと母の声　古賀まり子
牛追ふや磯水仙を手にしつつ　山田　孝子
水仙やカンテラに似て灯はともり　飴山　実

冬牡丹（ふゆぼたん）　寒牡丹

牡丹は春と晩秋に花を咲かせる習性があるが、春の花の蕾をとり去って、晩秋の花を咲かせるのである。藁でかこい、温室で育てる。八重の淡紅色の花が多い。〈本意〉『滑稽雑談』に、「大和本草に云、今また冬牡丹あり。八月より葉出で、十月より花咲き、臘寒の時も花あり。およそかくのごとくなるは、人功をもつて天地造化の力を盗んでこれを成す、まことに怪しむべきものなり」とある。冬の牡丹は牡丹の性質を利用したものだが、昔は、造化の力を盗んだもののように怪しまれたわけである。鬼貫に「ひうひうと風は空ゆく冬ぼたん」、芭蕉に「冬牡丹千鳥よ雪のほととぎす」、千渓に「開かんとしてけふもあり冬牡丹」がある。

そのあたりほのとぬくしや寒牡丹　高浜　虚子
咲きかねて紅充ちし冬牡丹　渡辺　水巴

*よろこびはかなしみに似し冬牡丹　山口　青邨
寒牡丹とほき雲より眼を移す　畑　耕一
父の世の如金屛と寒牡丹　松本たかし
日あたりてあはれなりけり寒牡丹　日野　草城
寒牡丹うつし世雪を降らしけり　安住　敦
寒牡丹炭ひく音をはばからず　橋本多佳子
背山より今かも飛雪寒牡丹　皆吉　爽雨
賑かを好みし父や寒牡丹　高田つや女
寒牡丹空とんで来し一羽毛　皆川　盤水
寒牡丹翳生むことをせざりけり　山田みづえ
寒牡丹くづる紅帯ほどくごと　吉野　義子
寒牡丹ぬくめむと息近寄せぬ　草間　時彦

葉牡丹（はぼたん）

キャベツを改良したもの。茎の先に葉が渦巻いて、牡丹の花のようである。色も白と紫の斑入りで美しい。正月用に使われ、切り花、鉢植え、活け花になる。〈本意〉キャベツの変種で、改良されたもの。牡丹のような葉の重なりがあり、正月用に飾られる。観葉植物である。

葉牡丹の一枚いかる形かな　原　石鼎
葉牡丹やわが想ふ顔みな笑まふ　石田　波郷
葉牡丹の渦一本にあふれたる　西島　麦南
*葉牡丹の極めたるらむ巧緻かも　相生垣瓜人
葉牡丹にたしかなる日の歩みあり　国本いさを
葉牡丹や過密に耐ふる外なけれ　川門　清明

千両（せんりやう）　仙蓼　草珊瑚　実千両

千両はせんりょう科の小低木で、高さ七十センチほど。初夏の頃、花茎を出し、穂のように黄緑色の小花をつける。果実は球形にたくさん付くが、冬、赤く熟し、明るい印象である。黄色の実のものは、きみのせんりょうという。〈本意〉『滑稽雑談』に「園史に云、珊瑚（せんりやう）、葉は山茶のごとく小さし。夏白花を生じ、秋紅実を結び、珊瑚のごとく纍々」とある。冬、赤い実が尊重され、歳暮から初春の花材となる。

＊いくたび病みいくたび癒えき実千両　石田　波郷　潮騒や千両畑に日の籠り　観世真希子

千両や筧の雫落ちやまず　水谷　浴子　実千両猫がとほれば冴ゆるなり　太田　鴻村

千両の実だけが紅し日照雨過ぎ　細田　寿郎　かけ足で死がちかづくか実千両　石田　貞良

万両　まんりやう　硃砂根

やぶこうじ科の落葉低木で、高さは六十センチぐらいまで。葉は長楕円形で、つやがあり、皺曲している。花は白い小花で、果実は冬にさんご色になり美しく、千両とちがい、五枚の萼片がのこる。〈本意〉千両と似ているが、千両にまさるとのことで万両と名がついた。赤い実の美しさが冬の庭にゆたかである。

＊万両に日当ることのなかりけり　大橋越央子　実万両女がひそむ喪服妻　高萩　篠生

万両や使ふことなき上厠　富安　風生　万両や雪の滲みゆく檜皮葺　山田　孝子

万両や癒えむためより生きむため　石田　波郷　雪染めて万両の紅あらはるゝ　鈴木　宗石

枯菊　かれぎく　菊枯る

冬に入ると、菊は時雨や霜を受けて、急に枯れしおれてしまう。花も枯れ茎も枯れ、花のさかりの頃の様子とあまりにもちがう姿になる。枯菊は刈りとって焚くが、香りがのこっている。〈本意〉枯れた菊のしおれたさまのあわれさをいう。香りがのこっているのも、老いた人のようで味がふかい。

枯菊に尚色といふもの存す　高浜虚子
枯菊を焚いて鼻澄む夕べかな　臼田亜浪
菊枯れて枯れてあとかたなかりけり　久保田万太郎
枯菊やこまかき雨のゆふまぐれ　日野草城
枯菊や日々にさめゆく憤り　萩原朔太郎
*枯菊と言捨てんには情あり　松本たかし
枯菊の水にうつりて色香なし　山口青邨
枯菊となりてののちの日数かな　安住敦
あまつさへ枯菊に雨そそぎけり　同
枯菊を刈らんと思ひつゝ今日も　西島麦南
枯菊の香を愛しともむなしとも　同
石は痩せ菊は枯るゝに任せたり　大橋桜坡子
枯菊に一天の碧ゆるみなし　福田蓼汀
日輪のがらんどうなり菊枯るる　橋本鶏二
枯菊を焚く美しき焔揚げ　池上浩山人
枯菊を焚き鎮めたる怒かな　中村春逸
枯菊の火のほゝほゝと燃え終る　大橋敦子
菊枯れてほしいまゝなる子の熟睡(うまい)　大町糺

枯芭蕉(かればせう)　芭蕉枯る

芭蕉の葉は夏にいっぱいに伸びひろがるが、秋には風に吹かれてずたずたに破れる。冬になると、さらに破れ、葉は茎に垂れさがって無惨な状態になる。〈本意〉風に破れやすい芭蕉の葉が、さらに破れ、しおれて、茎のまわりに垂れさがっていることの侘しさ、あわれさが眼目。

*枯芭蕉誰にかも似し我も似し　菅裸馬
大芭蕉従容として枯れにけり　日野草城
芭蕉枯れ周辺のものみな枯れぬ　安住敦
枯芭蕉日をかへすことなくなりぬ　佐々木有風
風雪の前のいま見る枯芭蕉　篠田悌二郎
枯芭蕉いのちのありてそよぎけり　草間時彦
烈風の地の明るしや枯芭蕉　有働亨
芭蕉枯れ骨のしんまで静かな日　関根青虹

枯蓮（かれはす）　枯はちす　蓮枯る　蓮の骨

枯れた蓮は、蓮田や池に、折れた茎を骨のようにつっ立てたり、沈めたりしている。葉や蓮の実が残骸のようにあちこちにころがって、無惨な姿である。蓮根掘りの時期である。〈本意〉茎や葉や実が残骸のように荒れはてて残っているさまは、いたましくあわれである。

枯蓮の銅の如立てりけり　高浜　虚子
ひとつ枯れかくて多くの蓮枯るる　秋元不死男
蓮の葉の完きも枯れてしまひけり　村上　鬼城
枯蓮に昼の月あり浄瑠璃寺　松尾いはほ
蓮の骨日日夜夜に減りにけり　青木　月斗
生ぬくき雨こぼれけり枯蓮　石橋　秀野
蓮枯れて水に立つたる矢の如し　水原秋桜子
白くさむく枯蓮の裾透きにけり　草間　時彦
湖の枯蓮風に賑かに　高野　素十
ひかり翔つ鷺あり蓮は枯れにけり　宮下　翠舟
枯蓮の折れたる影は折れてをる　富安　風生
枯蓮の敵味方なく吹かれゐる　清水　昇子
枯蓮をうつす水さへなかりけり　安住　敦
枯蓮考へてゐて目が動く　岸田　稚魚
*枯蓮のうごく時きてみなうごく　西東　三鬼
美しき空とりもどす枯蓮　小川　千賀

冬菜（ふゆな）　小松菜　体菜（たいな）　唐菜（とうな）　冬菜畑　冬菜売

はくさい・からしな・あぶらな・こまつな・たいな・みずななどを総称していう。九月に種をまき、冬から春にとりいれ、漬けものにする。枯れはてた冬野に、冬菜畑だけがあおく、霜よけが鳴っている。〈本意〉冬のつけものの菜で、冬の野に青く見えて、救いがある。

*縫ひ疲れ冬菜の色に慰む目　杉田　久女
己が手をしばらく叩き冬菜干す　長谷川双魚
月光に冬菜のみどり盛りあがる　篠原　梵
冬菜きざむ音はや鶏にさとられゐて　野沢　節子

地下足袋に指先つめて冬菜洗ふ　沖田佐久子
冬菜畑月の出おそくなるばかり　遠藤　悠紀
冬菜喰む兎すなほな目をもちて　高岡　静子
比叡よりの玉の水来る冬菜畑　金坂　豊
漬けてなほ博多の冬菜みづみづし　樺島　政尾
冬青菜したゝる夕日ごと背負ふ　北沢　瑞史

白菜（はくさい）　結球白菜

あぶらな科の一年草、または二年草。中国原産で、明治時代にわが国に渡来した。葉は卵形で、芯を次々に包み、結球する。葉は淡黄色で、肉厚くやわらか。葉柄のところは白い。十一月上旬から収穫され、つけ物・煮物・鍋物となる。種類が多く、山東白菜・芝罘（ちいふう）白菜・包頭蓮白菜などいろいろだが、松島白菜・野崎白菜などの改良種も多い。〈本意〉冬の漬物、鍋物に絶好の蔬菜で、歯切れよくやわらかい。冬の朝食、その他の食事に欠かせぬ、日常的な冬菜である。

白菜のかたちに霜の白きこと　高田　保
何のむなしさ白菜白く洗ひあげ　渡辺千枝子
藁をもて結はれ白菜玉いそぐ　石塚　友二
真二つに白菜を割る夕日の中　福田甲子雄
＊洗ひ上げ白菜も妻もかがやけり　能村登四郎
白菜洗ふ死とは無縁の顔をして　寺田　京子
白菜のきくきくと漬けこまれけり　石原　沙人
白菜の積荷かがやき動き出す　井上　美子

葱（ねぎ）　葱（き）　一文字（ひともじ）　根深　葉葱　葱畑

ゆり科の多年草。日本人の欠かせない冬の野菜の一つ。収穫は十二月から二月ごろ。根は地下にかくれて白く、葉は筒形中空で伸び、先がとがっている。独特の香りがあるので、これを賞味する。身体があたたまる冬の食物になる。春花茎がのびて花がひらくが、これが葱坊主である。

関東では根もとの白いところをできるだけ長く作る。根深葱・千住葱などである。関西ではあおい部分を長く作り、九条葱は全体が緑で葉葱という。太くて美味なのは、下仁田葱や岩槻葱などである。〈本意〉『滑稽雑談』に「和訓義解に云、〈紀〉とは〈きたなし〉の略なり。その臭、きたなきなり。すべて葱の類を〈き〉といふ。胡葱・あさつき・漢葱・かりきの類なり。葱をただ〈き〉といふ。ゆゑに、俗に葱を呼びて〈一文字〉となり。按ずるに、和俗〝根深〟といふ。葱の類にてこの種、その根深し。東国に産する物、青き所二分、白き所八分なるものあり。京畿にいまだ見ず」とある。香りに独特のくせがあるので、好悪(こうお)のわかれるところで、きらいな者は「きたなし」と思うのであろう。一文字の名については、一本に伸びた姿をさすとする説もある。好悪はあっても、朝の味噌汁、ねぎぬたなどに欠かせぬ、必需の野菜といえよう。芭蕉に「葱白く洗ひたてたる寒さかな」、蕪村に「葱買うて枯木の中を帰りけり」がある。

葱の香に夕日の沈む楢ばやし　飯田　蛇笏
葱真白に洗ひあげたる櫟原　柴田白葉女
深谷葱着きぬ鍋もの何々ぞ　水原秋桜子
葱のひげ根澄むまで洗ふ雪来る前　沖田佐久子
楚々として象牙のごとき葱を買ふ　山口　青邨
まなさきにしらだつ濤や葱きざむ　川合　華光
葱匂ふ厨へ墨の水とりに　百合山羽公
泉ぬくしといひつゝ女葱洗ふ　村田　八重
夢の世に葱を作りて寂しさよ　永田　耕衣
葱刻む妻の背に嘘なかりけり　鳥居　露子
*葱切つて溌剌たる香悪の中　加藤　楸邨
子を負ひて日の沈むまで葱洗ふ　ながさく清江
レポートに葱の匂ひすどの顔ぞ　同
凍てあがる万象の冷え葱をぬく　長迫　貞女

大根(だいこん)

蘿蔔(だいこん)　だいこ　おほね　すずしろ　大根畑

あぶらな科の一年草、または越年草。原産地は地中海地方だが、中国経由で日本に渡来した。葉には切込みが深くあり、羽のようになり、根が白く太く長くて、これを食用にする。夏種をまき冬収穫するのが一般的である。種類によって根の形がちがう。練馬・三浦は紡錘形、宮重（みやしげ）は円筒形、聖護院（しょうごいん）は扁円形、方領（ほうりょう）は円錐形である。桜島大根は球形で、十五キロにも及ぶ。たくあんにし、また煮物、浅づけ、大根おろしにして食べる。「すずしろ」の名で春の七草の中に数えられている。**〈本意〉**『改正月令博物筌』に「茎に似て根大なり。ゆゑに大根（おほね）といふ」とあるが、根の大きく白い野菜として、とくに冬の味覚となっている。芭蕉に「菊の後大根の外更になし」「武士の大根苦き咄かな」があり、秋とされているが、「身にしみて大根からし秋の風」の句もある。中抜き大根であろうか。

*流れ行く大根の葉の早さかな　高浜　虚子
ぬきん出て夕焼けてゐる大根かな　中田みづほ
畑大根皆肩出して月浴びぬ　川端　茅舎
老の仕事大根たばね木に掛けて　西東　三鬼
ダンサーに買はるしな／＼と大根　秋元不死男
終りに近きショパンや大根さくさく切る　加藤　楸邨
大根きしみかくて農婦の腰まがる　米田　一穂
死にたれば人来て大根焚きはじむ　下村　槐太
身をのせて桜島大根切りにけり　朝倉　和江
荒縄で洗ふ大根真白きまで　冨石　三保

人参　にんじん　胡蘿蔔（にんじん）

せり科の越年草。ヨーロッパ原産で、日本には江戸時代に中国から渡来した。根を食用にするが、長円錐形をした黄赤色の根には、香りと甘みがあり、カロチンが含まれる。夏に花茎をのばし、白い花を傘のように咲かせる。夏にまいて、冬に収穫する。滝野川人参・金時人参・国府人参・三寸人参などがある。〈本意〉黄赤色のその根の色とその味、香りが、もっとも注目される特色となる。

*胡蘿蔔赤しわが血まぎれもなき百姓　栗生　純夫
土砂降りへ人参真赤にぬきはなつ　秋山　淡適
ロシヤ映画みてきて冬のにんじん太し　古沢　太穂
籠の人参ごろごろ女靴安売　星野　紗一
円き川音切る人参の色やすらか　飯田　龍太
人参あまく煮て独りにもなれず　坂間　晴子
生人参噛る患者よ耳朶うすし　坂口　子平
洗ひ人参積み上げ城の見ゆる川　高梨　静枝

蕪（かぶ）　かぶら　かぶらな　すずな

あぶらな科の根菜。根はまるく肥って、白く、水分が多いが、きめの細かいところが特徴。葉には切れこみが深く、光沢がある。夏種をまき冬収穫する。種類が多く、淡泊な金町小かぶ、千枚づけにする聖護院かぶ、つけ物にする天王寺かぶなどがある。〈本意〉『本朝食鑑』に、「状芥（からし）に類して、茎粗に、葉大にして原闊、根長くして白し。あるひは肥大にして短く、その味甘辛苦」とある。大根と並び称されるが、大根より上品で、煮ると透明になり、関西では好まれる。惟然に「誰かしる今朝雑炊の蕪の味」の句がある。

たまかぶら玉のはだえをそろへけり　室生　犀星
雨音に蕪溺れてひとりぐらし　秋元不死男
*蕪まろく煮て透きとほるばかりなり　水原秋桜子
緋蕪菁を買ふ乳母車かたへにし　石原　八束
赤蕪を一つ逸しぬ水迅く　山口　青邨
蕪白し順縁に母送らねば　目迫　秩父
露の蕪抜いておどろく声洩らす　加藤　楸邨
ふと訛出て天王寺蕪買ふ　千賀　静子

寒竹の子（かんちくのこ）　寒筍（かんたけのこ）

筍は普通には春から初夏にかけて出るものだが、十月から十一月頃に出るものが寒竹の子、すなわち寒筍である。寒竹は日本の原産で、小型の竹、生垣などにされる。九州・四国に多いもの。細い筍が群をなして生ずる。美味。〈本意〉『改正月令博物筌』に「薩州に生ずる竹、冬筍（たかんな）生ず。小さくして、味美なり」とある。ほそい筍で、季節はずれの出現が喜ばれる。

＊寒竹はすでに子を持ち二日月　萩原　麦草
寒竹の子を山盛に土佐地酒　横山　山人
芽寒竹黒目ばかりの早熟児　中村草田男
すくすくと寒竹の子やまだら霜　室積　徂春
伸び〱て寒竹の子や春隣　岩谷山梔子
寒竹の子や風鐸の天に鳴る　角川　源義

麦の芽（むぎのめ）　麦の二葉

麦をまく時期は関東で十月、関西や九州で十一月である。その後芽が出、葉をのばして、冬のさむさの中をたくましく育つ。印象的な青さである。〈本意〉寒さに耐える青さの感じが、いじらしくもたくましい。さわやかな青さである。芭蕉が杜国を伊良湖岬に訪ねたときの句に、「麦生えてよき隠家や畠村」がある。

＊麦の芽の丘の起伏も美まし国　高浜　虚子
麦の芽をてんてんと月移りをり　加藤　楸邨
麦の芽に松籟落ちてかぎりなし　富安　風生
麦の芽に汽車の煙のさはり消ゆ　中村　汀女
土は自在に麦の芽葉先まろやかに　中村草田男
麦の芽や虫縦横にひかりとぶ　篠田悌二郎

麦の芽のうねうねの縞丘をなし　長谷川素逝
麦の芽をひとつもらさず朝日照る　百合山羽公
麦の芽は一と吹き風に埋むらむ　原田　種茅
麦の芽や子が呼ぶごとく乳満ち来　石田いづみ

冬の草　冬草（ふゆのくさ）　寒草（かんさう）

冬の草を総称して言う。枯れた草、枯れ残った草、今も緑のあざやかな常緑の草などがみな含まれる。〈本意〉もともと冬草は「枯る」の枕詞で、冬枯れをあらわし、さらには恋人の心離れをあらわすための導入語として用いられた。「わが待たぬ年は来ぬれど冬草のかれにし人はおとづれもせず　凡河内躬恒」（『古今集』）などの歌がそれをあらわす。しかし俳句では冬のすべての草の総称となる。『栞草』に「枯れたるをもいひ、枯れ残りたるをもいふべし」とあるようである。

冬の草眼に見あるけば限りなし　原　石鼎
*冬草や黙々たりし父の愛　富安　風生
利根堤冬草青く山羊とりつく　山口　青邨
冬の草太根真白に持ちてをり　菅　裸馬
胸あつく冬青草が目にありき　加藤　楸邨
冬草に坐りぬ話しすこし長く　松本つや女

名の草枯る（なのくさかる）　名草（なぐさ）枯る　枯葭（かれよし）　枯薊（あざみ）　枯鶏頭　枯葎（むぐら）　枯萱　枯りんだう　枯葛

枯草は枯れ色になった草ならなんでもよいが、名の草枯るの方は、名前の知られた草の枯れるのをいい、その草の名を加えて言う。枯れ葎、枯れ蔦、枯尾花などである。〈本意〉『無言抄』に「名草の枯るる、いづれも冬なり。荻・薄などの枯るるたぐひなるべし」とある。『滑稽雑談』にはその名草を、荻・芦・薄・菊・葛等の類としてある。そうした名の知れたよい草の枯れることである。芭蕉に「しのぶさへ枯れて餅買ふ宿りかな」がある。

あたたかな雨がふるなり枯葎　正岡　子規
枯荻に添ひ立てば我幽なり　高浜　虚子
*茅枯れてみづがき山は蒼天(そら)に入る　前田　普羅
我影のうら〳〵濃さよ枯葎　水原秋桜子
枯葎蝶のむくろのかかりたる　富安　風生
枯葎深々させる入日かな　深川正一郎
水の辺に立つは鶏頭それも枯れぬ　安住　敦
隣人のごと身ほとりに鶏頭枯る　本多　静江
枯萱の山ふかく来て富士に会ふ　勝又　一透
すでに枯れし萱のみ胸にいま光るは　有賀玻璃男
枯れし萱枯れし萱へと猫没す　野沢　節子
負け犬の来て屎れるよ枯葎　楢江　七郎

枯葎(かれむぐら)

植物名かなむぐら、古名八重葎という草があるが、それと限らず、生い茂った雑草をさすものと見てよい。葎も夏に繁茂して荒れるが、冬には枯れて見る影もなくなってしまう。〈本意〉雑草の草むらが枯れて、あわれげなさまになったときをいう。

生ながらいなご凍てゆく枯葎　伊東　月草
枯葎蝶のむくろのかかりたる　富安　風生
鷗さへひそめて風の枯葎　中村草田男
枯葎馬車はいくとせ鉄運ぶ　石田　波郷
青き鳥ゐて枯葎さゆらぎす　石塚　友二
*枯葎人ごゑともるごと過ぎぬ　古賀まり子
枯葎万の星浴び入坑す　浅川　方銭
枯葎母の和服の黒澄めり　羽田　貞雄

枯草(かれくさ)　草枯る　草枯(くさがれ)

冬の野山の枯れた草、あるいは庭の枯草でもよい。さむさや霜のために枯れてしまったもので、枯れているさまを草枯という。〈本意〉『古今集』の「山里は冬ぞさびしさまさりける人目も草も枯れぬと思へば」(源宗于朝臣)以来、冬枯れのさびしさの代表的なものの一つとなる。

枯草に尚さま〴〵の姿あり　高浜　虚子
草枯れて石のてらつく夕日かな　村上　鬼城
枯草の雨犬まじまじと海をみる　金尾梅の門
枯草に午笛のながき尾が隠る　山口　誓子
草じらみ人につかんと立ち枯るゝ　山口　青邨
女髪より枯草を取り別れけり　秋元不死男
*日のひかりきこゆ枯草山にひとり　山口　草堂
枯草に日あたるははの忌日かな　西山　誠
枯れ枯れて蚊帳吊草とわかるまで　上村　占魚
枯萱の切先失せて能登落日　金子無患子
枯草寝るによし泪かくすによし　油布　五線
枯草に没して少年鳩飼へる　北市都黄男
枯草のひと思ふとき金色に　鈴木真砂女
枯草にほのと櫟の月明り　広瀬　直人

枯萩　かれはぎ　萩枯る

葉が落ち、茎も枯れて棒立ちに立つわびしい萩である。株の根もとで刈りとり、春の芽出しの準備をしておく。〈本意〉『万葉集』に「妻恋に鹿(か)鳴く山辺の秋芽(は)木(ぎ)は露霜寒み盛りすぎ行く」とあり、『千載集』に「もろともに秋をやしのぶ霜がれの萩の上葉を照らす月かげ」とある。秋から冬に向う枯萩のさむさ、わびしさがうたわれている。

枯萩にわが影法師うきしづみ　高浜　虚子
萩その他糸の如くに枯れにけり　同
*萩枯れて音といふものなかりけり　富安　風生
枯萩を刈らむとしつゝ経し日かな　安住　敦
葉をふるふ力も尽きて萩枯るゝ　大橋桜坡子
枯萩を焚き美しき火を獲たり　三溝　沙美
枯萩を焚かむとすなり横たへて　成瀬桜桃子
萩枯れぬ焚けばばうばう燃ゆるべし　森　冬比古

波郷死に枯萩に日の載りてゐし　加畑　吉男　枯萩の風聞えしよ又聞ゆ　小川　千賀
枯萩叢明るく人語透きやすし　中島　和昭　枯萩の葉ずれはなやぎ風の僧　小嶋樹美子

枯芦 かれあし　芦枯る

芦は冬には、茎だけになって、水につっ立っている。時とともに、その茎も折れてゆき、わびしい情景となる。〈本意〉『和歌無底抄』に、寒芦として、「この題は、風情ただ水辺にあり。しかれども、常には玉江・難波江、これらをさしたる。〈津の国の須磨の浦風吹くたびにしをれし芦の音のみぞせし〉といへり。〈乱れあし〉、〈潮風にしほるる〉、つねにあり。……〈末葉を霜に枯れはてて〉なども詠めり」とある。水辺のわびしい、しおれた風情である。暁台の「青天に河辺の芦の枯葉かな」、蘭更の「枯芦の日に日に折れて流れけり」がある。

枯芦やされどひらけし景一つ　久保田万太郎　枯芦やゝうす雪とぢし水の中　富田　木歩
＊枯芦の中へ〳〵と道のあり　池内たけし　葦枯れて空と水とに月ふたつ　福田　蓼汀
蓬髪のわれよりたかく芦枯れたり　大野　林火　芦枯れて水流は真中急ぎをり　森　澄雄
枯芦におよぶわづかの日を愛す　安住　敦　枯芦の一本づつの日暮かな　岸田　稚魚
風の中枯芦の中出でたくなし　橋本多佳子　芦はみな風のすがたに枯れてをり　中島　野馬
枯葦を瞳につめこんでたちもどる　富沢赤黄男　枯芦の玲瓏と空ばかりかな　村上　麓人

枯れ真菰 かれまこも　真菰枯る

冬に真菰が枯れ伏して、水辺にわびしい情景をひろげることをいう。〈本意〉見るかげもない、あわれな、わびしい枯れの姿で、それが印象ぶかいわけである。

＊枯れ伏して真菰は芦とわかれたり　五十嵐播水
枯菰を吹き薙ぐ夜のあきらかに　佐藤　鬼房
枯真菰白鷺たてばかゞよへる　軽部烏頭子
枯真菰沼にさゝりて耳澄ます　殿村菟絲子

枯芒（かれすすき）　枯尾花　冬芒　芒枯る

芒が冬、全体枯れつくして、葉も穂も白っぽくなって、立ちつづけているのをいう。あわれげな印象である。〈本意〉『夫木和歌抄』に「野辺みれば尾花も見えぬむらすすき枯葉が末に霜ぞ置きける」とあるが、そのようなあわれな様子をいう。芭蕉に「ともかくもならでや雪の枯尾花」、蕪村に「狐火の燃えつくばかり枯尾花」「我も死して碑に辺（ほとり）せむ枯尾花」がある。枯尾花は古典句に多いが、最近には枯芒と使う傾向がある。

煤煙に黒ずみあはれ枯芒　高浜　虚子
枯芒刈りふせてありことごとく　久保田万太郎
日にとくる霜の白さや枯芒　原　石鼎
切株に虚空さまよふ枯尾花　同
さゞなみは影をつくらず枯尾花　渡辺　水巴
枯すすき風より早き霧襲ふ　足立原斗南郎
＊美しく芒の枯るる仔細かな　富安　風生
宝冠のごとくに枯るる芒かな　阿波野青畝
枯尾花淋しきことも夢の如　京極　杞陽
枯芒ただ輝きぬ風の中　中村　汀女
冬芒日は断崖にとどまれり　岡田　日郎
枯すすき風吹けば子ら顕はるる　高橋　沐石

枯芝（かれしば）　芝枯る

庭に敷きつめてある芝も、野生の芝も、冬に枯れて、狐色になる。日のあるときにはあたたかい日だまりになり、日のないときにはさむざむしいところとなる。〈本意〉『風雅集』に「冬枯の芝生の色のひととほり道ふみ分くる野辺のあさじも」とあるが、野芝の枯れのさむそうな、わびしさをいうのであろう。庭園に芝をしきつめるのは近代であろうから、野の枯れのさむさ、わびしさの一例となったのであろう。

枯芝に身を置く心澄ましむと　加藤　楸邨
枯芝こまやか女は裾を彩重ね　加藤かけい
サーカスの犬枯芝をゆく犬見る　古屋　秀雄
*しなやかにふくよかに芝枯れてあり　油布　五線
枯芝や子の逆立ちをゆるすべき　原田　種茅
枯芝や廊下あかるき照りかへし　高田　保
枯芝に嫁ぐ日までの犬を愛す　大島　民郎
若ものの来ずなりし芝枯れにけり　林　翔
枯芝に寝て天国と対ひ合ふ　辻岡　紀川
枯芝のわが座のくぼみ惜しみ去る　中村　秋晴

石蕗の花（つはのはな）　槖吾（つは）の花　石蕗（つはぶき）　いしぶき

つわぶきはきく科、常緑多年草。葉がふきの葉に似ているのでつわぶきというが、ふきとは関係がない。腎臓形の丸い葉で根から出、肉が厚く、表面がつやつや光っている。十月から十二月頃に、花軸を立て、菊のような黄色の花を咲かせる。頭状花には十ほどの舌状花が車輪状に並ぶ。暖かい地方の海岸に自生する。〈本意〉『滑稽雑談』にその茎を食べると一切の毒が消える、とくに魚毒、鰒の毒をよく消すとあるが、初冬を中心に、咲く黄色い頭状花がさりげなく美しく、葉がいつもつや光りしていることが一般的なイメージである。

静かなる月日の庭や石蕗の花　高浜　虚子
地軸より咲きし色なり石蕗の花　原　石鼎

水浴びに下りし鴉や石蕗の花　長谷川零余子
＊つはのはなつまらなさうなうすきいろ　上川井梨葉
石蕗の花心の崖に日々ひらく　横山白虹
つはぶきはだんまりの花嫌ひな花　三橋鷹女
けふの晴れ狭庭は既に石蕗のもの　及川貞
石蕗の花つき出してをる日向かな　清崎敏郎
尼寺の蝶花石蕗の光輪に　野沢節子
残る石蕗坂なすものに夜の早さ　金山杉志郎
石蕗咲くや疲れが爪の色に出て　中村秋晴
石蕗の花往昔(むかし)男に死処ありき　直井烏生
老いし今好きな花なり石蕗の咲く　沢木てい
石蕗の花はらからうとくなりにけり　西川秋蘿

藪柑子(やぶかうじ)　紫金牛(やぶかうじ)　やまたちばな　藪たちばな　あかだま　ししくはず　蔓柑子

やぶこうじ科の常緑小低木。古名やまたちばな。日本特産の植物。地下茎によって伸びひろがる。高さは二十センチほど。夏白い花をひらき、小さな球形の果実となり、冬に赤い色に染まる。正月の蓬萊台に用いたり、冬の花材にしたりする。縁起物である。〈本意〉冬の赤い球果が美しく、縁起物やお祝い事に用いられる。

寸前を夕影走る藪柑子　菅裸馬
＊樹のうろの藪柑子にも実の一つ　飯田蛇笏
藪柑子山めく庭の隅々に　長谷川かな女
藪柑子唐竹割の日が落ちる　稲垣晩童
藪柑子母は小さく髪粧ふ　樋渡美代子
医を離れ得ざるがかなし藪柑子　坂牧周祐

冬菫(ふゆすみれ)　寒菫

すみれの花が咲くのは早春が普通だが、日当りのよい野山などでは、晩冬に咲いていることがある。〈本意〉早咲きの菫ということになるが、暖かい野山の日の当るところでの発見である。

＊わが齢わが愛（かな）しくて冬菫 富安 風生
帯織るや中庭に咲く冬菫 長谷川かな女
寒すみれ摘まれ来しこと誕生日 後藤 夜半
石垣のあひまに冬のすみれかな 室生 犀星
わが影に添ふ光あり冬菫 秋元草日居
ありしと思ふところにありし冬菫 勝又 一透
冬菫校舎の上に海展け 宮津 昭彦
冬すみれ石垣は波音に慣れ 山崎 正枝

竜の玉（りゅうのたま） 蛇（じゃ）の髯の実 竜の髯の実

蛇の髯、また竜の髯はゆり科の常緑多年草で、林の中に自生している。夏、糸状の葉の間から花茎をのばし、紫白色の小さな花を咲かせる。晩秋から冬にかけて、実をつけ、この実が熟すと、碧色となって美しい。かたくてはずむ実なので、はずみ玉という。〈本意〉蛇の髯、または竜の髯の実のことをいう。青い色がぬけるように明るく美しく、竜の持つ玉とするが、本来、これはあやまりで、竜の玉はなす科の玉珊瑚のことを言うのが正しい。

＊竜の玉深く蔵すといふことを 高浜 虚子
蛇のひげをかくさう庭の雪古りぬ 吉岡禅寺洞
人の手に惜しみ返へしぬ竜の玉 皆吉 爽雨
亡師ひとり老師ひとりや竜の玉 石田 波郷
竜の玉うしろに夕日まばたきて 岸田 稚魚
竜の玉心富みつゝ生くべかり 石田あき子
竜の玉父の齢は生きがたし 藤田源五郎
竜の玉覗かば老の貌見えむ 遠山 和子
空の日の曇ればくもる竜の玉 鈴木しげを
竜の髯温和しかりし犬死にき 井上 美子

冬萌（ふゆもえ）

冬、木の芽、草の芽が思いがけなく萌え出しているのを見出しておどろくことがある。晩冬であったり、暖かい日だまりであったりする。〈本意〉冬に木や草の芽が伸び出すことで、冬の暖かさ、暖かい場所を感じさせる。

雪割れて朴の冬芽に日をこぼす　川端　茅舎
冬萌犬は力竭して吾を曳く　石田　波郷
冬萌や五尺の溝はもう跳べぬ　秋元不死男
*冬萌冴ゆ調子昂めるよいとまけ　加藤知世子
冬萌や朝の体温児にかよふ　同
冬萌や海と平らに仔牛の背　須並　一衛
冬萌のけふしづかなる殉教地　山岸　治子
出不精やまた冬萌に日の射して　村沢　夏風

石蓴　あをさ

緑藻類の海藻で、浅い海の岩石に付いて育つ。形はあさくさのりに似て、楕円形の薄い葉のようであり、周りに波形のひだがある。日本沿岸どこでもとれるが、関東、九州（瀬詰、瀬戸付近）のものが良質だった。十一月から三月頃までとれるが、早いほど良質。乾いても色がかわらないのが特色となる。味噌汁に入れたり、三杯酢にして食べる。〈本意〉風味のよい海藻で、乾いても色がかわらないもの。冬の海藻として、喜ばれるもの。あおさ掻きも独特の風情がある。

かり／＼と寒礁を掻き石蓴掻く　富安　風生
一汁はこれあつ／＼の石蓴汁　高野　素十
滴りつ零れつ石蓴干されゆく　軽部烏頭子
*石蓴掻きすぐにどこかへゐなくなる　加倉井秋を
波の来てころがる石の石蓴かな　福本　鯨洋
潮を待つ焚火ゆたかに石蓴掻　古賀まり子
石蓴掻く背に日本海盛り上る　大沢ひろし
潮引きて石蓴まみれの砂湯かな　小池　森閑

解説

たくさんの歳時記が作られ、利用されているが、歳時記の理想は、やはり一人の編者の手によって、一つの秩序ある調和のとれた季題宇宙をつくり出すことにあるのではないか。高浜虚子の、山本健吉の、中村汀女の、村山古郷の歳時記がすぐに頭にうかぶ。生活の中から生まれた歳時記をめざし、風雨や生活に特色を示した山本氏の歳時記などは、歳時記の一つの典型として、輝かしい存在感をもって私の裡(うち)にある。歳時記は、自然と生活にかかわる文化の総体なので、あとから作られるものは前のものを十分にとりこんで、しかも前のものになかった何かをつけ加えてゆくものであろう。山本氏の言われる季題・季語ピラミッド説を思い出せば、五つほどにすぎなかった季の詞が、和歌時代、連歌時代、俳諧時代、俳句時代と次第に数を増し、ピラミッド状につみあがってゆくのである。山本氏はそれらの季節をあらわす語のうち、美と公認されたものを季題と呼び、まだ公認されるまでにいたっていないものを季語と呼ばれた。このように幾時代もかけて、日本人が総がかりではぐくみ育ててきたものが季題の総体なのであり、その作業の進行は、今日でも明らかに眺められるのである。昭和時代、たとえば山口誓子の句集『凍港』の数々の新季題、「鰊群来」や「スケート場」など、中村草田男の「万緑」、加藤楸邨の「寒雷」を思い出してもそれはわかるし、また最近急に歳時記にとり入れられはじめた「牡丹焚火」などの季題もその例になる。『去来抄』に「古来の季ならずとも、季に然るべきものあらば撰み用ふべし」と言い、「季節のひとつも探し出したらんは、後世によき賜」という芭蕉のことばを紹介しているのも、そのことにつながる考え方であろう。新しい季題が見出されては、それが、大きな季題の伝統の中に組み込まれてゆく、それが歳時記に反映されるわけであり、歳時記は季題の不易流行の記録となるわけである。

私達は歳時記の季題を用いて、季節の事物をあらわしてゆく。そのことばを勝手気ままに作り出すことは許されていない。季題とその傍題の範囲の中から、ふさわしいことばを選んで一句をなしてゆくべきなのである。さらにその上で注意しなければならないことは、それぞれの季題には、歴史的に熟成されてきた本意(ほい)があることである。本意は本情、本性ともいうが、季題のことばの歴史的に定まってきた内容の領域をいうのである。よく言われることだが、「春雨」ということばを使ったときには、「をやみなく、いつまでも降りつづくやうにする」(『三冊子』)のが本意なのである。春雨といっても、現実には、大降りの激しい雨も、すぐやむ雨もあるだろう。しかしこのことばを用いたら、しとしと降りつづく雨をイメージしなければ本意にそむくことになるわけである。ことばの真実ということである。近代以後、写実的な態度が万能で、この点誤る危険があるので、本歳時記では、可能なかぎり各季題の本意をさがし求め、それを記すことにした。この点がこれまでの歳時記にない、一つの大きな特色となっているわけである。

本歳時記は私が一人で描き出した季題宇宙になるわけだが、そのとき私が求めた一つの構想があった。それは各季題に一句ずつの理想的な例句を選び出したいというものであった。一つの季題に対してさまざまな句が作られる。雪月花のような代表的な季題の場合には、句の数は無数といってよい。だから、その季題をもっともよくあらわす句は一つとは限るまい。だがそれをつきつめて一句にしぼってゆけば、その例句はその季題のぎりぎり絶対の一句ということになろう。私は、俳句を作る者が何よりも心がけねばならぬことは、新しい季題ばかりを求めすぎて、おちつきのない句におもむくより、古くより使われ、使いふるびた季題に新しい活力を与えてよみがえらせることだと思うのである。かつて安東次男氏は、季題は雪月花の三つぐらいで十分だ、それで千変万化、いかなる境地でも詠えねばと述べた。私のこの試みはそのこころにそそのかされ、動かされたものといってもよく、一季題一句の絶対的例句を求める志向を示している。その例句は、俳人たちがのりこえるべき、高度の目標だといえるであろう。

一人で作る歳時記の長所を述べ、また歳時記が時代から時代への蓄積の上に成り立つものであることをも述べた。その上に私が加えるべき小さな工夫のことも述べた。こうしたささやかな、しかし、私の体温のこもる仕事も、個人のものであってみれば、まことに貧しく、弱々しい。そうした点からいえば、やはり衆知を聚めた大歳時記の力はすばらしいものである。たとえ、統一感の上で欠けるところがあっても、その蓄積した情報量は抜群で、並の歳時記の及ぶところではない。そのような意味で、私は角川書店版の『大歳時記』五冊に、鬱然たる大宝庫を見出すのである。講談社版の『日本大歳時記』などは、整理されすぎて、この角川大歳時記には及ばないと思う。その専門家による雑多な解説、考証、数多い例句は、まことに貴重な宝の山であった。このおびただしい資料は大いに役立ったことを銘記しておきたい。平凡社版『俳句歳時記』もくわしく、文藝春秋版『最新俳句歳時記』とともに蒙をひらくに役立った。番町書房版『現代俳句歳時記』、講談社版『新編俳句歳時記』、明治書院版『新撰俳句歳時記』、実業之日本社版『現代俳句歳時記』、新潮文庫版『俳諧歳時記』、角川書店版『合本俳句歳時記』なども、つねに座右にあって、参照をおしまなかったよい仕事であった。これらの業績の上に立って、一項一項筆を進めるとき、私はいつも、伝統の先端に立って、それを一かじり、一かじり進めてゆく、栗鼠か何かのような気持をおぼえていた。

一九八九年一月六日

索引

順序は新かなづかいによる。
（＊は本見出しを示す）

あ

＊青木の実（あおきのみ）　三六六
＊石蓴（あおさ）　四〇四
＊青写真（あおじゃしん）　二五六
＊皸（あかぎれ）　二六八
＊浅漬（あさづけ）　一六五
＊足温め（あしぬくめ）　二〇五
＊網代（あじろ）　三二七
＊熱燗（あつかん）　一四一
＊厚司（あつし）　一一九
新巻（あらまき）　一六七
＊霰（あられ）　五五
＊亜浪忌（あろうき）　三〇六
＊行火（あんか）　二〇四
＊鮟鱇（あんこう）　三四五
＊鮟鱇鍋（あんこうなべ）　一六〇

い

＊藺植う（いうう）　三一六
＊息白し（いきしろし）　二六六
＊池普請（いけぶしん）　二四六
＊鯊（いさざ）　三五〇
石焼芋（いしやきいも）　一五〇
＊鼬（いたち）　三一九
＊鼬罠（いたちわな）　三三四
一の酉（いちのとり）　二八〇
＊銀杏落葉（いちょうおちば）　三七四
＊一葉忌（いちようき）　三一〇
＊一茶忌（いっさき）　三〇八
＊一碧楼忌（いっぺきろうき）　三一三
凍空（いてぞら）　四一
＊凍滝（いてたき）　八八
＊凍蝶（いてちょう）　三五三
＊凍土（いてつち）　八四
＊凍鶴（いてづる）　三三九
凍てる（いてる）　三
＊亥の子（いのこ）　二七七
＊囲炉裏（いろり）　一九九
インバネス　三一九

う

＊兎（うさぎ）　三三〇
＊兎狩（うさぎがり）　三三三
兎罠（うさぎわな）　三三三
＊埋火（うずみび）　一九二
＊雨氷（うひょう）　五七
＊潤目鰯（うるめいわし）　三四九

え

＊魞簀編む（えりすあむ）　三三九
＊襟巻（えりまき）　一三五

お

負真綿（おいまわた）　一一六
＊狼（おおかみ）　三一六
大年（おおとし）　二〇
＊大晦日（おおみそか）　二〇
オーバー　一一六

*置炬燵（おきごたつ） 一九八
翁忌（おきなき） 三〇五
御講（おこう） 二九一
*鴛鴦（おしどり） 三三四
おじや 一四八
お歳暮（おせいぼ） 九八
*落葉（おちば） 三七一
*おでん 一六二
*御取越（おとりこし） 二七八
鬼は外（おにはそと） 三〇一
鬼やらひ（おにやらい） 三〇〇
*飯櫃入（おはちいれ） 二〇七
おひたき 二八三
*帯解（おびとき） 二六九
*御火焚（おほたき） 二八三
温室（おんしつ） 三一九
*温石（おんじゃく） 二〇五

か

*鳰（かいつぶり） 三三六
*外套（がいとう） 一三六
*懐炉（かいろ） 二〇七
*帰花（かえりばな） 三五九
*顔見世（かおみせ） 二八五
*牡蠣（かき） 三五一
*柿落葉（かきおちば） 三七三
*牡蠣船（かきぶね） 二五四
*牡蠣剝く（かきむく） 二四三
*牡蠣飯（かきめし） 一四八
*杜父魚（かくぶつ） 三四六
*角巻（かくまき） 一三三
*神楽（かぐら） 二八一
*掛乞（かけごい） 九七
懸大根（かけだいこん） 三一七
風垣（かざがき） 一七八
*重ね着（かさねぎ） 一一九
*風花（かざはな） 六六
*風除（かざよけ） 一七八
*飾売（かざりうり） 九四
*火事（かじ） 二一七
*悴む（かじかむ） 二六九
*賀状書く（がじょうかく） 二一二
*粕汁（かすじる） 一五四
*風邪（かぜ） 二六二
肩掛（かたかけ） 一三四
*肩蒲団（かたぶとん） 一一七
*門松立つ（かどまつたつ） 一〇三
*蕪（かぶ） 三九四
かぶら 三九四
*蕪汁（かぶらじる） 一五七
*鎌鼬（かまいたち） 五〇
*竈猫（かまどねこ） 三一二
*髪置（かみおき） 二八八
*神送（かみおくり） 二七四
*紙子（かみこ） 三一二
*紙漉（かみすき） 二五一
*神の旅（かみのたび） 二七三
*神の留守（かみのるす） 二七四
紙干す（かみほす） 二五一
*神迎（かみむかえ） 二七五
*鴨（かも） 三三三
*空風（からかぜ） 四八
*乾鮭（からざけ） 一六六
*神等去出の神事（からさでのしんじ） 二七六
からっ風（からっかぜ） 四八
*狩（かり） 三二〇
*猟人（かりゅうど） 三三一
*狩の宿（かりのやど） 三三二

*枯芦（かれあし）　三九九
*枯茨（かれいばら）　三八〇
枯尾花（かれおばな）　四〇〇
*枯木（かれき）　三七七
*枯菊（かれぎく）　三八八
*枯草（かれくさ）　三九七
*枯桑（かれくわ）　三八〇
*枯木立（かれこだち）　三七七
*枯芝（かれしば）　四〇〇
*枯芒（かれすすき）　四〇〇
*枯園（かれその）　七七
*枯蔓（かれづる）　三七九
*枯野（かれの）　七六
*枯葉（かれは）　三七三
*枯萩（かれはぎ）　三九八
*枯芭蕉（かればしょう）　三八九
*枯蓮（かれはす）　三九〇
枯原（かれはら）　七六
*枯芙蓉（かれふよう）　三六六
*枯れ真菰（かれまこも）　三九九
*枯葎（かれむぐら）　三九七
*枯柳（かれやなぎ）　三七九
枯山（かれやま）　七四
*枯山吹（かれやまぶき）　三六七
裘（かわごろも）　一三
*寒（かん）　二四
寒靄（かんあい）　七〇
寒霞（かんがすみ）　七〇
*寒鴉（かんがらす）　三八
寒雁（かんがん）　三五
*雁木（がんぎ）　一七九
*寒菊（かんぎく）　三八四
寒暁（かんぎょう）　二五
寒禽（かんきん）　三五
寒月（かんげつ）　四三
*寒鯉（かんごい）　三四八
*寒肥（かんごえ）　三九
*寒曝（かんざらし）　一七〇
*樏（かんじき）　二八
*甘蔗刈（かんしょかり）　三三
*寒雀（かんすずめ）　三九
寒星（かんせい）　四四
*寒鯛（かんだい）　三四五
寒柝（かんたく）　二六
*寒卵（かんたまご）　一四六
*寒竹の子（かんちくのこ）　三九五
*寒潮（かんちょう）　八三
寒椿（かんつばき）　三六二
*寒天製す（かんてんせいす）　二五〇
寒灯（かんとう）　一八四
寒凪（かんなぎ）　四五
*神無月（かんなづき）　一〇
*寒の雨（かんのあめ）　五四
*寒の入（かんのいり）　三三
*寒の水（かんのみず）　八〇
*寒波（かんぱ）　三三
*寒梅（かんばい）　三五七
*寒鮒（かんぶな）　三四九
寒暮（かんぼ）　二七
*寒木（かんぼく）　三七五
*寒木瓜（かんぼけ）　三六六
寒牡丹（かんぼたん）　三八六
寒夜（かんや）　二八
寒夕焼（かんゆうやけ）　七三
寒雷（かんらい）　六八
*寒林（かんりん）　三七八

き

*北風（きたかぜ）　四七

*北窓塞ぐ（きたまどふさぐ） 一七
*狐（きつね） 三七
*狐火（きつねび） 八九
*狐罠（きつねわな） 三四
*着ぶくれ（きぶくれ） 一八
*牛鍋（ぎゅうなべ） 一五九
*吸入器（きゅうにゅうき） 二一
*切干（きりぼし） 一七三
*勤労感謝の日（きんろうかんしゃのひ） 二九〇

く

*空也忌（くうやき） 三〇七
*茎漬（くきづけ） 一六四
*嚔（くさめ） 二六五
*鯨（くじら） 三一
*鯨汁（くじらじる） 一五三
*葛湯（くずゆ） 一四三
*薬喰（くすりぐい） 一四七
*口切（くちきり） 二〇九
*熊（くま） 三五
*熊突（くまつき） 三三
*熊手（くまで） 二八一
*熊祭（くままつり） 二八四
*クリスマス 二九六
*車蔵ふ（くるまかこう） 二四七
車しまふ（くるましまう） 二四七

け

*毛糸編む（けいとあむ） 一三九
*毛皮（けがわ） 二三四
*毛衣（けごろも） 一三三
*消炭（けしずみ） 一九三
*厳寒（げんかん） 三四

こ

楮晒す（こうぞさらす） 二五〇
*楮蒸す（こうぞむす） 二五〇
降誕祭（こうたんさい） 二九六
*氷（こおり） 八五
*氷蒟蒻（こおりこんにゃく） 一七一
*氷橋（こおりばし） 八七
*凍る（こおる） 三一
*コート 二一七
*凩（こがらし） 四六
極寒（ごくかん） 三四
極月（ごくげつ） 一六
*腰蒲団（こしぶとん） 一一七
*炬燵（こたつ） 一九七
*事始（ことはじめ） 二九五
*木の葉（このは） 三七一
*木の葉髪（このはがみ） 二六七
*海鼠腸（このわた） 一六七
*小春（こはる） 一三
小春日和（こはるびより） 一三
*氷下魚（こまい） 三四八
*御用納（ごようおさめ） 一〇六
*暦売（こよみうり） 二三
*暦の果（こよみのはて） 二三
*蒟蒻掘る（こんにゃくほる） 二三四

さ

*採氷（さいひょう） 二四三
*砕氷船（さいひょうせん） 二四一
歳暮（さいぼ） 一七
*笹鳴（ささなき） 三一七
*山茶花（さざんか） 三六三
猟夫（さつお） 三三一
*里神楽（さとかぐら） 二八三

寒さ（さむさ）　二九
*寒し（さむし）　二九
*鮫（さめ）　三四〇
*冴ゆる（さゆる）　三三
小夜時雨（さよしぐれ）　五三
*三寒四温（さんかんしおん）　三三
三の酉（さんのとり）　二八〇

し

*塩鮭（しおざけ）　一六〇
四温（しおん）　三三
*敷松葉（しきまつば）　二〇九
*時雨（しぐれ）　五三
時雨忌（しぐれき）　三〇五
仕事納（しごとおさめ）　一〇六
*猪鍋（ししなべ）　一五八
猪の肉（ししのにく）　一五九
慈善鍋（じぜんなべ）　九七
*歯朶刈（しだかり）　二四八
*七五三（しちごさん）　二八七
しび　三四一
*しまき　六七
凍豆腐（しみとうふ）　一六九
*注連飾る（しめかざる）　一〇四
*注連作（しめつくり）　二四七
*霜（しも）　五九
霜覆（しもおおい）　一七五
*霜枯（しもがれ）　三八二
*霜月（しもつき）　一四
*霜柱（しもばしら）　八三
霜降月（しもふりづき）　一四
*霜焼（しもやけ）　二六九
*霜夜（しもよ）　六八
*霜除（しもよけ）　一七五
*社会鍋（しゃかいなべ）　九七
*ジャケツ　二二八
シャンツェ　二八〇
*十一月（じゅういちがつ）　一
*絨緞（じゅうたん）　一八七
*十二月（じゅうにがつ）　一五
*十夜（じゅうや）　二七七
守歳（しゅさい）　一〇七
手套（しゅとう）　二三六
*棕櫚剥ぐ（しゅろはぐ）　二四六
*生姜酒（しょうがざけ）　一四三
*小寒（しょうかん）　三三
*障子（しょうじ）　一八三
成道会（じょうどうえ）　二九二
*ショール　二三四
除雪（じょせつ）　一八一
*助炭（じょたん）　二〇三
初冬（しょとう）　九
*除夜（じょや）　一三
*除夜の鐘（じょやのかね）　二九九
除夜詣（じょやもうで）　二九八
白息（しらいき）　二六六
*師走（しわす）　一六
新日記（しんにっき）　二一一
*神農祭（しんのうさい）　二九三
*新海苔（しんのり）　一六九
親鸞忌（しんらんき）　二九一

す

*水仙（すいせん）　三八五
*すが漏（すがもり）　三二〇
*スキー　二八〇
*隙間風（すきまかぜ）　四九
隙間張る（すきまはる）　一七六
すきやき　一五九

*頭巾（ずきん） 一三〇
木菟（ずく） 三三一
*酢茎（すぐき） 一六五
スケーター 二六一
*スケート 二六一
*煤籠（すすごもり） 九六
*煤掃（すすはき） 九五
煤払（すすはらい） 九五
*煤湯（すすゆ） 九六
*ストーブ 一八八
*酢海鼠（すなまこ） 一六八
*炭（すみ） 一九〇
*炭売（すみうり） 一九四
*炭竈（すみがま） 二四四
*炭俵（すみだわら） 一九五
*炭斗（すみとり） 一九三
*炭火（すみび） 一九一
*炭焼（すみやき） 二四五
スモッグ 七一
スワン 三三九

せ

*歳暮（せいぼ） 九八
聖夜（せいや） 二九六
*セーター 三五
*咳（せき） 二六四
*石炭（せきたん） 一九七
雪原（せつげん） 七六
*節分（せつぶん） 三七
雪嶺（せつれい） 七四
*背蒲団（せなぶとん） 一一六
*千両（せんりょう） 三八七

そ

*雑炊（ぞうすい） 一四八
*漱石忌（そうせきき） 三一一
*早梅（そうばい） 三五八
足温器（そくおんき） 二〇五
底冷え（そこびえ） 三一
袖無（そでなし） 一一五
*蕎麦掻（そばがき） 一四四
*蕎麦刈（そばかり） 三三
*蕎麦湯（そばゆ） 一四四
*橇（そり） 二一九

た

*大寒（だいかん） 二四
*大根焚（だいこたき） 二九三
大根（だいこん） 二九二
*大根洗（だいこんあらい） 三二七
*大根引（だいこんひき） 三三三
*大根干す（だいこんほす） 三二七
大師粥（だいしがゆ） 二九〇
*大師講（だいしこう） 二九〇
*鷹（たか） 三三三
*鷹狩（たかがり） 三三五
*鷹匠（たかじょう） 三三六
滝涸る（たきかる） 七九
滝凍る（たきこおる） 八六
*焚火（たきび） 二一五
*沢庵漬（たくあんづけ） 七一
*竹馬（たけうま） 三五六
*畳替（たたみがえ） 一八六
*竹瓮（たっぺ） 三二八
*炭団（たどん） 一九五
*狸（たぬき） 三一八
*狸汁（たぬきじる） 一五一

*狸罠（たぬきわな）　三三
*足袋（たび）　一三七
*玉子酒（たまござけ）　一四三
*鱈（たら）　三四二
*達磨忌（だるまき）　三〇四
*短日（たんじつ）　二六
丹前（たんぜん）　一三〇
暖冬（だんとう）　一三
*探梅（たんばい）　三五四
*湯婆（たんぽ）　二〇六
*暖房（だんぼう）　一八七
暖炉（だんろ）　一八八

ち

*近松忌（ちかまつき）　三〇九
*千鳥（ちどり）　三三五
*茶の花（ちゃのはな）　三六五
*ちゃんちゃんこ　一一五
散紅葉（ちりもみじ）　三七〇

つ

*追儺（ついな）　三〇〇
*冷たし（つめたし）　三一
*氷柱（つらら）　八六
*石蕗の花（つわのはな）　四〇一

て

*手焙（てあぶり）　二〇四
*貞徳忌（ていとくき）　三〇八
*手袋（てぶくろ）　一三六

と

*胴着（どうぎ）　一一六
凍港（とうこう）　八八
*冬耕（とうこう）　三三一
凍死（とうし）　三三〇
*冬至（とうじ）　一五
冬至梅（とうじばい）　三五七
冬至風呂（とうじぶろ）　二九四
桃青忌（とうせいき）　三〇五
冬暖（とうだん）　一三
冬帝（とうてい）　八
*豆腐凍らす（とうふこおらす）　一六九
*冬眠（とうみん）　三一六
*年惜しむ（としおしむ）　一二〇
年男（としおとこ）　三〇一
*年木樵（としぎこり）　九九
年木積む（としきつむ）　九九
*年越（としこし）　二二
*年越詣（としこしもうで）　二九八
*年籠（としごもり）　二九八
*年取（としとり）　一〇八
*年の市（としのいち）　九二
*年の内（としのうち）　一八
*年の暮（としのくれ）　一七
年の瀬（としのせ）　一七
*年守る（としまもる）　一〇七
年逝く（としゆく）　一九
*年用意（としようい）　九一
*泥鰌掘る（どじょうほる）　二四三
*年忘（としわすれ）　一〇五
*褞袍（どてら）　一三〇
*寅彦忌（とらひこき）　三一四
*酉の市（とりのいち）　二八〇

な

*納豆汁（なっとうじる）　一五四
*名の木枯る（なのきかる）　三七八
*名の草枯る（なのくさかる）　三九六

*鍋焼（なべやき）　一五〇
*海鼠（なまこ）　三五〇
縄綯ふ（なわなう）　二四九

に

にほ（にお）　三三六
*煮凝（にこごり）　一六一
*二重廻し（にじゅうまわし）　三一九
*日記買ふ（にっきかう）　三一一
二の酉（にのとり）　二八〇
*人参（にんじん）　三九三

ぬ

布子（ぬのこ）　一三一

ね

*葱（ねぎ）　三九一
葱汁（ねぎじる）　一五五
*葱鮪（ねぎま）　一五三
*寝酒（ねざけ）　一四二
*根木打（ねっきうち）　三五五
*根深汁（ねぶかじる）　一五五
年内（ねんない）　一八
*ねんねこ　一一八
年末賞与（ねんまつしょうよ）　九三

の

*のっぺい汁（のっぺいじる）　一五五

は

*墓囲ふ（はかかこう）　一七九
*袴着（はかまぎ）　二八八
*掃納（はきおさめ）　一〇六
*波郷忌（はきょうき）　三〇九
*白菜（はくさい）　三九一
*白鳥（はくちょう）　三三九
*羽子板市（はごいたいち）　九三
*芭蕉忌（ばしょうき）　三〇五
*蓮根掘る（はすねほる）　三三五
蓮掘（はすほり）　三三五
*鱩（はたはた）　三四一
*鉢叩（はちたたき）　二八六
*初氷（はつごおり）　八四
*初時雨（はつしぐれ）　五一
*初霜（はつしも）　五八
*初冬（はつふゆ）　九
*初雪（はつゆき）　六〇
花八手（はなやつで）　三六四
*葉牡丹（はぼたん）　三八七
*針供養（はりくよう）　二九四
*春着縫ふ（はるぎぬう）　一三九
*春支度（はるじたく）　三一一
春近し（はるちかし）　三六
*春隣（はるとなり）　三六
*春待つ（はるまつ）　三五

ひ

*日脚伸ぶ（ひあしのぶ）　三五
ヒーター　一〇七
*柊挿す（ひいらぎさす）　二九九
*柊の花（ひいらぎのはな）　三八三
*火桶（ひおけ）　二〇三
*避寒（ひかん）　一五三
*日向ぼこ（ひなたぼこ）　二一七
*火の番（ひのばん）　二一六
*火鉢（ひばち）　二〇三
*胼（ひび）　二六七
*被布（ひふ）　一一八
日短し（ひみじかし）　二六

*氷海（ひょうかい）　八八
*氷湖（ひょうこ）　八七
*屏風（びょうぶ）　一八六
*鰭酒（ひれざけ）　一四一
*枇杷の花（びわのはな）　三六九

ふ

*鞴祭（ふいごまつり）　二七九
*河豚（ふぐ）　三四七
*河豚汁（ふぐじる）　一五三
ふぐと汁（ふぐとじる）　一五三
*梟（ふくろう）　三三〇
ふご　二〇七
*柴漬（ふしづけ）　二三八
*衾（ふすま）　一一四
*襖（ふすま）　一八五
*蕪村忌（ぶそんき）　三一一
*札納（ふだおさめ）　二九七
*懐手（ふところで）　二七三
*蒲団（ふとん）　一一四
*吹雪（ふぶき）　六六
*吹雪倒れ（ふぶきたおれ）　二三〇
*冬（ふゆ）　八
冬曙（ふゆあけぼの）　二五
*冬暖（ふゆあたたか）　三三
*冬安居（ふゆあんご）　二九五
*冬苺（ふゆいちご）　三八三
冬麗（ふゆうらら）　四〇
冬終る（ふゆおわる）　三七
*冬霞（ふゆがすみ）　七〇
*冬構（ふゆがまへ）　一七三
*冬鷗（ふゆかもめ）　三三八
*冬枯（ふゆがれ）　二八一
*冬木（ふゆき）　三七五
冬菊（ふゆぎく）　三八四
*冬銀河（ふゆぎんが）　四五
*冬木立（ふゆこだち）　三七六
*冬籠（ふゆごもり）　一七三
*冬桜（ふゆざくら）　三六〇
*冬座敷（ふゆざしき）　一八三
*冬ざれ（ふゆざれ）　三
*冬シャツ（ふゆしゃつ）　一一〇
*冬菫（ふゆすみれ）　四〇三
*冬薔薇（ふゆそうび）　三六一
*冬杣（ふゆそま）　二四三
*冬田（ふゆた）　七八
*冬尽く（ふゆつく）　三七
*冬椿（ふゆつばき）　三六二
*冬菜（ふゆな）　三九〇
*冬凪（ふゆなぎ）　四五
冬に入る（ふゆにいる）　二
*冬野（ふゆの）　一六六
*冬の朝（ふゆのあさ）　二五
*冬の雨（ふゆのあめ）　五三
*冬の鶯（ふゆのうぐいす）　三一七
*冬の海（ふゆのうみ）　八一
*冬の雁（ふゆのかり）　三三五
*冬の川（ふゆのかわ）　八一
*冬の霧（ふゆのきり）　七一
*冬の草（ふゆのくさ）　三九六
*冬の雲（ふゆのくも）　四三
*冬の暮（ふゆのくれ）　二七
*冬の空（ふゆのそら）　四一
*冬の蝶（ふゆのちょう）　三五三
*冬の月（ふゆのつき）　四三
*冬の鳥（ふゆのとり）　三三五
*冬の波（ふゆのなみ）　八二
*冬の虹（ふゆのにじ）　七二
*冬の蠅（ふゆのはえ）　三五四

＊冬の蜂（ふゆのはち） 三五三
＊冬の日（ふゆのひ） 二六
＊冬の灯（ふゆのひ） 一八四
＊冬の星（ふゆのほし） 四四
＊冬の水（ふゆのみず） 七九
＊冬の虫（ふゆのむし） 三五
＊冬の鵙（ふゆのもず） 三六
＊冬の山（ふゆのやま） 七四
＊冬の夜（ふゆのよ） 二八
＊冬の雷（ふゆのらい） 六八
＊冬羽織（ふゆばおり） 二一
冬薔薇（ふゆばら） 三六一
冬晴（ふゆばれ） 四〇
＊冬日（ふゆひ） 二九
＊冬旱（ふゆひでり） 四一
＊冬雲雀（ふゆひばり） 三九
＊冬日和（ふゆびより） 四〇
＊冬深し（ふゆふかし） 二四
冬深む（ふゆふかむ） 二四
＊冬服（ふゆふく） 二〇
＊冬帽（ふゆぼう） 三一
＊冬牡丹（ふゆぼたん） 三八六
＊冬めく（ふゆめく） 一四
＊冬萌（ふゆもえ） 四〇三
＊冬紅葉（ふゆもみじ） 三六九
＊冬靄（ふゆもや） 七〇
＊冬館（ふゆやかた） 一七五
＊冬休（ふゆやすみ） 一〇九
＊冬夕焼（ふゆゆうやけ） 七二
＊冬林檎（ふゆりんご） 三六八
＊鰤（ぶり） 三四三
＊鰤網（ぶりあみ） 二四〇
＊鰤起し（ぶりおこし） 六九
＊古暦（ふるごよみ） 二一四
＊フレーム 三一九
＊風呂吹（ふろふき） 一六三

へ

＊ペーチカ 一八九
べつたらづけ 一六五

ほ

＊ポインセチア 三八四
＊報恩講（ほうおんこう） 二九一
忘年会（ぼうねんかい） 一〇五
＊魴鮄（ほうぼう） 三四二
＊朴落葉（ほおおちば） 三七四
＊頰被（ほおかむり） 一二三
＊ボーナス 九二
＊捕鯨（ほげい） 二四〇
＊干菜汁（ほしなじる） 一五六
＊干菜吊る（ほしなつる） 三八
干菜風呂（ほしなぶろ） 一五七
＊干菜湯（ほしなゆ） 一五七
＊榾（ほた） 二〇一
ほだ 二〇一
＊牡丹焚火（ぼたんたきび） 二二六
牡丹鍋（ぼたんなべ） 一五八

ま

＊鮪（まぐろ） 三四一
＊マスク 三八
＊マッフ 三六
マフラー 二五
豆炭（まめたん） 一九五
＊豆撒（まめまき） 三〇一
真綿（まわた） 一一三
＊マント 二八
＊万両（まんりょう） 三八

み

＊蜜柑（みかん）　三六七
＊水涸る（みずかる）　七九
＊水鳥（みずどり）　三三
＊水洟（みずばな）　二六五
＊水餅（みずもず）　一四〇
＊晦日蕎麦（みそかそば）　一〇七
＊鷦鷯（みそさざい）　三一
＊味噌搗（みそつき）　二四八
＊霙（みぞれ）　五六
＊木菟（みみずく）　三二
＊耳袋（みみぶくろ）　一三四
＊都鳥（みやこどり）　三三七

む

＊麦の芽（むぎのめ）　三九五
＊麦蒔（むぎまき）　三三五
＊むささび　三一九
蓆織る（むしろおる）　二四九
＊鮭（むつ）　三四四
＊霧氷（むひょう）　五七
＊室咲（むろざき）　三六〇
室の花（むろのはな）　三六〇

め

＊目貼（めばり）　一七六

も

＊毛布（もうふ）　三四
＊虎落笛（もがりぶえ）　四九
＊餅（もち）　一〇〇
＊餅配（もちくばり）　一〇三
＊餅米洗ふ（もちごめあらう）　一〇一
＊餅搗（もちつき）　一〇一
＊餅筵（もちむしろ）　一〇三
＊紅葉散る（もみじちる）　三七〇
＊股引（ももひき）　三三

や

＊焼芋（やきいも）　一五〇
＊焼鳥（やきとり）　一四五
＊厄落（やくおとし）　三〇三
＊厄払（やくはらい）　三〇四
＊八手の花（やつでのはな）　三六四
＊藪柑子（やぶこうじ）　四〇二
＊藪巻（やぶまき）　一八〇
＊山鯨（やまくじら）　一五九
＊山眠る（やまねむる）　一七五
＊闇汁（やみじる）　一五八

ゆ

＊雪（ゆき）　六二
雪安居（ゆきあんご）　二九五
＊雪起し（ゆきおこし）　六八
＊雪折（ゆきおれ）　三八二
＊雪下（ゆきおろし）　一八二
雪女（ゆきおんな）　六四
＊雪掻（ゆきかき）　一八一
＊雪囲（ゆきがこい）　一七七
＊雪合戦（ゆきがっせん）　二五八
＊雪合羽（ゆきがっぱ）　一三〇
＊雪沓（ゆきぐつ）　二一八
雪煙（ゆきけむり）　六六
雪しまき（ゆきしまき）　六七
＊雪女郎（ゆきじょろう）　六四
＊雪達磨（ゆきだるま）　二五九
＊雪礫（ゆきつぶて）　二五八
＊雪吊（ゆきつり）　一八〇

雪投（ゆきなげ） 二五八
*雪晴（ゆきばれ） 六五
*雪踏（ゆきふみ） 一八二
雪待月（ゆきまちづき） 一四
*雪まろげ（ゆきまろげ） 二五七
*雪見（ゆきみ） 二五三
雪蓑（ゆきみの） 一三〇
*雪眼（ゆきめ） 二七〇
*雪眼鏡（ゆきめがね） 一三三
*雪催（ゆきもよい） 六〇
*雪焼（ゆきやけ） 二七〇
*行く年（ゆくとし） 一九
*湯気立て（ゆげたて） 二一〇
*湯ざめ（ゆざめ） 二六四
*柚湯（ゆずゆ） 二九四
湯たんぽ（ゆたんぽ） 二〇六
*湯豆腐（ゆどうふ） 一四五

よ

*夜着（よぎ） 一一三
*横光忌（よこみつき） 三一三
*寄鍋（よせなべ） 一六〇
*夜鷹蕎麦（よたかそば） 一四九
夜鳴蕎麦（よなきそば） 一四九
夜番（よばん） 二一六

ら

ラガー 二六二
*ラグビー 二六二
*嵐雪忌（らんせつき） 三〇六

り

*立冬（りっとう） 二
*竜の玉（りゅうのたま） 四〇三
猟犬（りょうけん） 二三〇

れ

*煉炭（れんたん） 一九六

ろ

*炉（ろ） 二〇〇
炉明（ろあかり） 一九九
臘月（ろうげつ） 一六
*臘梅（ろうばい） 三五八
*臘八会（ろうはちえ） 二九三
炉火（ろび） 二〇〇
*炉開（ろびらき） 二〇八

わ

*鷲（わし） 三一四
*綿（わた） 二一三
*綿入（わたいれ） 二一三
*綿帽子（わたぼうし） 二一三
*綿虫（わたむし） 三五四
*侘助（わびすけ） 三六三
藁沓（わらぐつ） 二一八
*藁仕事（わらしごと） 二四九

編者

平井照敏（ひらい・しょうびん）

一九三二―二〇〇三年。東京生まれ。俳人、詩人、評論家、フランス文学者。青山学院女子短期大学名誉教授。句集に『猫町』『天上大風』『枯野』『牡丹焚火』『多磨』、評論集に『かな書きの詩』『虚子入門』、詩集に『エヴァの家族』など。

本書は、『改訂版　新歳時記　冬』（一九九六年一二月刊、河出文庫）を新装したものです。

新歳時記　冬　ポケット版

一九八九年一〇月　四日　初版発行
一九九六年一二月一六日　改訂版初版発行
二〇一五年　二月二八日　復刻新版初版発行
二〇二一年　九月三〇日　軽装版初版発行
二〇二四年　二月一八日　ポケット版初版印刷
二〇二四年　二月二八日　ポケット版初版発行

編　者――平井照敏
装　丁――松田行正
発行者――小野寺優
発行所――株式会社河出書房新社
〒一五一 - 〇〇五一
東京都渋谷区千駄ヶ谷二 - 三二 - 二
電話〇三 - 三四〇四 - 八六一一（編集）
〇三 - 三四〇四 - 一二〇一（営業）
https://www.kawade.co.jp/

印刷・製本――中央精版印刷株式会社

Printed in Japan
ISBN978-4-309-03174-3